与你们所有人的幸福不同，我的幸福不是等待，

而是逃离后的守候和向往……

国庆和建华

幸福花开之沸腾的生活

柳迦柔 著

大连理工大学出版社
DALIAN UNIVERSITY OF TECHNOLOGY PRESS

图书在版编目（CIP）数据

国庆和建华 ：幸福花开之沸腾的生活 ／ 柳迦柔著
. -- 大连 ：大连理工大学出版社， 2019.9（2023.5重印）
ISBN 978-7-5685-2238-0

Ⅰ . ①国… Ⅱ . ①柳… Ⅲ . ①长篇小说—中国—当代
Ⅳ . ①I247.5

中国版本图书馆CIP数据核字(2019)第221485号

国庆和建华：幸福花开之沸腾的生活

GUOQING HE JIANHUA: XINGFU HUAKAI ZHI FEITENG DE SHENGHUO

大连理工大学出版社出版

地址：大连市软件园路80号　　　　邮政编码：116023
发行：0411-84708842　　邮购：0411-84708943　　传真：0411-84701466
E-mail:dutp@dutp.cn　　　URL: http://www.dutp.dlut.edu.cn

唐山玺鸣印务有限公司印刷　　　　　　大连理工大学出版社发行

幅面尺寸：170mm×240mm　　　印张：20　　　字数：337千字
2019年9月第1版　　　　　　　　2023 年 5 月第 3 次印刷

责任编辑：曹　阳　邵　青　　　　　　责任校对：陈　玫
装帧设计：Amber Design 琥珀视觉

ISBN 978-7-5685-2238-0　　　　　　　　定　价：38.00元

本书如有印装质量问题，请与我社发行部联系更换。

目录
1

引子

目 录

2

引子

1958 年 10 月 1 日。西南大山交界处的周家沟村的周老根正要拔下家里的大锅去炼铁，已经怀孕足月的老婆想拦住他，一伸手，突然肚子转筋似的疼，一屁股坐在了地上，拼尽全力喊着："老根，怕是要生了……"

周老根即使平时再浑，此刻也不敢怠慢，把大铁锅扔在地上，顾不得地上砸出了一个大土坑，直奔老婆而来："老婆，你没事吧？"

周老根媳妇一只手支撑在地上，一只手捂着肚子，一脸痛苦的表情，声音微弱地："快去找接生婆……"

周老根一拍脑门："对。"

说着，冲出了院子。

山里的小路崎岖，路边的毛竹遮住了阳光，形成了一道天然的屏障。在绿荫下，周老根一路小跑，去找接生婆。

于是，就在这一天，这本书的女主人公周建华出生了。

20 年后，周建华遇到了自己的救命恩人马国庆，这两个同月同日不同年出生的男女，开始了长达 40 年的等待，终于等到幸福花开，一路芬芳……

第一章

1978 年。西南某地的一座山村——周家沟村。村里传来悲伤的哭声。村民周建华家正在办丧事。

周建华的弟弟周小华得了重病，没能抢救过来，在经历了两年的挣扎之后，周小华死去了。这一天，周建华家很热闹，村里能来的都来了，可是，即使人们来了，仍然没能让周建华家收到多少钱，下葬的钱还是不够用，因为每一家都是那样穷。村民李赶娃的爸爸也来了，只有他的到来，才让周建华的爸妈舒展开一脸的愁容。

周建华的爸爸说："赶娃爸，谢谢你。有你们的帮助，我娃才能下葬。"

赶娃爸说："都是一家人，没有说的，有什么需要就找我。"

建华在一边看着，心里非常难过。

建华妈扑在小华的棺木上，一边哭一边喊："儿啊！你就这样没了，你让妈妈可怎么活呀？"

建华劝着妈妈，可是怎么劝也劝不住，建华和妹妹晓杰也都跟着哭了起来。

晓杰劝妈妈："弟弟已经没有了，你哭有什么用啊？"

建华妈听了晓杰的话，非常生气，抬手就要打晓杰，晓杰一闪身躲开了。

建华也劝妈妈，可是妈妈还在哭，谁劝也不听。建华说："妈，快把小弟埋了吧！时间太长了！天气又这么热。小华不在了，还有我和晓杰，你就放心吧！"

建华妈说："你和晓杰两个丫头片子有什么用，你们能当儿子吗？你们能给我们养老送终吗？"

建华说："能，我给你和我爸养老送终。"

"行了行了，你们以后都嫁出去了，我和你爸怎么办呢？我的天哪！我的儿啊！"建华妈继续哭。

李赶娃爸爸也过来劝，终于，在大家的劝说下，建华妈停止了哭泣。

小华终于下葬了，当一家人回到家里的时候，谁也没有心思吃饭，都坐在那里闷不作声。

建华看到自己一贫如洗的家，屋里除了几床被子、一个炕柜，真的什么都没有了。建华不知道自己怎么生活下去，又想到了城里来的知青春生和自己说过的话：城里太美了！外面的世界太精彩了！建华躺在床上，就想着一定要出去看看外面的世界。可是自己怎么才能走出去呢？只能跟春生走了。

经过一夜的思想挣扎，建华第二天早晨就去青年点找春生。

春生见到建华，很高兴："建华，你终于来了。"

建华问春生："你不是一直喜欢我吗？"

春生毫不犹豫地回答："当然。我一直喜欢你，我真的希望你能跟我回到城里，以后我们永远在一起。"

建华说："可我是山里的娃，你不嫌弃我吗？"

春生说："我怎么会嫌弃你呢？山里的女子比我们城里的女子长得还水灵呢！你那么纯朴，咱俩在一起一定会很幸福。"

建华说："不管怎么说，我住在这个山村里，长了这么大，我就没有出去过，真想到外边看看，如果你喜欢我，你就带我走。"

春生很开心地说："好吧！我们一起走，我带你走出大山。"

建华和春生两个人在一起聊着天，想到自己将来的幸福，建华依偎在了春生的怀里。

春生说："建华，我一直都喜欢你。在我们出发之前，我希望你能做我的女人。"

建华说："还是等一等吧！"

春生着急地说："你还让我等到什么时候呢？"

建华说："可是我们毕竟还没结婚呢！"

春生却说："没有结婚就不能在一起了？不管是不是结婚了，你都是我的女人。"

建华仍然执拗地说："不结婚怎么能行呢？"

春生开导建华："既然我已经决定带你走了，难道你就不能给我一次吗？我们只有在一起了，才更说明，以后我们在一起生活更有信心，我会让你幸福的。建华，你就同意了吧！"

建华觉得自己没有办法再拒绝春生。春生下乡来到自己的村子里，在这个山村里，春生曾经给过建华很多帮助。是春生给建华讲课，让建华学会了认字；又是春生给建华买回漂亮的衣服，让建华觉得自己是那样的美丽；又是春生让建华懂得，自己作为女人，还可以谈恋爱，还可以过上幸福而自己又非常向往的那种自由的生活。现在春生这样求自己，让建华觉得自己有什么理由不答应春生呢？

于是，就在这样一个夜晚，在寂静的山村的夜色中，春生和建华两个年轻人，干柴遇烈火般地度过了他们难忘而又美好的 一个夜晚。

度过了这个难忘的夜晚，两个人约好回家收拾自己的物品，然后就一起出发。

建华晚上回家的时候，建华妈盯着建华问："你去哪儿了？"

建华说："没去哪儿，就是出去转转。"

建华妈说："你不能跟那个叫春生的知青搅和在一起，这次给小华办丧事，赶娃的爸爸给我们花了不少的钱，我们已经跟赶娃的爸爸定了下来，以后你就嫁到赶娃家。"

建华一听，非常着急，立即反驳道："从小我就看李赶娃不顺眼，我怎么能跟他在一起过日子呢！"

建华妈说："这个你说了不算，赶娃家相中你了。刚才你没在家，他妈来说亲了。"

建华说："妈，小华刚刚去世，我们家刚办完丧事，这个时候怎么能跟李赶娃家结亲呢！"

建华妈说："你弟没了，以后我还有什么指望呢？你跟晓杰嫁得好，我就知足了。赶娃家条件比我们家好多了，你为什么就不能嫁给赶娃？"

建华说："妈，我就是看李赶娃不顺眼。能不能换一家啊？再说，我自己还有喜欢的人呢！"

建华妈说："你还反天了，你自己喜欢谁，你就能说了算？要是你说了算，想嫁给谁就嫁给谁，还要我们父母干什么？"

建华生气地说："你们这是封建思想，这不是把我往火坑里送吗！"

建华妈耐住性子说："赶娃家条件那么好，你嫁到他家也是享福去了，我们看着也高兴。再说，赶娃家条件好，还能多给我们家彩礼。"

建华着急："李赶娃长那么丑，以后要是有个孩子长得像李赶娃，那得丑死了，我怎么出门呢？我就是不同意。"

建华妈生气："今天你同意也得同意，不同意也得同意。我们已经给你定下来这门婚事了，你必须得嫁给他。"

建华喊道："我就是不嫁给李赶娃！"

建华妈："不管你嫁不嫁，你都是李赶娃家的人。赶紧嫁出去算了，要死你也别死在我们家！"

建华喊："能不能让我自己做一回主啊？"

建华妈："你做什么主啊？一个女娃娃家，你嫁个有钱人，家里富裕点儿有什么不好？"

建华哀求着说："能不能不让我出嫁啊？不管穷富我都想走出去，我想到外面见见世面。"

建华妈立即要打建华："还反天了，一个女娃，你去哪儿啊？在外面让人骗了怎么办？你还是嫁给李赶娃吧！"

建华妈说完，转身进了屋子，不给建华留一点儿余地。

建华晚上坐在院子里哭，晓杰看了很心疼，劝建华说："姐，你别哭了，李赶娃家条件其实挺好的，你还挑啥子？"

建华擦一把眼泪说："让我嫁给李赶娃，还不如先把我杀了。"

晓杰说："姐，你别着急，我帮你想办法。"

建华执拗地说："我就是不嫁，我就是不嫁。"

建华在家里闹腾着不嫁，李赶娃家里却很热闹。李赶娃知道周家的建华嫁给他，高兴得跑来跑去。虽然长得丑，但是笑起来也很开心，一张丑脸乐得像开了一朵花。李赶娃跑到门外，跟村里的人说要娶建华，村里的人就说："李赶娃，看你高兴的，要是能娶到建华，真是祖坟冒青烟了。"李赶娃接过话说："我家祖坟就在冒青烟了。"

村里就有人提醒他："听说建华跟知青好，你可注意点儿，别让人给戴了绿帽子！"

李赶娃生气地说："她给我戴绿帽子我就把他们两个都杀了。"

说话的人一看，李赶娃真的下了狠心，赶紧住嘴，岔开了话题："赶娃，我就看建华能不能嫁给你。"

自从建华要嫁给李赶娃的消息传出后，建华的家里非常热闹，很多人来建华家做客。村里的人都说："建华真有福气，赶娃家条件那么好，能够嫁给赶娃，以后的好日子可真是越过越甜呢！"

建华妈也高兴得合不拢嘴："是啊是啊，建华能嫁给赶娃也是我们家的大喜事，真是太开心了。"

建华爸虽然不善言辞，但是也很高兴。只有建华，常常一个人躲在墙角里哭。晓杰见姐姐哭，就来劝建华。建华也不理她，晓杰说："姐，你就别哭啦！"

建华说："我不想活了。"说着，就从家里跑了出去。

建华一路跑着，一直跑到了弟弟小华的坟前。

建华哭着哭着，差一点儿昏倒在小华的坟前。建华自言自语地说："小华，姐的命苦。你没了，可是我们怎么办呢？妈非让我嫁给李赶娃。小华呀，你是唯一的男孩儿，家里边没有了顶梁柱，以后让我和晓杰怎么办呢？难道我就要听爸妈的？他们让我怎么做就怎么做吗？小华，你告诉姐姐，姐姐应该怎么做？是嫁给李赶娃还是跟春生走呢？"

建华一边哭一边说，这时，远处传来了建华妈的喊声："建华——建华——"

建华妈远远地，就看到了建华。

建华妈来到近前，建华也没注意到妈妈的到来，仍然在哭。建华妈见到建华，劈头盖脸就是一顿臭骂："你要反天了，你跑这儿来干什么？你要让李赶娃看到你哭吗？"

建华拽着妈妈的胳膊，哀求着说："妈，看在小华的面上，能不能不让我嫁给李赶娃？"

建华妈说："都这个时候了，说这个话还有什么用？赶紧回家吧！"

建华说："我不回家，也不嫁给李赶娃。"

建华妈说："不回家你想干什么？"建华妈非常生气，抬手就给了建华一个嘴巴。

建华捂着嘴，"扑通"就给妈妈跪下了："妈，我不想嫁给村里人，更不想嫁给李赶娃。"

建华妈见建华给自己跪下，扶起建华："你这是干什么？"

建华抱着妈妈的腿说："妈妈你就答应我吧！"

建华妈弯下身子抱着建华也哭了："建华呀，妈也是没有办法呀！如果你要是不嫁给李赶娃，你就过不上好日子。你要想以后少吃点儿苦，只能嫁给李赶娃。再说，女人怎么过不是一辈子呢？我跟你爸就这样，也过了一辈子，我们不是也挺好吗？你说你非要去城里，人生地不熟的，让人骗了可怎么办呢？"

建华听了妈妈的话，彻底绝望了。她也不知道说什么，只是仍然在默默地哭泣。

周建华在哭泣的时候，李赶娃家反而很热闹，李家上下都在准备办婚事。李赶娃的身边围着一群年轻的后生，这些人在跟李赶娃开玩笑："你傻小子有福气啊！能把咱们村里的村花娶回来，你可真是厉害。"

李赶娃说："别跟我开玩笑，厉害什么呀厉害，我一直惦记建华，到今天才能把建华娶回来，你们还看我笑话。"

一个小伙子说："我们想娶建华，可是我们家里没有钱。"

李赶娃说："不是有没有钱的问题，是你们有钱也娶不去的问题。"

李赶娃一番话，得罪了这一群年轻人。这些年轻人追着李赶娃在院子里打闹着，李赶娃开心地笑着，尽管开玩笑很过火，李赶娃也不生气。正当他们开心地叫着闹着的时候，周晓杰突然闯了进来。

周晓杰一进来，李赶娃就看到了，这是自己未来的小姨子，李赶娃还是非常重视的。他迎上来问晓杰："你怎么来了？"

大家一看，是建华的妹妹晓杰来了，又开始跟李赶娃开玩笑："哎呀，看看，你的媳妇儿还没过门，小姨子就找来了。"

李赶娃也非常开心，过来跟晓杰说话，可是还没等李赶娃再开口，晓杰就开始骂："李赶娃，你算个什么东西？你还敢娶我姐？"

李赶娃一听，气氛不对，立即说："你把嘴巴放干净点儿，我是什么东西？我是人。"

晓杰愤怒："你就是个大坏蛋，你不是想娶我姐吗？我告诉你，我姐不想嫁给你。"

晓杰跟李赶娃在院子里争吵的时候，李赶娃的爸妈听到了，立即从屋子里跑出来，朝着晓杰喊："你还反天了？欺负到我家来了。"

晓杰一点儿也不怕，跟着李赶娃的父母喊了起来。

李赶娃看到父母过来，担心事态闹大，于是喊道："你们跟着掺和什么？"

赶娃妈说："我不掺和，我看着你被一个小丫头骂呀？"

李赶娃没出声，人群中有人喊道："你跑这来干什么？"

人们回头一看，原来是晓杰妈。晓杰的爸爸也跟在后边跑来了。

晓杰说："我来怎么了？我来就是要骂李赶娃不该娶我姐。我姐是委屈的，你知道吗？"

晓杰的爸妈见晓杰当着村里人的面给他们丢人现眼，立即过来揪住晓杰，让晓杰回家。晓杰爸说："你赶紧回去，回家再说。"

李赶娃的妈冲出来，大声嚷道："怎么回事儿啊？怎么你姑娘这边儿还不同意嫁给我们家赶娃呢？不是都说好的吗？怎么又来闹，来了还骂人呢？我们家是你说来就来的吗？"

晓杰的爸妈赶紧解释："都是孩子小不懂事，原谅她吧！"

李赶娃妈说："赶紧把你闺女领回去吧！不把你们家的事解决好，这门亲事没办法成。"

建华妈着急了："我们晓杰不懂事，晓杰是晓杰，建华是她姐姐，姐妹两个人不同。"

晓杰反驳道："你们就是为了彩礼把我姐给卖了。我姐还在那哭呢，她不愿意。"

建华妈说："晓杰，你怎么能这样说话呢？你知道吗？只要能过上好日子又有钱花，你才能享福。你看我们穷什么样了？你姐嫁给李赶娃才能不再受穷。"

晓杰说："我才不这样认为呢！我姐嫁到李赶娃家不是享福，还没等怎么样呢，就开始欺负我们了。我姐长得那么漂亮，嫁到李家，不就是鲜花插在牛粪上了吗？"

晓杰妈说："你怎么这么说话？你管你姐夫长什么样，你姐夫家里的条件好，能过上好日子就行了，人脸不就一张皮吗？好看不好看能当饭吃吗？"

晓杰气哭了："有你们这样的爸妈，我真是替我姐感到难过。"

晓杰说完，就往家里跑。晓杰的父母在后边跟着，喊着晓杰。

第二章

晓杰也陷入了对城市生活的憧憬中，可是一想到姐姐，晓杰就觉得，对建华来说，眼前的一切，包括自己最美好的梦都破碎了。

晓杰跑回家跟建华抱头痛哭，建华对晓杰说："你不要哭了，再哭眼睛都哭肿了，只是姐姐命苦，谁也不怪。"

晓杰劝建华："姐，你一定要注意身体，一个女孩，想太多了不好。"

建华说："你知道吗，晓杰？我就是一直想走出这个小山村，我就是想看看外面的世界到底怎么样，就像咱们村里来的那些知青一样，我也要去上大学。"

晓杰说："我们村里的知青，有的去上大学了，可是我没念那些书，我也想上大学，我要复习，去考大学，听说考大学很难的。"

建华就说："所以我们都要到外面去看一看，我也要上大学。"

建华从衣袋里拿出了一块带香味的橡皮，晓杰问："这块橡皮是不是春生给你的？"

建华点头："是啊，春生给我的。"

晓杰说："你跟春生在一起能有好结果吗？"

建华说："你不用管我，我喜欢春生。晓杰，你闻闻，这块带香味的橡皮，味道是不是很好？"

晓杰说："嗯，味道真的很好。"

建华看着晓杰："你看，在城里可以看到香橡皮，在村里，能看到吗？我们这里都没有卖的。"

晓杰说："姐，你不能看这些。"

"怎么能不看呢？我们从小就在这里生活，我都不知道外面的世界怎么样？我听春生说，外面的世界很精彩，我们应该去看看。"

晓杰说："可是姐，如果你嫁给了李赶娃，你就没有这样的机会了。"

晓杰也陷入了对城市生活的憧憬中，可是一想到姐姐，晓杰就觉得，对建华来说，眼前的一切，包括自己最美好的梦都破碎了。晓杰提到了李赶娃，让建华又回到现实中来。建华对晓杰说："如果我真的嫁给了李赶娃，我真的一辈子也别想走出这座大山了，所以我还不如跟春生回城里，到了城里我还能见大世面，还能过上好日子。"

晓杰说："是啊，到城里，我相信姐能过上好日子。"

建华和晓杰说着话，不知不觉时间已经过去了很久，家里来了客人，建华和晓杰竟然没有注意。

建华妈喊着建华和晓杰，两个人出来一看，是李赶娃家来人了，还送来了彩礼。建华爸妈看到了彩礼，非常高兴地说："好啊好啊，我们收下了！"

建华冲了出来："你们不能收。"

建华妈生气："怎么就不能收呢？"

建华想阻拦，可是却没起作用，建华的爸妈非常高兴地把钱收下了。

晓杰着急地说："妈，快把钱退回去。"

晓杰妈说："凭什么退回去？这是你姐的彩礼钱，我们收下了，是你姐姐要出嫁了，我们要拿这个钱给她买东西。"

晓杰说："你这不是给我姐卖了吗？"

建华也很有意见地说："赶紧退回去吧，我不要彩礼钱，我也不嫁给他。"

建华爸妈说："说什么呢？都已经定下来了，李家都在张罗婚礼了，你怎么说不嫁就不嫁了？"

建华爸妈训斥了建华和晓杰之后，两人就去镇上赶集。

晓杰非常生气，对建华说："咱爸咱妈，哪是对你好啊，他们就这样把你给卖了。"

建华劝晓杰："爸妈也是好心，他们是想让我过好日子，可我心里觉得有些发堵。"

建华跟晓杰在家说着话，听到有人喊建华，晓杰说："是春生找你来了。"

建华跑出大门，看到了春生，眼泪都快掉下来了。春生着急地问："听说你要嫁给李赶娃，是真的吗？"

建华很着急："是真的，都已经公开了。我爸妈让我嫁给李赶娃，快点儿想想办法。"

春生说："我就是因为听说了这件事，特意来找你，你是怎么想的呀？"

建华说："还能怎么想，我不同意嫁给李赶娃。我嫁给他，你怎么办？"

春生忧愁地说："是呀，你嫁给他了，我怎么办呢？"

就在春生和建华在大门外说话的时候，建华的爸妈从镇上回来了，建华的爸爸从很远就看到春生了，建华爸问建华妈："你看，是不是建华和春生？"

建华妈眯着眼睛看了一会儿："还真是春生，这个小子怎么又来找建华了？"

建华爸说："我怎么知道啊？他是村里的知青，想去谁家就去谁家。"

建华妈问："该不会是跟我们家建华有什么联系吧？"

建华爸说："春生在村里人缘还挺好，谁有事都愿意帮忙，大家对他还都挺好的。"

建华妈警惕地："是挺好，可你一定要注意，不能让建华跟他有来往。"

建华爸妈说着话，来到了家门前，就在这时春生看到了，主动走过去跟建华爸妈打招呼："伯父、伯母，你们好，我有一件事要跟你们商量。"

建华爸看着春生冷冷地说："你有什么事跟我们商量？"

春生说："我要跟你们商量，我准备跟建华在一起。"

建华妈高声地喊："你说什么？跟建华在一起？建华马上就要成为李赶娃的媳妇了，你怎么能跟她在一起？"

春生执拗地说："我就是要娶建华，希望你们能同意。"

建华爸说："春生，你要娶建华，可你拿什么娶？建华能跟你去城里吗？再说到了城里建华怎么生活啊？连个工作都没有。"

春生说："到了城里我会想办法。"

建华爸说："行了行了，你不用跟我说了，我们和李家都在一个村子里，李赶娃娶建华，这是我们两家都同意的事情，你就不要跟着掺和了。再说了，你把建华带到城里卖了，她都不知道去哪里收钱。"

春生说："我不会的，我会跟建华在一起，有什么事我都会帮建华，您就放心吧！"

建华爸说："行了，你赶紧走吧，不要跟我在这浪费时间。"

春生说："我说的都是心里话，我是真心想跟建华在一起。"

春生越解释，建华爸越不听，反而拿起了墙边的扫帚，要把春生打跑。春生着急地："怎么能这样呢？听我说呀！"

建华爸说："你赶紧走，再不走，我就揍你。"

建华带着深深的无奈，见到家里的这种情形，只好跟在被赶跑的春生后边，也一路跑了出去。建华是想追春生去的，可是建华爸一把就把建华拽了回来："你要干什么去？"

建华说："我去追春生。"

建华爸说："你个姑娘家，你去追什么春生？赶紧给我回家。"

建华跺着脚说："我不回。"

建华爸说："你再不回，我连你一起打。"

建华妈和建华爸将建华拽进了屋子里，建华妈在外面把门锁上了，建华在屋子里，扒着门，又扒着窗子喊："放我出去，放我出去！"

可是建华爸妈也不理睬，建华妈对建华爸说："我去做饭去。"

建华妈去了厨房，建华爸看建华被锁在了屋子里，也放心地走了。

建华一个人在房间里喊了半天也没有人理她，建华开始变得绝望，放声大哭起来。到了晚上，晓杰来给建华送饭，建华哀求晓杰："想办法把我放出去。"

晓杰皱着眉头说："姐，放了你，爸妈该生气了。"

建华说："亲妹妹、好妹妹，你不是最心疼姐姐了吗？姐姐有好吃的也不是都给你了吗？你要帮帮姐。"

晓杰说："姐，道理我都懂，就是给你放走了，爸妈怎么办？"

建华说："他们会有办法的，他们现在身体很好，用不着我来照顾，再说家里还有你，你帮我照看他们，以后我有了好的条件，就会回来接你们。"

晓杰点点头，但是晓杰说："现在走还不行，爸妈还没睡着呢！万一让他们发现了怎么办？又把你追回来，到时候你就跑不了了。"

到了晚上，晓杰悄悄从床上爬下来，来到父母的窗前听声音，听到了父母打呼噜的声音，晓杰悄悄地走进父母的屋子，趁着父亲熟睡的时候，晓杰拿出了钥匙，赶紧跑到仓房门口，将门打开，建华看到晓杰进来，非常高兴，要给晓杰跪下。晓杰说："姐，别说话了，赶紧走。"

建华终于从家里跑了出来，晓杰看着建华的背影在夜色里消失，晓杰回家接着睡觉。春生在村外等着建华，见建华来了，春生拉着建华的手一起往前跑。跑了好久，建华忽然想起了什么，于是对春生说："春生，我还有一件事儿没办。"

春生着急："你有什么事没办？我能否帮你？"

建华说："我要去弟弟的坟前看看，跟他告个别。"

春生说："好吧，我陪你去。"

春生陪着建华，来到了小华的坟前，建华对小华说："弟弟，姐姐来看你，以后也不一定什么时候才能再来看你，你在下面要听话啊！"

建华在坟前跟小华说着话，春生听到了远处传来的脚步声，春生提醒建华："好像有人来了。"

建华说："赶紧躲起来。"

春生说："不能躲在这里，还是快跑，万一被他们发现就跑不了了。"

春生拽着建华，两个人一起往前跑。建华奇怪，怎么这么快就来人了呢？

原来，建华爸半夜起床去厕所，发现仓房里没有动静，于是掏出钥匙打开房门看建华，结果发现建华不在这里，建华爸立即意识到建华已经跑了，于是奔回屋喊建华妈："快起来，建华跑了。"

建华妈一听："建华跑了？还不赶快找去。"

建华爸和建华妈就开始召集人，出来追建华，跑出来很远，也没看见建华。建华爸说："追出这么远还没看到，我们就一直朝这条路走，她还能飞出去了？"

建华妈说："我知道了，她有可能去小华的坟前。"

建华妈猜得很准，两人召集村里人去追建华，往前跑着的时候，远远地就看到了两个黑影，正是春生和建华。建华爸说："就在前面，赶紧把他们抓回去。"

建华妈也说："快，赶紧追。"

春生听到了建华爸妈的声音，拽着建华，两个人奋力朝着前面跑。跑过了一座山，建华摔倒了，春生来扶建华，可是，天黑路滑，春生刚把建华推上来，自己就掉到了山下，建华朝着山崖下看着，黑漆漆一片，什么也看不见。建华大声喊着春生的名字："春生——春生——"

春生没有回应，建华又看后面父亲带人还在追，决意狠心继续朝前跑，只是建华边跑边哭，风从建华耳边吹过，可是建华仍然向前跑，跑着跑着，又跑到了一处悬崖边，建华看前面没有路，犹豫了一下，这时建华爸妈也来到了悬崖边，建华一看自己没有路可走，可是爸妈就在身边，建华爸说："建华你跟爸回去，嫁给李赶娃有什么不好？你怎么能跑呢？"

建华说："我就不回去，我就是不嫁给李赶娃。"

建华撕心裂肺地喊："我要跟春生在一起！"

建华爸到处找春生，也没看到春生的影子。建华爸说："你跟春生在一起，被人卖了你都不知道！"

建华有些歇斯底里地喊着："春生怎么能卖我呢？他已经死了。"

建华说着开始哭起来。建华爸疑惑地："怎么会死了？"

建华哽咽着："掉到山崖下了。"

建华爸仍然不相信："掉到山崖下了？那你还跑什么？"

建华说："春生死了，我也不想活了。"

建华爸劝："既然春生都没了，还是跟我回去吧！"

建华威胁着父亲："你要是再往前走一步，我就跳下去。"

建华爸很无奈："千万不要跳，千万不要跳啊！"

建华爸在往后退的时候，建华见父亲有些走神，建华就从父亲的胳膊下钻出来，建华爸一把没抓住，建华快步地跑了出去，天太黑，建华跑了，建华爸没追上，气得往家走。建华妈跟在后边。建华爸一边走一边说："唉，我多无能，养了个女儿，让我操碎了心。"

建华妈埋怨道："都怪你，怎么没把她抓回来呢？"

建华爸说："建华妈，你说得轻巧，都怪你，没看好建华，让她跑了。"

建华妈说："先别提这些，还是想想怎么跟李赶娃家交代吧！"

建华爸气哼哼地："爱怎么交代就怎么交代，我不管了，都是你养的好闺女，说跑就跑了。"

两人回到家，建华妈非常生气，愤怒地走进了屋子。建华爸在院子里看着建华妈的背影，也觉得没有办法。

第二章

看着划破的裤子，露出的膝盖，被树枝划破了红肿的脸也开始疼了，手上也刮出了口子，可是建华顾不得这些，她一直在往前跑着，终于跑到了公路上。

"建华跑了？这还了得？赶紧把她找回来。"李赶娃的妈妈在自家的院子里喊道。

李赶娃的爸爸说："我们好不容易娶的媳妇，怎么能让她跑了呢？赶紧去她家里找人去。"

于是，在听说建华跑了之后，李赶娃的爸妈领着一群人朝着建华家的方向跑去。

建华的父母正愁着怎么弥补建华逃跑这件事，就在这时，李赶娃的爸妈找上门来。进了屋，李赶娃的妈妈就吵嚷着："建华妈，你赶紧把建华给我交出来。"

建华妈说："我也不知道建华在哪儿。"

李赶娃插言："你怎么能不知道呢？周建华是你的闺女，你闺女跑了，你不把她找回来怎么能行？"

建华爸也走过来说："我们真的不知道。"

建华爸说话的语气明显底气不足。赶娃妈一看建华爸妈的样子，就觉得两个人心虚，一定是把女儿给藏起来了，于是，赶娃妈就更加嚣张了："你必须把建华给我交出来，如果不交建华，你就把彩礼钱给我退回来。"

建华妈说："我上哪儿去给你拿彩礼钱呢？都买东西了。"

李赶娃说："嘿，你不拿彩礼钱你又不交闺女，那你打算怎么办？"

建华妈摊开双手说："我真的拿不出钱来呀！"

赶娃妈说："拿不出钱来今天就给你好看，我看你到底能不能拿出钱来？今天要么一手交钱要么一手交人。"

建华妈和建华爸在院子里拦着往里闯的赶娃妈，就这样，两家人在院子里打了起来，建华妈打不过赶娃妈。头发披散开了，脸上也被挠出了血道子，两家人就这样在院子里打着。晓杰在屋子里听着外边的吵闹声，心里经历着激烈的思想斗争，晓杰觉得自己再不出去，母亲就要挨打，于是晓杰擦干眼泪，从屋子里跑了出来。

晓杰站在门口大声地喊："不要打了，有什么话冲着我说。"

建华爸妈听到晓杰的喊声立刻愣住了。建华妈说："有你什么事儿，赶紧给我回去。"

晓杰说："我不回去，今天我出来就是要告诉你们，我要顶替姐姐嫁给李赶娃。"

建华妈一听，愣了："什么？你要嫁给李赶娃？"

建华爸也说："晓杰，你回屋子，没有你什么事儿。"

晓杰说："我怎么能回屋？如果我回去了，你们就被他们欺负，你们就没完没了地吵，你们就会挨打，我能忍心看着你们挨打吗？"

晓杰边说边哭，建华妈看晓杰态度非常坚决，觉得发自内心地舍不得晓杰。建华妈奔到晓杰身边抱着晓杰就哭。

晓杰说："妈，别哭了。没有什么可哭的！"

建华妈说："怎么能不哭呢？你姐姐跑了，你要去替她出嫁了，可是你还小啊！"

晓杰说："我已经不小了，在农村我这个年纪也应该嫁人了。我嫁给李赶娃就能过好日子，你就让我去吧！"

建华妈说："我还是不放心哪！"

建华爸在一边也觉得难过，可是又有什么办法呢？

建华爸妈想来想去，找不到更好的方法。如果找不到建华，也只能让晓杰去替建华出嫁了。于是，建华爸对建华妈说："咱现在找不到建华，又拿不出彩礼钱，那咱只能让晓杰替建华出嫁了，也没有别的办法了。"

李赶娃刚才看到父母在吵架，现在又看到晓杰站出来说她要嫁给自己。李赶娃其实还是喜欢建华，现在这样的情形，李赶娃也非常生气。他态度坚决地说："我不要晓杰，我就要建华。"

晓杰听到李赶娃的话，觉得心里难过，自己主动出来要嫁给李赶娃，可是这个混蛋却不要，晓杰难过地跑回了屋子。

赶娃妈朝着李赶娃喊："你不就是娶个媳妇吗？姐姐走了妹妹嫁，就这样。"

李赶娃噘着嘴不说话。

赶娃爸又赶过来劝李赶娃说："要是你不要晓杰，建华又跑了，咱不是竹篮打水一场空了吗？咱怎么也得留一个呀？你能把媳妇娶到家才是真的呀！所以你必须同意娶晓杰。"

李赶娃蹲在地上抱着头想了半天，觉得爸妈说得都有道理。既然建华不想嫁给自己，那自己不是要打光棍吗？李赶娃想了半天，终于说："那好吧！"

李赶娃同意娶晓杰，建华妈心里的石头落了地。赶娃妈却说："这次便宜了你们！建华跑了那就让晓杰替。"

两家达成一致，决定还是按照选好的日子娶晓杰。

建华妈觉得亏欠晓杰，还想跟李家再理论一阵，建华爸拽着建华妈："就这样吧！别再吵闹了，还嫌丢脸丢得不够啊！"

邻居们已经围了过来，很多人在看热闹。见到晓杰同意嫁给李赶娃，两家的闹剧总算收场了，大家也就散去了。

李赶娃跟父母回家，继续准备婚礼。

建华虽然跑了出去，可是山道弯弯，建华爬过一山又一山，也不知道又摔了多少个跟斗。有的时候脚下一滑就摔了下去，摔了之后建华又爬起来，还要重新继续往上爬。有多少次建华挣扎着，趴在地上不动了，她不想再走了，就待在深山里让野狗把自己吃了吧！可是建华又一想，还要活下去，自己还要往前走。她也不知道摔了多少次，看着划破的裤子，露出了膝盖，建华也顾不上，被树枝划破了红肿的脸也开始疼了，手上也刮出了口子，可是建华顾不得这些，她一直往前跑，终于跑到了公路上。

建华在路上等着过往的车辆，可是过来的车很少，即使有车也不会停下。

终于来了一辆客车，建华看到车上的牌子是往城里去的，就站在路上，激动地挥着手。她怕客车不停，又跑到路中间站着，然后双手交叉着来回地摆动着。客车司机见到建华站在路上，一边刹车一边骂："不要命了！"

客车终于停了，建华跑上了车。车上人看到建华穿着破裤子，脸上划出的血道子，都不知道发生了什么。也有人昏昏沉沉的，也没去注意建华。建华上了车，车上正好有一个空座位，建华就坐在了那里。这时候车上有一个人注意到了建华。他看着建华孤身一人，就慢慢地靠了过去。站在建华的身边说："小妹妹，你是一个人吗？"

建华看着这个人，眼睛瞪着他，也不说话，这人就顺势把手伸到了建华的脸上说："小妹妹，你的脸是从哪弄得呀？哥看着都心疼哩！"

建华拿下流氓的手说："关你什么事？"

小流氓说："嘿，还挺倔强的。哥就喜欢你这种类型的。"

建华非常愤怒，于是喊了起来。小流氓却对建华动手动脚。建华从座位上站起来，想冲到前面去。小流氓却把路挡住了。建华愤怒地喊："你走开，流氓！"

听到建华的叫喊，车里有两名乘客注意到了，这两人穿着旧军装，一看就是从部队里出来的，长得又很高大，一人大眼睛双眼皮，一人细长眼睛单眼皮。两个人从座位上站起来，伸出手就来拽这个小流氓。小流氓觉得自己受到了侮辱，于是从衣兜里掏出刀来，对着两个人说："我看你们谁敢动。"

俩人却一点儿也不害怕，一人说："把你的刀子放下，否则别怪我们不客气。"

小流氓说："嘿，我还就不信了，是你们的拳头厉害还是我的刀厉害？"

细长眼睛的小伙子上去一拳就将流氓的刀给打掉了，可是小流氓却迅速地捡了起来。圆眼睛的小伙子去抢小流氓的刀。小流氓伸手刺向了小伙子。可是小伙子根本就无所畏惧。他伸手抢过了刀，只是锋利的刀刃儿将他的手划破了，手往下滴着血。细长眼睛的小伙子将小流氓踢了几脚，然后来到车门附近，司机在这时候打开了车门，他将小流氓一脚踢下了车，小流氓在车下喊"你等着！"

司机关上了门，将车开走了。建华见圆眼睛的小伙子受了伤，她将自己的衣襟撕开，撕成绷带条，开始为他包扎起来。细长眼睛的小伙子问："你怎么能惹上这个流氓呢？"

建华说："我不认识他。"

小伙子说："我明白了。"

圆眼睛小伙说："刚才只顾着在车上闭眼睛休息了，没注意发生什么。你一个女孩儿，可要注意安全。"

建华说："我求求你们，能不能把我带走啊？我是真的不能在这个地方，我真的想跟你们去，不管走到哪里我都跟着。"

这两个小伙子中的圆眼睛名叫马国庆，细长眼睛的小伙子名叫李大宽。两个人听着建华提出的难题，互相看着谁都拿不定主意。

建华看到两个人犹豫，于是说："我知道你们是好人，所以我决定了一定要跟你们走，你们就带我走吧！"

两人还是犹豫不决，建华就开始哭着讲述了自己的身世。

建华哭得很伤心，李大宽心软了，对建华说："小妹妹，你别哭。慢慢说，有什么困难跟我说。"

建华说："我爸妈让我嫁给我们村的李赶娃，我不喜欢他，我就跑了出来，可是没想到，路上遇到了很多事，我心里很难过，刚才在车上的事你们也看见了，我真是不知道自己该怎么办了。"

李大宽说："没关系，小妹妹，你就跟我们一起回家吧！我家里有一个老妈，你跟她在一起生活就好了。"

马国庆说："建华连户口都没有，怎么能够在城里生活呢？还是有困难的，我家在农村，我还有妹妹中玲，她能跟建华在一起做伴，我看我还是把建华带回家去吧！"

李大宽说："那好吧，我们到东北老家之后你就先领建华回家，以后我安排好了，我会去看你们的。"

国庆说："也只有这样了。"

见两人同意带着自己走，建华从刚开始的悲伤中，又变得开心起来。到了车站，三人一起下车，建华非常开心，在路上跟着大宽和国庆一起往前走。建华问国庆："我们去哪儿？"

国庆说："我们去吃点儿东西，然后我们一起坐火车回老家。"

国庆和大宽领着建华在车站附近的小吃店吃了饭，建华就跟着他们又去了火车站。三个人一起上了车不久，火车就开动了。终于离开了，建华太高兴了，在车厢里，建华给大宽和国庆唱起了歌。

国庆和大宽听着建华唱歌，优美的声音传出来，顿时让两人想起了南方的山水。大宽说："建华，原来你唱歌这么好听。"

国庆也鼓掌说："建华，再来一首。"

车上的乘客说："这个妹子唱得真好。"

建华非常高兴，唱了一首接一首。

建华的歌声感染了车上的乘客，大家这一路上都非常开心，车厢里有很多人都在表扬建华。由于三个人只买到了一张卧铺票，李大宽说："建华住在卧铺吧！"

马国庆说："不然你说能让你睡卧铺吗？"

李大宽笑着说："我知道你怜香惜玉的。"

马国庆说："我的卧铺就让给建华了，建华你赶紧去卧铺上睡一觉，睡醒了我们就到家了。"

建华说："真的吗？"

大宽说："你睡两个觉也不会到家的，好远的距离呢！"

建华说："只要跟你们一起回家，多远的距离我都不担心了。"

国庆说："先去睡吧！别想那么多。"

建华到了卧铺上，国庆就在边座上坐着，跟李大宽聊天，就这样两个人聊着聊着，不知不觉，天亮了。一个晚上就这样过去了，建华却还在沉睡中。

第四章

晓杰从一个纯洁的小女孩，变成了一个女人，而这个过程，就是自己不情愿的，就是被迫的，建华如果知道这些会怎么想呢？

晓杰顶替姐姐出嫁了。

晓杰穿着李赶娃家送来的衣服，打扮起来非常漂亮，但是这些漂亮的衣服有什么用呢？对晓杰来说，一点儿意义都没有。晓杰像个木偶一样，穿上了这些衣服，然后又被打扮起来。坐在房间里，晓杰哭了，建华妈说："真是不愿意让你出嫁。"

可是晓杰说："我不出嫁又能怎么样？姐姐不在家只有我去了，不然那个李家能放过咱们家吗？三天两头地，隔三岔五到我们家来闹，你受得了吗？"

晓杰妈说："真是没有办法，让你受委屈了，妈心里也难过。"

晓杰说："都已经这样了，也没有什么别的办法了，难过有什么用呢？只好听天由命了。再说李赶娃家条件也挺好的，就是李赶娃这个人，我们都不喜欢，那也没有办法，只好这样了。"

李家接亲的人来了，晓杰跟着接亲的人往外走。村子里的人们都出来看热闹，从村东到村西，晓杰这一路上一直都在哭，她哭自己的命运悲惨，不知道姐姐现在在哪里。晓杰又觉得父母太可怜了。如果自己不出嫁，家里就不得消停。总说天无绝人之路，可是自己真的走到了绝路上，不去李赶娃家，自己没有家，也没有路，所以只好认命了。

周晓杰来到李赶娃家门口的时候，就见到李赶娃家的院子里，搭起了大棚子，很多人在院子里忙着。在农村，尤其在山里，人们结婚的时候，就在院子里搭起大棚子，在棚子下面摆上桌子、凳子。人们来祝贺的时候，就在这里吃饭，吃得像流水席一样，家家户户大人小孩都来到李赶娃家祝贺，所以李赶娃家今天非常热闹。晓杰来到这里的时候，李赶娃跑出院子来迎接，赶娃的父母也赶紧把新娘迎进来，一群年轻的后生，跟李赶娃开着玩笑："赶娃娶了媳妇了！"

李赶娃的心里，觉得没有娶到建华，虽然有些别扭，但是晓杰比建华还年轻，长得也很漂亮，李赶娃想想也只好认了，不然能怎么样呢？跑了一个不能一个也娶不到吧！所以李赶娃就是这样的心理把晓杰娶了进来。

晓杰躲在屋子里，看着外面的客人，李赶娃和父母在院子里招待着客人，晓杰却想起了姐姐建华。她回忆着自己小的时候，跟建华在一起玩耍的情景。那时的建华，跟自己在一起，不管走到哪里，都会护着自己，别人欺负晓杰，建华就会挥舞起小拳头，跟人家拼命。在农村，家里的女孩子要是没有哥哥，在外面的时候总是感觉自己受欺负，总是那样力量弱小，可是晓杰却没有这样的感觉。每一次外出，在外面受欺负的时候，都是建华在帮助自己，建华就像自己的哥哥一样，虽然家里的弟弟还小，但是有建华护着自己，晓杰就觉得自己非常开心。

可是现在，童年过去了，两个人都长大了的时候，晓杰就觉得不那么开心了，建华有自己的事要做，晓杰也想自己活得开心一些，可是建华跑了，晓杰顶替姐姐出嫁，现在的日子，晓杰觉得是那样的无奈。婚礼的场面是很热闹的，很多人在那里，一起吃饭喝酒，连喊带叫的，可是晓杰却提不起兴致来。晓杰觉得自己的命运是那么悲惨，落在了李赶娃家，觉得自己没有什么前途可言了。虽然晓杰受过一些教育，也希望到外面的世界看看，可是现在已经没有机会了。山里的很多女孩，嫁人了，就一辈子也走不出这座大山了。这时候晓杰却希望，建华能够走出大山，看看外面的世界，自己虽然看不到，可是建华如果能看到，就了了自己的心愿了。

闹哄哄的时光，总有完结的时刻，客人们散去的时候，天色已经很晚。李赶娃家院子里，虽然已经一片狼藉，但是还有很多人来帮忙。帮忙的人在院子里，把碗筷都收拾了，然后棚子也撤了，赶娃妈说："赶娃你早点儿休息。"

　　李赶娃喝了点儿酒，但是还没有喝醉，来到新房里，看到了晓杰。李赶娃问："你怎么还不脱衣服睡觉？"

　　晓杰坐在那里不动，也不说话，李赶娃爬上了床，拽着晓杰："快过来，帮我脱衣服。"

　　晓杰还是不动，李赶娃说："你怎么回事儿？你不是我娶回来的媳妇儿吗？怎么不听我的话呢？"

　　晓杰不让李赶娃拉自己，也不让李赶娃碰自己。李赶娃非常生气："你这个小女子，我娶了你回来我还有罪了，我怎么动你都不行，看样子不给你点儿好看你就不满足，对吗？"

　　李赶娃说着话，恼羞成怒地上去就给晓杰打了一个嘴巴，晓杰反手就拿出了一把剪刀，李赶娃说："你还反天了，我看你能怎么样？"

　　晓杰也不说话，拿着剪刀喊道："你再碰我，我就自杀。"

　　李赶娃说："你还反天了！"说着伸手就拽晓杰，可是李赶娃一不留神，被晓杰拿着的锋利的剪子给伤到了，李赶娃大声地喊着："反天了，反天了，要杀人了！"李赶娃看着手上的血，声音越来越大，就像猪号叫一样。

　　李母听到了，匆匆忙忙就往新房这边跑："怎么啦？"

　　李赶娃看见妈妈跑进来，委屈地说："你问她。"

　　李赶娃的妈看到儿子手上滴血，特别生气，朝着晓杰喊："到底怎么回事儿？你是不是伤了我儿子？"

　　晓杰说："我没有。"

　　李赶娃说："就是她拿的剪子。"

　　李赶娃妈一看，晓杰手里还拿着剪子，冲过来就要抢，晓杰拿着剪刀，指着赶娃妈："我看你敢过来！"

　　李赶娃妈说："你还反天了，反天了。儿子，过来，咱们一起把她弄住了。"

　　李赶娃也顾不得手疼，就冲了过来，跟妈妈一起，把晓杰的剪子抢了下来，制服了晓杰。李赶娃的妈说："给她放床上去，你就把她睡了，我看她能怎么样？她还反天了！"

　　李赶娃闷声不响地，就扑到了晓杰的身上。晓杰躲着李赶娃，可是也躲不过去，李赶娃妈在屋子里看了一会儿，就往出走，临走前，恶狠狠地放下话说："你就睡了她，我看她敢怎么样？"

　　李赶娃的妈回到了自己的房间，李赶娃爸问："怎么样？"

李赶娃的妈说："还能怎么样？不服也得服。"

李赶娃爸说："赶紧睡觉吧，都半夜了。"

就在两人刚刚进到被子里的时候，传来了晓杰撕心裂肺的哭叫声。李赶娃爸说："这娃子真行。"

李赶娃妈说："什么行不行的，不还是随你吗？明年生个孙子一点儿不成问题。这么靓的女子到了我们家，生个孙子模样差不了。睡吧！"

在火车上已经熟睡的建华，哪里知道家里发生了这么多变化，她更不会想到晓杰顶替自己出嫁，嫁给了李赶娃。晓杰从一个纯洁的小女孩，变成了一个女人，而这个过程，就是自己不情愿的，就是被迫的，建华如果知道这些会怎么想呢？

随着火车的轰隆响声，建华在车上熟睡着。火车过了山海关，建华突然做了个梦，梦里她见到了晓杰，晓杰跟她哭着喊着，说自己是委屈的，自己不愿意，可是建华想问晓杰有什么委屈，有什么不愿意，还没等晓杰告诉建华，这时建华却醒了过来。建华醒来的时候，泪流满面，而建华的哭声，在车厢里，也被其他人听到了。马国庆和李大宽，坐在边座上，也有些昏昏沉沉，可是听到建华的哭声，马国庆立即惊醒了。他问建华："你怎么了？"

建华只是哭着，却不说话。哭了一会儿，建华说："我要下车。"

马国庆说："你怎么能下车呢？火车正在开着，还没有到站。"

建华说："我下车，我要去找妹妹。"

马国庆说："不要去找妹妹了，你已经快到东北了，再有几站就到我们家了，火车已经跑出来很远很远，几千里了。"

马国庆劝住了建华，可是建华却仍然哭泣着。

李大宽说："建华，你自己一个人回去，我们真的不放心。"

建华说："我不知道家里发生了什么事儿，我总是感到心里边慌慌的。"

建华说着说着，眼泪不由自主地又流了下来。马国庆说："建华，其实我们也很同情你，但是你想，哪一个人能知道家里会发生什么事呢？其实每一个人都不知道自己的将来，也不知道自己家人的将来。现在我只知道，你跟我们到了一个安全的地方，即将开始你新的生活，我们就觉得很欣慰了。"

建华心里很难过，但是听马国庆这样说，也觉得自己还是应该继续往前走。虽然不知道以后会怎么样，可是既然已经走到了这一步，只好往前走了。不管怎么说，已经从家里出来了，怎么能自己再回去呢？回去如何面对李赶娃，如何面对父母？难道就真的嫁给李赶娃吗？建华想到这里，态度非常坚决地想：就跟着马国庆和李大宽走吧！

列车上传来了播音员的声音，建华才知道，前方就是沈阳站。列车广播又讲到沈阳是一个什么样的城市，建华听着，有些兴奋，但是也有些茫然。兴奋的是自己终于离开家来到了一个新的城市。可是又有些茫然，不知道自己今后会怎么样。

建华还在那里沉思着，国庆说："建华，准备下车了。"

大宽说："下车后我请你们吃饭。"

国庆说："吃什么饭呢，直接回家吃。"

大宽说："我不是请你，还有建华呢，你以为就请你自己呀？"

国庆说："要是这样的话，我就跟建华借光，吃你一顿饭好了。"

大宽说："什么借光啊，你是我老战友，我就一起请你们吧！"

三个人随着人流出了车站，车站里的人很多，大家一起往出走。一走出沈阳站，建华就看到了很高的一个碑，上面有个小坦克。车站的日本式的建筑给建华也留下了很深的印象，她问李大宽："那个小坦克是干什么用的？"

大宽说："那个小坦克呀，特别有纪念意义，那是苏联红军烈士纪念碑，那里面有苏联红军烈士。"

建华说："真的吗？难道是个坟？"

马国庆说："这个纪念碑，也就是农村说的坟，但是带碑座的，这个碑座比较大。"

建华说："哦，我懂了。"

建华跟着马国庆和李大宽，一直往前走，站前就有饭店。大宽说："走吧，就进这家饭店，我们一起吃点儿饭。"

马国庆说："这是家大饭店呢，你真在这里请我们？"

大宽说："那还能有假？走吧！"

就在站前饭店，李大宽请马国庆和建华吃了一顿饭。对于建华来说，长这么大第一次下饭店，而且是这样的大饭店，建华非常开心地吃着，边吃边用感激的目光，看着李大宽。

马国庆说："吃饱了我们就走，你多吃点儿，以后回到我们村里就没有这样的大饭店了。"

大宽说："以后想吃就来，城里这样的饭店很多的。"

马国庆说："我们村离这里还有一段路程呢，再说建华能总来这儿吗？"

大宽说："只要我们战友相见，就来这里吃饭，也带上建华。"

建华说："好啊，我真的希望能够经常来。"

大宽笑道："这点儿出息，就为了来饭店，我难道不工作了？我不工作怎么请你们吃饭？"

三人就开心地笑着，国庆也跟着建华一起笑，三个人非常开心，大宽见建华和国庆吃完了饭，对两人说："我送你们去车站吧！"

站前就有去郊区的车站，李大宽目送着建华和马国庆上了车。车子启动了，建华还向李大宽挥着手。国庆说："他都看不见了，你还挥手啊？"

建华说："我真是觉得大宽是个好人。"

国庆接话说："大宽就是好人，他跟我战友这么多年，是很实在的人，是我的好兄弟。"

建华说："我真的第一次吃这样的大饭店，太好吃了。"

国庆说："以后有机会经常请你，等我回来我就找大宽，我们一起请你。"

建华高兴地说："太好了！"

李大宽目送着建华和国庆上车后，看到车子启动，又开出了很远，大宽才自己一个人走向了公交车站。

国庆和建华乘坐的客车，经过一路的颠簸，在小铺子村停下了，建华和国庆从车上下来，国庆就告诉建华："看见没有？往前走，第四趟房就是我家。"

建华这一路上看着一望无际的平原、绿色的田野，建华就觉得，这里跟自己的家乡真的不一样，自己的家乡有那么多的高山，而这里却全是平原，根本就看不到山，建华就觉得，高山有高山的好处，平原也有平原的好处。山上的，有很多地方种不了庄稼只能种树，而这里却没有那么多树，都是水稻。建华在这里第一次看到了这么多的水稻，一路上坐车的时候，马国庆给建华讲解着："那边是高粱，那边是水稻。"

虽然距离很远，建华看不清楚，但是也知道了大概，各种植物是不一样的。马国庆说："建华，你怎么不知道这些呢？"

建华说："我们那边种的跟这里不一样。"

马国庆也理解，从车上下来的时候，建华跟国庆一起往村里走着，在村子里遇到了几个老人，马国庆跟他们打着招呼，沿着村里的小路，朝着自己家的方向走。建华觉得自己虽然来到了一个陌生的环境，但是跟国庆在一起走着，并不觉得陌生。

国庆带着建华回家，村里的人奇怪地看着他们。有些人国庆不认识，只打了个招呼，很快就来到了自己家门口。

国庆的父母看到儿子带着建华回家，一进来，他们就感到非常惊讶。国庆妈的表情就特别不自然，国庆也看出了妈妈的表情，可是国庆妈并没有说什么。

国庆给爸妈介绍着建华："妈，这是建华。"

国庆的父母很惊讶，但见到建华这样的一个女子也非常高兴，只是他们担心亲家如果知道国庆带个姑娘回家，一定会有意见。果然不出所料，国庆带着个姑娘回家的消息，很快就传到了国庆的未婚妻王招娣父母那里。

早晨，招娣正拿着工具要出工，就看到邻居在村头聚在一堆谈论着什么，招娣赶过去："说什么呢？"

多嘴的邻居就说："哎呀，我们看到国庆回来了，还带着个姑娘，是不是在外面找了女人呢？"

招娣一听："国庆回来了，我怎么不知道？"

邻居说："你看看，你都不知道，人家在外面又找了个姑娘带回来，是不是不要你了？"

招娣一听，非常生气，扔下了工具，就往国庆家跑，还没等进门，她就喊着："国庆——国庆——"

马国庆听到了招娣的声音，从屋子里出来说："招娣，你来了！"

招娣走进屋子，看到了建华，就觉得邻居说的是对的，所以听信邻居的谣言，相信国庆确实在外边找了个女人。于是招娣非常生气地质问马国庆："你真的在外面有女人了？"

马国庆说："什么女人呀？听我给你解释。"

招娣说："我不听解释。"

招娣非常生气，而马国庆的父母也觉得没有办法面对招娣，不知道该说什么，只好走出屋子去收拾东西。

第五章

国庆和大宽趴在隧道顶端往下看，看到隧道下乌亮亮的铁轨。大宽在那里看着的时候，生发出无限的感慨："这份工作太重要了！"

直到马国庆的未婚妻招娣来家里闹的时候，建华才知道，原来马国庆是回来结婚的。招娣来的时候，跟马国庆还说："既然你带了个女孩回来，那你就跟她结婚好了，你不用跟我结婚了。"

国庆说："你不应该有这样的想法，怎么能这么说话呢？我和建华只是当兄妹相处，建华正好有困难，我和大宽就帮助她，把她带到了家里来。考虑到大宽在城里住，建华去了也没有户口，会有很多难处，所以才把她带到家里来。我是拿她当自己妹妹的，你也应该这样做，不能对建华这样无礼。"

建华听了招娣的话之后，非常后悔，不应该来给国庆添麻烦，可是自己能去哪儿啊？建华觉得自己没有地方可去了，只能在这里，虽然委屈也要这样过日子。但是，建华看到招娣对自己是那样的敌视，又改变了主意。建华就想，无论如何也不能留在这里，决定了要走，建华就去拿自己的东西。

就在建华准备收拾东西，要离开马国庆家的时候，马国庆正好从外面回来，看到了建华，国庆问："建华，你去哪儿？"

建华说："我，我不去哪儿，我要去招娣家，去跟她解释解释。"

国庆说："有什么好解释的，我都已经说过了，她就是不理解。"

建华说："我觉得你态度有问题，应该跟她好好解释，毕竟我到这儿来，还是个不速之客，她不能立即接受，所以，我觉得，很对不起你们。"

在国庆和建华说话时，招娣又来了，朝着建华喊："你怎么还在这儿赖着，赶紧走，不然以后还会把你撵走的。"

建华说："不用你赶着我，我很快就会离开的。"

招娣说："那你就赶紧走吧！"

招娣说完就走了。建华正要走，国庆拦住了建华。国庆说："你等等，一会儿我要跟你说点儿事儿。"

建华不知道国庆要跟自己说什么，就在建华在等着国庆的时候，却没想到，国庆跑到了招娣家。国庆说："招娣，你看建华一个人很可怜的，她也没有地方可去，你怎么就不能容忍一下她呢？你不能大度一点儿吗？"

招娣根本就不听国庆的解释，国庆说："你都不听我解释，真是没有办法，总之这件事我不能听你的，我就让建华留下。"

招娣气哼哼地说："马国庆，你就是一个陈世美，你就是个忘恩负义的、喜新厌旧的人。"

招娣骂着国庆，国庆也很生气："真是不可理喻。"

国庆一边说，一边跑出了招娣家。他在路上漫无目的地走着，走到了村外的小树林里，看到那些小树，国庆用手掌击打着小树，开始发泄自己的愤怒。他心里很郁闷，却没有地方去发泄，更没有人去诉说。国庆在树上拍着，啪、啪，一下又一下，结果刀口被震开了，又流了血，国庆用手捂着刀口。就在这时，国庆听到了建华的喊声："国庆哥——"

国庆回头，见建华和中玲朝着自己跑了过来。建华看见国庆的手在流血，急忙跑上去，给国庆擦去手上的血，把自己的衣襟撕下来一块，给国庆包扎，建华心疼国庆，对国庆说："你不能作践自己。"

国庆说："我没用。"

建华劝道："不要在这里发泄郁闷了。"

国庆说："没有没有。建华，你想得太多了。"

中玲说："赶紧回去吧，一会儿妈该着急了。"

建华跟着国庆、中玲一起往回走。回到国庆家的时候，建华这一次暗下决心，一定要离开马国庆家，绝不能再给国庆添麻烦了。建华觉得，只有自己离开，才能让国庆和招娣过上幸福的日子。

就这样，在国庆和中玲都没在家的那一天，建华离开了国庆家。等国庆兄妹回来的时候，没看到建华，国庆跑进屋子问中玲："你看见建华了吗？"

中玲说："没看见啊！"

国庆立即明白了，朝着中玲喊："还不赶快去找，她对这里哪儿都不熟悉，万一走丢了怎么办？"

中玲一边找一边喊："建华——建华——"

建华此刻就在前边那条小路上走着，正不知往哪里走，于是在犹豫的时候停了下来，让中玲看到了。中玲就喊："建华姐，你往哪儿去？"

建华停下来，抬头一看，原来是中玲。建华哭了。中玲问："怎么又哭了呢？我哥不让你走，你非要走。"

建华想回来，可是想起国庆的处境，于是继续往前走。中玲在后边跟着，喊道："赶紧回来吧！"

"我不会回去，回去又给你哥添麻烦。"

"你怎么总这样说话呢？是我哥让我来找你的，你一离开，我们心里更加觉得难受。"

中玲就去抢建华手里的行李包，建华夺过中玲拿着的行李包，说："给我。不管怎么说，我还是要走的。"

中玲说："你去哪儿呀？赶紧跟我回去吧！"

就在建华和中玲拉拉扯扯的时候，国庆捂着手跑了过来。国庆对建华说："赶紧回去。"

建华倔强地："我不回去。"

国庆说："怎么这么倔强？我是诚心诚意让你回去的。"

中玲一边插话："赶紧回去吧！不然我哥会生气的。"

在国庆和中玲的劝说下，无路可走的建华只好跟着兄妹两人回到了马家。刚进门，就见王招娣的父母走了进来。国庆迎上去说："叔叔婶子来了！"

王招娣的父母也不说话，直接就进了屋子，对着国庆的妈妈说："你管管你儿子吧，如果你们管不了，我们就退婚吧！"

国庆妈说："怎么又要退婚了呢？不是好好的，说要结婚吗？"

招娣妈说："这还用问我们吗？这话应该问你儿子啊？"

国庆一听，非常生气地说："不就是因为我带建华回来，招娣心里不舒服吗？我带建华回来，我又不是跟建华结婚，到底生什么气呢？真是想不明白。"

招娣妈说："你说在农村，要是你带个大姑娘回来，那别人会怎么想，我们家招娣会怎么想？"

国庆说："我已经劝过她了，她也不听，既然要这样，愿意退婚就退吧！"

招娣爸妈一听，生气地就要走。看到招娣的父母离开，国庆妈对国庆说："儿子，你既然想要跟招娣结婚，那你就应该去跟人家赔礼道歉，毕竟是咱们有错在先。"

国庆说："我有什么错呀，我不就是把建华带回来了吗？建华那么可怜，我们不应该帮她吗？做人还讲不讲良心呢？"

国庆妈说："你做得对，儿子，妈支持你，可是你却不能跟招娣把这门亲事弄黄了呀？去吧，去给招娣家赔礼道歉，该结婚结婚，免得招娣又想多了。再说你也老大不小，怎么做你自己明白。"

国庆也觉得自己快要结婚了，再跟招娣这么闹下去，也不太好。他不想让父母操心，自己这么大年龄了，在农村还没有结婚，也会给父母增加负担，所以国庆就忍住心中的怒气，去了招娣家。

国庆来到招娣家，一进门，招娣看到国庆，也没有说话，转身就进了屋子，国庆说："招娣，你还生我气呢？我是来跟你赔礼道歉的。"

招娣说："你不用跟我赔礼道歉，要不就结婚，要不就退婚。"

国庆耐住性子说："我是想把日子往好了过，为什么要退婚呢？"

招娣说："那要是不退婚，就赶紧结婚。"

国庆说："可以结婚。"

招娣却说："结婚可以，你要尽快把建华送走，想想我就生气。"

国庆想了想，说："我答应跟你结婚，但是不能把建华送走，你也不能再闹了。"

招娣顺势同意了跟国庆结婚，听到不把建华送走，招娣心里还是很别扭，但是国庆答应跟自己结婚，她还是感到很高兴。

国庆的婚礼照常进行，村里来的人很多，建华也跟着帮忙，一帮人过来闹洞房，等大家散去时，国庆喝得有些醉。

招娣对国庆说："早点儿睡吧！"

国庆喝多了，也没怎么搭理招娣，招娣非常生气，于是就朝着国庆骂起来：

"马国庆，你是猪啊，睡得和死猪一样。"

马国庆听到招娣骂自己，这时候忽然就醒酒了。醉眼蒙眬地问："你还敢骂我？"

招娣说："我骂你是轻的，我还想打你呢！"

国庆看着招娣："你敢打我？那你就是吹牛。"

招娣反驳："虽然你是部队出来的，但是你不敢打我。"

国庆生气："就仗着你是女人，我是好男不跟女斗。"

招娣啧啧道："你还是好男？你还没跟我结婚，到外面又领了个女人回来，让邻居指手画脚，说不清道不明的，你说她到底是你妹妹，还是你什么人呢？你就到外面捡回来一个女人，把她当成自己屋里的女人啦！"

国庆说："怎么又纠缠这件事儿了？你还有完没完？"

招娣喊着："就是没完。"

建华在屋里听到了，一想到国庆因为自己跟王招娣在新婚的第一天晚上就吵架，建华心里觉得很难过，晚上躲在被子里流泪。回忆着自己跟春生从家里跑出来，可是在逃跑的过程中，春生就掉到了山崖下，建华呼喊着春生的声音，撕心裂肺："春生——春生——"

可是连春生的影子都看不到了，建华真的很难受，那时她趴在悬崖边上，往下看着，心里撕心裂肺地难受，所以建华才跑到了公路上，拦下来长途汽车，上了车，刚感到自己安全了，却又遇到了小流氓。如果没有马国庆和李大宽将建华救了下来，建华也不会走到今天。

想到这里，建华睡不着，披上衣服从院子里出来，又走到了大门口。建华在门口徘徊着，思考着自己以后的事。却没想到，村里的懒汉张二汉，正在外面闲遛，张二汉看到建华，凑上来问："这不是建华吗？你大晚上的不睡觉，自己一个人在外面晃悠啥？"

见建华不说话，张二汉酸溜溜地说："人家国庆和招娣都结婚了，你还在人家家里待个什么劲儿？"

建华没心思跟张二汉说话，看也不看张二汉就想往回走，可是张二汉偷眼看看四周，路上没有人，天又漆黑，张二汉胆子也大了起来，对建华说："小女子，能不能陪我玩玩呢？"

建华说："滚！"

张二汉也不生气："嘿，小娘们，给你脸不要脸，你还敢跟我喊，敢骂我。"

张二汉又凑了上来，用手摸着建华的脸："粉嫩粉嫩的。"

就在建华跟张二汉撕扯着的时候，突然有人大喝一声："滚开！"

建华听到了熟悉的声音，这个声音是那样的亲切，原来是国庆。建华激动地躲到了国庆的身后，张二汉起初惊到了，后来一看是国庆，恍然大悟般说道："原来是你，今天你不是结婚吗？半夜出来梦游呢？"

马国庆说："好你个张二汉，真是不知好赖。"

张二汉此刻并不害怕，又朝着建华凑了上来，跟国庆示威般地说道："我跟建华说话有你什么事？你有什么权力管建华？"

国庆生气："我让你滚，你就赶紧给我滚，别找不自在，别说我给你松皮。"

张二汉开始耍无赖："我倒是看看你怎么给我松皮？"

国庆说："还敢跟我对付？"

张二汉说："我看你到底有什么能耐，不就是仗着你当过兵吗？"

马国庆说："当兵怎么了？我当兵我光荣，比你个二混子强。"

张二汉说："要是这么说，今天我就打你个当兵的。"

张二汉说着，对着国庆就打了一拳，国庆也不含糊，对着张二汉就是一顿拳打脚踢。张二汉招架不住就要跑，国庆见好就收，担心打坏了张二汉让这个无赖钻了空子。

张二汉一边跑，一边骂："马国庆，你等着。"

国庆说："滚！"

张二汉狼狈地一边跑，一边喊着："你等着，看我怎么收拾你。"

马国庆也不理睬张二汉的威胁，对建华说："你没事吧？"

建华感激地看着马国庆，摇摇头。

在夜晚的星空下，建华看着马国庆，心里涌起的是无限的感动。她轻声说："国庆哥，谢谢你又救了我。"

看着建华受到的委屈，国庆回忆起了在车上与建华相见的那一刻。建华是那样的可怜又无助，现在，建华就在自己的眼前，国庆仿佛又看到了与建华初见时的可怜样子，心里就觉得对不起建华。

国庆也轻声地说一句："跟我回家。"

虽然声音很轻，却像一道命令，让建华没有反对的理由，她迈动双腿，跟着国庆往回走。

国庆带着建华回家，全家人都已经睡着，国庆进了屋子，躺在招娣的身边，听着招娣的轻轻鼾声，一种莫名的情绪从心底生发出来，可是又无处发泄，只是盼着天快点儿亮起来。

建华进了与中玲一起住的屋子，坐在炕沿边，脑子里胡思乱想着，又默默地开始流泪，觉得自己将来不知道该怎么办。

在家歇了三天，国庆和大宽回到了部队，正遇上战斗部队减员，国庆和大宽两个人很快就从部队复员，又一起被分到了铁路部门。

两人从部队回来，直接去报到。路上，大宽说："到了铁路部门，不知道我们能分到哪里？"

国庆说："能分到哪里？一定是修铁路，我觉得我们俩能分在一起。"

大宽笑："就你自信。"

国庆说："即使分不到一起，我们也可以申请调到一起，反正都在铁路，都是一个部门，我们一辈子都是好哥们儿，一辈子都在一起工作。"

两人就这样聊着，来到了铁路局大楼前。门前还有不少复员军人来报到，国庆和大宽分别走进办公楼。没过多久，两人报到之后，又几乎同时从楼里出来。国庆看到了门口的大宽，问道："怎么样？我们两个能不能分到一起？"

大宽说："我是巡山啦！"

国庆嘿嘿笑："我也是巡山，真让人高兴。"

两个人立即拥抱在一起，国庆说："这下好了，我们一起去巡山。"

大宽说："原来我们是当山大王。"

国庆严肃地说："我们这个山大王可不简单，山洞里的火车一辆接一辆地安全行驶过去，我们才算完成好工作任务。把铁路维护好，就是我们的工作。"

大宽笑着："你以为我觉悟低啊？我们在一起做什么都高兴，哪怕最艰苦的工作，也让我感到快乐。"

两个人上班的第一天，是一起在山里巡线。早晨，大宽起来得很早，虽然居住的地方不如家里，但是大宽还是觉得山里的空气很清新，小站的工区里住着新来的几个人，大家很快就熟悉了。

早晨，大宽去喊住在另一个屋子的国庆："国庆，我们去巡线了。"

可是国庆却不在房间里，大宽出了房间，来到屋外，远山黛色，雾霭中仍能看到轮廓。大宽见国庆不知在忙碌什么，于是就喊："国庆，你在做什么？"

国庆说："我在附近熟悉了一下环境，以后我们在山里，一定要注意一些问题，就是我们的铁路都是在隧道里，通过这些大山深处，可是我们不仅要注意隧道表面，还要看好下面的路轨，不仅对山上的环境有所了解，尤其对那些隧道的顶端是否有危险更要做到心中有数。主要看山上的石头是不是能掉下来，这些非常重要，万一有一个石块掉在了铁轨上，火车就有脱轨的危险。"

大宽一听，也觉得问题很严重，他看着国庆："这么说，我们的任务真的很艰巨。"

国庆说："不管我们在哪里，都要担负起责任。我们不仅要对得起国家给我们开的那份工资，更要对得起自己的良心。"

大宽点头，觉得国庆说得有道理："对，我们现在就去看看。"

国庆和大宽一起爬到了山上，站在隧道的顶端，看着一列火车呼啸而过，两个人又趴在隧道顶端往下看，看到隧道下乌亮亮的铁轨。大宽在那里看着的时候，生发出无限的感慨："这份工作太重要了！"

火车从隧道下驶过的时候，带着的风呼呼地从他们身边吹过，大宽的帽子差点儿被吹掉。经历过一番小惊险后，两个人继续往前走的时候，大宽脚下一滑，摔倒在地上。国庆去扶大宽的时候，一不留神也摔倒在山路上。两人顺着山坡滚下来，小树杈刮破了两个人的脸，终于滚到了山下的空地上，两人从地上爬起来，拍打着身上的土，又继续往前走。大宽说："你的脸刮破了。"

国庆却说："小事一桩。我们摔个跟头不要紧，如果铁路出了问题，麻烦就大了，所以我们以后一定要认真地对待工作，不能出差错。"

工作条件虽然很艰苦，但是国庆和大宽两人互相鼓励着，一起克服了很多困难。

第一个月开支，国庆回了一趟家，将自己的工资交给了招娣和妈妈。自从国庆结婚后，在招娣的要求下，国庆与父母分了家。国庆给父母留了一些钱，将工资交给了妈妈。国庆妈不要，国庆坚持给，说是自己的一点孝心，何况家里为自己结婚也花费了很多，国庆妈无奈，只好收下。

招娣拿到国庆的工资时，很兴奋："你挣得太多了。"

国庆说："这还算多呀，我有能力，多挣工资，养活我们这个家。"

可招娣在短暂的兴奋后却不开心地说："挣得多有什么用啊？还有一个外来的人，还要花家里的钱。"

国庆听明白了，招娣说的是建华。国庆反驳道："建华自己也劳动，也在努力挣钱，又没花我们家的钱。"

招娣说："你就偏心，什么事儿都向着她。"

国庆说："我是太公正了，公正的都有点儿像大法官了。"

招娣说："反正钱都在我手，不管你怎么做，早晚要把那丫头撵走。"

"能不能消停点？"国庆生气，说着转身就进了里屋，不再理招娣。

大宽回家的时候，大宽妈问："大宽，你什么时候找个女朋友啊？"

大宽憨厚地笑笑："妈，现在还没有合适的。"

大宽妈着急地："怎么就没有合适的呢？妈天天都盼着你能早点儿结婚，早点儿让妈抱个孙子。"

大宽劝道："妈，别着急。现在八字还没一撇，我还是好好工作多挣钱吧！"

大宽妈说："行，先把工作做好，娶媳妇的事妈给张罗着。你的工资妈都给你存着，留着以后给你娶媳妇用。"

李大宽说："妈，你想怎么花就怎么花，不用给我留娶媳妇的钱，我自己攒。"

大宽妈说："从小你就没了爸，妈一个人带着你能够到今天也不容易，妈就省吃俭用给你攒，你自己不用攒。你在外面多吃点儿好吃的，注意身体，妈就特别高兴了。"

与大宽家不同的是，国庆娶了媳妇后，烦恼也在不断地增加。自从招娣进了马家的门，每天都在指桑骂槐，虽然国庆不在家，也听不到招娣在指桑骂槐地骂人，可是建华在家，她已经听不下去了。有很多次，建华只能偷偷地流泪。有几次中玲见到建华在哭，就问建华："你怎么哭了呢？"

建华也没有说原因，只是回答中玲："我挺好的。"

中玲以为建华又想家了，因为每次招娣骂建华的时候，都趁着马家人不在的时候，可是建华又不能反驳，毕竟招娣是国庆的妻子，建华不想给国庆添麻烦。如果自己回应了，招娣一定会跟国庆吵起来，所以，建华决定再次离开马家。可是，就在建华准备要离开的时候，这天早晨建华还没吃饭，就觉得自己恶心得厉害，建华几次跑到院子里干呕，被国庆妈看见，问建华："你怎么了？"

建华说："我也不知道是怎么回事，就是恶心得厉害。"

国庆妈脑子里的一个念头一闪："难道是怀孕了？可是建华还是个姑娘呢！怎么可能？"

国庆妈猜测着，却又不能看着建华这样难受，于是喊来中玲，让中玲陪建华去乡里医院。

建华不去，国庆妈说："建华，你看你在我们家住着，万一要是生病了，我们也不能眼看着，最好还是去医院检查一下。"

　　虽然建华不想去医院，还是禁不住国庆妈的劝说，但是建华却没找中玲跟自己一起去医院，而是自己悄悄地去了一次乡医院。果然，检查的结果，建华真的怀孕了。建华心里害怕，却又不敢让中玲知道，只好自己挺着，能走到哪步算哪步。

　　建华从医院回来，比以前话少了，也不愿意外出了。这一天，建华正在呕吐，国庆妈看见了，忍不住问建华："你跟我说实话，是不是怀孕了？"

　　建华不想说，她觉得自己未婚先孕很丢人，只好顺嘴答道："我也不知道。"

　　国庆妈说："你这么大个姑娘了，你怎么能不知道呢？要不然我找人给你号号脉。"

　　建华忐忑地说："不用不用。"

　　建华嘴上说不用，其实心里很恐慌，她曾经见过村里的女子，起初在呕吐，后来没多久，肚子就大了，然后又过不了多久，就有了孩子，建华心里想着自己是不是也是这种情况。

　　国庆妈观察了建华几天后，就发现建华确实是怀孕了。国庆妈对建华说："建华，你真的怀孕了，你自己是怎么想的？"

　　建华说："大妈，我现在脑子里很乱。"

　　国庆妈说："一个大姑娘家，如果生个孩子出来，会让人笑话的，不管怎么说，也要找个婆家，早晚要嫁人。"

　　建华没有办法反驳国庆妈，自己总不能赖在国庆家一辈子，何况以后自己还会带个孩子，国庆妈没有追根问底，已经给自己留足了面子。

　　就在国庆妈准备给建华找婆家的时候，村里的懒汉张二汉一直惦记着建华。这一天，张二汉来到了国庆家，见到了国庆妈。国庆妈发自内心地讨厌张二汉，见张二汉走进来，国庆妈问："你来干什么？"

　　张二汉说："我来求您给我做媒呀！"

　　国庆妈说："求我做媒？你相中谁家的姑娘了？"

　　张二汉嬉笑着说："我相中你们家的姑娘了。"

　　国庆妈一听，大吃一惊："我们家？"

　　国庆妈以为张二汉相中了中玲，心里非常着急，于是问："你凭什么相中我们家的姑娘？"

　　张二汉说："咋还问我凭什么？就凭我是一个人过日子，我还有房子，我娶你家姑娘怎么就不行？"

国庆妈说："娶我们家姑娘？你做梦。"

中玲听到妈妈与张二汉的对话，从屋子里冲了出来："张二汉，你给我滚出去。"

张二汉笑着："嘿嘿，让我滚？我又不是娶你，你让我滚什么？"

国庆妈听到这里，立刻就明白了，原来张二汉是相中了建华。国庆妈一想，与其自己的媳妇和儿子总是因为建华的事情吵架，还不如就让建华嫁给张二汉，儿媳妇也就不闹了，建华也有了着落了，生了孩子也不怕人们说是没有爹的孩子了。这样一想，国庆妈立即就同意了张二汉的请求。

可是国庆妈思来想去，担心建华不同意，于是就做建华的工作，建华起初很不高兴，于是国庆妈劝道："建华，你看你现在怀孕了，你还是个大姑娘，可是你的孩子生出来了，将来怎么办？孩子连个爸爸都没有。"

建华倔强地说："我自己带。"

国庆妈说："你自己带倒是可以，可是你在村子里怎么能抬起头来呢？"

建华听到这里，恍然大悟。看来自己带孩子确实有困难，也会给国庆家添很多麻烦。思来想去，建华在没有办法的情况下，只好答应了国庆妈："既然这样，我就嫁给张二汉。"

建华妈一听，很高兴："行，我一定像嫁姑娘一样，把你嫁给张二汉。"

中玲得知建华要嫁给张二汉，坚决反对。她去找妈妈理论："妈，我对你有意见。怎么能让建华嫁给张二汉呢？不是把建华往火坑里推吗？"

可是国庆妈却说："没有办法了，中玲，必须得让建华嫁出去，不然建华的孩子怎么能生下来？"

中玲说："可以打胎呀！"

国庆妈说："打胎？谁陪她去呀？没有男人陪着，卫生院能给她打胎吗？"

听了妈妈的话，中玲也觉得这件事儿有点儿困难，中玲也没有好办法，只是替建华发愁。

就在中玲不知该怎么办好的时候，赶上国庆单位休假，国庆回来的时候见建华在家里忙碌着，国庆妈也在忙碌着，国庆觉得很奇怪，于是问中玲："最近你们在忙什么？"

建华嘱咐中玲不告诉国庆自己嫁给张二汉的事，可是中玲实在是心里憋不住，见国庆问起，就说："你还不知道呢，建华姐要嫁给张二汉了。"

国庆一听："你说什么？建华嫁给张二汉？谁说的？"

中玲说：“你去问咱妈，咱妈给介绍的。”

马国庆一听着急了，冲进屋子就去找妈妈，可是国庆妈却不在屋子里。

国庆从屋里出来，中玲告诉国庆：“妈去磨坊了。”

于是国庆从院子里出来就往磨坊的方向走去。国庆来到磨坊，见妈妈拎着粮袋子往外走，国庆一边帮着妈妈扛着玉米往回走，一边埋怨道：“妈，我听说你要把建华嫁给张二汉，这事儿是您做的吧？”

国庆妈说：“对呀，是我做的，我给做的媒。”

国庆说：“妈，您真是糊涂了。您想想，那个张二汉就是个懒汉，他能给建华幸福吗？”

国庆妈说：“给不给幸福是一码事儿，那建华早晚得出嫁呀！不嫁给张二汉，还能嫁给谁呢？”

国庆说：“我去跟张二汉说，把建华这门亲事回了。建华怎么能嫁给这样的人呢？”

国庆妈说：“我也是没有办法，也没有太合适的人。”

建华远远地看见国庆扛着袋子跟国庆妈一起往回走，两个人一边走一边争论着什么，建华也听不到。走近的时候，建华才听清楚，原来是因为自己嫁给张二汉的事。国庆在跟母亲争执，建华知道国庆是为了自己好，就在国庆和妈妈争执的时候，建华插话说：“国庆哥，是我自己同意嫁给张二汉的。跟大妈没有关系。”

国庆认真地说：“怎么没有关系呀？我妈不做媒，你怎么能想起来嫁给他呢？”

建华说：“我知道你着急，可我是自己自愿要嫁给张二汉的，不要再跟大妈过不去。”

国庆着急地说：“建华，你从山里出来的目的，不就是想过上好日子吗？难道你跑出来就是想嫁给一个懒汉吗？”

国庆知道建华一直想过上好日子，才从山里逃婚跑出来，为了自己能够自由，才不想嫁给李赶娃，难道建华就愿意嫁给张二汉？如果嫁给张二汉，跟嫁给李赶娃又有什么区别？嫁给了张二汉能有什么好日子呢？

国庆对建华说的一席话，建华听了心里五味杂陈，可是她能有什么办法？又不能告诉国庆自己怀孕了，将来生个孩子没有爸，会让村里人笑话，自己真是走投无路了。

第六章

建华心里感到特别难过，甚至想到了死，建华从国庆家跑出来，一口气跑到了辽河边。滔滔的河水，一浪接着一浪，这个雨季，雨水特别大，建华面对奔腾流淌的河水，在那里无声地哭泣着。

建华哭着自己的命运是如此地凄惨，从家里出来，遇到了国庆和大宽，两个好心人把自己带到了东北，可是自己偏偏又遇上了怀孕这件事，很无奈，虽然自己很讨厌张二汉，可是，又有什么办法呢？不嫁给张二汉孩子将来怎么办呢？

建华左右为难，不管怎么想就是想不开，只是觉得天都要塌下来了。于是建华在河边徘徊着，走了一圈又一圈。她在想：父母现在怎么样了？晓杰怎么样了？可是她什么也顾不上了，只是想一死了之。

建华在河边跑着，犹豫着，最后终于下定了决心，想要跳到河里，就在建华刚要往里跳的时候，身后传来了国庆和中玲的喊声："建华——建华——"

中玲离很远就看见了建华，中玲说："哥，那不是建华吗？"

国庆说："还不快跑，一会儿她跳进河里去了。"

中玲跟着国庆几步跑到了建华身边，就在建华纵身往水里跳的时候，国庆一把拽住了建华。国庆说："建华，你这是干什么？"

建华一甩手："放开我。"

说着，建华蹲在地上哭了起来。

建华撕心裂肺的哭声，让国庆和中玲感到很难过。中玲说："建华姐，你怎么能这样想不开呀？"

建华说："我还能怎么样啊？想死都死不成，我活着有多难啊！"

国庆说："不管有多难，都要活着。"

中玲也说："一定要活着，你不活着，你也要为孩子活着，不能自己跳下去死了还把孩子也带走了。"

建华想到肚子里的孩子，忍不住悲伤，又哭了起来："我该怎么办呢？想活，活不下去，想死还这么难，你们不要管我，让我死了算了。"

建华趁着国庆不注意，跳进了河里，国庆骂了一句，也跟着跳进了河里救建华。国庆拽住建华，将她推到岸边，一边推一边骂着建华："你真不是东西。"

建华虽然昏迷着，但仍然能听见国庆骂自己，建华闭着眼睛，什么也不说。

国庆把建华放在岸边，中玲说："建华没事了吧？"

建华也不说话，在河边躺着，国庆用脚踢着建华的腿说："你赶紧给我醒过来，不许你死。"

中玲为建华擦去脸上的泥水，建华睁开眼睛，"哇"的一声哭了。

国庆说："我不再跟你说了，要活你就好好活着，或者你把孩子生下来，你再死。"

建华什么也没说，从地上爬起来，跟着国庆和中玲往回走。经历过这一番痛苦与死神的挣扎，建华下决心一定要坚强地活下去。建华乖乖地跟着国庆和中玲回到了村里，来到了国庆家。招娣正好在家，看到建华回来，用眼睛瞪着建华："还有脸回来。"

建华也不说话，中玲看着招娣，瞪了她一眼。国庆说："你能不能少说一句话，不说话你能死啊？"

中玲陪着建华进了屋子，招娣看着她们的背影跺着脚。

对于建华嫁给张二汉的决定，马国庆感到十分痛苦，他不希望建华嫁给张二汉，通过这件事儿，马国庆对王招娣的意见很大，两个人闹起了别扭，国庆不搭理招娣，招娣想跟国庆说话，国庆也不搭理她，招娣气得要回娘家，国庆妈非常着急。

其实，马国庆是不原谅王招娣对建华所做的一切，因为招娣，建华差点儿没了命，所以国庆非常生气，一气之下国庆在休假的时候也不回家，而是去了邻村的小学同学家。

小学同学外号马大哈，见国庆来了，乐呵呵地迎出来说："呵呵，你可是稀客，怎么想起来到我家来了？走，我们一起去鱼塘，我给你打点儿大鱼，我们一起吃点儿好的。"

国庆说："好吃的就不用了，有茄子蘸大酱就行了。"

马大哈说："你来了，我怎么能给你吃茄子蘸大酱呢，最少也要有点儿小鱼酱啊！"

国庆说："行，那你就有什么给我吃什么吧，我这人不挑食。"

"好久没看见你了，还挺想你的。"

"我这不是来了吗？"

马大哈说："看你的样子是不是家里有事啊？要不然怎么想起来到我这儿来呢？"

马国庆说："我家里没事，就不能来看看你吗？你还是我小学同学呢，我想你不行吗？"

马大哈说："行行，国庆，真有你的，我感谢你来看我，赶紧给你准备吃的去。"

马大哈媳妇回娘家去了，马大哈自己弄了一锅饭，在鱼塘里捞了一些小鱼，将小鱼炸了酱，端上来，跟马国庆一起吃饭。

国庆说："真好吃。"

马大哈说："小时候我不也是总给你弄吃的吗？那时候咱们俩读小学，你比我学习好，可是我就不爱学习。"

国庆说："学习好有什么用啊？我不还是我吗？"

马大哈说："那可不一样啊，你看你当兵在外面见了世面，然后又回到村里，你又到铁路上工作了，我都羡慕坏了，我就只能在家里种地了，和黄土打一辈子交道了。"

国庆说："跟黄土打交道，有打交道的好处，至少你不用在外边风吹雨淋，你知道我有多辛苦吗？"

马大哈说："你有啥辛苦？每个月拿着固定工资。"

国庆说："我没和你说过，我们每一次到隧道里去检查的时候，或者修隧道的时候，你知道我们有多困难吗？那么大的隧道从大山中间通过，让火车从里边跑出去，你想过工作的艰苦吗？"

马大哈说："我还真没想过，确实挺难的。"

国庆说："所以你不知道我们的辛苦，你只看到我拿回来工资了，那种高兴，那种幸福，但是，每个人都付出了辛苦，很多时候工资不是好挣的。哪像你，如果你想在家赖着，你不想出工了，你就可以休息一天，你自己说了算，可是我们是不可以的，你明白吧，我只有在换休的时候才能回来，所以你珍惜吧！我回来能到你这儿来，因为我们是好哥们。"

"你一定是有心事没跟我说。"

"能有什么心事啊？就是家里那点儿破事儿呗！"

"你看你看，还是有事儿吧，是不是媳妇又给你气受了？"

"也不是，不聊这个了，我们喝酒，我今天就在你家住了。"

"太好了，我也好久没看见你了，多住几天，反正我媳妇也不在家。"

国庆说："行，休假期满，立即回去。我要是多住几天，不去工作了，我喝西北风啊！"

马大哈说："行行行，你想住几天就住几天，你不住今天走也行。"

马国庆说："我今天就不走了。来，喝酒。"

两个人边说话边喝着酒，天气渐渐暗下来，窗户上映出了两个男子喝酒的身影。

晓杰结婚后其实日子过得很难，因为晓杰的倔强，再加上建华的逃跑，李赶娃心里有气，总是没有地方撒，所以李赶娃经常打晓杰。这一天李赶娃又不知道什么原因，跟晓杰吵了起来，晓杰说："你不要什么事儿都看不惯，我能嫁给你，是为了我姐，如果不是为了我姐，你以为我能嫁你吗？"

李赶娃说："就是为了你姐，你嫁给我了，就是为了你姐，你也要替你姐做她不能做的事情。"

晓杰想想李赶娃说得也对，可是自己又有什么办法呢？已经嫁到了李家，又不能反悔，自己如果回了家，李家又会没完没了地要彩礼钱，晓杰只好忍了，却每天都以泪洗面。晓杰偷偷哭的时候，让李赶娃看见了。李赶娃说："你哭什么哭？赶紧做饭去。"

晓杰没有说话，想想还是去做饭吧！看着灶膛里的火，晓杰仿佛看见建华走了过来，她擦擦眼睛，哪里有建华的影子？

晓杰将饭做好了，端了上来，李赶娃拿起碗，吃了一口饭，"啪"的一声就将碗摔在了地上，愤怒地说："你怎么做得饭？一点儿都不好吃。"

晓杰想申辩，可是李赶娃的妈妈走过来了，对晓杰说："一个中看不中用的东西，就知道吃饭，你还能用点儿心不？"

晓杰说："我把饭做好了，我怎么就不中用了？"

李赶娃说："你做得是什么饭，一点儿都不好吃。"

李赶娃妈添油加醋："做饭不动脑子，你做出来的饭，你男人不爱吃，你那叫做饭吗？"

晓杰说："还要我怎么样？"

李赶娃走过来就把晓杰打了一顿，李赶娃的妈见李赶娃打晓杰，从屋子里走了出去。晓杰感到很难过，论力气自己打不过李赶娃，为了父母还要忍受。就这样，晓杰在李家受气，可是却又担心父母着急，只好忍下来。

这一天晓杰回家，晓杰妈问晓杰："你在李家过得怎么样啊？他对你好不好？"

晓杰回答说："还好。"

晓杰妈看着晓杰的脸说："你脸上怎么啦？"

晓杰用手捂着脸说："没怎么，我挺好的。"

晓杰不敢说，就是担心父母着急，只能说自己在李家过得挺好。晓杰妈看到晓杰脸上的疤痕，猜想着晓杰在李赶娃家一定是受了气，心疼晓杰，于是就生气地骂着建华："你姐这个没良心的，我白养她这么大了，说走就走了。"

晓杰妈一边哭一边骂，晓杰劝着："妈，你别哭了，我姐早晚会回来的。"

晓杰妈擦了一把眼泪："鬼知道她什么时候能回来呀？都气死我了，我死了她都不知道我埋哪儿了？她还回来呢，她一辈子也别回来，回来我也打死她。"

国庆的战友李大宽的家，住在棚户区的大杂院里，大宽妈就是大院的主任。大院里住着几户人家，每天大家在一起出出进进，大宽妈每天也很忙，大院主任什么都管，管大院的治安，也管大院里的家长里短，还管大院里的自来水什么的，甚至包括每家打煤坯，打得好不好，大宽妈有时候也要管一管。

大宽妈每天带着袖标就在大院里忙来忙去，这一天，大宽回来了，大宽妈高兴，忙里偷闲，买了肉回来给大宽包饺子，大宽陪着妈妈一起包饺子。大宽妈一边包饺子，一边劝大宽："你赶紧找个媳妇吧，你看你都多大了，你不着急你妈还着急呢，妈急着抱孙子呢！"

李大宽说："妈，您看您着什么急呀？我刚到铁路参加工作，以前在部队也不能找，现在刚工作，我身边也没有女孩，在家里这边左邻右舍的也没有像样的，那您还不让我挑一挑，咱不能挖到筐里的都是菜吧？"

大宽妈说："我不管你是不是挖筐就是菜，反正你要赶紧把儿媳妇给我找回来，我着急抱孙子。"

大宽妈说着，饺子包好了，就去点火，烧水下饺子。李大宽帮大宽妈端了饺子，大宽妈说："你看，要是你有了媳妇还用你端饺子啊，你媳妇儿就能帮忙干活儿了。"

"现在没媳妇儿呢，还是我帮您干吧！"

"你一个大小伙子，你干什么干呢？你还是赶紧的吧！"

"我不着急。"

大宽妈生气："你不着急我着急。"

饺子熟了，大宽妈把饺子捞了出来，大宽把饺子端上了桌子。大宽妈说："赶紧的，趁着热，我们吃饺子吧！吃完饺子我还有事儿呢，你在家好好待着啊！"

大宽知道妈妈一天到晚都忙着大院里的事，也没多问，趁热吃着饺子。大宽妈吃过了饺子就从家里出去了，大宽把碗筷收拾好，大宽却不知道，大宽妈其实是去了邻居张少平家，张少平的媳妇叫陶翠翠，陶翠翠虽然是从农村来的，但在厂里工作的时间长了，逐渐变成了厂里人。陶翠翠见大宽妈走进来，问道："大妈，你找我有事啊？"

大宽妈说："无事不登三宝殿，你说我们家大宽都那么大年龄了，还没找媳妇呢？你看看有没有合适的？给我们家大宽介绍一个。啊，对了，上次你家来那个女孩我觉得挺好的，是你什么亲戚来着？"

陶翠翠说："那个女孩啊，是我的外甥女。"

大宽妈说："你外甥女？有没有对象啊？要是没有，能不能给大宽介绍介绍啊？"

陶翠翠说："大妈，还真没有对象，我还真想这件事儿了，不知道大宽是怎么想的？我以为大宽在外边有对象了呢！"

"你看这事弄的，那赶紧的。"大宽妈高兴地说："快把人找来呀，这两天大宽正好在家，过两天就回铁路上了，我又找不着他了。"

就这样，大宽妈高高兴兴地回到家，一边走路一边唱歌，进了屋子还在唱，大宽听见了，问道："妈，您怎么这么高兴啊？还唱上了。"

大宽妈开心地说："你妈年轻时候会唱评剧，你知道不？"

大宽说："妈，我还真不知道，您给我唱一段呗！"

大宽妈就开始唱上了评剧花木兰的唱段，还有阮妈和张无可报花名那段，李大宽非常惊讶地说："妈，您可太有才了，年轻时候怎么不去当演员呢？"

"大宽，我不是嫁给你爸了嘛，到城里来了，所以就没有去当演员，要不然我现在怎么也是县剧团的演员呢！"大宽妈说道。

大宽说："行了妈，您要在县里唱戏了，也不能认识我爸了，也就没有我了。"

大宽妈开心地说："不说这个了，赶紧收拾去睡觉吧，早点儿休息，明天妈找你有事儿，你哪儿也不准去啊！"

一夜无眠，李大宽躺在床上想着建华，不知道建华怎么样了，脑子里总是出现建华的影子，建华在火车上唱歌的甜美声音，在大宽的耳边不断地萦绕着，这样想着建华，大宽不知不觉地睡着了。

第二天很早的时候，大宽妈喊大宽起来吃饭，刚吃完了饭，大宽妈把屋子收拾得干干净净，这时陶翠翠走了进来，后边还跟着一个女孩。

大宽妈非常高兴："翠翠，你来啦！"

陶翠翠说："大妈，这是我外甥女，我给您领来了，您看看中不中？"

大宽妈说："这孩子我喜欢，真是太有福相了。大宽，你快出来。"

大宽妈喊着大宽，李大宽听到声音，从里屋出来，看到了陶翠翠和一个女孩。李大宽立即就明白了，原来妈妈昨天高兴是因为要给自己介绍对象，李大宽看到陶翠翠，礼貌地说："来了，大嫂。"

陶翠翠说："来了，我还带来了我的外甥女。大宽，你跟我外甥女聊聊天呗！"

没想到大宽却说："您坐会儿，我还有事。"

大宽说着就要往外走，大宽妈拉住儿子说："你有什么事啊？不是说今天没有事吗？"

大宽也不说话，陶翠翠和自己的外甥女在屋子里坐了一会儿，跟大宽妈聊了一会儿就走了。陶翠翠和外甥女一走，大宽妈立即问大宽："儿子，你相中这个姑娘没？"

大宽也不回答，脑子里还是出现建华在火车上唱歌的样子，大宽妈生气地说："你这个傻儿子，你怎么不说话呢？"

李大宽说："我也没什么可说的。"

大宽妈说："我是问你相中陶翠翠的外甥女了吗？赶紧定下来好给人家回个话。"

大宽说："妈，定什么定啊，就这样吧，我现在也不想找对象。"

大宽妈着急："你怎么不想找对象？你都多大了呀！妈都跟你急死了，趁着妈年轻，帮你带个孩子什么的。"

李大宽说："妈，您急什么呀？我还年轻呢！"

大宽妈还在唠唠叨叨地说着，李大宽趁着大宽妈不注意，从家里躲了出来。

经过一天的喧嚣，夜色有些苍茫，大宽走在夜晚的街上，一边走一边望着天空，不知不觉，看到了舍利塔的塔顶，大宽顺着那个塔的方向往前走，走到了舍利塔附近，站在舍利塔前的坡下面，大宽开始发呆，想着自己今后不知道该怎么做。

第七章

人们买建华的垫子不只是因为建华的垫子编得好，很大一部分原因也是可怜建华这个风里来雨里去的大肚子女人。

大宽要回工区去巡山，临行前的一天，还是觉得放心不下建华，于是坐着去郊区的大客车，到马国庆家去看望建华。客车从城里出发，大宽随着人流一起上了车。坐在车上，迷迷糊糊地就往郊区出发了。

到了小铺子村，大宽下车，看着两侧的田野，大宽的心情觉得很愉悦，又想，马上就能见到建华了，还是很高兴。大宽已经来过国庆家多次了，两个人是战友的时候，他就经常到国庆家来，这一次来到国庆家，却没有像自己想象的那样，能够那么开心和愉悦，因为大宽看到的是另一番情景。

在离国庆家大门口很远的时候，大宽就听到了王招娣在骂建华："你是个什么东西，谁让你到我们家来的，该走不走，你还赖这儿了？"

大宽在外边听着，心里特别生气，赶上前几步就走了进来，看到了国庆的媳妇招娣当着国庆妈的面，正辱骂建华，大宽愤怒地和招娣理论："你怎么说话呢？"

招娣不甘示弱："你说我怎么说话呢？我就这么说话了，有错吗？"

大宽还想去理论，被建华制止住，建华说："大宽，你来啦，走吧，我们出去，我有话跟你说。"

大宽不走："建华，我想知道，你在这个家里，为什么会这样呢？你自己能劳动，你也不靠他们，不就是给你一个住的地方，你能住多大个地方啊？有一米宽就够用了。"

建华说："现在这个不是问题，问题是我要出嫁了。"

大宽惊讶："你要出嫁了，你嫁给谁呀？"

建华说："我要嫁给张二汉。"

李大宽不知道谁是张二汉，问道："我怎么没听说过这个人呢？"

建华说："就是村里的一个光棍。"

建华和大宽从马家出来，一边走一边和大宽说着自己的事。李大宽觉得很突然，真的想不到，建华会这样快地出嫁了。大宽着急地说："你了解张二汉吗？你知道他是什么样的人吗？你才来几天呀？"

建华无奈地说："我是没有办法，我只能嫁给他。"

建华跟李大宽往前走，正好张二汉从外边回来，看到了建华和大宽，张二汉双眼瞪着建华说："嘿，你都还没嫁给我呢，就找野汉子了。"

建华说："你怎么说话呢！"

张二汉说："你说我怎么说话呢？你是我的女人，你怎么跟别人在一起走啊？"

建华说："我怎么还没有自由了？我跟大宽说话有错吗？"

李大宽说："建华，他就是张二汉？"

建华说："对，他就是张二汉。"

大宽心痛地说："你怎么能嫁给这样的人呢？这不是一朵鲜花插在牛粪上了吗？"

张二汉一听："你怎么说话呢？"冲过来就要打大宽。

大宽说："打吧，我就说了，建华就是一朵鲜花插在牛粪上了，怎么了？"

建华催促道："你赶快回城里去吧，忙你的吧！"

大宽说："我还没看到国庆呢，不能走。"

"国庆不知道去哪儿了？这两天没在家。"

"没在家？他能去哪儿啊？"

建华答："我也不知道，招娣都不知道他去哪儿了，不然怎么又冲我发脾气呢？"

大宽说："建华，你能不能不出嫁呀？"

建华说："不行，我只能嫁给他了。"

建华心里想，自己有孩子的事儿，不能告诉大宽。所以，建华只能这样说。

大宽还是想做建华的思想工作，大宽发自内心地也想说："建华，我喜欢你。"可是大宽还是没能说出口，他不知道建华是怎么想的，只能劝建华，可是自己又劝不动建华，大宽感到很懊恼，决定不再等马国庆，提前回去吧！大宽这样想着，跟建华打了招呼，于是，转身，大步流星地往前走，直接奔了车站。

大宽在等车的时候，建华从后边追了上来，大宽说："建华，反正我劝你了，你一定要听我的话。"

"你不用劝我了，我已经决定了。大宽，我想告诉你，我嫁给张二汉这件事，你不要告诉国庆。"

"国庆不是已经知道了吗？"

"国庆知道了，国庆也劝我不要嫁给张二汉，可是我不想再等了，你们在外边要好好工作，不要惦记我，我在这边挺好的，再说我嫁给了他，我自己就有了家了，你们就放心吧！"

大宽看着建华，眼睛里涌出了泪水，他觉得自己跟建华没有缘分，建华这样决定，他也不能再强求建华等自己，所以大宽安慰建华："建华，你一定要坚强，日子会好起来的。"

建华说："放心吧！"

车来了，大宽一步三回头地上了车，他是那样舍不得离开建华，建华也看着大宽的背影，可是自己也觉得没有办法面对大宽，她不知道该说什么好。

车子终于开了，大宽从车窗里扔出了10元钱，朝着建华喊着："这是我的心意，快捡起来。"

建华看着地上的10元钱，弯腰捡起来，眼泪流了下来。大宽看到建华捡起了钱，才把头从车窗外缩回去，坐在车里，大宽的眼泪也流了出来。

建华站在原地，看着远去的车子，她也哭着，手里拿着这10元钱，脚步沉重地往村子里走。

建华回来不久，国庆也回来了。国庆回来，看到大宽拿来的礼物，问道："家里来客人了？"

中玲说："李大宽来了。"

国庆惊讶："大宽来了？你怎么不告诉我呀？"

中玲嗔怪："我告诉你，我上哪儿告诉你去呀？我都找不到你。"

国庆说："太遗憾了！我还是回去跟他再见面吧！"

国庆觉得大宽这么远从城里来，连饭都没吃上，就回去了，作为老战友，自己觉得有点儿对不起大宽，而他却不知道大宽见到了建华和张二汉。

国庆的休假到了，要回工区里去，走之前他想跟建华谈谈，可是建华这几天一直躲着国庆，这一天终于没躲过去。在村外，建华跟国庆遇见了。国庆问建华："你这几天在干什么？"

"我没做什么，啊，我在收拾自己的新房子。"

"我告诉你，周建华，你不要嫁给张二汉，如果你要嫁给张二汉，以后我就不认你是我妹妹。"

建华说："行，我不嫁他，我就帮他干点儿活儿。"

"这还差不多，说话算话。"

"我保证。"

国庆笑了，对建华说："工区里最近在调整，我可能要去边远的地区去巡线，以后可能不能经常回家了，有什么事你找中玲。"

建华看着国庆，心里有些依依不舍。国庆对建华说："建华，我总觉得很对不起你，把你从那么远的地方带回来，却没有照顾好你，有的时候还要让你受气。"

国庆就想起招娣，总是说一些不中听的话，让建华难过，所以国庆内心里一直觉得有点儿对不起建华。建华却对国庆说："不要那样说，其实挺好的，如果你不带我出来，我怎么能见到外面的世界呢？我原来都是想得挺好的，从山里出来就能过上好日子了，可是一个人的命运有时自己说了不算，不但没过上好日子，还让春生跌到了山崖下，我是觉得自己太天真了，有的时候一个人的命，老天给你定下来了，你就是这样的命，你怎么也逃不出那个命运的手掌心，我是已经认命了，但是国庆我真的希望你不管走到哪里，你都要照顾好自己，能够健康地回来，这是我最大的心愿了。"

国庆拍拍建华的肩膀说："建华，一定要照顾好自己，受了委屈，不要在心里憋着，一定要等着我回来告诉我，或者跟中玲说，你要坚强地活下去，不能让自己窝窝囊囊、憋憋屈屈地活着。"

　　建华非常感动，觉得有国庆这样一个大哥，自己才有活下去的勇气，建华激动地抱着国庆说："国庆哥，我不让你走。"

　　"这样不好，我是你哥。"

　　"我不管，如果你不要我，我就死在你的面前。"

　　国庆说："我不能做不仁不义的事，我们都是好人，好人就要有好人的活法，不管遇到了多大的难处，都要光明正大地活下去，知道吗？建华，一定要记住哥的话。"

　　听了国庆的一番话，建华觉得很不好意思，不敢抬头看国庆，她觉得自己有了邪念，可是国庆却这样对自己，国庆的胸怀是那么宽大，自己怎么能这样想呢？建华此刻非常羞辱，她松开了国庆，跑回村子。建华的哭声，让国庆心里很难受，虽然心里隐隐作痛，可是国庆有什么办法呢？

　　国庆回到工区的时候，工区里接到了新的任务，要到前边新开的一段路面去巡线，这段路面非常艰苦，国庆和工友们在一个早晨出发了。深山里，不时就没有了路，国庆手里拿着镰刀在前边开路，工友们在后边跟着，有工友摔倒了，国庆回过身，将他扶了起来，几个人又一起往前走。悬崖和峭壁总是在眼前，国庆他们就这样克服了一个又一个困难。

　　下雨了，山体随时都有滑坡的危险，国庆告诉工友们："安全绳一定要系好，注意安全。"

　　他们系好了安全绳，在山上艰难地向前爬着。那里有一段隧道，国庆他们要爬到隧道上方，才能看到下边的路况。终于爬到了隧道上方，国庆让工友把自己吊起来，然后吊到山下边去，工友们说："国庆，这样太危险了！"

　　国庆说："不冒危险，怎么能看到前边的路况到底怎么样呢？这一段隧道，修得是多么艰难，我们要把它守护好，要让火车安全通过，我们必须要付出辛苦。"

　　听国庆这样说，工友们也觉得和修隧道比起来，他们这样算不得艰苦。于是，他们克服了很多困难，终于到达了隧道上方。上边有很多石头，国庆仔细地查看着，他们在上边看着下边的火车从远处驶过来，在火车通过隧道的时候，国庆见隧道上的石头在震动下并没有变化，终于松了口气。看着远去的火车，伙伴们说："国庆，你真行。"

　　国庆说："不是我行，是我们大家都行。"

　　国庆在山上巡线的那一天，建华悲壮地出嫁了。建华来到张二汉家，张二汉开开心心地把建华接了进来。可是，日子没过上两天，张二汉好吃懒做的本性就暴露出来。他自己懒散惯了不说，还把建华当成了使唤丫头。

张二汉对建华说："给我打盆洗脚水来。"

建华说："你自己有手有脚的，自己打水去。"

张二汉一听，非常生气："好啊，我让你做什么，你都不做什么，那我娶你有什么用？"

建华说："你娶我就是为了给你打洗脚水吗？我为你做饭，为你操持家务，已经够辛苦了，还想让我怎样啊？"

张二汉将空水盆扔了出去，喊道："好你个周建华，你是我媳妇不？你是我媳妇，你就要伺候我。"

建华只能忍着，就是为了有个栖身的地方。建华最看不惯张二汉的好吃懒做，还有那些不良的生活习惯。尽管如此，她还是忍耐着，在张二汉的咒骂声中，把张二汉的家收拾得干干净净，可是张二汉却仍然不满足。

建华为了自己，为了孩子，虽然难以忍受，但也强忍下来。这一天，建华去河边打了草，将那些蒲草背回来，回到家里编床垫，每个床垫能卖三块钱，虽然付出的时间很长，可毕竟有点儿收入，尤其城里的人都喜欢买这种蒲草编的床垫。建华需要这笔钱，她要留着生孩子的时候用，指望不上张二汉，要强的建华只有自己去奋斗。

建华的肚子一天天地大了，村子里的人看见了，对建华说："你都大肚子了，还要背这么多的草，累坏了怎么办？"

建华笑着说："唉，哪家的媳妇不干活儿呢，为了生活吃点儿苦不算什么。"

村里人就说："这个女子真是能干，张二汉娶了她，真是祖坟冒青烟了。"

建华苦笑着，跟村里人打着招呼，回到家里，一声不吭地接着编床垫。连夜编出床垫后，第二天又背着床垫去集上卖出去。街上的很多人，每次看到建华来，都会围过来说："你这个垫子编得可真好。"

建华就会趁机说："那你买一个吧！"

其实不等建华自己说，集上的人都说："这手工，咱们这个地方的人，我都没看见有编过的。"

人们带着满意的神情把建华的垫子都买走了。回来的路上，建华虽然很疲惫，但却那么开心。昨天晚上连夜编了两个垫子都卖了出去，挣了整整六块钱呢！这对建华来说，不是小数，如果这样坚持到生孩子之前，建华可以攒一大笔钱呢！

建华开开心心地拿着钱回来，把钱放在了柜子里，她想等着把钱攒多了，将来生孩子的时候用。尽管一夜没合眼，建华还是抑制不住喜悦的心情，又去河边打草。她觉得，垫子编得好，卖的钱多，都是这个季节的蒲草丰满的缘故。现在这个季节，多打点儿草，多编点儿垫子，是最好的时机。等天气凉了，自己也该生孩子了，不能再去河边打草编垫子了。

建华是带着自己的美好理想去河边的，可是却万万没想到，建华走了之后，张二汉在家里，翻箱倒柜地找钱，无意中看到了建华放在柜子里的钱，张二汉两眼放光："这么多钱，真是天上掉馅饼啊！"

张二汉拿着这些钱，找了一家酒馆，老板娘见张二汉走进来，鄙夷地说："你怎么来了？"

张二汉不屑地："我怎么不能来啊？瞧不起我呀？"

老板娘看着张二汉："就知道你娶个漂亮的小媳妇，人家天天大着肚子干活儿养着你，你这好吃懒做的毛病啥时能改改？"

张二汉生气了，将钱往老板娘面前一拍："开你的饭店，挣你的钱，你管我做什么？"

老板娘见惹怒了张二汉，店家讲究和气生财，跟这个懒汉也真是没什么好说的，于是，收钱，等着张二汉点菜，张二汉点了菜，嘴里哼着小曲等着店家上菜。

店里的厨师做菜很快，不久就端上来张二汉点的酒菜。张二汉坐在小桌前，喝着小酒，眼睛不时瞥一眼老板娘，老板娘只顾算账，根本就不搭理张二汉。这时候，有几个懒汉走过来，看见张二汉，也坐了下来："二汉，好久没玩儿了，最近你小日子过得不错呀，不能忘了我们哥几个。"

张二汉自豪地说："跟你们玩，你们有钱吗？"

其中一个人说："我们没钱，你有钱啊，我们把你钱赢来不就行了吗？"

张二汉一听："你以为我是吃素的呀？跟我玩我就得输吗？"

那几个人说："不信你就玩玩呀！"

张二汉真是有些缺心眼，听了这话，还真上当了："我就不信了，我还能输给你们，等会儿就去啊！"

"我们等你！"几个人说着走了出去。

张二汉很久没摸到牌了，这一次手里钱足，底气也足，喝过了酒，立即去找这几个人玩。

张二汉拿着扑克甩了起来，没过多久，就把钱输光了。跟他一起玩的几个人见张二汉没钱了，开始刺激他："你看，说你不行，你还是要跟我们玩儿，这下好了，钱都输光了吧！这可是你主动认输啊？"

张二汉说："我还就不信了，改天咱们再玩。"

建华打草回来后，继续编垫子，看到张二汉东倒西歪喝得醉醺醺的样子，建华特别厌烦，可她不说话，就是一门心思编垫子。张二汉没话找话："你这几天挺能干啊，卖了不少钱吧？"

建华说："我卖钱跟你有什么关系呀？我又没花你的。"

张二汉说："你赶紧多卖点儿钱，我有用。"

建华说："你拿我的钱做什么用啊？"

"我去赢钱去。"张二汉说着，打个饱嗝。

建华说："你去赢钱去？"

张二汉不说话，建华忽然意识到什么，转身打开柜子一看，自己的钱真的没有了。建华非常着急，朝着张二汉喊着："张二汉，你这个混蛋，你把我的钱弄哪儿去了？"

张二汉仍然醉醺醺地说："我输了。"

建华急得快哭了："你怎么能输了呢？"

张二汉说："玩牌就是有输有赢，我怎么就不能输啊？你还没看见我赢的时候呢！"

建华听了，特别生气，真想狠狠打张二汉两巴掌，可是建华觉得，真要动起手来，自己打不过他，如果把孩子打掉了怎么办？建华想到这里，又一次忍下了，气哼哼地又去编垫子。

第二天早晨，建华很早起来，又去街里卖垫子，可是建华真的不知道把钱藏在哪儿，她是真的担心张二汉又把钱拿去，如果总是这样，生孩子的时候怎么办呢？

建华在集市上，一边卖垫子一边哭，有人看见说："你这个小媳妇儿怎么还哭了呢？"

建华把眼泪擦掉，回答说："没事，您买垫子吗？"

人们买建华的垫子不只是因为建华的垫子编得好，很大一部分原因也是可怜建华这个风里来雨里去的大肚子女人。他们买了建华的垫子，把钱放到建华面前。建华弯下腰给买垫子的大爷鞠了个躬，然后转身往家走，一边走一边哭，可是有什么办法呢！

国庆和工友们下山回来的时候，走在公路上，见到了一个女子，女子走在前边，国庆只能看到女子的背影，这让国庆想起了建华。也不知道建华现在怎么样了，建华能不能听自己的话不嫁给张二汉呢？

晚上回到驻地，国庆就给中玲写信，国庆在信中写道："中玲，你和爸妈都还好吧？不知道建华最近怎么样了，哥求你件事儿，一定要多照看建华，建华不容易，也很可怜，既然我给她带到咱家来了，就要对她负责，所以我不在家的时候，希望你能对她好一些。"

国庆写完，直接去小镇邮局把信寄出了。中玲去村委会的时候，看到了这封信，她把信拿回家来，坐在屋子里正读着的时候，招娣进来了，看到中玲在读信，就问中玲："谁的信？"

中玲没防备招娣进来，只得突兀地说："啊，不是谁的信。"

招娣见中玲吞吐着，值得怀疑，趁中玲不注意，一把将信抢了过去："不是你男朋友的信吗？"

中玲着急："不是，不是男朋友，是我哥的信。"

招娣一听是国庆的信，生气地说道："你哥为什么不给我写信呢？"

中玲发现自己说错话了，急忙往回抢，招娣就是不给中玲，跑到一边，读着那封信，就看到了国庆让中玲照顾建华的句子，招娣非常生气，讽刺地说："原来国庆写信就是这么个内容啊，你哥走到哪儿都惦记着建华，把我当成什么人了？从来都不给我写信。"

中玲觉得理亏，抢过信逃走了。招娣本来就对建华有看法，现在更是觉得建华就是自己的障碍，虽然建华已经出嫁了，国庆仍然惦记建华，关心建华。尤其那个周建华，都已经结婚了，时不时还在自己的面前晃来晃去，让招娣感到非常讨厌。

这一天，招娣在路上见到了建华，建华卖了垫子刚回来，买了一些吃的东西往回走，招娣见到建华就骂："你个不要脸的东西，敢抢别人男人，你说你还是个女人吗？"

建华听得莫名其妙："你骂谁呢？"

招娣说："我就骂你了，怎么了？"

建华觉得招娣毕竟是国庆的妻子，在村里不能跟她吵，免得让别人看笑话，于是，建华就忍了下来。建华的忍耐，在招娣看来是心虚，招娣就在建华后边跟着骂建华。建华也不说话，惹得村里很多人听见了，过来看热闹，对着两人指指点点。

　　建华继续往前走，招娣还是继续在后边跟着骂，国庆妈正好从家里出来，看见招娣骂建华，朝招娣喊道："招娣，你还有完没完？"

　　好多村里人已经在围观，国庆妈觉得自己家的儿媳妇招娣太过分，见招娣不理睬，国庆妈继续喊："招娣，你过来。"

　　招娣见婆婆喊自己，不过来不好，走到国庆妈近前，国庆妈问："招娣，你干什么呢？怎么又骂建华？"

　　招娣认为自己有理，也不怕婆婆，再说国庆也没在家，于是说："我骂她怎么啦？她该骂。"

　　国庆妈说："招娣，你太过分了！"

　　招娣不服："是她——周建华太过分了！"

　　国庆妈说："建华都已经出嫁了，也惹不着你，你犯得着还去骂建华吗？"

　　招娣说："她就是惹我了，国庆来信，还让中玲照顾她，她是国庆什么人呢？他就惦记她，什么时候都不忘记她，他把我当成什么了？"

　　国庆妈说："国庆惦记建华，那是因为建华是他带回来的，国庆关心建华也是理所当然的，你就犯不着这样了，让村里人都围着看，你脸上好看啊！赶紧回家歇着去！"

　　招娣见婆婆偏向建华，也不向着自己说话，只好气哼哼地回家了。国庆妈朝着看热闹的人们喊着："没啥好看的，都散了吧！"

　　中玲自从被招娣看到了国庆的那封信，就觉得对不起建华和国庆，中玲在外边躲了一会儿，见招娣没有什么动静，就去了建华家。建华还在编床垫子，中玲可怜建华，帮着建华编起了床垫，一边编一边对建华说："能不能把孩子打掉呢？如果你像现在这样怎么干活儿啊？张二汉那么懒，你生完孩子自己怎么养活呀？你不是自己找罪受嘛？"

　　建华说："中玲，你的心意我领了，我真的挺感谢你们一家人的，可是孩子的事儿是我自己的事儿，我就是想把他生下来，不管多苦多累，我也要把他养大。"

　　"我是觉得你这样吃苦不值得。"

　　"道理我都懂，不用劝我了。"

　　中玲见建华根本就不听自己的话，只好坐在地上帮着建华编床垫，沉默了许久，中玲对建华说："以后再去打草，我跟你一起去，编垫子的事儿，我也会编，我帮你吧！"

建华说："不用了，你还有挺多事儿要忙，再说，你也老大不小了，也该找婆家啦！自己攒点儿钱，以后好给自己添点儿嫁妆什么的。"

"你自己都顾不过来，你还管我，难怪我哥着急。"

建华听了一惊："怎么？你哥替我着急？"

"是，哥来信了，让我好好照顾你。"

"以后你不用过来了，让招娣知道了，该有意见了，再说村里人知道了也不好，你哥也成家了，我也成家了，我们只是好朋友，心里有数就好了。"

中玲说："你的胆子太小了，我才不怕呢！"

中玲与建华一边编垫子，一边聊天，张二汉还没有回来，中玲就陪着建华。夜色已深，中玲才告别建华回家。

第八章

看着眼前熟睡的小军，建华又想起了春生掉进山崖的那一幕，建华在山崖边哭，父亲追过来找建华，建华跟父亲对峙着。

建华自己准备好了生孩子的一切事，可是钱却都让张二汉给拿去赌输了。自从建华编垫子挣了钱以后，张二汉每天都在赌桌上玩。日子过得很快，建华生孩子的日子越来越近。忽然有一天，建华半夜里要生孩子，她发现自己特别难受，可是倔强的建华坚持着洗了头发，整理了孩子用的小衣服，一直挺到了天亮，才自己去医院，还没走出家门，腰疼得一阵紧似一阵。"孩子可能快生了！"建华这样想。

坚持着走出家门，走到门口，看着前边的路，以前建华觉得很短的小路现在看上去那么长，建华盼着路上能走过来一个人帮帮自己，可是建华却一直也没有等来。建华往前走着，有些绝望，实在走不动了，建华躺在地上。就在这时，国庆妈从这里路过，看见了建华："这不是建华吗？你怎么躺在地上了？"

建华吃力地说："我要生孩子了。"

国庆妈跑回家，喊着中玲："快找接生婆，我去看着建华。"

中玲听到建华要生了，匆匆忙忙就往接生婆家里跑。接生婆家在村东头，村子里很多人生孩子都找她。

中玲以最快的速度找来了接生婆。接生婆看到建华，焦急地说："这不是难产了吗？也生不出来呀，还是赶紧上医院吧，这可是人命关天的大事。"

中玲又去找人，需要抬着建华去镇上的医院，中玲和国庆妈没有办法，只好找到村里的几个小伙子，卸下了自己家的门板，抬着建华，一路小跑着，到了镇上的医院。

一路的颠簸，建华忍受不了，他们到医院的时候，建华已经昏了过去。中玲在医院走廊里拼命地喊着："医生——救命——"

医生出来，看了看建华，摇摇头。中玲害怕了，反复求着医生："救救她吧！"

医生说："难产，没有办法，只能做手术。但是镇上医院，也做不好这个手术啊！"

中玲说："那怎么办呢？"

医生说："别耽搁了，赶紧去城里医院吧，只有剖宫产才能生小孩子了。"

国庆妈着急："医生，城里离我们这里还挺远。"

"是啊，"一个抬建华来的小伙子说。

国庆妈说："小伙子们，你们继续帮个忙，把建华送城里医院去。"

一个小伙子说："去城里的路还挺远呢，万一半路上出点儿什么事儿，我们怎么办？"

国庆妈说："这孩子，你说什么呢？什么叫万一出什么事儿啊？不去送医院不就是有事儿了吗？赶紧去医院。"

小伙子们听国庆妈这么说，立即意识到了事情的严重性，抬起建华就跑。建华在门板上已经疼得失去了知觉。中玲和国庆妈跟着小伙子们一起往前跑，终于跑进市内的时候，时间已经过去了一个小时。

医生检查后，对国庆妈说："我们这边立即准备手术，家属去交款办手续。"

听了医生的话，国庆妈才放下心来。中玲拿出了自己的钱，交给了医生，其实中玲的这些钱都是自己攒下的嫁妆钱，在这个关键时刻，中玲顾不得那么多，拿这些钱给建华交了住院费。

在医生的抢救下，建华终于醒了过来，医生从手术室出来，对国庆妈说："手术做得很成功。"

国庆妈和中玲非常开心，两人握住医生的手不放。

建华生下了孩子，从手术室被推出来的时候，她泪流满面，觉得自己到鬼门关那里走了一次，终于又走了回来，怎么能不激动和兴奋呢？

建华哭，中玲也抱着建华哭，中玲说："建华姐，我差一点儿看不到你了。"

建华说："我也是这样的感觉，刚才好像做了个梦，梦中说，中玲看不见我了，我拽着你的手不想分开。"

中玲说："好了，都过去了，你和孩子都好，我们就放心了。好好休养一下吧！一切都要向前看。"

建华听着中玲的话，点了点头，疲惫地闭上了眼睛。

早晨，建华醒来，看到了睡在身边的儿子，这孩子是那么可爱，一张笑脸朝着自己，建华心里感到欣慰。中玲买饭回来，看着建华在笑，中玲也很开心。建华不放心国庆妈，问中玲："我这一觉睡了太长时间，大妈怎么样了？"

中玲说："不用担心，我妈跟村里的几个小伙子趁亮回村了。"

建华觉得自己对不起国庆妈，那么大年龄还在为自己奔波。

中玲一个劲地劝慰建华，建华才安心地在医院住下来。其间，中玲一直给建华打水、打饭，还帮建华照顾孩子，建华发自内心地感谢中玲。

几天后，建华出院，中玲陪着建华回家。回到家里的时候，中玲看到建华的家破败不堪，锅里落了很厚一层灰。张二汉仍然在外边赌钱，家里值钱的东西也输得差不多了。

中玲怒气冲冲地去喊张二汉，张二汉不耐烦地："喊我干什么呀？"

中玲说："建华生孩子了，你不能再玩了。"

张二汉说："你以为我傻呀？那是我的孩子吗？哪来的野种啊？你还让我去照顾她，我可没有那个义务去照顾她。"

中玲说："不管怎么说，你们是夫妻，你照顾她也是应该的，咱先不说孩子的事儿，建华生孩子身体虚弱，毕竟她是你媳妇儿。"

张二汉说："一边凉快去，就没有你什么事儿。"

看着依旧赌钱的张二汉，中玲知道说什么都无济于事，只好气哼哼地回家了，中玲心里想着，以后，只要自己有能力，就会帮建华减轻一些负担。

建华在家里带着孩子，还没有满月，就自己下床去做饭，不时用凉水洗尿布，所有的事情都是建华自己做，可是她没有怨言，只要看到孩子，就觉得自己有了生活下去的信心。但是，建华也在想，不能跟张二汉在一起，张二汉好吃懒做，又赌钱，如果自己再跟他在一起过下去，自己的一辈子就完了，而且更重要的一点是，建华担心影响到孩子。如果有这么一个好吃懒做的爸爸，虽然不是张二汉亲生的，但毕竟孩子也是要跟他叫爸爸的，万一将来把孩子也拐带坏了，怎么办呢？所以建华下决心要离开张二汉。

建华拿定离开张二汉的主意后，找一个张二汉高兴的日子，把自己的这个想法告诉了张二汉："我们还是分开吧，反正我们也没扯结婚证，我带着孩子自己过，以后我们好坏就跟你没有关系了。"

建华等了很久，张二汉没说话。

建华问："我已经跟你说过了，你要是同意了，我们就分开，咱们好说好散。"

张二汉听了，说："好啊，你是过河拆桥，你想利用我，就嫁给我，不用我的时候，你翅膀硬了，就想把我一脚踢开，我跟你说没有那么便宜的事儿，你是我媳妇，这辈子你也离不开我。"

"是你媳妇儿？我跟你过的是什么样的日子，你自己心里有数，我要我的自由，我带着孩子，我自己过，反正你知道，孩子也不是你亲生的。"

张二汉恶狠狠地说："好，我就是不放你走，我看你能怎样？"

建华懒得再搭理张二汉，只顾自己收拾东西，几件简单的衣服，还有孩子的东西。张二汉见建华要离开的态度非常坚决，知道自己说什么都没用，于是从家里跑了出去。

张二汉一口气跑到乡里，到乡里告建华。

乡里的司法助理跟张二汉同村，后来从部队回来，到乡里当了司法助理，此刻，见张二汉来了，笑着问："张二汉，你怎么能来找我呢？"

张二汉说："我怎么就不能找你呢？你要给我做主。"

司法助理奇怪地问："我给你做主？听说你娶了个漂亮姑娘，还给你生个儿子，怎么不知足呢？"

张二汉说："别提了，这个小娘子可不是省油的灯，这不是吗？闹着跟我要分开。"

司法助理说："是不是你给人家气受了？不然怎么闹着要离开呢？"

张二汉被说到了痛处："我不就是好玩个牌吗？"

司法助理说："你不是玩牌那么简单，赌钱，知道吗？应该让派出所给你抓起来。"

张二汉求饶："别呀，我不赌还不行吗？"

张二汉说完，突然反应过来："不对呀，今天我来不是说赌钱的事，是我媳妇要离开我，你要帮我讨个公道啊！"

司法助理说："怎么给你讨公道？婚姻自由你知道吗？谁也不能剥夺你媳妇的权利。"

张二汉说："我们没领结婚证，我有点儿害怕。"

司法助理说："虽然你们没领结婚证，但已经构成了事实婚姻，还是不能轻易就判你媳妇离开你的。"

张二汉一听，立即又挺直了腰杆："谢谢助理，还是一个村的，够意思。"

司法助理说："上边就是这么规定的，跟是不是一个村的没关系，我巴不得你媳妇离开你呢！"

张二汉本来转身要走，听司法助理这么一说，又生气了："一个村的都不照应着。"

司法助理说："我跟你媳妇现在也是一个村的，你说我照应谁？我就按照规定办。"

张二汉一甩袖子，刚要离开司法助理的办公室，建华抱着孩子也来了。

司法助理问张二汉："你们俩的事，自己回去能解决吗？"

张二汉立即回答："能解决。"转身对建华说："咱们回家吧！"

建华说："谁跟你回家？我今天来，也是要讨个说法的。"

张二汉看着建华说："你想离开我，有点儿难。不信，你问问助理？"

建华听张二汉这么一说，立即就明白了形势对自己不利，于是对司法助理说："您不能听他一面之词，我要告他。"

司法助理说："你们两个究竟是怎么回事？你告他，他告你的。"

建华说："我是不想跟他过了，所以我才来跟你说一下。"

张二汉瞪圆了眼珠说："你不想过就不过吗？助理说了，你不能离开我。"

建华说："别瞪着我，我也没跟你领结婚证。"

张二汉说："没领结婚证，你也是我媳妇。"

司法助理劝建华："你好好回家过日子吧，一个女人拉扯孩子不容易，你们要分开这件事我不同意。"

建华说："你一定要帮我，一定要同意，如果不帮我，我坚决反抗。你知道我过的什么日子吗？我怀孕了，还在打草编垫子，我还要下地干活儿，我累死累活卖垫子的钱，他都偷出去赌钱了，村里人都知道，他赌钱、喝酒没有一样不喜好的。我是走投无路了，我才嫁给了他。本以为可以过上好日子，我吃苦，我受累，我都挺下来了，可是，我无论怎么做，根本就没有好日子可过，所以我请你帮忙，判我离开他。"

张二汉抓过建华的头发，就要打建华。司法助理说："你还反天了，当着我的面还敢打人？"

建华挣脱张二汉，对司法助理说："您看，当着您的面，他都敢打我。以前打我无数次，我身上还有伤疤，您说这件事您到底帮不帮我？以前，我觉得活着没有意思，后来我有了孩子，我觉得活着是有希望的，可是现在，我哪里还有希望？我不能带着我的孩子被他打，被他折磨，您一定要帮我。"

建华说着，哭着跪了下来，建华哭，孩子也哭。助理看着这个场面就觉得揪心。于是，朝着建华摆摆手说："行了行了，我同意。"

司法助理终于同意了建华的请求，张二汉疯了一样要打司法助理，被司法助理有力的大手制服。司法助理对求饶的张二汉说："你还没完没了了，今天本来是看着你们没扯结婚证，想劝你们，以为能好好过日子，结果你看看你，一会儿打人家一会儿又骂人家的，太不像话了！我告诉你张二汉，从现在起，已经判你们不在一起了，你以后不能侵犯妇女儿童权益，你知道吗？"

张二汉一听，也傻眼了，可他也没有办法，知道建华是铁了心不跟自己过日子了，嘴里骂骂咧咧。司法助理听见了，严厉地说："张二汉，我告诉你，要是你不听我的话，做出什么出格的事来，我第一个带派出所的警察去抓你。"

张二汉虽然是懒汉赖皮，但也没有多大的胆子惹事，只好垂头丧气地回村了。

建华抱着孩子，谢过司法助理后，也往村里走。建华担心张二汉跟自己没完，于是，建华就等到路上有人往村子里去的时候，才抱着孩子在后面悄悄地跟着。她真是害怕再挨打，现在国庆也不在家，中玲在忙自己的事，也顾不上自己，招娣更不会向着自己说话，所以建华觉得，自己还是处处多注意安全才好。

建华抱着孩子无处可去，找到了生产队长王贵发。王贵发虽然平时对村民很严厉，但是人还是热心肠。建华抱着儿子小军来到大队部的时候，王贵发刚广播完一条通知，见建华走进来，问道："建华，你怎么来了？"

"能不能给我和儿子找个住的地方？"建华近乎哀求地说。

"找个住的地方？你不是在张二汉家吗？"队长疑惑地问。

建华说："我跟他已经分开了，我现在没有地方住。"

队长说："那你也不能回国庆家了。"

建华说："对，我求求您了，我不能再去国庆家了，如果不是因为想从国庆家出来，我当初也不会嫁给张二汉，您就看在我和儿子这么可怜的分上，帮帮我吧！"

队长说："别的地方也没有，生产队里的饲养棚空着，你能住吗？"

建华一听，只要有住的地方就好，她立即回答："行，太谢谢队长了！"

建华来到了饲养棚。屋子里到处都是灰尘，几乎没地方落脚，但是建华想，只要自己和儿子在一起，有能够遮风挡雨的地方就行了。

建华带着儿子小军从张二汉家快要倒塌的小房子里搬了出来。生产队的饲养棚里，这一天也很热闹，中玲帮着建华打扫房子，拿来了很多报纸，中玲说："拿这些旧报纸把房子给你糊一糊，就跟新的一样。"

"太好了，中玲，谢谢你！"

建华说着眼泪就流出来了，中玲说："你看你，又哭。"

"中玲，没有你，没有你们一家就没有我的今天了，想想我就感动。"

"不要说这些，帮你是应该的，再说我哥一直嘱咐我，让我帮助你。"

建华发自内心地感恩于国庆和中玲兄妹，可是她又不知如何表达，就像国庆说过的"只要好好地活着"，就是对兄妹两人最好的报答。

建华糊棚的时候，墙上爬了很多潮虫，这些小虫在墙上爬来爬去，建华感到很害怕，儿子小军在床上躺着，眨巴着眼睛看着建华，建华担心虫子掉在小军的身上，赶紧给小军盖上被子，小军却看着建华嘻嘻地笑着，建华的心里感到了一丝安慰。为了小军，自己吃再多的苦，也值得了。

中玲也看着小军，对建华说："这孩子太可爱了，为了他，你也要坚强地活下去。"

建华点头："中玲，你放心吧，从此以后，我一定要为儿子负责，不管有多苦，都要努力地活下去，坚强地活下去。"

国庆妈过来看小军，看到建华房子里的那些虫子，拿着笤帚，"啪啪"地打着，一边打一边说："建华，不用怕，这些虫子，它也不咬人，就是这屋里空得时间长了，虫子就出来了，还有就是潮湿的时候也出来，要等天气好的时候，或者住进来时间长了，保持干燥就好了。"

建华被国庆妈感动了，千恩万谢地说："谢谢您。"

国庆妈说："建华，你就跟我自己女儿一样，就不要说那些谢谢的话了，有什么事就和中玲说。"

在国庆妈和中玲的帮助下，建华和儿子终于搬到了新房子，也是从这一天起，过上了崭新的生活。可是招娣却总是跟建华过不去，一天到晚因为一点儿小事儿就和国庆妈生气。有一天，中玲对妈妈说："其实，建华姐人挺好的，可比王招娣强多了。"

中玲以为招娣没在家，却没想到招娣就在里屋，中玲的话不小心让招娣听到，招娣冲出来，愤怒地对中玲说："你说什么呢？我难道还比不上那个周建华吗？"

中玲虽然觉得失言，可还是跟招娣辩论道："原来你都听到了，那我就跟你实话实说吧，你还真赶不上周建华。你说你哪点比她强啊？一天到晚就是想你自己那点儿事儿，还能有点儿胸怀吗？"

招娣反驳："什么叫胸怀？我就知道她总是想勾搭我们家国庆，幸亏我看得紧，要不然还说不定是怎么回事儿了。"

中玲说："看你这点儿出息，自己的男人都看不住，还总是说人家周建华这不好那不好的。"

招娣见说不过中玲，气得一边哭一边跑回了娘家。招娣妈见招娣哭着回来，就问招娣："怎么啦？是不是在马家受气啦！"

招娣也不说话，还是哭，招娣父母看到女儿这么委屈，气得不行。招娣妈说："不能就这样让你在老马家受欺负，走，妈陪你评理去！"

招娣妈拽着招娣去国庆家评理，招娣爸想想，怕老婆女儿吃亏，也起身跟着去了。

在大门外，招娣妈就看到了刚从家里走出来的国庆妈，招娣妈一股怨气都撒在国庆妈的身上："有你们家这样的吗？你儿子娶了我闺女，却跟别的女人眉来眼去的，让我女儿在你们家受气，这是我们父母还活着呢，要是没活着，我女儿在你们家还不得气死。"

国庆妈被招娣妈一顿训斥，非常生气，一着急，"扑通"一声就晕倒在地上。正好建华抱着孩子走过来，看到了这一幕，建华要把小军放在地上去扶起国庆妈，可是招娣妈疯了似的说："你又干什么来了？有你什么事儿啊？"

建华说："不管有没有什么事，我不能看着大妈跌倒，我要把她扶起来。"

中玲这会儿偏巧没在家，建华照顾着国庆妈，王招娣生气了："周建华，你是什么东西？你上我们家来，你还要脸不要脸？"

建华按着国庆妈的人中穴，也不回答招娣的问话，虽然气得眼泪流了下来，可是建华还是照顾着国庆妈。

中玲从外边回来的时候，见建华照顾着自己的妈妈，招娣却在一边骂建华，中玲非常感动，此刻，国庆妈一口气缓了过来，建华这才放心。中玲说："建华姐，你先回家吧，我来照顾我妈。"

建华有些不放心地说："你能行吗？"

"放心吧，我妈这是老毛病了，只是多年没犯过了。"

建华抱起坐在地上哭着的小军："那好吧，我先回去。"

看着建华离去的身影，中玲对招娣说："你到底还有没有良心？我妈也是你妈，你怎么能忍心气她？她病倒了，你也不帮她一把。"

招娣冷笑一声："你妈是你妈，我妈是我妈，跟我没有关系。"

中玲说："好，王招娣，算你狠。等我哥回来了，找你算账！"

招娣说："我等着，看看马国庆能把我怎么样？"

中玲扶起国庆妈说："我不能把你怎么样，但是你做人不应该这么做。"

招娣说："我就这么做了，你管不着！"

招娣转身进屋了，国庆妈气得手直哆嗦。中玲劝着说："妈，咱们不跟她一般见识。"

中玲扶着国庆妈回屋的时候，狠狠地瞪了一眼招娣妈和招娣爸，两人也觉得女儿有点儿过分，可是又不好说什么，只能快快地溜走了。

中玲安置好妈妈，又不放心建华，国庆妈也对中玲说："妈没事了，去看看建华吧！"

中玲说："好。"

中玲从家里出来，去了建华和小军住的饲养棚。建华正哄着小军玩，见中玲进来，对中玲说："你不在家照看大妈，跑这里来干什么呀？"

中玲说："我妈不放心你，让我过来看看。"

建华说："我好着呢！让大妈放心。"

中玲看着陪着小军玩耍的建华，深有感触地说："看你一天天又生孩子又嫁人的，我真是觉得心里难过，我可不想出嫁，我以后要去考大学。"

建华说："不管你读什么书，早晚你要出嫁的，再说大妈不也是盼着你早点儿出嫁吗？"

中玲说："我才不呢！"

建华说："我听大妈说过，想让你早点儿出嫁，然后养个孩子，给婆家一个交代。"

中玲说："有什么意思呢？我妈那是图省事儿，让我早一点儿出嫁，可是我真是不想。"

建华叹口气，把小军用绑带固定在自己的后背上，然后端来一箩筐玉米，放在自己和中玲的面前，然后用锥子一趟一趟地往下搓着玉米粒，中玲也用玉米棒子搓着玉米，一边搓着，一边跟建华聊天。

中玲问建华："你后悔吗？"

"我不后悔，我从家里跑出来，几千里远地跑到这里，认识了你们一家，我真的是很幸运。小时候，我上学，但是那时候家里太穷了，到学校去帮工，老师在教室里讲课，我就在教室外面听课，那时候，老师讲课讲得真好。"

中玲就问："那老师是男的还是女的？"

建华脸色一红："当然是个男老师了。"

"我就猜到是个男老师。他年轻吗？"

"年轻啊，他是我们那里的知青，是给学生代课的民办教师。"

"你是不是喜欢他？"

建华笑笑不说话，中玲继续问："说实话，你是不是喜欢他？"

建华充满回忆地说："春生帮助我学习，然后我就喜欢上了。"

中玲说："他喜欢你。"

建华笑着说："当然啦，我们偷偷相爱了。"

中玲问："后来怎么样了？"

建华眼睛湿润地说："那个时候家里给我安排了婚事，我不喜欢那个李赶娃，我跟春生好了，不会再嫁到李家去，春生帮助我逃跑，半路上，他掉进了山崖。我哭着喊着找他，可是却没有一点儿音讯。我不敢回家，只能继续往前跑，后来就遇上了你哥和李大宽。"

中玲说："难道你们家的小军就是春生的孩子？"

建华惊讶地张大了嘴巴，不再说话。中玲看着建华，两个人都有一种一切尽在不言中的感觉。建华说："天晚了，中玲你赶紧回家吧，一会儿你妈该着急了。"

中玲看着建华后背上的小军都睡着了，对建华说："改天我再来。"

中玲回家以后，建华看着中玲的背影，思绪万千。看着眼前熟睡的小军，建华又想起了春生掉进山崖的那一幕，建华在山崖边哭，父亲追过来找建华，建华跟父亲对峙着。想到这里，建华眼泪不由自主地流了下来。

第九章

　　国庆家的客人夸奖建华的话不时地传到招娣的耳朵里，招娣嫉妒得要死。趁着大家不注意，把小军抱到了门外，放在了地上，然后自己偷偷地溜回家。

　　这几天村子里非常热闹，村西头小卖店店主的女儿小菊从城里回来了，打扮得花枝招展，招惹了许多年轻的姑娘和小媳妇去小卖店看她。有夸赞小菊的衣服的，也有的问："小菊，你的衣服都是从哪儿买的？"

　　小菊说："我的衣服都是城里的，村里就没有卖的。"

　　这些姑娘和小媳妇非常羡慕："看看人家小菊，出去走了几天真就是不一样，城里可真好啊，净穿漂亮衣服。"

　　还有人问："城里的衣服这么漂亮，城里的人漂亮吗？"

　　小菊说："当然啦，城里人穿上好看的衣服，就更漂亮了！"

　　中玲有时候也去小卖店转一转，见到小菊，中玲非常羡慕地说："小菊，你这些衣服太漂亮了！"

　　"中玲，就凭你这么漂亮的人，穿上这些衣服比我漂亮多了。"

　　"我哪有你漂亮啊？"

　　中玲从小卖店回来去看建华，跟建华聊天的时候，就说起了小菊。建华问：

"小菊就是那个店主的女儿吗？"

"是啊，就是店主的女儿，原来每天打扮得土里土气的，现在进城待了几天回来一看，弄得那么漂亮，洋气得很哪！"

"中玲啊，你不能太虚荣，人家打扮得漂亮是人家的事儿，从你说话的口气中，我就能听出来，你也太羡慕人家了。我跟你说中玲，要想自己漂亮，必须要靠自己的劳动，只有依靠自己双手劳动挣的钱打扮自己，才是真正的开心呢！"

"是啊，可是我真是羡慕小菊，什么时候我也能进城里当个工人呢？当个城里人也行啊！"

建华说："我也是羡慕城里人，可是我到了这边来，我也没觉得城里有什么好，我们家的山里，山清水秀的，可养人了。"

中玲说："难怪你长得这么漂亮，原来是山里养人啊！"

建华跟中玲聊天，此刻想起了父母，可是又没有什么办法，自己现在不能回去，既然从家里跑出来了，就要在外边坚持着。

中玲不知道建华内心的想法，给建华讲起了自己以前去城里的一些事："建华姐，有一次我跟我爸进城里去卖菜，看到路上的无轨电车了，还带着大辫子，大辫子拖得好长，电车就顺着大辫子往前跑，车子到站一停，有那么多小女孩背着小书包，穿着漂亮衣服，头发上扎着大大的蝴蝶结，坐车去上学。我也想像她们那样，坐着无轨电车去上学，我只是羡慕人家，可是我生错了地方。我在农村，我哪有机会去坐无轨电车上学呢？我怎么能背着小书包，扎着蝴蝶结去上学呢？"

建华说："其实你生在哪里自己说了不算，但是你在哪里生活，你自己就能说了算。"

中玲说："你自己说了算了吗？还说我呢！"

建华说："是啊，我目前这样的生活状况就是说了算也不行。我有了孩子，有了小军，我就要为孩子着想，可是你跟我不一样啊，你可以给自己规划一个新的生活。"

中玲说："建华姐真是可怜你了，你就是命苦啊，要不然如果你在城里，你这么漂亮，你穿了好看的衣服一定比小菊好看多了。"

中玲感叹着建华命苦，建华却没有想那么多，她说："我只是希望，把小军带好。"

　　建华和中玲说话的时候，小军突然醒了，一直"哇哇"地哭个不停，建华抱起了小军："小军，你怎么啦？"

　　小军仍然哭闹不止，中玲说："小军是不是哪里难受啊？"

　　建华也着急地说："应该是哪里难受，可是他也不会说话，真是急死我了。"

　　中玲说："你别着急，我去找村里的大夫。"

　　中玲说着，就往外跑，建华抱着孩子在地上来回摇晃着，给小军喂奶，小军还是哭，看着哭闹不止的小军，建华急得眼泪都掉下来了。

　　中玲跑出去不长时间，就带着村里的大夫回来了。中玲进来就喊："建华姐，大夫来了，快给小军看看。"

　　大夫摸着小军的额头说："还是有点儿发烧。"

　　建华问："您看用不用吃点儿药啊？"

　　大夫说："以往我给孩子们看病，他们都是发烧，然后吃点儿药就好了，没有像你们孩子这么哭的。"

　　建华说："您给好好看看吧！"

　　大夫说："这个病我还真是确认不了，为了不耽误事儿，你还是带着孩子赶紧去镇上医院吧，不好意思啊！"

　　大夫说完，转身就往回走。中玲见村里的大夫也没有了办法，就对建华说："我陪你上医院吧！"

　　建华想想，也没有别的办法，只好收拾小军的东西。就这样，建华抱着小军，中玲陪着建华连夜去了镇上的医院。

　　镇上医院有医生值夜班，建华和中玲抱着小军跑了进来。中玲大嗓门喊着："医生，快给孩子看看。"

　　医生见建华满脸的汗水，立即给小军看病，经过仔细检查之后，医生说："孩子是小儿惊厥，孩子被吓到了吗？"

　　建华说："没有啊！"

　　中玲着急地说："医生，您看看有没有什么好的方法给治治啊？"

　　医生说："我给你开点儿药吧，再打一针应该就没有问题了。"

　　医生说着，给建华开了药，然后又给小军打了一针。小军打过针不久，安静了下来，建华抱着小军坐在走廊里，中玲跟着忙前忙后的。建华说："中玲，谢谢你！"

　　"谢什么谢呀，都是应该做的，我也不能让你自己一个人连夜往这儿来呀！"

"让你受累了！"

中玲说："别跟我说这些话，我们谁跟谁呀？"

建华不再说话，眼眶湿了，中玲用袖口给建华擦着眼泪。

就这样，建华抱着孩子在医院里坐了一夜。中玲等天亮的时候出去买回了早点，递给建华："我抱一会儿小军，你赶紧吃点儿饭吧！"

"中玲，你也折腾一夜了，太辛苦了，你先吃吧！"

"让你吃，你就吃。"

"我是有点儿饿，可是我吃不下呀！"

中玲说："建华姐，你真是命苦。等孩子病好回家，我让我妈给你找个好人家吧！"

建华说："行了，别再提这话了，我绝不会再找人了。"

中玲就劝建华说："那你去找孩子的爸爸，如果找到孩子爸爸，让他帮你抚养，是不是你也会省心些呢？"

建华说："中玲，小军的爸爸已经死了，我不能再找了。"

建华的眼前又回忆起自己逃跑的那一幕，她又想起了自己当年偷听春生上课的时候，还有后来大暴雨那一天，自己在春生宿舍里的那一幕。春生抱着自己，说他喜欢自己，建华也说自己喜欢春生，于是他们发生了关系。春生对建华承诺道："你不要害怕，我以后一定要带你走出大山，看看外面的世界，让你过上好日子。"

建华在回忆着这些的时候，又累又困，靠在椅子上睡着了。中玲抱着小军，看着熟睡的孩子，心里更加可怜建华："哎，真是可怜的姐姐。"

小军病好后，中玲陪着建华回到村里。建华回到自己住的饲养棚里，为小军整理着衣服，其实也没有什么衣服可整理，只有几套贴身的衣服，有的是中玲送的，有的是建华用自己卖垫子的钱给小军买的，建华觉得，虽然自己一个人带着孩子很艰难，但是自己却很开心。中玲也把省下来的好吃的送给小军，建华一次又一次地被中玲感动着。

这一年，中玲家养了一头大猪，到过年的时候，国庆妈对国庆爸说："把猪杀了吧！咱们也请请村里人。"

国庆爸点头表示赞同。于是，大猪被杀掉了，国庆妈就请了一些人来帮忙，收拾猪下水等，将一些肉和排骨都炖好之后，把村里那些老人都请来吃饭，中玲也忙不过来，就请建华来帮忙做饭。国庆妈也是想给建华带回一些肉，给小军增加点儿营养。

建华去帮忙的时候，看到有一位来吃饭的老人，一边吃饭一边回忆地说："我记得当年村里有一个厨子，他是外边来的，谁也不认识他，挺神秘的，我们也都不知道他从哪儿来的，那时候他曾经请我吃过一顿火锅，那火锅真是好吃极了，我这一辈子都难忘，那火锅的味道真是太好了。"

建华听着，就想起了自己小时候吃过的火锅。国庆妈听到这位老人提到火锅，很受启发，对老人说："大叔，您等下，我也有火锅。"

国庆妈说着，就去家里翻箱倒柜，拿出来一个铜火锅给老人看："是这样的火锅吗？"

老人点头说："对呀对呀，就是这样的一个火锅。"

国庆妈说："火锅是我们祖上传下来的，我一直留着，这些年我们也没有使用过。"

建华看到了火锅，突然来了灵感，于是从缸里捞出来酸菜，将酸菜和葱姜切成细细的丝，然后又把猪肉切成薄片，对国庆妈说："大妈，您看，把这几样放在一起，然后再加上调料，放进火锅里煮，让那些老人吃，怎么样？"

国庆妈说："行啊，还有什么调料吗？"

建华说："我再做点儿辣椒调料吧，弄个辣味儿的。"

国庆妈找了一把干辣椒，于是建华又用干辣椒炸成了辣椒油，放进调料里。老人们看着滚开的酸菜和肉，把调料放到自己的碗里，等酸菜熟了之后捞出来，又把肉捞出来蘸着调料吃。这些老人们吃得太香了！有一位老人拖着鼻涕，一边擦着鼻子一边说："这火锅太好吃了，又辣又好吃。建华，你的手艺可太好了！"

建华说："也不是我的手艺好，主要是大妈家的料好。"

国庆妈开心地看着建华，客人吃得好，自己也很有脸面。

小军的病已经好了，跟几个同龄大的小伙伴在地上玩，小军走得慢，跑得也慢，晃晃悠悠的。建华边干活儿边对小军说："小军，你注意点儿，别摔倒了。"

小军虽然不会说话，但也能听懂妈妈的嘱咐，他懂事地点点头。建华感到非常欣慰。

国庆家的客人夸奖建华的话不时地传到招娣的耳朵里，招娣嫉妒得要死。趁着大家不注意，把小军抱到了门外，放在了地上，然后自己偷偷地溜回家。

第十章

每个人回忆过去的时候都会感到难过，我知道你很辛苦地在外面工作，也一定遇到很多困难，但是只要我们面对，就不会克服不了。就像我抱着小军走在冰上，你在后边喊我，把我喊回来，不然可能我带着孩子就掉进冰窟里了。

招娣跑回家的时候，心里还扑通扑通地跳，她还是感到有些害怕。回家之后，招娣一直心神不宁。她不知道小军会冻成什么样，但是为了报复建华，她还是把小军扔在了外面。建华一直在厨房里忙着，那些老人们喜欢吃火锅，建华就在不断地切着酸菜，不断地切着肉片，她哪里知道小军已经被招娣扔到了外面。

天很冷，小军在外边站了一会儿，冻得哭了起来。小军的哭声，惊动了远处的一个人，原来是国庆拄着拐杖，从很远的地方往回走。走到近前，看到路上的孩子，于是问道："孩子，你怎么在这里呀？"

小军也不会说话，只是咿咿呀呀地用手比画着，然后继续哭。国庆拄着拐杖，看着小军，已经很久没回家了，国庆并不知道路上的孩子就是建华的儿子小军。国庆看着小军很可怜，一个人在这么冷的天气里站在外边哭，国庆心想：这是谁家的孩子，这个妈也够狠的，这么冷的天，竟然把孩子扔在了外面，不知都忙什么呢？

国庆非常生气，他拖着伤腿，抱着小军往回走。国庆抱着小军回家的时候，招娣本来很生气，但见国庆回来了，招娣还是很高兴地迎上去，可建华抢先走向前，抱过来小军。建华说："别让舅舅抱着，赶紧下来。"

招娣见到了，非常生气，一转身又跑回了娘家。建华见招娣跑了，非常着急：一定是因为自己在这帮忙，惹了麻烦，让招娣不高兴了。于是，建华就抱着小军追了出去。

招娣跑进娘家家门，又哭了。招娣妈问："怎么又哭了？是谁又欺负你了？"

"还能有谁？那个周建华又去我们家了。"

"你也是的，还不允许人家去你们家去了？国庆又不在家，她去就去呗！"

"怎么不在家呢？国庆回来了。"

"国庆回来了？"

"我都看见了，他抱着周建华的儿子回来的。"招娣没敢说是自己把小军扔在外边，国庆把小军给抱回来的。

就在招娣和招娣妈说话的时候，建华抱着小军走了进来，招娣和招娣妈见建华进来了，就开始骂建华。建华说："我是来劝招娣回家的，国庆刚回来。"

招娣说："国庆回来了，你还在这赖着干什么？还不赶紧找他去。"

建华见招娣也不给自己好脸色，想解释，又怕越解释越不清楚，于是，建华就抱着小军一路哭着往自己住的饲养棚方向走。看到建华哭，小军也开始哭了起来。一路上，建华和小军的哭声一直传出去很远。建华抱着小军，不知不觉间，居然走到了村口的河边。

河面上冻了一层冰，建华就抱着小军，在河面上走，也不知道走了多远，就听到后边传来国庆的喊声："建华，危险——你赶紧回来。"

建华也不听，还是抱着小军往前走，国庆大声地喊着："赶紧回来——"

建华这时才注意到喊自己的是国庆，建华停下来，回头看到拄着拐杖的国庆，正在一瘸一拐地追着自己，建华心里有些后悔，于是就抱着小军停了下来。见国庆还在往这边走，建华才抱着小军往回走。

国庆追上了建华，可是建华仿佛躲着他，国庆生气了，用拐杖在冰上使劲戳着冰面，边戳边喊："你怎么回事？越喊越往前走，是不是不想活了？你怎么总这样啊？"

"别说我了，你的腿是怎么回事啊？"

"说来话长了，我去山里巡线的时候，从悬崖上摔下来，腿受了点儿伤。"

"这也不是轻伤了，如果是轻伤也不会这么走路。"

"不愿意回忆了，那段时间倒是挺痛苦的。"

"那你怎么没说一声呢？家里人都不知道。"

国庆说："说这些有什么用呢？当时受伤的时候，是工友们给我送到了附近的医院，在那里，医生给我进行了治疗，但是，好转了以后，我的腿就成这样了，现在我是瘸子。"

建华说："话别这么说，你以后会好起来的。"

国庆情绪有些低落："别安慰我了，我知道我是什么情况。"

建华劝道："以后你要注意休养，我该回去了。"

国庆答应建华："我知道了。这是你儿子？我在路上看到他的。"

建华惊讶："你在路上看到他的？在哪儿？"

国庆说："在离我家有一段距离的地方，你怎么看的孩子？"

建华极力回忆着，说："我在帮大妈做饭，小军在屋子里玩，怎么突然就出去了呢？"

听了建华的话，国庆立刻意识到一定是招娣把小军带到了外边，建华也想到了这一点，但是建华没说。

国庆非常生气，说："我回家去找招娣问问。"

建华说："别再惹麻烦了，招娣已经回了娘家，你再去找她问，不太好。今天怨我了，我不该过来帮忙。"

国庆说："你来帮忙也是正常，怪都怪招娣太小心眼。"

建华掩饰着说："没有，没有啊，好了，没事了，你赶紧回家吧！外边太冷，一会儿小军该冻着了。"

建华说完，抱着小军赶紧往家走。国庆站在那里，看着建华抱着孩子的背影，心里对招娣又产生了一丝愤懑的情绪。

国庆回家，国庆妈正站在门口张望，见到国庆说："你可回来了，快点儿吃饭。"

国庆也不说话，回到自己的屋子里生气。把客人都送走之后，国庆妈对国庆说："招娣也太不像话，动不动就回娘家，你去把招娣接回来。"

国庆说："我才不去呢，愿意去您去。"

国庆妈说："你怎么跟妈说话呢？让你去你就去。"

国庆说："凭啥去接她？反正我不去。"

国庆妈说："你不去就只好我自己去了。"

国庆妈收拾好屋子，卸下了围裙，就从家里出来，朝着招娣家的方向走去。

招娣正在家里闹意见，见国庆妈走进来，招娣也没有好脸色，一扭身，进了里屋。

招娣妈说："我闺女在你们家又受气了，你们家到底是咋回事啊？三天两头把招娣气回家来。"

国庆妈一听，没好气地说："你问问你闺女到底是怎么回事？谁给她气受了？都是她自己自找的。"

招娣妈说："这么说，还是我们家招娣的错了？如果不是跟你们生气了，她能回来吗？"

国庆妈说："招娣太小心眼，不管有什么事儿，她都往心里去，家里杀猪，我就是找建华来帮个忙，有什么不对？招娣就是看不上建华，对人家孩子小军也没好脸色。"

招娣妈听了国庆妈的解释，说道："就是帮个忙也没什么，但是她总跟国庆在一起搅和着也不好。"

国庆妈说："什么叫搅和啊？国庆和建华都在我眼皮子底下，还能怎么样啊？都是你们想得太多了。招娣，跟我回去吧，国庆也回来了。"

招娣见国庆妈这么说，想想还是回去的好，于是从里屋出来，对国庆妈说："好吧，我跟您回去吧！"

招娣虽然不情愿，但是国庆回来了，如果不回去，万一国庆对自己意见太大，以后什么结局就不好说了，招娣心里其实很害怕国庆会离开她。

国庆因为腿受伤，心里很痛苦，表情也很痛苦，甚至有些抑郁。招娣看到国庆的这个样子，腿又瘸了，就感到非常烦。中玲想帮帮国庆，可是又不知道从哪里帮起，于是躲回了自己的屋子。家里只有国庆和招娣两个人的时候，国庆跟招娣也不说话，招娣还在生国庆的气，两个人互相看着，觉得对方都发生了太大的变化，所以谁也不想说话。

国庆妈忙完了所有的家务，进到屋子里，想想自己这个当妈的，为了儿子低声下气，心里很难过，国庆的腿又出了问题，以后该怎么办？想着，想着，自己躲到角落里就哭了起来。中玲走过来，看到这样的情形，禁不住问："妈，哭什么呀？"

国庆妈说："我心里难过，你看你哥现在成了这个样子，以后的日子怎么办呢？本来招娣就觉得心里不顺气，你哥又受伤了，变成了残疾，招娣就更不顺心了。"

中玲说："妈，这个你不用担心，如果她觉得不顺气，她就不过呗！"

"你说得太轻巧了，你哥娶个媳妇容易吗？"

"我哥是好人，想娶个媳妇还不简单，非在一棵树上吊死啊！"

中玲说完就走了，国庆妈擦干眼泪，也回了自己的屋子。

中玲觉得自己家里现在一团糟，妈妈生气，哥哥也生气，招娣又跟哥哥过不去，中玲没有地方去，不知不觉地走到了建华住的饲养棚。

中玲好像有很多话要对建华说，建华也喜欢与中玲聊天。中玲有些郁闷地说："建华姐，你看我哥现在这个样子，和以前像变了个人一样，是不是受伤就让他变成这样了呢？"

建华一边拍着小军睡觉，一边说："是啊，你哥受伤了，原来那个高大威武的他，现在变成了这样的形象，自己心里一定是很难过的。"

中玲说："建华姐，你劝劝我哥吧！只要是你说的话，我哥都会听。"

建华说："好吧，什么时候有机会我去劝劝他，招娣在家的时候，我又怕招娣会有意见，虽然对你哥也很同情，但我轻易不能去劝他。"

"你怕她干什么呀？你去跟我哥聊天，跟她有什么关系呀？"

"还是注意些好，免得给你哥带来麻烦。"

两个人聊着聊着，不觉天黑了，中玲打着哈欠说："我该回家睡觉了，建华姐，你也睡吧！"

中玲回去后，建华一直在思考着，什么时候跟国庆谈谈呢？

这一天，建华正在家里陪小军玩，中玲跑来找建华。建华问中玲："干吗这么风风火火的？"

中玲说："招娣回了娘家，你过来劝劝我哥。"

建华说："让她碰见了不好，上一次就是因为我去你家，招娣生气回了娘家，这一次，要还是这样的话，我可真是害怕了，我不想找麻烦。"

中玲说："什么叫找麻烦？我哥有困难你不帮，想想你有困难的时候，我哥是怎么帮你的？"

被中玲一顿抢白，建华觉得中玲的话有道理，自己不能因为怕找麻烦，就不管国庆了。想明白了之后，建华带着小军去看国庆。

建华跟中玲来到国庆家的时候，国庆正坐在屋里生闷气，见建华走进来，也没看她一眼，建华并不在意，对国庆说："国庆哥，这两天怎么样？腿还疼吗？"

国庆也不说话，转过身去，仍然沉默寡言，建华就跟国庆聊天："国庆哥，你给我讲讲你们隧道上的事儿呗！"

国庆听建华问起自己的工作，立刻来了兴趣："我跟你从哪儿讲起呢？要讲的太多了，我真是只要回忆起来，心里就发慌，就感到特别难过。"

建华说："每个人回忆过去的时候都会感到难过，我知道你很辛苦地在外面工作，也一定遇到很多困难，但是只要我们勇敢面对，就不会克服不了。就像我抱着小军走在冰上，你在后边喊我，把我喊回来，不然可能我带着孩子就掉进冰窟窿里了。所以，我要感谢你，我们互相鼓励。"

国庆难过地说："我是心里难过，你知道吗？大宽没了，大宽已经牺牲了。"

这个消息来得太突然了，建华以为自己听错了："你说什么？大宽没了？怎么没的？"

国庆说："大宽是为了救我，才摔下山崖的。我们一起都摔下了山崖，可是大宽没我幸运，大宽的头撞到了石头上，因公殉职了，再也回不来了。"

建华很吃惊，也很震撼，她想起大宽上次来的时候，建华送大宽去车站，大宽含着眼泪劝建华不要嫁给张二汉，可是建华没有听话，仍然嫁给了张二汉。建华想起大宽对自己的好，还有国庆和大宽从公交车上把自己救下的情景。后来，他们三个人一起坐火车，建华在车上给两个人唱歌，可是这样的日子一去不复返了。

建华心里难过，眼泪也流了下来，她终于理解了国庆难过的原因，建华也不知道说什么好，只好劝着国庆："你想开些，你还有家，还有父母，还有中玲和招娣呢！"

国庆说："可是大宽再也回不来了，大宽妈怎么办？我始终不敢去面对老人家。"

建华说："大宽妈是好人，一定会坚强地活下去的，以后我们有机会去见见老人家，或者说等我们生活好起来的时候，去照顾她。"

国庆说："也只能是这样。"

看到国庆难过的样子，小军非常懂事，在国庆身边转来转去，国庆看着小军的样子，觉得小军那么可爱，他伸出手摸着小军的头，自己突然觉得，活着是有希望的，自己应该努力地活下去。国庆在被小军感动的瞬间，对建华说："你一定要好好地活着，其实这也是大宽的希望，他还曾经跟我说，他喜欢你。"

建华不好意思地低下了头，她越发惭愧，大宽那么劝自己，自己还是嫁给了张二汉，建华觉得自己没有资格让大宽喜欢，尽管大宽已经离开了自己。建华还能说什么呢？她抱起了小军，说："小军，我们回家吧！"

建华默默地走出了屋子，国庆看着建华抱着小军走在院子里的背影，眼泪，顺着眼角流了下来。

第十一章

建华不能不管国庆，她背起了国庆，娇小的身躯在冰面上走着，几次脚底下打滑，差一点儿摔倒。

国庆受伤后，组织上照顾国庆要给他调一个离家近一点儿的单位，可是国庆却拒绝了组织上的照顾。

国庆说："我离家近了，可是别的人又离家远了，那些工作都谁做呢？我还是只需做原来的工作，而且原来的岗位也需要我。"

国庆是这样说的，也是这样做的。每天还是继续去原来的单位上班，虽然巡线的路途很远，但是国庆仍然在坚持着。每一次去山上的时候，国庆走路都很辛苦，拄着拐杖一瘸一拐，有的时候可能走上去了，又摔了下来，但是国庆仍在坚持，同事们都很可怜国庆，他们劝国庆："还是换个单位吧！"

但是国庆说："不用了，我现在很好，我相信我会克服这些困难的，毕竟我还当过兵。"

大家都很敬佩他，国庆偶尔也会休假，每一次休假回来的时候，在村子里就会遇到建华，但是每一次看到国庆，建华为了避嫌，担心会打扰国庆和招娣的生活，她总是会远远地看着国庆的背影。每当这个时候，建华就会被这个背影拉回到过去。建华一边回忆着自己与国庆相遇的情景，又想起当时国庆在车上与流氓进行搏斗的情景，建华总是那样的感动，总是默默地抹去眼角的泪花。

国庆回来的时候，偶尔也会来看看建华和小军，但是建华几次都对国庆说："以后再回来的时候，不要过来了，我和小军挺好的。"

建华是不想让邻居们反感，也不想让人把话传到招娣的耳朵里，免得给国庆带来麻烦。可是小军却不管这些，每次看到国庆的时候，小军不管距离多远，都会喊着国庆："叔叔，你回来啦！"

孩子小，不懂得大人的心理，建华又不知道怎么跟小军说，即使说了，小军也不会明白，所以建华就不让小军见国庆，而国庆每一次从外边回来的时候，都会给小军带来一些零食，小军见到国庆很高兴，建华当然也很开心。但是，建华知道自己的身份，她非常注意与国庆之间保持距离，所以每一次国庆来的时候，虽然小军高兴地拽着国庆，不愿意让国庆走，但是建华都会对小军说："赶紧让叔叔回去，叔叔还有很多正事要办。"

而每一次国庆在临走的时候，建华都会嘱咐国庆说："以后不要再过来了，我现在挺好的。"

国庆说："我来看看你和孩子，是因为我当年把你从那么远的地方带出来，现在你过得好不好，我觉得跟我有很大关系，所以我会来看看。"

国庆这样说，建华也不好再说什么，只是默默地抱着小军，看着国庆远去的背影。

国庆妈希望早一点儿抱上孙子，可是国庆对此却一直没有兴趣，因为对招娣不冷不热，孩子一直也没有，所以惹得招娣也很生气。招娣也不给国庆好脸色，国庆回来的时候，就对国庆发脾气，有的时候一顿怨气发下来，国庆生气，控制不住还跟招娣吵几句，招娣也感觉委屈，就会埋怨国庆说："国庆，我们结婚也好几年了，你就是对我不冷不热的，你跟我说说你到底是怎么想的？"

国庆说："我也没有怎么想，你在家也很辛苦，但是我觉得，我在外边也不轻松，村里有很多人都没有你舒适，你的日子过得还是挺顺心的，所以你也不要再挑剔什么了，你把日子过好了就行了，大家相安无事就好。"

村里人都把国庆当成主心骨，每一次国庆回到村子里，或者去乡里转转，都会有人找国庆帮忙，给农民们解决一些实际问题。国庆也非常高兴能帮助大家。自己在外面当兵，后来又在铁路上工作，在外边见的人也多，遇到难处的时候，办法也多。国庆在乡里和村里都能帮到大家，做了一些跟农业技术有关的工作，他把走过的地方见到的那些种植的方法，还有一些解决问题的方法带回来，受到了乡里和村里的欢迎。

村主任就在村里的广播里表扬了国庆，招娣此时觉得国庆的工作还是挺有面子的，虽然国庆对自己的态度不友好，但是国庆还挣着工资，生活条件比村里人好很多，所以，为了过上好日子，招娣也只能忍了。

建华每天省吃俭用，年初的时候抓了一头小猪，用自己和小军省下来的一些菜喂猪。秋天，还去地里捡了一些别人不要的菜，又买了点儿豆饼，每天都会给小猪喂食，小猪吃得很香。看着小猪一天一天地长大，到了春节的时候，小猪已经长成了大猪，建华就请人帮忙杀猪，小军非常高兴，问建华："我们家也杀猪吗？"

建华摸着小军的头说："对呀，我们家也杀猪。以后妈经常给你做好吃的，只要你听话，乖乖的，好好在家里玩。"

小军虽然小，但是很听话，他也知道妈妈不容易，就自己在家里玩。建华把杀猪剔下来的肉，挑了一些好肉和排骨，送到了国庆家。国庆妈正在家里收拾屋子，见建华进来，惊讶地说："建华，好久没来了。"

建华说："大妈，我家里杀了猪，我给您送点儿肉，您尝尝。"

国庆妈说："建华，你自己留着吧，你带着孩子也不容易，再说我家里还有好多呢！"

"一头猪不少肉呢，您就留下吧！"

"你真能干，大妈佩服你。"

"有的时候也是没有办法，逼着自己好好干。"

招娣正好从外边进来，见建华拿来了肉，国庆妈还在表扬建华能干，招娣的心里又不平衡了，很不高兴，也不和建华说话，一转身进了屋子。国庆妈见招娣不说话，对建华爱理不理的，心里生气，就喊招娣："建华来给咱们送肉了，你也不打招呼。"

招娣说："送就送吧！又不是冲着我来送肉的。"

建华见招娣还是这样的态度，于是赶紧对国庆妈说："大妈，我还有事，我得回去了。"

国庆妈说："你再坐一会儿。"

建华说："不了，小军自己在家，我不放心。"

建华谢绝了国庆妈的挽留，从国庆家出来，一路走着，建华虽然对招娣的态度不太满意,但是也没想太多,她已经习惯了。回到家,建华又给小军蒸了猪血,小军说:"妈,这是什么东西?这么好吃啊?"

建华说:"这叫蒸猪血,特别好吃,像吃鸡蛋糕一样,你多吃一点儿。"

小军点头,自己拿着汤匙送进嘴里一大口。

小军稚嫩的声音让建华觉得小军一天天在长大,又很体贴自己,建华感到很欣慰。小军自己吃饭,建华又开始清理猪肠,猪肠里边有很多油,建华把油都冲了下来,留着以后做菜吃。虽然天气很冷,但是建华还是在冰冷的屋子里将猪肠子一根一根地清理干净。然后,建华拿出一个小盆,就要灌血肠。小军吃完了蒸猪血,问建华:"妈,你这是要做什么?"

建华说:"灌血肠啊,特别好吃。"

小军伸出小手:"我帮你吧!"

建华有些担心:"你能帮好吗?"

小军说:"当然能。"

于是,建华用线绳将猪肠的一端系好,让小军撑着,建华往猪肠里倒猪血,一根又一根,母子两人灌好了血肠后,建华对小军说:"累坏宝贝了,去歇一会儿吧!妈去蒸血肠。"

小军开心地玩去了,建华把血肠都蒸好,放在盘子里,又将剩下的那些肉送到集市上去卖。

建华在集市上卖肉的时候,很多人过来买:"这个猪肉挺新鲜啊!"

建华一张嘴,呼出一口哈气:"买吧,刚杀的,都是新鲜的猪肉。"

建华这么一说,很多人围过来,可是建华没有想到,张二汉在镇上闲逛,此刻也围了过来。张二汉一看是建华在卖肉,大声喊起来:"你们谁也不要买她的肉,她家的猪是病死的,买了吃完了得病。"

建华生气:"大家别听他的,我这些猪肉都是新鲜的。"

很多人刚想买猪肉,有的已经掏出了钱,听到张二汉这么一说,立即停下脚步,张二汉得意地走了。

建华在卖肉的摊前站了很久,天冷,又惦记小军,见没有人过来买肉,心里很着急,坐在摊子前就开始哭。中玲来赶集,远远地,看到了建华在那里哭,中玲跑过来问建华:"你怎么了?"

建华说:"我卖肉卖得好好的,张二汉不知从哪里冒出来,说我的猪有病,很多人都不买了,以为是病猪肉。"

中玲愤怒地："张二汉这个王八蛋，怎么能这么说话呢？"

建华说："一直对我怀恨在心呢！"

"既然这样，今天我们就不卖肉了。"

中玲说着，就帮建华推着借来的小车，把肉往回推。建华不走："我不卖肉怎么办呢？"

中玲说："你今天别卖了，明天再来，今天这些人知道了，明天来的不是这拨人了，明天继续卖。"

"也只有这样了，明天我再来吧！"

建华回家，给小军做了饭，跟小军一起吃过饭后，天已经黑了，这一天，建华真是又困又饿又累，还有肉卖不出去的打击，差点儿把建华击垮，索性什么也不想，建华搂着小军早早地睡着了。

第二天早上，建华早早起来，给小军做了饭，然后对小军说："你乖乖地在家待着，妈到镇上卖肉去，妈要挣到钱，我们好过年。"

小军很听话，自己一个人在家里乖乖地待着。建华推着小车，又去了集上，继续卖肉。建华喊："谁买肉啊？我的肉新鲜。"

很不巧，遇到了昨天想买还没买的人，朝着建华走过来，问建华："不是说你的肉有病吗？"

建华说："我的肉是好肉，不要听别人说，你吃了才知道呢！"

刚要有人买，结果张二汉又来了。张二汉继续捣乱："你怎么又来卖肉了？你这不是有病的肉吗？怎么又来了呢？"

张二汉这么一喊，结果想买肉的人又离开了。建华气得拣起地上的砖块，就要去砸张二汉，张二汉撒腿就跑。此刻，听到有人喊她："建华——"

原来是国庆休息回来，路过集上，想买点儿东西带回家去，结果看到了张二汉在建华这里捣乱，马国庆见不得张二汉这样欺负建华，拄着拐杖，去追张二汉，虽然张二汉跑得快，但是国庆毕竟经过部队的训练，几步赶上张二汉，拿起拐杖就打，张二汉连喊带叫，一边喊一边数落："好你个马国庆，你还没完没了了。"

国庆问："到底是谁没完没了，你就这样欺负建华，你的良心过得去吗？建华上辈子欠你什么了？"

很多人在一边看热闹，可是国庆仍然不依不饶，张二汉心里这个气呀，满嘴脏话骂人："妈的，周建华和马国庆，你们两个狗男女。"

建华也气得不行，拿起砖块就要往张二汉头上砸："你再说，我打死你。"

张二汉吓得急忙跑了，国庆说："建华，我在这里帮你卖肉，我看谁敢欺负你。"

建华感激地看着国庆，国庆大声地喊着："新鲜的猪肉，大家快来买。"

在国庆的帮助下，很多人都来买肉，他们认识国庆，都知道国庆在铁路上工作，不会去欺骗别人。就这样，建华的猪肉很快就被卖出去了。

"建华，赶紧拿着钱回家去，小军还在家等你。"

建华含着眼泪感谢国庆："国庆哥，谢谢你，我和小军都谢谢你。"

卖肉风波过后，张二汉却一直怀恨在心，没有事儿的时候就去村里的小卖店，村头的小卖店就像是一个传播中心，很多人没有事儿的时候都到这里来，南来北往的，大家在一起，讲着村子里发生的新鲜事儿，还有在外边听到的一些小道消息，也都在这里进行传播。张二汉也在小卖店这里坐着，跟村里的闲人聊天。有人说建华的猪肉都卖出去了，张二汉就接话说："那都是病猪肉，要是没有马国庆帮她，她能卖出去吗？"

村人就说："人家国庆那是做好事。"

张二汉反驳说："你怎么知道是做好事呢？没有利益可图，谁能做好事，马国庆和周建华有一腿，你们知道吗？要不是我发现得早，我能不要她了吗？"

村里人听着，有的人就说："也难怪国庆从外面把那个女子带回来，原来不知道是怎么回事，招娣也真是太老实了，让国庆这么胡闹，在外面还养一个，国庆他妈也不管管，是不是老糊涂了？"

听着村里人的议论，张二汉偷着乐，不知道什么时候又悄悄地溜走了。

在流言蜚语中，建华就像一棵顽强生长的小草，不惧风雨地成长着。

这几天，国庆回家休假，帮着妈妈磨了一些面，又帮村里做了一点儿事儿，耽搁了两天。一天，国庆没事儿，在村里的小河边走过，远远地看到小军跟小伙伴在滑冰车。小军的冰车跑得快，小伙伴们在后边紧紧地跟着，小军只顾着往前跑，一不留神就掉进了冰窟窿里。小伙伴们见小军掉进冰窟窿里，都吓坏了。国庆正好路过，小伙伴们好像找到了救星，对国庆喊道："叔叔，快救救小军。"

国庆问："小军怎么了？"

小伙伴们伸手指着前边的冰窟窿，国庆意识到小军出了危险，于是，立即把拐杖扔掉，跳进了冰窟窿里。此刻小军已经快要沉底了，国庆在冰冷的水里抓住了小军，把小军救了出来，可是国庆却渐渐地体力不支，快要沉了下去。

就在国庆去救小军的时候，有小伙伴儿回村喊了建华和村民们，建华和村民赶来的时候，国庆也不见了踪影。建华着急地哀求着那些村民："大家快救救国庆，快救救国庆。"

看着建华哭着着急的样子，村里人也拿着工具往水里探着，一边探，一边喊着国庆的名字。国庆并没有失去意识，抓住了村民伸下来的钩子，顺势爬了上来。

国庆从水里上来的时候，浑身的棉衣都湿了，冻得直发抖，建华也顾不上一边的小军，毫不犹豫地冲了上去，一把抱住了国庆，给他取暖。建华说："国庆哥，你冻坏了。"

看着国庆不断地打着哆嗦，建华哭了，围观的村民也都感动了。此刻，张二汉从这里路过，看到建华抱着国庆给他取暖，张二汉觉得这下可有爆料了，推开人群就往出跑，火速地跑到了国庆家，正好招娣从家里出来，看到张二汉，没好气地问："张二汉，你来干什么？"

张二汉讨好地："招娣，正好遇见你了，你赶紧去看看吧！"

招娣说："你要我看什么呀？"

张二汉不怀好意地说："可热闹了，可了不得啦！你去看看就知道了。"

招娣说："什么事儿让我去看呢？你讨厌不？"

张二汉用手势比画着说："你们家国庆跟建华儿抱一起去了，村里人都看到了。"

招娣一听，很生气："在哪儿呢？"

张二汉说："在河边呢，快去吧！"

招娣没等张二汉说完，就朝着河边跑去。到了河边一看，建华正抱着国庆，招娣看到这一幕，对建华很不满，大声地喊："周建华，你在干什么？"

建华也不理睬招娣，她只是想让国庆变得暖一些，王招娣见自己喊了也无济于事，冲上前去就去拽建华，还将国庆的大衣扔进了河里，撇下了国庆，自己一个人跑了。回家的路上，招娣生气地一边走一边骂，张二汉从后边赶过来，对招娣说："怎么样，我说的没错吧？俩人抱一起去了吧！"

招娣生气地骂道："滚！"

张二汉说："真是不识好人心。"

见村里人都走了，中玲抱走了小军，招娣也不理睬国庆，建华不能不管国庆，她背起了国庆，娇小的身躯在冰面上走着，几次脚底下打滑，差一点儿摔倒。虽然国庆很重，可是建华仍然在一步一步地往前走。中玲把小军送回了家里，交给国庆妈，中玲惦记着哥哥，又返了回来。中玲帮着建华扶着哥哥一起往家走，终于艰难地一路走回了家。

可是一进门，招娣却大骂建华："你个小妖精，勾引男人你都勾引到村里了，还不怕大家看见。"

建华什么也没有说，中玲帮着建华把国庆放在了炕上。国庆妈见国庆都已经这样了，招娣还在骂国庆，终于忍不住问招娣："你还是个人不？你赶紧给我滚！"

招娣说："滚就滚。"

招娣说完，冲出了家门。建华见安置好了国庆，抱着小军回家了，中玲跟在后边喊建华，建华也不理睬，只是一边跑，一边哭着回家了。

第十二章

冬天下雪，山上的路不好走，给巡线的工作增大了很多难度。国庆带着一把铁锹，一边用铁锹铲着路，一边往前走。回头望去，是国庆和他的同事们趟出的一条小路。

招娣回到家，招娣妈看着招娣不高兴的样子问："招娣，你怎么了？"

"没什么。"

"没惹你，你怎么哭了？"

"我就是生气，气死我了。"

"又怎么了，你一天总生气，就没见你有开心的时候。"

"这次特别生气。"

"你跟我说说吧！"

"建华抱着我们家国庆让我看到了。"

招娣妈惊讶："这个周建华胆子真够大，怎么还敢这样？"

招娣说："建华他家孩子掉冰窟窿里了，国庆去救他，然后建华就抱着他。"

招娣妈说："招娣，你可真糊涂，那一定是国庆冻坏了，建华给他暖一暖，那也没有什么呀！"

招娣说："那大家都看见了。"

招娣妈说："大家都看见了，才说明人家正大光明呢！要是都没看见，不就有事儿了吗？"

招娣说："反正我生气，气死我了！"

招娣妈说："就这么点儿事儿，你看你又生气，还跑回娘家了，你咋回事儿啊？还能让我们省点儿心吗？"

招娣说："反正我不想回去了，再说我婆婆对我也不好。"

招娣妈说："你婆婆平时待人挺和气的，对你也挺好的，不都是你自己每天在闹事儿吗？"

招娣说："反正我不回去。"

"你是不是没脸回去了？"

"反正我不回去。"

招娣妈说："你还反天了，你要是不回去，明天马国庆就跟周建华在一起了，你上哪儿去找国庆这样的，在外边挣工资还在铁路上工作，你知道多少人想去铁路还去不上呢？你看看村子里那些人，能挣工资的有几个？你要是不回去，你以后再想找国庆这样能挣工资的，你能找到吗？天天在家种地，起早贪黑当农民的辛苦你不知道啊？"

经招娣妈一顿教育，招娣想想也是，可是自己怎么能回去呢！于是说道："我是没脸回去了。"

正想让自己的妈妈给出个好主意，这时招娣妈说话了："我送你回去吧，舍出我这张老脸了。"

招娣在招娣妈的一顿痛骂下，没有办法，只好乖乖地跟着招娣妈往国庆家走。

招娣妈带着招娣，进了国庆的家，国庆妈见了，问道："你怎么又回来啦？"

招娣妈说："哎呀，亲家母，你看，都是这孩子的错。我没有教育好，在你们家做得不对的地方，你就看在我的面子上，啊不，看在我这张老脸上，就原谅她吧！"

国庆妈说："这不是原谅不原谅的事儿，国庆去救人没有错，可是国庆都这样了，招娣也不管，还骂国庆，又骂建华，这件事也不怨建华，建华那孩子也挺苦的，咱们也都知道，可是招娣总是觉得建华在这儿心里不舒服。她觉得舒服不舒服有什么用啊？建华在村里自己带个孩子也不容易，你还想让建华上哪去呀？难道还给她撵出村子吗？那不是给人家孩子往绝路上逼吗？"

招娣妈说："是啊，是啊，所以我劝招娣赶紧回来。"

招娣妈跟国庆妈说着话，招娣一声不吭地听着，国庆妈说："行了行了，什么也不用说了。"

国庆妈说完，进了屋子，招娣妈瞪了招娣一眼，转身也走了。招娣也不知道自己该做什么，看着国庆在炕上躺着，心里的气还是没有顺过来，只是，招娣妈的一番话，让招娣多少开窍了，国庆是有工资的人，还是赶紧回来，她可受不了当农民的那种苦。

招娣回来不久，建华就来看国庆，国庆在炕上躺了两天，终于缓了过来。建华来的时候，带了手擀面，担心国庆吃了会凉，就用小棉被裹起来。建华端着面盆进来，小军跟在建华身后，进得屋来，国庆妈说："建华来了。"

建华答应着："我给国庆哥带了手擀面。"

小军插话道："可好吃了。"

国庆妈笑着说："真的吗？那赶紧吃一点儿。"

小军着急地说："面是给国庆叔叔的，别人不能吃。"

国庆妈就笑，建华将手擀面从盆里盛出来，递给了国庆，国庆接过手擀面，吃得很香。招娣从里屋出来，看到这情景，差点儿气晕过去。招娣眼睛瞪着建华刚要发作，见国庆瞪着自己，招娣只好忍了。

国庆吃完了面，对建华说："谢谢你，建华。"

小军说："谢谢我！"

国庆抚摸着小军的头说："也谢谢小军！"

小军说："国庆叔叔你快好起来吧，我们一起去滑冰车。"

建华生气地说："还去滑冰车？再去就打你，因为你，国庆叔叔差点儿命都没了，以后你不许胡闹了。"

小军说："我就是想玩儿嘛！"

国庆笑说："孩子嘛，都喜欢玩那个，我们小时候都喜欢滑冰车。"

国庆吃过面，建华见国庆恢复得挺好，对小军说："小军，咱们回去吧！"

"不，我要跟国庆叔叔玩一会儿。"

"听话，国庆叔叔身体不好，咱们赶紧回去。"

小军很不情愿地跟着建华回到了饲养棚。

第二天，下起了鹅毛大雪。雪下了一整天，门都被雪封住了。国庆起床，觉得自己精神好多了，又想起了建华和小军，大雪天里没有柴火了，国庆就为建华和小军母子送来了一大捆柴火。

国庆背着柴火进来，建华说："大冷的天，你怎么起来了？身体还好吗？"

国庆说："我已经好了，没有问题。"

小军见国庆进来，拽着国庆说："国庆叔叔，我要去河边滑冰车。"

建华伸手就要打小军，一边扬起手一边说："滑什么冰车，再去滑冰车我就揍你。"

国庆拦住建华："不要打孩子，小孩子哪有不喜欢玩儿的呢？"

国庆抱起了小军说："小军，等不下雪的时候，叔叔带你出去玩儿。"

小军说："我想滑冰车。"

国庆说："好啊好啊。"

小军看着外面的雪已经停了，对国庆说："我现在就想去。"

国庆说："好吧，我这就带你去。"

小军跑到院子里，拿出了自己的冰车，国庆拉着小军往门外走，建华在后边喊："国庆，你们不能去，太危险。"

国庆说："我们不去危险的地方，我现在知道哪个地方安全了。"

国庆带着小军去滑冰车，小军拿着自己的小冰车对国庆说："叔叔，你也滑一会儿，很好玩。"

小军的一句话勾起了国庆的童心，国庆也坐在了小军的冰车上，可是冰车太小，国庆没坐住，冰车翻倒，国庆摔在了冰上，小军也摔了下来，小军去拉国庆："叔叔，你快起来，快起来，千万不要摔坏了。"

国庆见小军跪在自己的面前要拉起自己，心里一阵感动，觉得小军就像自己的儿子一样，国庆看着小军，问："你没摔疼吧？"

小军说："没有。"

小军扶起国庆，国庆将小军紧紧地搂在怀里，心里想，小军就像自己的儿子一样，自己以后一定要呵护小军。小军觉得国庆不适合滑冰车，于是小军很懂事地说："叔叔，我们不玩冰车了，我今天玩够了，我们回去吧！"

国庆问："你不玩了？好不容易出来的。"

"不玩了，不玩了，今天回去吧！"

"那好吧，咱们回去。"

国庆把小军送回家，建华来开门，见国庆和小军回来了，很感动。

建华说："国庆哥，谢谢你。"

"谢什么谢呀，小军喜欢玩儿，我就陪他玩儿了。"

"叔叔今天摔倒了。"

建华一惊："怎么摔倒了？"

国庆说："没什么事儿，是小军给我扶起来的。"

建华担心地："没摔坏吧？"

"没问题，我结实着呢！"

国庆拍拍自己的胸脯，说："我该回去了。"

建华目送着国庆转身离去的背影，流下了眼泪。小军问："妈妈，你怎么哭了？"

建华说："小孩子，你不懂。"

国庆在家里休息了几天后，又回到铁路上，开始了巡线工作。冬天下雪，山上的路不好走，给巡线的工作增大了很多难度。国庆带着一把铁锹，一边用铁锹铲着路，一边往前走。回头望去，是国庆和他的同事们趟出的一条小路。

休息的时候，国庆拿出了一封信，自己看着看着，眼泪涌了出来，这封信其实是李大宽写给建华的。就在那一天，李大宽写完了信，将信交给了国庆，国庆问："你这是写给建华的吗？"

李大宽说："是写给建华的。"

国庆说："那你为什么不寄给她呢？"

李大宽说："还是麻烦你交给她，我不好意思直接交给她。"

国庆心里希望建华有个好归宿，更何况大宽是自己最好的战友和同事呢！

可是大宽把这封信交给国庆没有多长时间，还没等国庆回家，大宽就因公殉职了。国庆为了不刺激建华，一直没敢把这封信交给建华。国庆总是在没有人的时候，悄悄地拿出这封信，看着看着，眼泪就会流下来，脸上的表情也会很复杂。

国庆休假回家，又拿出了这封信，自己在屋子里看的时候，没想到招娣走进来了，招娣见国庆看信，不知道是什么内容，她始终在怀疑国庆有什么秘密瞒着自己，可是国庆却不能对招娣说，每一次拿出李大宽的信，国庆都会在读过信之后，来到建华家门口站一站，或者绕着建华住的饲养棚走一圈。

这一天，国庆又去建华家附近转，边走边思考，很不巧，张二汉从建华的门前走过，他看到了国庆远去的背影，又觉得有利可图，还想占建华的便宜，于是走进了建华住的饲养棚。

建华并不知道张二汉看到了在附近转悠的国庆，没好气地问："你来干什么？"

张老汉说："我来抓奸来了。"

建华说："你来抓奸，抓谁呀？"

张二汉说："抓你呗！"

张二汉说着，就凑了上来，建华推开张二汉："你离我远点儿。"

张二汉用无赖的腔调说："你是我媳妇儿。"

建华说："你醒醒吧，我早就不是了。"

张二汉吐了一口唾沫："呸！周建华，别不识抬举，我知道你跟马国庆那点儿事儿。"

张二汉还是死皮赖脸地往上贴，建华拿起了屋里的一根棒子，朝着张二汉打去。张二汉见建华动了真，急忙跑了出去。

张二汉走了之后，建华哭了。建华觉得一个没有男人的家过得太凄惨，建华正哭着的时候，小军从外面跑进来，劝着建华："妈妈，别哭了！"

小军一边用小手给建华擦眼泪，一边劝，建华哭得更厉害了。建华觉得自己的命运太凄惨，可是有什么办法呢？看着眼前的小军，一直用小手给她擦着眼泪，建华又挺直了脊梁，暗自思忖：周建华，你不应该这样软弱。

张二汉这一次没占到建华的便宜，又去了小卖店，在小卖店里，张二汉还是不忘散布建华和国庆的谣言，像广播喇叭一样地说着："你们大家知道吗？马国庆又去找周建华了。"

村民就问："你怎么知道的？"

张二汉说："我亲眼看见，马国庆刚从周建华家出来。"

有人说："要是招娣知道了真会气死。"

还有人说："招娣那个窝囊废就是都知道了，也不生气，人家国庆不是挣工资的吗？还在铁路上，有钱就好。"

村里一位大叔听见了，对张二汉吼道："你个大懒蛋，你自己都不上进，还到处说别人，周建华曾经是你媳妇，可你到处埋汰她，撒泡尿浸死得了。"

张二汉说："我媳妇怎么了？她现在不是跟别人好吗？"

虽然张二汉的话很多人不会当真，但是听了他的谣言后，或多或少对建华也产生了一些负面影响。每当建华领着小军在小卖店买东西或者从村里走过的时候，就有人对建华指指点点，这让建华心里很难受。

第十二章

建华要冒着高温，拿着铁勺子，去舀铁水，再把铁水放在沙土地上的模具里，做出一个一个的铸件。

国庆每隔一段时间就能回家一次，这次回来，国庆妈对国庆说："国庆啊，你去看看建华家还有没有柴火，用不用给送一些去。"招娣听到了，生气地说："什么，去送柴火？国庆以前就送过，这还没完没了了。"

国庆妈一听就来气："怎么啦？是我让他去的。"

招娣见国庆妈护着建华，更生气："一家不一家，两家不两家的，过的是什么日子？"

国庆妈说："不管是一家还是两家，建华就跟我闺女一样，给她送点儿柴火，怎么了？就是不认识的，想要点儿我还能给她送去呢！"

招娣一听这个生气呀！她不敢在国庆面前跟婆婆对着干，只好有事没事地开始找碴儿。这一天，大清早招娣就跟国庆吵了起来。国庆呵斥："你还有完没完？不就是送个柴火吗？"

招娣说："你说得简单，那是送柴火的事吗？你看看你妈，总是建华长、建华短的，这些年，我进了你们家，就没有看上我的时候，今天建华好，明天建华好的，建华这么好，把她娶回来呀！"

国庆说："你还能不能讲点儿理呀，我不是娶了你吗？你怎么能这样呢？太让我失望了。"

招娣说："我是让你失望了，建华不让你失望，你还是找她去吧！"

"你还有完没完？"

"没完。"

国庆非常生气，一把将衣服摔在了炕上，这一摔不要紧，衣兜里掉出来一封信。招娣眼尖，急忙去捡这封信，国庆说："拿来。"

招娣不给，两人就撕扯上了，国庆说："你快把信给我。"

招娣说："不行，我就要看看你这封信到底是写给谁的？是不是给建华写的情书啊？"

"真是无理取闹。"国庆愤愤地说。

招娣将这封信紧紧攥在手里，打开一看，结果看到信的落款是李大宽。

招娣疑惑地问："这不是李大宽写给周建华的信吗？你怎么能留人家的信呢？是不是心里有鬼呀？人家写的信你留着，还不赶紧给送去呀！"

国庆也在想：毕竟是大宽写给建华的信，还是应该交给建华。

招娣虽然没看信的内容，但是心里却宽慰了不少，既然李大宽给周建华写信，说明李大宽看上周建华了，这下国庆没戏了。于是，招娣喊中玲："中玲，赶紧把这封信给建华送去吧！"

中玲虽然不爱管哥嫂的事，但是建华的事她会管，从招娣手里拿过信，中玲也没迟疑，径直去了建华家。

建华见中玲进来，开心地说："你来啦！"

中玲和建华一直都是很好的朋友，跟自己的亲姐妹一样，中玲也经常帮建华，让建华感觉非常贴心，中玲拿出信，对建华说："姐，这里有你一封信，我哥让我交给你。"

建华疑惑："一封信？你哥怎么还写信呢？"

中玲说："不是我哥写的，信是大宽哥写的，但我哥说，不是现在写的，所以，我哥让我给你送来。"

"难道是大宽以前写的？"

"是啊，你看看吧！我先回去了。"

中玲说着就从建华家往外走，送走中玲，建华打开信，看见大宽的字写得非常工整，大宽在信中写道："建华，我可以这样称呼你吧？我觉得你是个好女孩，我一直在想，如果有一天，我不在这个世上了，请你一定要去皇姑区找我的妈妈，跟我妈一起过日子。建华，虽然我没有机会跟你在一起，但我相信你一定会过得很好。我听国庆说，你跟张二汉在一起，过得很不幸福，我相信你有一天一定会离开他。当你无处可去的时候，你就去找我妈妈吧！"

建华读着大宽的这封信，非常感动，眼泪也流了下来，建华想："大宽的心里一直在惦念着她，大概也知道她和张二汉过不到头。大宽还预感到了自己可能以后会有危险，因为他们的工作性质，每天要去隧道，要巡线，要去山里。"建华想到这里，对大宽感到惋惜，又为国庆感到担心，他觉得国庆挣的每一分工资都是那么的不容易，想起了自己，建华控制不住地哭了起来，为自己这样的命运感到难过。

这个冬天，虽然过得很艰难，但是建华带着小军终于熬了过来。饲养棚里，因为有了建华和小军母子，并不是那样的寒冷。建华带着小军住在这里，尽管他们的日子是那样的艰难，却也不时传出开心的笑声，建华还是看到了希望，她也下定决心，一定要去城里找大宽的妈妈，她要跟老人家在一起。

春天终于来了，天气也暖了起来。建华整理好行李，背着小军，站在饲养棚的门前，看着自己带着小军在这里生活了几年的地方，泪水慢慢地流了下来。如果没有这间饲养棚，自己还不知道去哪里？

即将离开这里，建华把自己积攒下来的鸡蛋，一个个放在篮子里，一层层地盖上了碎草，挎着鸡蛋篮子就去了国庆家。国庆妈见建华来了，热情地将建华让进了屋子。建华却说："大妈，不进去了，我回去再收拾收拾，我准备离开这里了。"

国庆妈说："建华，你要去哪里？"

建华说："我要去城里了。"

国庆妈疑惑地："你去城里？在那里你也没有个亲人，遇到什么事该怎么办？"

建华说："放心吧，我去找大宽妈，我去他们家。安顿好了之后，我会给您捎信来的。"

国庆妈想了想，觉得也没有什么理由劝建华留下，只好说："建华，去城里可不比乡下，处处要多留点儿心。"

建华点头答应着，将鸡蛋摆在桌子上，对国庆妈说："大妈，这是我的一点儿心意，您留下。"

国庆妈推迟着："我不能要这些鸡蛋，再说你到城里还需要。"

建华说："我还有，给小军留了一些。"

建华和国庆妈正说话间，国庆回来了，听说建华要走，心里有点儿不舍，可是又不好挽留，只好沉默着。国庆妈说："国庆啊，你去送建华吧！"

建华拒绝："不用了，都那样忙。"

国庆说："再忙也不如送你这件事重要。"

建华见国庆这么说，也不推辞："我回家收拾一下，就带上小军一起走。"

于是，国庆和中玲将建华和小军送到了车站，建华带着小军坐上了去城里的车。

小军第一次坐汽车，感到特别新鲜。上了车，小军坐在司机后边的座位上，一边看着司机开车，一边自言自语："滴滴滴滴，开车喽！"

建华嘱咐道："你坐好了。"

小军说："妈妈，我们这是要去城里吗？"

建华说："是去城里，我们一起去找李奶奶。"

小军开心："我要有奶奶喽！"

汽车将建华和小军带到了城里。在汽车站，建华带着小军下了车，又按照大宽留下的地址，带着小军来到了位于沈阳西部的克俭地区。这里有很多大杂院，一个胡同连着一个胡同，建华找了很多地方，才找到大宽家。大宽家在一个大杂院里，大宅院里住着很多人，建华不知道哪一家是大宽家，正好看到大杂院的门口，有一位大妈匆忙从里边走出来。建华带着小军走过去，问道："大妈，我想找一位叫李素芝的人，您认识吗？"

大妈看着建华问："你是？"

建华说："大妈，您认识她吗？"

"我就是啊，你是谁呀？"

"大妈，我这儿有一封信，大宽哥写给我的，他让我来找您，您真的是大宽哥的妈妈吗？"

李素芝说："那还能有假？大宽是我儿子。"

建华说："我可找到您啦！"建华因为激动，喉咙有些哽咽，她把信递给了李素芝。大宽妈50来岁的年纪，梳着齐耳的短发，看起来很干练。大宽妈接过信，打开后立即读了起来，读着读着就哭了。

建华劝道："大妈别哭了。"

大宽妈说："你看我，说着说着就想起我儿子了。走吧，去我家里吧！"

大宽妈带着建华和小军，回到了自己家。大宽家位于大杂院最里边，是两间正房。建华和小军随着大宽妈进了屋子，建华一进屋就看到了正对着门有一张大宽穿着军装的照片。建华看到这张照片就哭了，小军懂事地给建华擦去眼泪，自己也哭了起来。建华见小军也哭了，又蹲下身来哄着小军。此时，大宽妈看到建华母子一片情深，不禁想起了大宽。她用手抚摸着儿子的照片哭了起来，建华赶紧安慰着大宽妈："大妈，别哭了，我来了，让您难过了，要是这样的话我就走吧！"

大宽妈擦去眼泪，拉着建华的手说："既然大宽让你们来的，我就欢迎。"

建华说："大妈，我来了，以后就由我来照顾您，您就放心吧！"

大宽妈看着建华，觉得既陌生又熟悉。建华放下小军："小军乖，妈给奶奶做饭去。"

小军懂事地从建华怀里下来，建华转身要去厨房为大宽妈做饭。

大宽妈说："不用你，我来做吧！"

"大妈，我来就是来照顾您的，您就放心吧！"

大宽妈还是让建华带着小军休息，建华见大宽妈不让自己跟着忙，也就不再坚持，于是帮着大宽妈摘菜。小军也围着大宽妈转，大宽妈一边做饭，一边逗着小军："告诉奶奶，你叫什么名字啊？"

"我叫小军，我叫周小军。"

"小军，你爸爸呢？"

"我没有爸爸。"

大宽妈一肚子的疑问，又不好直接问，如果没有儿子的亲笔信，自己还真是不知道能不能收留建华和小军娘俩。但是大宽妈也在想，只要是儿子介绍来的，准没有错。大宽妈和建华在厨房里忙着，很快就把饭做好了。建华把饭端上来，对着大宽妈喊道："大妈，别忙了，吃饭吧！"

小军看到饭菜，朝着建华喊道："妈妈，我也饿了。"

大宽妈说："好吧好吧，快来吃饭。"

就这样，建华和小军在大宽家安顿下来。

第二天早晨，大宽妈说："走，咱们出去逛逛去。"

建华说："我还是先找活儿干吧。"

大宽妈说："我孙子来了，怎么也得买两件衣裳啊！"

建华不好意思地说："大妈，我和小军来，已经给您添了那么多的麻烦，不能让您再破费了。"

"都是一家人，就别客气了。"

建华见大宽妈一片诚心，只好带着小军随大宽妈出了门。

走在路上，小军开心得蹦跳着走在前边，建华和大宽妈走在后边，脸上洋溢着喜悦。到了商店，大宽妈给小军买了两套儿童服装，小军穿在身上就不想脱下来，建华劝着："快脱下来，这是商店的衣服。"

大宽妈见小军喜欢，责怪着建华："你就让他穿着吧，难得小孩子喜欢。"

小军见大宽妈替自己说话，更加得意，建华气得抬手要打小军，被大宽妈劝住了。小军别提多开心了！

大宽妈领着建华和小军回家的时候，院子里的邻居看到了，邻居张少平夫妇下班回来，听到院子里的邻居说："大宽妈家来了个女人，还带着小孩。"

张少平夫妇以为大宽在外边娶了媳妇儿，还生个孩子，于是决定过来看看。

晚上吃过饭，张少平和媳妇陶翠翠一起来到大宽妈家。这边建华和大宽妈从街上回来就做饭，刚把饭端上来，张少平夫妇就走了进来，大宽妈说："少平和翠翠来了！"

张少平说："大妈，听说家里来客人了？"

大宽妈说："是啊！"

小军从里屋跑出来，看见来客人了，主动说："叔叔好！"

张少平说："儿子都长这么大了，这个大宽，在外面娶了媳妇儿，还有了儿子，怎么就不说一声啊？"

大宽妈看着建华，建华看着她，两个人谁都不解释，张少平说："这下好了，大妈，您都有孙子了，我们也替您高兴啊！"

大宽妈说："是啊，高兴高兴。"

小军看着大人们聊天，也不吵着吃饭，乖乖地围在一边，陶翠翠看着小军，心里很是欢喜。

大宽妈陪张少平和陶翠翠说着话，夫妇两人在大宽家坐了一会儿，寒暄了一阵儿，见大妈还没吃饭，桌子上摆着饭菜，张少平夫妇赶紧离开回家了。

吃完了饭，大宽妈就把自己的屋子，收拾了一间，对建华说："昨天匆忙，你跟小军挤了一夜，现在屋子也收拾好了，你就跟小军住在这间吧！咱们一起用一个厨房，屋子小了点儿，你能将就吗？"

建华说："大妈，虽然屋子不大，但是我觉得很温暖，比我以前住的地方好多了。"

小军也说："奶奶，我们这里太好了，我喜欢。"

大宽妈抚摸着小军的头说："你喜欢就好。"

就这样，建华带着小军在大宽家住了下来。建华每天给大宽妈做饭、洗衣服，有时候也去市场买点儿菜，大宽妈每天工作也很忙，她要去居委会，自从建华和小军来到家里后，大宽妈不再觉得孤单，每天开开心心地去居委会上班。那些居委会的大妈看着精神舒爽的大宽妈，问道："最近您怎么这么高兴啊？"

大宽妈一脸神秘地："保密。"

其实大宽妈的心里也是很开心的，失去了儿子，她心里感到很难过。建华和小军的到来，又是大宽让他们来的，冥冥中好像儿子让建华和小军来陪自己，她就觉得儿子是那样的明理，建华和小军也给自己带来了快乐，所以不再沉浸在失去儿子的痛苦中。

建华带着小军住在大宽家里，与大宽妈生活在一起，对于建华来说，感到很知足。但是，她一直思考着自己应该做点儿什么，要挣点儿钱，否则，自己和儿子总不能依靠大妈生活。建华总想干点儿什么，又不知道从哪里入手。这几天，建华在院子里看到家家都在打煤坯，建华也动了心，自己去买了一些碎煤，学着邻居的样子，在院子里打煤球。出汗的时候建华用手摸着自己的脸，结果手上的煤就沾到了脸上，给自己弄成了一个大花脸。

小军在一边做游戏，看到建华的大花脸，有些害怕地问："妈，你怎么啦？"

建华说："没怎么啊！"

小军指着建华的脸："出花了。"

建华跑到了屋子里，照镜子一看，脸上真花了，急忙用水洗掉了，又转身对小军说："妈妈变成大花脸了，你还认识吗？"

小军说："认识认识。"

"还是我儿子对他妈好。"

小军过来亲建华，建华说："行了行了，不要撒娇了，妈妈要去干活儿了。"

院子里做煤球的邻居看着建华的煤球说："你这个煤球还行，就是中间的眼儿不够用，就怕烧的时候不透气。"

建华说："怎么还需要带眼呀？"

做煤球的人说："不带眼的煤球不好烧。"

这时卖煤球的推着小车进了院子，建华走上去问："收煤球吗？"

"当然收。"卖煤球的人答道。

建华非常开心："我要好好打煤球。"

大宽妈回来了，见建华在做煤球，问道："你在干什么呀？"

建华说："我要做煤球啊，煤球可以卖钱。"

大宽妈说："做煤球那活儿是男人干的，你怎么能做煤球卖呢？"

建华说："大妈，我不能在家闲着，我得去干点儿什么。大妈，能不能给我帮个忙，看看街道上有什么活儿，让我做一点儿。"

大宽妈想了一会儿，说："街道上现在人都满了，正式的还没有工作呢，加上有挺多回城的青年还没有工作。你现在安心在家待一段儿时间，等有活儿的时候，大妈再帮你想。"

建华说："那好吧，麻烦大妈了。"

李素芝担心建华着急，也在心里琢磨着建华能做点儿什么。于是在下班的时候，大宽妈在院子里等张少平。

张少平下班回来，看见大宽妈站在院子里，主动打招呼："大妈，回来了。"

大宽妈对张少平说："少平，大妈跟你说件事儿。"

张少平说："大妈，您有事儿直说。"

大宽妈说："你看看你们厂里有没有临时工的活儿，你看我们家建华，在家闲不住，又要去卖煤球，那也不是她干的活儿，再说了，卖煤球能挣几个钱？"

张少平说："行，大妈，我帮您留意着，要是有活儿，哪怕临时工的活儿，我也记着。"

大宽妈说："那可太好了！少平啊，大妈谢谢你。"

张少平笑笑："大妈，邻居住着，您别客气。"

大宽妈对张少平的印象一直很好，此刻开心地回家了。

张少平其实是 20 世纪 60 年代初期毕业的大学生，大宽妈找张少平给建华找工作，对他来说，还是有机会能帮上忙的，因为最近张少平被提拔为车间的副主任，车间里有的时候也需要一些临时工。

这一天，张少平到了厂里，车间主任来找他："老张，赶紧找点儿临时工来，最近生产任务重，咱们这些正式工做不过来。"

张少平一听，立即就想起了建华。晚上下班，张少平回到大院，也没回家，直接去了大宽家。大宽妈刚下班，见张少平来了，热情地迎上去："少平，你咋来了？"

张少平说："大妈，我们厂里那个翻砂车间需要几个临时工，你看看建华能不能来呢？"

大宽妈说："那我去问问建华吧！不过你这个翻砂车间的活儿是不是挺累呀？"

张少平说："是挺累的，如果以后有机会的话，我再帮建华留意，看能不能有轻松点儿的。"

大宽妈说："那好吧，先让建华去，但是我得问问建华，看看她能不能同意。"

少平说："行，大妈，我听您信儿。"

大宽妈推门进屋，见建华正在做饭，就对建华说："建华啊，你先停一下，大妈跟你说个事儿。"

建华说："大妈，您说吧，什么事儿？"

大宽妈说："少平他们厂里车间缺人，是临时工作，还挺辛苦的，你看你能行吗？"

建华一听，高兴地说："能行啊，只要能让我去工作，什么活儿都能干。"

大宽妈说："建华，虽然大妈不知道具体做什么，但一定是厂子里最辛苦的活儿了，不然也不能找临时工来干。"

"大妈，您就放心吧！我什么苦都能吃，什么时候能去上班啊？"

"我去少平家回复一下吧！看看少平怎么说。"

大宽妈去了少平家，跟少平说建华同意去，少平说："那好吧，明天就让她去上班吧！到了厂里找我。"

大宽妈从少平家回来，立即告诉建华，建华非常开心，可是又有了新的烦恼：自己去上班了，小军怎么办？

建华思考了很久，对大宽妈说："大妈，小军能送到街道的托儿所吗？"

大宽妈说："你就放心吧！我帮你看小军。"

建华说："那怎么行呢？您还要去居委会。"

大宽妈说："我在居委会走哪儿都带着小军，反正也是走家串户的工作。"

建华还是不放心，大宽妈问："要是信不过我，就别去厂里上班了。"

建华见大宽妈认真的样子，说道："我去。"

建华第二天去厂子里找了张少平，到翻砂车间去工作。没去过的人不知道翻砂车间是什么样，建华也从来没想过翻砂车间是个什么样子，这一去才知道，翻砂工是工厂里最辛苦的一个工种。车间里温度很高，建华要冒着高温，拿着铁勺子，去舀铁水，再把铁水放在沙土地上的模具里，做出一个一个的铸件。建华刚来，还不熟悉操作流程，一不留神，铁水溅到了鞋子上，鞋子立即就被烫出了一个洞，有几次将建华的脚还烫伤了，可是建华仍然坚持着。

一个月后，建华拿回了工资。虽然是临时工的工资，但是也有几十元，建华第一次体验到了自己拿到工资的快乐，回到家里，建华就把工资交给大宽妈："大妈，这是我的工资，您收着。"

大宽妈说："你的工资你自己留着，怎么能给我？"

建华说："大妈，咱们是一家人，必须交给您。"

大宽妈说："我坚决不能拿，你给小军买点儿什么吧！"

建华见大宽妈坚持不要，只好说："那我给大妈留起来。"

建华把钱留了起来，又用其中一部分给大宽妈买了好吃的，一家人在家里吃了一顿丰盛的晚餐。建华又拿出5块钱交给大宽妈："大妈，您给张主任买点儿什么吧！我还不知道送什么好。"

大宽妈说："行，我去给他们买点儿东西送过去。"

虽然工作很辛苦，建华每天都很开心，通过自己的劳动，能拿到工资，她觉得自己跟小军在城里完全可以生存下来了。

第十四章

亲妈生你养你，你不应该忘了亲妈的恩情。大妈也没做什么，都是应该做的，这都是互相的好，你对我不是也好吗？

建华在厂里大蒸锅里蒸了一盒饭，带回家给小军吃。虽然大宽妈要带小军去工作，可建华却不忍心那样做，街道工作也很忙，所以建华只能想出一个办法，把小军给绑在了床上，免得小军到处乱跑，磕着碰着，小军只能在一个固定的范围里活动。担心小军不能去卫生间，建华给小军放了尿盆，可是小军偏不往尿盆里撒尿，而是一着急连哭带叫，把裤子给尿了。小军一看自己尿了裤子，于是就在屋子里哭，哭声很大，张少平的媳妇陶翠翠外出买菜从大宽妈家门口路过，听到了小军的哭声，于是急急忙忙地趴在窗户前看，看见小军自己在屋里，担心小军出事，陶翠翠大声喊着："小军，你怎么了？"

小军又哭了："妈妈给我绑家了。"

陶翠翠生气："你妈怎么能给你绑家呢？你奶奶呢？"

小军哭着说："奶奶不在家。"

陶翠翠一听，就往街道跑，去找李素芝。

大宽妈正在街道上忙碌着，见陶翠翠风风火火地跑进来，问道："翠翠，你怎么来了？"

陶翠翠喘了口气："大妈，你快回家看看去。"

大宽妈一愣："怎么了？"

陶翠翠着急地："哎呀，大妈，你看看吧，建华把小军绑在家里了，小军尿裤子了，连哭带叫的，您快去看看吧！"

大宽妈一听："这个建华，真是的，怎么能绑孩子呢！"

大宽妈跟着陶翠翠往家跑，跑到家的时候，大宽妈找到钥匙，打开门，见小军在屋子里挣扎着，绳子很紧，自己解不开。大宽妈过来把小军的绳子给解开了，然后把小军的裤子给换了，又嘱咐小军："好好在家玩，奶奶找你妈去。"

大宽妈怒气冲冲地出了家门，就要去厂里找建华。刚走到大院门口，就见拎着饭盒的建华从外边回来了。建华是利用午休时间，把厂里蒸锅里的饭取出来，送回家给小军吃，顺便看看小军一个人在家玩得怎么样了。虽然把小军绑在了床边，可她实在是不放心小军。

建华看见大宽妈从院子里出来，问道："大妈，您去哪儿？"

大宽妈生气地："还问我去哪儿？你看看你，你怎么能这样呢？"

"怎么了？"

"不管怎么说，也不能把小军锁在家里呀！小军这么小的一个孩子在家里连哭带叫的，你还把他绑上了，他能让你给他绑住吗？你看这下可好，在屋里哭了，让邻居听见了影响多不好。"

建华说："大妈，我也没有办法呀！我要是不去工作，我吃什么喝什么呀？"

大宽妈说："你不是还有我吗？"

建华说："大妈，我怎么能让您养活我和小军呢？我必须要出去参加工作呀！"

大宽妈说："说你什么好呢？不管怎么说也不能把孩子绑上啊！"

建华说："我不把他绑上，万一要是跑外面去跑丢了怎么办？那我去哪儿找他呀？"

大宽妈说："行了行了，什么也别说了，快点儿回去吧！"

建华跟着大宽妈往回走，回到家一进屋子，小军见到建华就哭了，一边哭一边喊："妈妈，妈妈，你真坏。"

"妈妈给你带饭来了，还说妈妈坏。"

"我不吃，我不吃。"

"你不是饿了吗？"

小军生气地躲到了一边，大宽妈就批评建华。建华一脸的委屈："大妈，您看我真是没有办法。"

大宽妈说："不管有没有办法，也不能把孩子绑上。这样吧，以后我有时间的时候我帮你带着小军，你有什么事直接跟我说，别这样绑孩子。"

建华说："行，大妈，谢谢您啊！"

看着小军吃着饭，不再继续哭闹，建华又拿出来一盒饭，让大宽妈一起吃饭。大宽妈说："我不吃了，气都气饱了。"

建华说："大妈，您别生气，我也不是故意的，我听您的还不行吗？"

经过建华的一阵哄劝，李素芝这才露出了笑脸，与建华一起坐下吃饭。

一天就这样过去了。夜晚，看着熟睡的小军，建华心里非常难过，她觉得愧对小军，可是自己真的没有办法，不这样做又能怎么样呢？

建华看着小军，脑海里思绪万千，终于自己也迷迷糊糊地睡着了。半夜里建华伸手摸到了小军的脸，"怎么这么热啊？"

建华自言自语着，打开灯，看到小军小脸蛋红扑扑的，原来小军在发烧。建华喊了两声，小军好像没听见，一直也不说话，就那样躺在那里。建华害怕了，急急忙忙起床，给小军穿上衣服，抱着小军就往外走，她要带小军去医院。

正是半夜，门外漆黑一片，建华刚走出门，李素芝听到了动静，开门一看，建华抱着孩子，立即披上衣服下了床，喊着建华："半夜三更你带孩子去哪儿啊？"

建华一边走一边说："孩子发烧了，我带他去医院。"

"你一个人带小军去医院，能行吗？等我一下。"

李素芝急忙回屋把外套拿过来，也顾不得穿上，用手拎着就往外跑，一边跑一边伸着衣袖，追上建华，忽然又想起了什么，问建华："兜里有钱吗？"

建华说："有点儿。"

李素芝说："行了，我还有点儿钱，我去拿。"说着，又往回跑，回家拿了钱，一边穿衣服一边往前跑追建华。

半夜里路上没有公共汽车，也没有出租车，大宽妈就陪着建华往医院走。来到了最近的医院，建华在走廊里喊着："医生，救救孩子——"

医生从急诊室出来，见建华和大宽妈着急的样子，对建华说："快，进急诊室，我给孩子看看。"

建华抱着孩子和大宽妈一起来到急诊室，医生用听诊器给小军听过之后，说道："这孩子发烧，肺子有点儿不太好，还是去做个检查吧！"

建华问："这半夜三更的有人吗？"

医生说："有值班的。"

建华又抱着孩子去做检查，大宽妈说："把孩子给我，你去交款。"

建华说："不用了，还是我抱着他去交吧！"

大宽妈说："算了吧，还是我去交吧！"

大宽妈毫不犹豫地给建华交了孩子的检查费，又陪着建华去给小军做仪器检查，拿到检查结果，建华和大宽妈又抱着小军返回急诊室去找医生，医生看过检查单后，说："这孩子得的是急性肺炎，需要住院治疗。"

建华一听就傻了眼，看着大宽妈，又看了看小军，然后问医生："能不能不住院呢？"

医生说："住不住院你自己决定吧，反正孩子已经烧成肺炎了，如果不抓紧治，将来有什么后果都是你自己负责。"

建华一听害怕了："那还是住院吧！"

其实建华心里担心小军住院的钱不够，可是她又不能流露出来，建华一副愁眉苦脸的样子，让大宽妈猜出了她的心思。建华也是刚参加工作，手里也没有多少钱，给孩子治病，一定是钱很紧张，又不能明说。

大宽妈想到这里，也不等建华说话，就问医生："在哪儿交住院费？"

医生说："去住院处交。"

大宽妈给小军交了住院费，建华要给大宽妈钱，却被拒绝了。大宽妈说："你也是刚上班，还没攒下几个钱，这次我先交着，以后你攒了钱再给我。"

建华只好说："谢谢大妈了，我真是不好意思。"

大宽妈说："咱们都是一家人，有什么不好意思的，以后有事儿就直接跟大妈说，不要跟大妈客气，赶紧给孩子看病要紧。"

医生接过交款单子："赶紧去取药吧！"

建华给小军办理好住院手续，进了病房，护士来给小军扎点滴。小军的血管很细，小护士说："给他在脚上扎吧！"

建华说："这怎么能行？我还没听说过在脚上打滴流呢！"

护士说："他手上血管细扎不进去，只能在脚上扎了，如果脚上扎不进去，还可能在头上扎。"

建华一听，更心疼了："能行吗？"

"在脚上扎吧！"护士说着，就在小军的脚上扎针，扎一针没有扎上，拔出来又扎，小军哭了。护士见小军哭，手开始不稳起来，又扎一针，还是没扎准，小军哭得更厉害了，护士的手愈发抖得厉害了，更不敢扎了。建华索性把心一横，说："你扎吧，没事儿了，为了孩子治病，哭也得挺着了。"

大宽妈心疼了，对建华说："咱不给小军扎针了吧？"

建华说："那不行啊，小军的病咱还得治。"

护士听着两人的对话，脸上红一阵白一阵，终于给小军扎上了，建华才放心。

可是没过多久，建华就发现，小军的脚肿了，大宽妈也看到了："这不是鼓大包了吗？"

大宽妈跑去喊护士："都鼓包了，快来看看。"

护士沉着地说："没有问题的，小孩子扎滴流都鼓包。"

大宽妈生气了："怎么这么说话呢？哪个小孩扎滴流都要鼓包吗？我怎么都没听说过呢？还是你技术不行。"

小护士跟大宽妈分辩，大宽妈非常生气地说："我去找你们医院领导去。"

小护士一听，立即拦住了大宽妈："大妈，你不能去找领导。"

大宽妈说："你连针都扎不好，我就去找领导，怎么了？"

建华也拦住了大宽妈："算了吧，让她给孩子处理一下就行了。"

护士见建华帮自己说话，非常感动："大姐，谢谢你，其实我也是新来的，没有经验，扎不好。"

大宽妈说："不管你是不是新来的，你干这行一定要把针给扎好，怎么能给孩子扎鼓包呢？"

建华虽然心疼小军，但是，也没有说什么，小护士觉得建华是一个很包容的人，于是格外尽心尽力，对小军照顾得非常好，一会儿一过来问："孩子怎么样了？还行吗？"

建华说："没关系，你忙你的吧！"

小护士不放心，一会儿又跑过来说："我去弄了个盐袋，给孩子放脚上吧！"

一会儿又给建华和大宽妈倒水送过来，小军打了滴流睡着了，不再哭闹，建华和大宽妈才放心。大宽妈对建华说："你闭会儿眼睛，睡一觉吧！"

建华说："不行啊，大妈，您都已经熬夜这么长时间了，还是您先睡吧！"

大宽妈说："算了，谁也别睡了，都看着孩子吧，万一孩子醒了呢？滴流打完了还得找护士呢！"

就这样，两个人一夜都在看着孩子谁也没休息，建华很感动，抱着孩子的时候，眼泪又涌了出来，被大宽妈看见了，说："你看你这点儿出息，又哭，哭什么哭啊？这不都好好的吗？孩子治好了，就可以出院了。"

建华也没有说什么，只是眼泪还是继续流着，大宽妈说："算了，不跟你说了，我出去放放风去。"

大宽妈说着走了出去。天已经亮了，医院的走廊里，人来人往，建华抱着孩子，护士又来打了一瓶点滴，建华发现小军的烧退了下来。医生过来查房，又提出一些治疗的措施，建华也听不懂，只好听了医生的和护士的话，继续给小军打点滴。

大宽妈从外边走进来，带着饭，对建华说："吃饭。"

建华惊讶地："大妈，您回家了？"

大宽妈说："我不回家，我去哪儿？我去早市买了点菜，回家做饭给你们送来了。"

建华感动地说："辛苦大妈了！"

大宽妈说："又说远了，赶紧吃吧，一会儿孩子醒了。"

建华非常感动，放下小军，抱着李素芝就开始哭了起来。李素芝说："行了行了，就这点儿出息，一天到晚就知道哭，你能不能坚强点儿？"

建华说："我这不是不坚强的问题，我就是太感动了，大妈我就觉得您比我亲妈对我都好。"

大宽妈说："亲妈生你养你，你不应该忘了亲妈的恩情。大妈也没做什么，都是应该做的，这都是互相的好，你对我不是也好吗？"

建华说："我对您哪有这么好啊！"

大宽妈说："行了，别说了，饭凉了，快来吃。"

就在这时，小军醒了，大宽妈拿出了鸡蛋糕，小军看着大宽妈拿来的鸡蛋糕，说："奶奶，我想吃。"

大宽妈一看小军说话了，非常高兴地说："哎呀，你看这孩子，打了针就是不一样，是不是要好了啊？建华，快点儿喂小军。"

建华拿着碗，一勺一勺地喂着小军，小军吃得很香，也不再发烧了。医生来了，看到小军的状态，告诉建华："孩子的状态挺好的，治疗得比较及时。"

建华说："谢谢医生！"

大宽妈也朝着医生点点头。

在建华的日夜陪伴下，小军的病终于好了，办好了所有出院手续，准备出院。在回家的路上，建华背着小军往家走，手里还拿着一些小军的日用品。路边有很多土块，建华一不留神绊倒了，建华摔倒在地上的时候，小军就从建华的后背上滚了下来，也摔倒在地上，小军从地上爬起来，扶起建华，建华看着懂事的小军哭起来。

李素芝来接小军，从远处就看到了建华和小军在地上跪着，李素芝急忙跑了过来，看到建华和小军跪在一起抱头痛哭的这一幕，李素芝也感动了，眼泪流了下来。她站在远处看着建华和小军，不由就想起了大宽小的时候，她牵着大宽的手去上学的情形，想着想着，大宽妈的眼泪就流了下来。

大宽妈擦干眼泪，急忙跑了几步奔了过去，扶起了建华和小军，建华流着泪问大宽妈："您怎么来了？"

大宽妈说："小军出院我怎么能不来呢？快起来吧，地上凉。"

建华抱着小军站了起来，大宽妈拣起地上的东西，与建华一起往回走。

建华回到家，对李素芝说："大妈，小军的住院费，我会尽快还您的。"

李素芝说："还什么还，都是一家人。"

建华说："不行，大妈，您挣那些钱也不容易，我一定要还给您。"

李素芝说："建华，一家人不说两家话，你非要坚持给我，我就不认你这个闺女了。"

建华感动地说道："大妈，我从南方到沈阳，来到您家里，我自己带孩子，觉得挺不容易的，但是有您对我的关心和照顾，我觉得生活得很开心。"

大宽妈说："你就不要想太多了，把孩子照顾好就行了，以后我们一家人好好过日子。"

建华非常感动，让小军给大宽妈磕头，小军跪下了，李素芝嗔怪地说："你这是干什么？孩子有病刚刚好，你可别在那儿折腾了。小军，赶紧起来，咱不兴这个。"

大宽妈说着，把小军扶了起来。接着，又摆好了饭菜，让建华和小军一起吃饭。建华吃着饭，觉得特别的香，一边吃一边开心地笑，大宽妈说："你看，小军病好了，就跟正常孩子没有什么区别了，小孩有病就是不装，好了，立即就生龙活虎，又像一只小老虎。"

"大妈，多亏了您，我非常感谢。"

"看看，又把话说远了。"

"行，大妈，我不说了，我都记在心里了。"

晚上，建华哄着小军睡着了。躺在炕上，建华就想怎样去报答李素芝，想了半天也没有什么好办法，建华又爬起来，在屋子里翻着，也没能找到什么像样的东西，思来想去，建华看到自己身上穿着的这件毛衣，立即脱下来，把毛衣拆了，把线洗了，第二天建华把毛线都晾干之后就开始织毛衣。为了加快进度，建华每天晚上就坐在灯下织着这件背心。

这一天李素芝下班回来，建华拿着一个包来到大妈的屋里："大妈，您看看，是不是穿着正好。"

大宽妈一看，是一件毛背心，问建华："你织的？"

建华点头。

大宽妈疑惑地："你哪来的毛线呢？"

建华说："我买的。"

大宽妈就想：建华在哪儿买的毛线呢？

大宽妈就觉得建华身上好像少了什么一样，上上下下打量着建华说："建华，你怎么没穿毛衣呢？"

"我那个毛衣没穿。"

"跟我撒谎，你说，是不是把毛衣拆了？"

"大妈，您就别问了。"

大宽妈说："建华，你怎么能这么干呢？你说你把毛衣拆了给我织背心，我怎么能忍心穿呢！"

建华说："大妈，这是我的一点儿心意，作为女儿给妈妈织件毛背心，怎么不行呢？这是我应该做的"

"你太让我感动了。"

大宽妈说着，眼泪流了下来，她心疼地说："建华，你真是不会照顾自己，行了，你把毛衣织了毛背心儿，我也没办法，我把钱给你，你去买点儿毛线，自己再织件毛衣穿。"

建华拒绝："大妈，您说什么呢？我不会收的。"

大宽妈见建华执意不收钱，只好转移了话题："厂子里的工作没耽误吧？"

"没耽误，这几天厂里就要给我换工作了。"

大宽妈说："行，不管干什么，咱都要好好干，要对得起少平对咱的帮助，对得起厂子。"

"大妈，您放心吧！"

就这样，大宽妈带着感动，收下了建华的毛背心。同时，大宽妈对小军的关心，建华也非常感动。

少平给建华换了工作，可是这份工作其实非常辛苦，建华从翻砂车间换到了清洗车间，建华每天要去水槽里洗那些螺丝，这些螺丝，是要用一些特殊的水来进行处理，建华在水槽洗螺丝的时候，正值冬天，水槽里的水，冰冷刺骨，建华的手每一次伸到水里去，再拿出来，就觉得冰冷到了骨子里。每一次伸出手去，建华都感到特别的恐惧，但是不往里伸又能怎样呢？虽然水槽里的水冰冷刺骨，可是建华仍然要忍住疼痛。每一天，建华都觉得是那样的难熬，每当她煎熬了一天回到家里时，建华就会抱着小军痛哭起来。

有一天，大宽妈听见了建华的哭声，走进来问建华："你怎么了？"

建华说："没怎么，只是觉得自己的生活真是太苦了。"

大宽妈说："我去找少平给你换的新工作，你觉得怎么样？"

建华说："这个工作应该比翻砂车间要强多了，但是真是非常冷，我每天冻得不行，我是从翻砂车间的热浪里来到冰冷的水槽边，冰火两重天了。"

大宽妈说："一个人活在世上，什么苦都要吃，比如说我自己，你知道吗？我以前是大户人家的小姐，过着衣食无忧的生活。我每次跟我妈妈外出看戏的时候，身边都有丫鬟陪着的。可是，后来我爷爷认识了一个外乡人，外乡人需要借钱，让我爷爷给他担保，结果外乡人欠了债跑了，借了很大一笔钱，很多人找上门来找我爷爷要钱。我爷爷没办法，就把自己家里的财产抵押了，从高门大宅，最后到小马架子房，我们家一夜之间从富人变成了穷人。那时，我们家就是雇农，比贫农还穷，没房子也没有地。后来，我嫁给了大宽爸，过上了艰苦的生活。虽然生活很苦，但是我也挺了下来。可是好日子刚刚开头，大宽他爸就得病去世了，又变成了我一个人带着大宽，那时候大宽也像小军这么大，这些年我一个人带着大宽，我觉得很不容易，可是孩子终于长大了。大宽当了兵，刚要开始过好日子，我们家大宽，却又因公殉职了。你说我一个打击接一个打击，按理说我早就不应该活了，可是我一个人硬是坚持活了下来。因为我相信，好日子总是有盼头的，我们每天盼着过上好日子，才能开开心心的，不管遇到什么困难，都去努力，只有努力了，我们才能有机会去享受开心的生活。建华，好日子总会来的，你就放心吧！"

听了大宽妈一番话，建华很受教育："大家这么帮我，让我看到了希望，我会努力的，大妈您就放心吧！我能把小军带好，也能把他照顾好，让他好好地成长。小军长大了，我就该享福了。"

大宽妈说："对呀，你就这么想，盼着小军长大，你就享福了，日子就越过越好了。"

"大妈，谢谢您，没有您老人家，我和小军都不知道住在哪儿了。"

大宽妈说："我们相遇，就是缘分。大宽地下有知，让我和你在一起，我还要感谢我儿子，能让你和小军来到我们家。"

建华说："大妈，天色不早了，您早点儿休息吧！"

建华握了握大宽妈的手，走了出去。

大宽妈回到了自己屋子里，想着老伴儿又想着大宽，眼泪止不住流了下来。她把儿子的照片又翻出来看，看着，看着，放下照片，不知不觉地睡着了。

建华在屋子里看着床上的小军睡得正甜，建华又把自己的照片拿出来看，看着，看着，建华也钻进了被子里，搂着小军睡着了。

第十五章

小军捡起砖头，转身就往回跑，跑到院子里直接来到了张少平家，拿着砖头，扔进了厨房里，玻璃"哗啦"一声碎了，吓坏了建华和陶翠翠，陶翠翠大声喊着就从屋里往外冲。

其实张少平的妻子陶翠翠，特别看不惯张少平帮助建华，张少平把建华从翻砂车间调到螺丝车间，陶翠翠非常生气，只要张少平在家，她就跟张少平抱怨："我找工作你都不管，却去帮周建华找工作，别人的忙你都帮，只有我的事你不上心，你说你跟我还是不是一家人啊？"

张少平说："你跟建华不一样，你找工作总是挑肥拣瘦的，人家周建华什么工作都不挑，而且特别能吃苦，你能吃得了那份苦吗？让你上班在冷水里洗螺丝，那活儿你能去吗？"

陶翠翠说："我怎么不能去呢？上翻砂车间我也能干，洗螺丝我也能洗。"

张少平说："翻砂车间里夏天的时候，热得一身汗水粘在身上，用铁勺子端铁水身上都会烫个窟窿，非常危险。洗螺丝那个工作大冬天把手放到冰凉的水里，你能做到吗？"

陶翠翠不服气地说："我有什么不能做到的，你就是偏心眼儿，胳膊肘往外拐。"

张少平打断了陶翠翠的话："行了行了，我不跟你说了。"

张少平兄嫂在外地工作，顽皮又爱臭美的侄女张丽常住少平家。陶翠翠新买了一副手套，张丽就偷着把这副手套戴了出去，跟同学一起去玩儿了大半天，一运动就出汗了，张丽把两只手套摘下来放在了凳子上，又跑到一边去玩。天黑了，不知哪个孩子喊了一声："赶紧回家吧！还有很多作业没写呢！"

是啊，作业还没写呢，一直在外边玩到黑天了，张丽跟着同学一起回家，结果到家的时候才发现，手套忘拿回来了。张丽害怕陶翠翠生气，趁着婶子不注意，悄悄回到学校操场，来到放手套的凳子前，可是手套却没有了。

这是一副天蓝色的尼龙手套，陶翠翠非常喜欢，平时舍不得戴，却没想到让张丽给偷着戴了出去。有的时候，张丽也偷着把陶翠翠的衣服或者裤子穿出去，让陶翠翠发现的时候就会骂一下张丽："真是个臭美的小丫头！"

但是骂归骂，毕竟张少平只有这么一个侄女，所以有的时候，两个人也惯着侄女，但是这一次，张丽把陶翠翠的新手套给弄丢了，陶翠翠真是生气了。

张丽回家的时候，见陶翠翠在找东西，心虚的张丽不敢问，刚想躲着陶翠翠，却听到陶翠翠问："丽丽，你看到我的手套了吗？"

张丽有些胆怯地说："没有啊，我没看到你的手套。"

陶翠翠说："能长腿跑了？"

张丽说："我真没看见。"

陶翠翠眼睛瞪着张丽说："你说谎，你怎么没看见？你平时没少拿我东西出去臭美。"

张丽说："我真没拿。"

陶翠翠说："你跟我说实话，到底拿没拿？"

张丽一看陶翠翠发脾气了，当然害怕了，于是小声地说："拿出去了。"

陶翠翠瞪着张丽："拿哪儿去了？"

张丽小声地说："丢了。"

陶翠翠大嗓门地喊着："什么？你再给说一遍？你给我丢哪儿了？我那是新买的手套，平时我都舍不得戴，你还给我弄丢了。"

陶翠翠一边骂张丽，一边追张丽。张丽在院子里跑着，陶翠翠没追上，张丽从院子里跑了出来，躲在墙外哭。正好建华下班从外边回来，刚走到大门外，就看到张丽在那里哭，建华走了过去，问张丽："丽丽，你怎么哭了？"

张丽说："我把我婶婶的手套弄丢了，怕她打我。"

建华说："手套丢了，再买一副不就行了吗？怎么还能打孩子呢？"

张丽说："我婶最喜欢那副手套了，也是新买的，可是我也喜欢，我给戴出去，我一玩儿高兴就忘了，给弄丢了。"

建华劝道："没关系，咱不哭了啊，想想解决办法。"

建华让张丽先回家，张丽也觉得自己不能总在外面待着，所以就听了建华的劝，直接往家走。建华回到家里，翻了自己的柜子，找到了一副新手套，建华拿着那副手套，就往陶翠翠家走。

陶翠翠正生气，见建华进来，本来对建华印象就不好，还因为建华的原因，自己跟张少平吵架，现在陶翠翠看见建华进来了，更生气了，没好气地问建华："你怎么来了？"

建华说："我来送手套。"

陶翠翠看着建华手里拿的手套，天蓝色的尼龙手套，不正是自己的那副吗？陶翠翠更生气了，对着建华就开始喊了起来："好啊，周建华，原来我的手套让你偷去了。"

建华本来是担心张丽回家挨批评，就拿出了李素芝给自己新买的手套准备送给陶翠翠，可是没想到，这副手套与陶翠翠的手套竟然一模一样，建华很委屈："我没偷你的手套，这是我的手套。"

陶翠翠说："明明是我的手套，怎么变成你的了？你不偷，怎么在你手里？"

建华想解释，可是，陶翠翠根本就不听，还骂着很难听的话："周建华，你真让我很生气，你在厂子里，我们家少平给你找工作，可是你呢？我们帮了你，你还偷我们的东西，我的新手套我都没舍得戴，让侄女戴出去了，结果让你给偷去了。"

建华说："这是我新买的手套，你误会我了。"

小军一个人在家里，等了建华半天，见妈妈还没回来，又听到对面的张少平家在吵架，好像是陶翠翠一口一个周建华的骂着。小军听到了，从屋子里冲出来，跑到了张少平家，抬着头看着陶翠翠说："阿姨，你怎么骂我妈呢？"

陶翠翠说："我骂你妈怎么了，我就骂了。"

小军生气了："你骂我妈就不行。"

陶翠翠说："呵，你个小兔崽子，你还知道护着你妈，我就骂了怎么的？"

小军说："下次你再骂我妈，我就对你不客气。"

陶翠翠说："你还敢对我不客气？看我怎么收拾你！"

小军挥舞着小拳头："你看我怎么收拾你！"

小军说着，跑了出去，到外面路上，找到一块砖头，小军捡起砖头，转身就往回跑，跑到院子里直接来到了张少平家，拿着砖头，扔进了厨房里，玻璃"哗啦"一声碎了，吓坏了建华和陶翠翠，陶翠翠大声喊着就从屋里往出冲。

建华一看不好，也冲出来，结果看到跑到远处的小军，建华心里都明白了，原来是小军给自己报仇来了。建华很生气地去追小军，陶翠翠开始在院子里连喊带叫："可了不得啦，我家被人砸了，好你个小军，你等着，我看你个小兔崽子能跑到哪去？"

陶翠翠喊着，就往出追，建华在外面追到了小军，揪着小军的耳朵往回走，小军哭着喊："妈呀，你不要揪我的耳朵，疼死我了。"

建华说："我看你还惹祸，我看你还去做坏事不？"

陶翠翠见建华领回了小军，对建华说："建华，你说怎么办吧？你赔我们家的玻璃钱。"

建华说："我会教训他。"

小军强硬地说："我就是不赔，我就是不赔。谁让你骂我妈了？"

陶翠翠还要跟建华理论，建华自觉小军砸了张少平家的玻璃，也感到理亏，不敢跟陶翠翠多说话，这时候李素芝走了过来，见建华揪着小军的耳朵，问道："到底是怎么回事啊？"

陶翠翠说："大妈您给评评理，周建华偷我的手套，她儿子还砸了我家的玻璃。"

大宽妈问："建华偷你的手套？什么手套啊？"

陶翠翠回屋拿出了建华送来的手套，递到李素芝的面前："看看，这就是我的手套，让周建华偷去了。"

李素芝说："这怎么能是你的手套呢？这个手套是我送给建华的，我还说你偷去了呢？"

陶翠翠说："不对，我有这个手套，丽丽戴出去找不到了，原来是建华给偷去了。"

大宽妈说："你也不问青红皂白的，就说建华偷东西，我再跟你说一遍，这副手套是我给建华买的，我可以作证，这个手套不是张丽弄丢的那副。"

陶翠翠见大宽妈一直在为建华辩解，她也不知道说什么，就在这时，张少平回来了，看见陶翠翠在欺负建华，就埋怨陶翠翠："我可真是拿你没有办法了，我怎么说你才能听呢？我觉得你就是一个没有人性的人，你还懂不懂啥叫人情世故啊？张丽都告诉我了，她把你手套弄丢了，这副手套不是你的，是大妈买来送给建华的，建华没舍得戴，见你的手套丢了，人家来做好事来了，送给你一副新的，你真是不识好人心，让我说你什么好呢？"

张少平生气了，转身进了屋子，陶翠翠听明白了事情原委，低着头跟着张少平往屋里走。

张少平的厂子里最近实行改革，很多工人面临着转岗，因为人员多，生产任务比以前少，所以先下岗的都是临时工，建华也是这批临时工里的一个。张少平没有办法，只能按照厂子里的安排，让建华下岗。

对于让建华下岗这件事，少平觉得非常无奈，他找到建华说："建华，我知道你家里的情况，可是，我也是没有办法，现在厂子里面临困难，需要大量裁员，先从临时工开始，以后正式工人怎么做还不知道呢？建华，其实我也想帮你，但是现在真的帮不上了，以后再帮你找机会吧！"

建华安慰张少平："不管怎么说，张大哥，我要谢谢你帮了我这么多，以后我会自己找别的工作做，谢谢你啊！"

建华想哭，可是又觉得那样太丢人。告别张少平，建华从厂子里回来，回到家里的时候看到了大宽妈，建华的神情让大宽妈猜出来建华心里有事，于是问道："建华，怎么啦？"

建华也不想隐瞒大宽妈："厂子里的临时工都被辞退了，我也回来了。"

"原来是这样，那我再跟少平说说吧！"

"大妈，千万不要去找他了，已经给他添了很多麻烦，他那里的临时工都回来了，我不能搞特殊，再说他在车间里负责，他又不是管全厂。"

大宽妈说："真是愁人呢！"

"我也是有点儿愁，但是我在想办法了。"

大宽妈说："先吃饭吧！"

建华神情忧愁地说："不想吃。"

大宽妈说："建华，看你这点儿出息，大风大浪都闯过来了，还差这点儿困难吗？别发愁了，快点儿先把饭吃了，然后大妈帮你想办法，不行就再找个工作。"

建华说："我暂时还真不知道自己能做什么，也不知道能找到什么样的工作。"

大宽妈递过来筷子："当然是先吃饭，然后再研究工作的事儿。"

小军吃得正香，建华看着小军，觉得自己还是要找一个工作，不然孩子以后怎么办呢？

建华刚拿起饭碗，就听到了窗外传来的叫卖声："皇姑雪糕——，小人雪糕——"

听到叫卖声，小军放下饭碗就跑了出去，建华喊："你干什么去？"

小军说："我要去买雪糕。"

小军跑到门外，大声喊着："卖雪糕的奶奶，你快停下来，我要买雪糕。"

可是，小军没有钱，又从外边跑进来说："妈，我要买雪糕，我要买雪糕。"

建华说："又吃雪糕，不给你买了。"

小军哪里知道建华没有了工作，需要节约呢？小军还是坚持要吃雪糕，建华犹豫着不想给小军拿钱，大宽妈从衣兜里拿出钱给小军："小军，拿着，快去买雪糕，一会卖雪糕的走了。"

小军拿着钱就跑，到了卖雪糕的奶奶身边，把钱递了过去，卖雪糕的老奶奶从小箱子里拿出了一根雪糕递给了小军，小军高兴地举着雪糕就往回跑。进了屋："妈，我买回雪糕啦！奶奶，谢谢你！"

大宽妈说："你高兴就好，好好吃啊，听话。"

小军点着头，坐在一边吃雪糕，建华问："好吃吗？"

小军说："好吃好吃，我特别喜欢吃。"

看着小军开心的样子，建华突然就有了灵感："大妈，我有办法了。"

"你有什么办法呀？"

"大妈，这样吧，你帮我想办法，我要去卖雪糕。"

"你去卖雪糕？那怎么能行呢？"

建华说："像小军这样的孩子，他们都喜欢吃雪糕，那就卖雪糕吧！我看见街上也没有几个人卖雪糕，我要是卖雪糕也能挣到钱的。"

大宽妈说："那倒是行，你要是卖雪糕还兴许能卖得挺好，再说我还有关系。"

建华开心："真的吗？"

大宽妈说："当然，我认识雪糕厂的厂长。"

建华高兴得几乎要跳了起来："大妈，赶紧带我找他去呀！"

大宽妈说："你看你又着急，那是不得做一下准备工作呀！"

建华疑惑："卖雪糕还用什么准备工作呀？大妈，赶紧带我去吧！"

建华对小军说："好好在家吃雪糕，好好玩，妈妈和奶奶出去一会儿就回来。"

大宽妈拗不过建华，立即就带着建华去了雪糕厂。雪糕厂离家里不算太远，走路20分钟就到了。厂里正热火朝天地生产着雪糕，工人们穿着靴子端着雪糕盒子，来来回回地运送雪糕。建华看到这些情景就觉得特别惊奇，左看看右看看，大宽妈说："别来回看了，咱去找厂长。"

大宽妈带着建华往厂子里边走，厂长和大宽妈是老相识，离很远看见大宽妈就打招呼："大妈，今天你怎么这么有闲工夫到我们厂子来了呢？"

大宽妈说："哎，这不是有事找你来了吗？"

厂长看着大宽妈身后的建华，问道："这位是？"

大宽妈说："这是我闺女。"

厂长说："我还没听说你有闺女呀？"

大宽妈笑："我捡来的闺女，我今天来找你，就是为我闺女的事儿来的，我闺女要卖雪糕，你得给我们批发一些。"

厂长一听："一点儿问题都没有，帮我卖雪糕这是好事儿，可是我们这厂子是公家的，雪糕批发都是给副食店送去的，不对个人的。"

大宽妈说："我知道，你们不对个人，可是，你没听说吗？现在不打击小生产了，国家有好政策了。"

厂长将信将疑："我怎么没听说呢？"

大宽妈笑："你没听说的事呀，多着呢！"

厂长一脸严肃道："咱们可是老熟人，您可不能让我犯错误。"

大宽妈说："你放心吧，我们这不是投机倒把。"

厂长知道大宽妈是烈属，想了想，说道："大妈，我相信您，就按照给副食店的价格给您。"

大宽妈开心："行啊，那就这么说定啦！我们每天都来批雪糕卖啊。"

厂长开心地说："行行行，这么年轻就去卖雪糕的女孩我还没见过呢！"

大宽妈说："年轻人卖雪糕就能卖得好，我们就想帮你把雪糕都卖出去。"

厂长说："行行行，卖多了，我多给你钱，多给你提成。"

大宽妈说："行啦，不用你的提成，我们卖了雪糕就挣钱了。"

就这样，建华成了卖雪糕队伍里的一员。大宽妈带着建华从雪糕厂回来的时候，碰见张少平加班回来，少平见建华和大宽妈一起回来，就问建华："工作怎么样了？"

建华说："找到了。"

张少平惊讶："找到了，这么快？什么工作呀？"

大宽妈说："哪是什么工作啊！就是卖雪糕。"

少平说："卖雪糕也很好。"

大宽妈说："不卖雪糕有什么办法呢？总得要生活啊。"

少平就笑："大妈，建华真是能干的女孩。"

大宽妈说："不能干也没办法，建华真是个好孩子。"

少平说："大妈，建华要是卖雪糕的话，看看我能帮什么忙？"

大宽妈说："你多买点儿就行了。"

少平回到家，就想着怎么样帮建华，看到了墙角里的木板子，少平有了主意，他拿出了锯，将木板切割好，打成了木箱。陶翠翠看着，问少平："你在忙活什么呢？"

少平说："建华要去卖雪糕了，我帮她打个箱子。"

陶翠翠说："卖雪糕了？她不是在你们厂的吗？"

少平说："我们厂子正式的工人都有下岗的，他们临时工，早就回家了。"

陶翠翠说："没听你说过呀！"

少平说："我也不能什么都回家给你汇报啊！"

陶翠翠生气："对，什么事都不跟我汇报，给人家打个木箱，把木头都用没了，也不跟我汇报，我就不让你送。"

少平说："我都打完了，还是送过去吧！前一段临时工的事儿我也帮不了人家，所以这一次我就帮帮她。"

陶翠翠非常生气，可是又想不出什么好办法，只好由着少平去了。

少平把箱子送到大宽妈家的时候，建华看到这个箱子非常开心，感动得流下了眼泪。少平说："建华，你看你又哭了。"

建华说："真是太感谢您了，我正愁着不知道用什么东西来装雪糕呢？我觉得纸箱太薄，天热雪糕会化掉，这个木箱子里边可以放上小棉被，雪糕就不会化了，这样就可以卖雪糕了。"

小军也走过来，看着这个木箱子，大宽妈说："少平真是个热心肠，大妈谢谢你啊！"

少平说："大妈就不要客气了，我能做的也就这些了。"

少平告辞回家，陶翠翠的气还没消。少平也不介意，他已经习惯了陶翠翠的脾气。

第二天，建华就去了雪糕厂批发雪糕，把批发来的雪糕装了满满一箱。

建华背着雪糕箱子回来的时候，小军看到了，非常惊奇："咦？雪糕？"

建华制止着想要吃雪糕的小军："不能吃。"

小军嘟起小嘴，可是，玩了一会儿，就忘记了这件事。

建华背起箱子外出，小军也跟着跑了出来，于是，建华带着小军一起去卖雪糕。

建华本来要把小军放在家里的，可是小军不同意："妈，我跟你一起去卖雪糕。"

建华说："你是不是想跟着我吃雪糕啊？"

小军说："不是，我是想帮你卖雪糕挣钱。"

建华感动：这孩子越来越懂事了。

于是，从这一天起，建华带着小军，背着雪糕箱子，开始走街串巷卖雪糕。

起初，建华背着雪糕箱子，有点儿不好意思张嘴喊"卖雪糕——"

小军扯着建华的衣角："妈，你不喊也没有人买呀！"

建华脸一红，还是有点儿不好意思张嘴。两个人走了一条街，又走一条街，就是没有人买。有的人在路上碰见建华背着箱子，并没有注意到是否是卖雪糕的。

小军见卖不出去，着急地喊着："卖雪糕喽，带胳膊带腿的小人雪糕喽。"

小军大嗓门喊了很久，建华看着小军脖子上暴起的青筋，不禁笑了起来。

受到小军的感染，建华也顾不得难堪，跟着小军一起喊起来。

没多久，胡同里的一群孩子跑了过来，围着建华和小军："真有带胳膊带腿的小人雪糕吗？"

小军神秘地说："当然有。"

孩子们非常好奇，就要买这个雪糕，手里有零钱的孩子买到雪糕后，伸出舌头舔着，那滋味馋死了身边没买雪糕的孩子。

没钱的孩子跑回家去磨大人，要钱来买雪糕。一些大人见到孩子们这么开心，也赶了过来买雪糕。

第一天，首战告捷。建华批发的这一箱雪糕不到半天时间就卖得只剩下一根了。建华用手摸了摸箱子里的雪糕，对小军说："还有一根雪糕，咱不卖了。"

小军仰起小脸问："怎么不卖了？"

不等建华说话，又围上来一群孩子要买雪糕，建华说："没有了。"

孩子们一脸失望的表情离开。小军又问建华："不是还有一根雪糕吗？"

建华说："这根雪糕是妈给你留的。"

小军搂住建华的脖子，亲了一口："谢谢妈。"

建华拿出雪糕，小军小心翼翼地撕开雪糕外边的包装纸，一小口一小口地吃着雪糕。建华高兴地抱着小军，挎着箱子往家走，心里非常高兴。路过菜市场的时候，又买了一把韭菜，小军问："妈，买这些菜干什么呀？"

建华说："今天妈高兴，咱回家包饺子。"

小军一听要吃饺子，嘴里含着化掉的雪糕喊着："我要吃饺子啦！吃饺子啦！"

建华捂住小军的嘴："别喊了，让别人听见了不好，要是都来了，咱们家也没有那些饺子呀！"

小军呜呜了一阵，建华松开了手，笑了起来。

小军说："妈妈坏，我想让奶奶跟我们一起吃。"

建华说："必须的呀，奶奶一定要跟我们一起吃。"

建华牵着小军的小手往家走，路上，建华就在想：小军虽然还小，可是心思却很细腻，是个善良的孩子，这小手握在自己的手里，很温暖的感觉，为了小军，自己吃多少苦都不怕。

回到家，建华开始和馅包饺子，小军闻到了韭菜的香味，又跑来催促："奶奶的饺子好了吗？"

建华指着盛好的饺子："好了，一会儿妈就去送。"

建华端了饺子送到大宽妈屋里，大妈说："难怪闻到韭菜味呢？原来是你这个鬼丫头包了饺子。"

大宽妈谦让了一阵，建华执拗地说："这是小军让我送来的，我要是不给他奶奶送饺子，回家还不得跟我生气啊！"

大宽妈开心地尝了一口饺子，夸赞道："味道不错，还是我孙子心疼我。"

建华说："你老人家平时待他好，他都记着呢！"

建华回到家，又端了一大碗饺子朝着张少平家走去。少平下班时，在门口正看到建华走到自己家门前，于是问建华："建华，你怎么来了？"

建华说："我包了饺子，给你和大嫂送过来。"

陶翠翠听到说话声，来到门口，看到少平和建华在说话，没有好气地问："你怎么来了？"

建华说："我来送饺子。"

陶翠翠接过饺子，生气地把饺子摔在了地上，碗摔碎了，发出"啪"的声响，蹦起了一地的碎瓷片。

张少平非常生气，抬手就要打陶翠翠，被建华拦住了。建华劝道："张大哥，没关系，没关系。"

陶翠翠此时也觉得自己做得有点儿过分，没说什么，脸红红的，担心张少平打她。张丽是个非常懂事的孩子，见到眼前发生的一切，觉得自己的婶婶太过分，生气地对陶翠翠说："婶婶，你怎么能这样对待建华阿姨呢？她也是一片好心。"

建华觉得心里很委屈，但她什么也没说，只是默默地回家了。

张少平朝着陶翠翠喊道："赶紧收拾干净。"

陶翠翠不收拾，张丽说："我来收拾吧！"

张少华说："你看看咱们丽丽，比你强多了。"

张丽笑："我哪能赶上我婶呀！"

第十六章

　　在卖雪糕回家的路上建华推着小车，车轱辘发出骨碌碌的声音，这声音对于路人来说可能是噪音，而对建华来说，这声音就像音乐一样，那么动听，那么有趣……

　　建华带着小军又开始了新的一天。阳光洒在街路上，无比温暖。想着卖雪糕也能养活自己和小军，建华很开心。这一天，建华又去雪糕厂批发了雪糕，她带着小军从北行的雪糕厂走到塔湾，走了很远的一段路。一路上，建华一边走一边叫卖着，小军也帮着建华喊着："皇姑雪糕，小人雪糕，带胳膊带腿的小人雪糕——"

　　可能是这段路上车多人少的缘故，遇上的孩子不多，卖雪糕的数量自然就减少。走了很久，雪糕仍没卖完，建华担心小军累坏了，多么可怜的孩子，才这么小，就要和自己一起担负起生活的重担，建华有些辛酸。

　　又卖了一会儿雪糕，建华决定回去了。她伸手摸到箱子里，还剩下5根雪糕，建华说："小军，跟妈回家。"

　　小军说："卖完回去吧！"

　　建华果断地说："不卖了，不卖了。"

小军又问："怎么又不卖了？"

建华说："这些雪糕回去送给奶奶呀！"

小军拍手笑："对呀，送给奶奶吃！"

卖掉了雪糕，箱子没有来时那么重了，建华牵着小军的手，从来时的路往回走。

一路上，看着街上行驶的汽车，一辆一辆地开了过去，小军开始数汽车："一辆，两辆，三辆……"

建华打断道："小军，快走吧，赶紧回家，一会雪糕化了。"

小军说："我在数汽车。妈，我长大了也要开汽车。"

建华笑："你长大了要好好学习，然后开着汽车带着妈妈和奶奶出去玩儿。"

"对呀，我好好学习，长大开车带着妈妈和奶奶出去玩。"

建华听着小军稚嫩的童声，眼前仿佛看到了小军正开着车，自己和大宽妈坐在车上去城里的中街玩。建华再一次觉得好像看到了未来的日子在向自己招手。

建华牵着小军，一边往家走，一边开心地哼着歌，却没想到，遇到了小混混三秃子。三秃子姓啥叫啥名字建华一概不知道，就是刚到大宽妈家时，和大宽妈一起上街遇见过三秃子，大宽妈教育三秃子，建华听得真切，三秃子知道大宽妈是烈属，对大宽妈还算尊重。今日见到三秃子，完全出乎建华的预料，离远看三秃子，个子很高，长得精瘦，走近了就会看到一双小眼睛贼溜溜的，怎么看都不像好人。

三秃子见建华和小军从远处走过来，站在那里不走了。建华和小军走过来的时候，三秃子看看左右没有人，就开始打建华的主意。三秃子围着建华转着圈子，一边转一边打量着建华："怎么样？有钱没有？小姑娘。"

建华看着比自己大不了几岁的三秃子说："我没有钱。"

三秃子不信："背这么大个雪糕箱子，还能没钱？"

建华拉着小军跑，却被三秃子拦住。他把建华挤到了墙角，建华生气地喊道："你要干什么？"

小军冲上来要打三秃子，三秃子一把将小军推开，小军一屁股坐到了地上，三秃子还不甘心，骂道："小兔崽子，敢打老子！"

建华心疼，跑去扶小军，三秃子冲了上来，和建华厮打在一起。建华哪里是三秃子的对手，兜里卖雪糕的钱，生生地被三秃子抢走了。建华一见自己卖雪糕的所有的钱都被三秃子抢走了，扔下箱子，拼命追赶三秃子。三秃子在前边跑，建华就在后边拼命追。建华想：我今天豁出命去，也要把这钱拿回来。

可是建华怎么能跑过三秃子呢？建华一边跑一边喊："警察快来，抓坏人啊！"三秃子跑着跑着，突然又跑回来，停下来抓住建华的头发，建华不能动弹，三秃子就将建华的头往墙上撞，建华喊着骂着，小军从后边冲过来帮建华，小军用自己的小豁牙咬住了三秃子，把三秃子的手给咬伤了，三秃子恼羞成怒，一脚踢向了小军，小军摔倒了，头撞在了马路边的石头上，顷刻间，血流了下来。

建华哭着喊着奔向了小军，小军躺在地上一动不动，建华更是害怕，声嘶力竭地喊着："小军——小军——"

三秃子见状，想逃跑，大宽妈胳膊上戴着袖标，正和居委会的大妈在胡同里巡逻，听到哭喊声跑过来，看到了建华，还有摔倒在地上的小军，大宽妈也顾不得去追三秃子，跑上前就要抱起小军，这才发现，小军和建华的头上都流血了。大宽妈对那些大妈们说："赶紧地，快把他们送医院去。"

一群老大妈连拖带拽地把建华和小军送到了医院，把建华和小军安顿好，大宽妈又派人报告了派出所。待医生给小军包扎之后，建华还是不放心，医生说没有大碍，上点儿药就好了，建华这才放下心来。

大宽妈看着忙碌的建华，劝建华把伤口包扎一下。此时，只要小军安好，建华根本顾不上自己。建华在大宽妈的劝说下，又让医生把自己的伤口也包扎了一下，医生刚给建华处理完伤口，派出所许所长来到了医院，大宽妈看见许所长，热情地和许所长打招呼："小许，你怎么来医院了？三秃子抓到了吗？"

许所长安慰大宽妈："您放心吧，三秃子他跑不了，我已经派人去抓他了，看我怎么收拾他。"

大宽妈愤怒地说："这个三秃子，要是建华和小军有个三长两短，我不会放过他。"

"大妈，您就放心吧，我们一定要严惩罪犯。"

大宽妈气得语无伦次了："这也太胆大了，都胆大妄为了，光天化日就开始抢！"

许所长安慰着大宽妈："相信我，会抓到他的。"

其实，三秃子没跑出去多远，就被管片的民警找到了。管片民警找到三秃子的时候就问他："你抢了多少钱？"

三秃子说："我没抢多少钱。"

民警瞪了一眼三秃子："不是我说你，都这时候了，还嘴硬啊！"

三秃子一看躲不过去，只好乖乖地把建华卖雪糕的钱拿了出来，管片民警把钱拿过来，登记上，然后让其他民警办了手续，把三秃子押走了。

三秃子觉得自己出师不利，很没面子，强硬地说："好啊，看我出来怎么收拾你们！"

管片民警呵斥道："你小子，胆子越来越大了，没吃到苦头是不是？"

三秃子眼睛眨了眨也不说话，知道自己再对付下去没啥好果子吃，于是，闷着头，去了监号。

建华和小军都受了伤，经过包扎治疗后，娘俩一起回到家里。大宽妈看着头上都缠着绷带的娘俩，指着建华说："你看看你们，两个人都受伤了，怎么能把自己弄成这样呢？也不好好注意安全。"

建华说："没办法，在胡同里就遇上那个坏蛋了。"

小军气得攥紧拳头说："这个坏蛋，等我长大看我怎么收拾他。"

建华说："行了行了，警察都把他抓走了，你就不要再说了，好好把你的伤养好吧！"

大宽妈说："是啊，你们两个好好给我养伤啊，我去买菜，给你们增加点儿营养。"

大宽妈去了市场，买到了大骨头，回来就给建华和小军煮骨头汤喝，大宽妈把骨头汤端上来的时候，建华非常感动："大妈，我来吧！"

大宽妈说："你都受伤了，还是我来吧！这些日子一直是你照顾我，大妈可有个机会，我也照顾照顾你。"

建华心里有些过意不去："大妈，我和小军来家，已经让您费心了，我不能让您为我们再操心了。"

大宽妈说："我应该做的，谁让你对我那么好呢！"

建华觉得自己很惭愧："我都不好意思了。"

大宽妈说："又说远了，赶紧尝尝骨头汤。"

小军闻到骨头汤的香味，顾不得头疼，喊道："什么好东西这么香啊？"

大宽妈笑："看看，把孩子都馋成啥样了？小军，这是奶奶费了好大心思才找到的大骨头，喝了这个就长肉。"

小军半信半疑："真的吗？那我多喝点儿。"

大宽妈看着小军说："行啊，等一会儿晾凉了，奶奶喂你。"

小军一副等不及的样子："不用，我自己会喝。"

建华说："不能总给奶奶添麻烦，自己的事情自己做。"

小军恍然大悟："对呀，我就是自己的事情自己做呀。"

大宽妈表扬小军："你真是好孩子，从小看到大，这孩子长大了肯定出息。建华，你现在苦点儿，享福的日子在后头呢！"

建华说："大妈，我现在是没看出来，但是为了小军，我会努力的。"

张少平总是觉得建华从厂子里回了家，生活又没有了着落，自己心里过意不去。于是，张少平总是想帮着建华做点儿什么，可是自己又觉得无能为力。

这一天，张少平下班回来，看到建华领着小军在路上卖雪糕，小军扯着嗓子喊："雪糕，皇姑雪糕——"

建华也喊："卖雪糕——"

看到母子二人生活的艰难，善良的张少平感觉得到建华和小军生活的辛苦，又觉得建华一个人带着孩子确实不容易，张少平发自内心地同情建华，于是张少平回到家，又找了一些废料，帮着建华做了个小推车，他又怕陶翠翠生气，瞒着陶翠翠把小车送到了大宽妈家。

建华见张少平推着小车进来，问道："少平大哥，你怎么还推个小车呢？"

少平说："来，把你的箱子放到这个车上，看看能行不？"

建华恍然大悟，原来少平是在帮自己，建华赶紧说："太不好意思了，怎么能再接受你们的东西呢？"

张少平说："大家都是邻居，帮你个小忙也是应该的。"

建华把箱子放在车上，推着小车走了两步，小军高兴地拍着手："太好了！太好了！"

张少华抚摸着小军的头："这样你就可以站在小车边上，跟着你妈妈一起去卖雪糕了。"

建华拿出了自己的钱，执意递给张少平，可是张少平却拒绝："什么钱不钱的，你就用着吧！"

张少平一边说着一边往外走，正好遇见了陶翠翠。陶翠翠见建华和张少平拉拉扯扯，立即就生气："你个小狐狸精，专门勾引别人男人呢！"

建华听见了也不解释，张少平见陶翠翠不问青红皂白地骂建华，生气地就警告陶翠翠："以后我的事你不要管。"

陶翠翠反驳："怎么不管，你干坏事我也不管吗？"

建华见张少平两口子矛盾越来越深，解释道："嫂子，我和大哥真的没什么。"

陶翠翠哪里听得进去，继续骂着。张少平实在听不下去了，见自己也管不了陶翠翠，非常生气地回家了。

小军见陶翠翠来捣乱，朝着陶翠翠一头撞了过去。建华拦住小军，小军非常生气："妈妈，她又欺负你。"

建华劝小军："我们回屋吧！"

陶翠翠见骂建华也没骂出什么来，再闹下去张少平反而又不高兴，于是，陶翠翠也生气地回了家。

到了家里，张少平也不搭理她，陶翠翠更是生气，摔盆摔碗弄得一阵叮当响。张丽回来看到了，问陶翠翠："婶，你怎么又生气了？"

"你去问你叔去，问他怎么惹我了？"

"你真是不可理喻，我不跟你说了。"张少平说着走了出去。

陶翠翠坐在椅子上生气，张丽劝道："婶，你看看你，总是这样连喊带叫的，我叔不喜欢这样的，你要总这样，我叔万一要跟别人跑了我们怎么办？所以有的时候，你应该注意点儿自己的言行。"

陶翠翠假装举手要打张丽："你胳膊肘总往外拐，你是向着我还是向着你叔呀？"

张丽躲着："我觉得我叔和建华阿姨之间也没有什么，都是你想的太多，我写作业去了。"

陶翠翠觉得家里人谁都不搭理自己，自讨了没趣儿，肚子也饿了，就去做饭了，菜刀切菜时弄得叮当响，把气都撒在菜板上。

建华和小军倒是挺开心，虽然刚才陶翠翠骂了建华，但是建华看着小推车，可以省力气又可以多挣钱，心里很是高兴。小军站在小推车上，拍着手，不想下来。

建华用尺子比量下箱子，发现手推车可以装两层雪糕箱子，于是建华又找到一个纸箱子，里边放上小军小时候用的小棉被，雪糕就不会化掉了。

建华高兴地去了雪糕厂，批了两箱雪糕，对厂长说："谢谢您，一直这么照顾我。"

厂长说："谢什么谢呀，我跟人宽他爸都是老朋友了，大家有事互相帮忙，谁家还没有个难处啊！"

建华给厂长鞠了躬就往外走，小军在大门外等着建华，见建华批了雪糕出来，赶紧迎上去，帮建华推着小车，和建华一起去卖雪糕。建华推着小车，小军站在小车前，一直喊着："卖雪糕啦！皇姑雪糕，红豆雪糕，小人雪糕——"

听到小军的叫喊声，很多孩子都来买雪糕，有些大人掏钱买了雪糕，还会摸摸小军的头："这个小孩真好玩。"

小军也非常高兴，主动地跟建华说："妈妈，我帮你收钱。"

建华也想锻炼小军的算数能力，非常爽快地答应了小军："你帮妈妈算钱吧！不要算错呀！"

小军遇到小朋友拿着钱买四支雪糕，会把钱算好，然后告诉建华："妈妈，四支雪糕，两角钱。"

见小军准确地算出来，建华夸赞道："小军能帮妈妈算账了。"

看到小军聪明伶俐，建华非常高兴。这一天，建华和小军在一户人家的门口卖雪糕的时候，这家的老奶奶拿着一截粉笔在地上写字，见到小军，问道："小孩子，你会写字吗？"

小军说："还不会写呢！"

老奶奶递过粉笔："送你了，好好练写字。"

小军接过粉笔："谢谢奶奶！"

从这一天起，小军总是喜欢拿着粉笔蹲在地上写字。建华每次带着小军一起卖雪糕的时候，看到蹲在一边在地上写字的小军，就会感到很欣慰。每当这时，她都会鼓励小军："好好练字，以后长大了好好读书，争取当个有出息的孩子。"

"妈，我长大了，一定会好好读书的。"小军保证道。

在卖雪糕回家的路上建华推着小车，车轱辘发出骨碌碌的声音，这声音对于路人来说可能是噪音，而对建华来说，这声音就像音乐一样，那么动听，那么有趣，这是劳动后的满足，也让建华看到了生活的曙光，更让她对生活充满了希望。

第十七章

李赶娃让他妈妈这么一阵数叨，自己也觉得脸上很没面子，晓杰还在哭，此时在李赶娃的眼里晓杰并不是可怜的小媳妇，而是他传宗接代的工具，他要生个儿子给他妈看看。

自从晓杰嫁给李赶娃后，晓杰其实每天都在与李赶娃一家的斗争中煎熬着过日子。李赶娃的妈妈对晓杰不好，总是连喊带叫，可是晓杰还要忍着，不然又能怎么样呢？如果父母知道了自己的情况，一定会很难过的。晓杰如果不顺从，李赶娃家就会找晓杰父母的麻烦，就会让晓杰交出建华。

晓杰有时想建华了，就会躲起来偷着哭："建华姐，你到底在哪里呢？也不知道你是不是还活着？跟春生哥跑到外面去了吗？过得好不好啊？"

李赶娃心里偶尔也惦念晓杰，有一次李赶娃去外边吃饭，回来的时候还偷偷给晓杰带了好吃的，可晓杰却拒绝了，这让李赶娃很生气："我对你好也不行，对你不好还不行，你到底想怎样？"

不管李赶娃说什么，晓杰都不说话，李赶娃不管晓杰听不听，仍然数落道："不管怎么说，你嫁给我了，就得听我的。以前是我的不对，心情不好的时候我还打你，可是好吃的我都没舍得吃，就给你带回来了，怎么说你也吃一口吧，你尝尝也好。"

一向心软的晓杰此刻觉得李赶娃不像想象中的那么坏，有时晓杰甚至想，如果李赶娃没有那样一个妈，李赶娃也不至于是今天这个样子，晓杰就想还是混一辈子吧！

李赶娃硬是靠着自己的热情使晓杰逐渐转变了对他的态度，但是李赶娃的妈妈对晓杰仍然是那样苛刻，这让晓杰很反感。每次去镇上，晓杰看到那些打扮得漂漂亮亮的女孩，看着人家的欢笑，晓杰就觉得自己的命运是那样的悲惨，没有那么多的欢笑，只有心里的郁闷无处发泄。晓杰有时就想，在村里自己没有办法往出跑，如果到了镇上，要是逃跑就能跑出去很远。于是，一次次和李赶娃去镇上赶集的时候，晓杰都想找机会逃跑，尤其李赶娃在跟人讨价还价的时候，晓杰认为是自己逃跑的最佳机会。可是晓杰转念又想：就是跑了，又能跑多远？兜里没有钱，哪儿也去不了。晓杰就又想起了姐姐，建华也没有钱，是怎么跑出去的，是在外边流浪还是已经安顿了下来？始终也没有消息，想着想着，晓杰就感到很难过。每当逃跑的想法在脑海中浮现的时候，就好像看到了建华，恍恍惚惚中，总是看到建华在嘱咐自己：晓杰，你要照顾好爸妈，我在外边也顾不上你，你要好好过日子，不要像姐这样。

晓杰这样想着的时候就有些走神，自己在路上向前走，李赶娃买好了东西，发现晓杰不见了，非常紧张。抬眼望去，晓杰就在前边的路上，李赶娃背着大包小包，追上晓杰："晓杰，你要去哪儿？"

听到李赶娃的声音，晓杰这才停下来，仿佛从梦中惊醒又回到了现实，晓杰才觉得自己还是要跟李赶娃回村，至少爹娘还在村里，想到此，晓杰决定回家，这样才能让父母安心。从镇上回来，走到村头时，晓杰对李赶娃说："你先回家吧！"

李赶娃紧张地："我先回家，那你呢？"

"放心吧，我不会跑。我不回你家，我爸妈也不会同意。我要是想跑早就跑了，还用你看着我这么长时间？"

李赶娃想想也对，这么长时间晓杰一直没跑，就是不能跑了。"那你自己回娘家吧！你要注意安全。"

李赶娃说着，又把自己在镇上买的东西给晓杰拿一部分："给你爹娘带回去吧！"

"我不要。"晓杰拒绝。

"拿着吧！这是孝敬我老丈人的，跟你没啥关系。"

晓杰接过李赶娃手里的东西，没有言语，直接奔着自己家的方向走去。李赶娃在远处看着晓杰，知道晓杰不会往别处去，才放心地往家走。

晓杰走进院子，离很远就听见了父亲在咳嗽。晓杰不知道父亲身体怎么样，于是匆匆忙忙往屋子里跑。进了房门，见父亲躺在床上，焦急地问："爸，你怎么了？"

晓杰妈见晓杰回来，并没显露出多么高兴，一副心事重重的样子说："你爸最近身体不好。"

晓杰急问："去医院看没看？"

晓杰妈说："看什么看呀？也没有那些钱。"

"那也应该去看一看，不是还有村里的大夫吗？"

晓杰妈说："村里的大夫来看过了，也开了药，就是不见好。"

晓杰看着自己的父母，父亲身体不好，晓杰妈也老了许多，晓杰看着看着，有些难过，眼泪就流下来了。晓杰妈说："一回来就哭。"

晓杰擦掉眼泪："我不是哭，我就是有点儿难过。"

晓杰妈不等晓杰说完，转移了话题."你有你姐的消息吗？"

"没有，我姐一直也没跟我联系。"

晓杰妈眼睛湿润："你姐走了，就不管这个家了。"

晓杰说："我没办法联系我姐，真要是联系了，李赶娃该找她了。"

晓杰妈说："李赶娃找她干什么？你都已经嫁给李赶娃了。"

"也对，可是李赶娃还是觉得我姐好。"

"晓杰，你告诉妈，你过得怎么样？"

"我过得还好。"晓杰没敢说李赶娃打自己的事儿。

建华爸一边咳嗽一边愤怒地骂道："建华这个死妮子，死在外边算了。"

晓杰不高兴了："你怎么这么说我姐？"

晓杰爸说："我怎么啦？我就这么说了，都是她给我们家闹的。"

"你还是安心养病吧！"晓杰劝道。

"我怎么养病，我都是被她气的。"晓杰爸一边说着话，又一边咳嗽起来，声音很大。

晓杰妈拿过药，递给晓杰爸："快吃药，快吃药，一会儿咳嗽又厉害了。"

晓杰看着爸爸的身体不好，心里很难过，可是不回家又担心李赶娃找她，于是晓杰跟爸爸妈妈说："我回去了，有什么事儿找我。"就这样，晓杰依依不舍地离开了家。

晓杰还不知道，李赶娃回家的时候，李赶娃的妈看到李赶娃自己一个人回来了，停下手里的活计，问李赶娃："晓杰呢？"

李赶娃说："回娘家了。"

李赶娃妈妈惊讶道："回娘家了？怎么还能让她回去呢？要是跑了怎么办？"

李赶娃说："不能跑，往哪儿跑啊！"

"都是你惯的，到现在她的肚子也不见大，你说这晓杰到底是怎么回事儿？"

李赶娃闷着头听着，也不说话，李赶娃的妈担心晓杰这么长时间还没回来，恐怕是跑了，又责怪道："要是她跑了回不来，到时候你什么都没剩下，看你怎么办？"

李赶娃说："怎么能跑呢？"

李赶娃妈指着儿子的鼻子："你说我怎么养了你这样没出息的，连个媳妇都看不住，跑了一个，娶了第二个，这第二个要是也跑了，你可怎么办？"

李赶娃也不说话，听妈妈这么一说，觉得心里害怕，万一晓杰跑了怎么办？于是，李赶娃撒腿从家里跑出来，朝着晓杰家的方向跑，跑出去很远，看见晓杰在前边正慢腾腾地往回走，李赶娃悬着的一颗心才算放下来。见到晓杰，没话找话地问："你回来了？"

晓杰看着慌慌张张跑过来的李赶娃，问道："我回来了，你干什么去？"

李赶娃支支吾吾："我去找你。"

"你就怕我跑啊！"晓杰不高兴地说。

"我不怕你跑，我妈怕你跑。"

晓杰一听心里就生气："你妈一天总看着我，总怕我跑，我都被你们看成这样了，我还能往哪跑？"

晓杰的心情很不好，担心爸爸的身体，心里有一种说不出的滋味。李赶娃跟着晓杰，见晓杰生气，也是一脸的不高兴，却又讨好晓杰说："你赶紧生个孩子吧，省得我妈一天到晚总是唠唠叨叨的。"

晓杰说："你拿我当什么人了？生孩子，说生就生啊！"

"我都说了，说生孩子是两个人的事儿，也不是我自己说的算。"

李赶娃不高兴："我打你，你就老实了。"

晓杰说："我不怕你打，打死我就省得生孩子了。"

李赶娃知道自己说错了话，又闷头往前走，晓杰跟在李赶娃身后，思绪又一路飞出去很远。

她回忆起姐姐建华和知青杨春生的往事，那时建华总是偷着去找春生，晓杰也悄悄跟在建华身后，春生给建华讲故事，晓杰也跟着听。其实，晓杰心里也觉得春生哥很好，她也喜欢春生，但是建华喜欢春生，她就放弃了这个想法，再说那时晓杰还小，可是晓杰还是觉得春生有文化，建华和春生也有共同语言，不然春生怎么总是给建华讲一些晓杰听不明白的事情呢！

晓杰虽然有的时候很有主见，可是遇到与建华有关的人和事，晓杰还是觉得自己很软弱。就这样一边想着一边走，晓杰竟然控制不住自己哭了起来。

到了家，晓杰自己进门，李赶娃跟了进去："晓杰，你哭了？"

晓杰看着李赶娃也不说话，继续哭，让李赶娃感到很烦："一天到晚哭哭哭，真是心烦。"李赶娃怒气冲冲地走了出去。

听到了晓杰的哭声，赶娃妈从屋子里出来，走到院子里大声喊："你又哭什么？说你还冤枉你了？让你生儿子都生不出来，你就是个不下蛋的母鸡。"

晓杰听了赶娃妈的话，继续哭。赶娃妈又开始唠叨："说你生不出儿子来，我还冤枉你了？你还哭上了，真是的。"

李赶娃让他妈妈这么一阵数叨，自己也觉得脸上很没面子，晓杰还在那哭，此时在李赶娃的眼里晓杰并不是可怜的小媳妇，而是他传宗接代的工具，他要生个儿子给他妈看看。雄性荷尔蒙燃烧起来了，还真收不住，李赶娃也不管晓杰的心情如何，猛地扑在了晓杰的身上，把晓杰的衣服扒了下来……

李赶娃终于折腾得筋疲力尽了，才放开晓杰。晓杰哭得几乎没有了声音，躺在床上眼睛盯着棚顶，一言不发。

第二天早晨，晓杰从家里跑了出去。李赶娃从屋后的厕所回来，发现晓杰不见了，转身就往外跑。看到晓杰背影的时候，李赶娃喊着："你往哪儿跑？"

"我去乡医院。"晓杰回头喊一句，继续往前跑。

"你去乡医院干什么？"李赶娃疑惑道。

"不用你管。"晓杰嘴里说着，加快了脚步。

晓杰跑到医院，找到了村里李小红的表姐，李小红的表姐到村里来过，当时李小红对晓杰说过，表姐是妇科大夫。晓杰当时没太在意，只知道表姐姓张，长得很文静，外貌与村里人有很大差别，一看就是有文化的人。晓杰对张表姐的职业没太看重，但对张表姐的与众不同印象很深。她记住了张表姐，只是没想到自己真的找上门来了。

乡卫生院不大，一排小房子，晓杰进来直奔了妇科，桌前坐着的正是张表姐，晓杰直接问："你是李小红的表姐张医生吗？"

张医生说："对呀，我是姓张，你找我有事吗？"

晓杰说："我找你有事，李小红和我说过，她表姐在乡医院，是妇科医生，我就找到你了，我想问问生孩子的事。"

张医生说："看你也不像要生的样子啊？"

晓杰解释："是我生不出孩子，所以来找你，我想让你给我检查检查。"

张医生恍然大悟："原来是这样啊，去里屋等着，我给你检查检查。"

张医生给晓杰做了检查，又让晓杰去做了化验，晓杰一直等了很长时间才出来结果。张医生拿到结果后，对晓杰说："你没有什么毛病，你把你爱人带来过来看看吧！"

晓杰一听，原来问题出在李赶娃身上，这下晓杰放心了。

谢过张医生，晓杰回到家，李赶娃早晨没追上晓杰，料定晓杰也不会跑，就去地里干活儿。忙了一阵儿回到家，还是不见晓杰回来。赶娃妈见李赶娃一个人回家，不见了晓杰的踪影，又开始点着李赶娃的脑门子骂："一个大活人你都看不住，还是让她跑了。赶紧去找啊，我们家花了那么多的钱，我这心思又白费了。"

李赶娃说："晓杰没跑，她去医院了。"

赶娃妈说："你怎么知道她去医院了？你又没跟她去。"

李赶娃说："我觉得晓杰不能跑，她都跟我过了这么长时间的日子了，还能往哪儿跑？再说我看出来了，晓杰也想生孩子，所以她不能跑，十有八九去看病了。"

"去看病去了？她能有什么病？她就是不生孩子。"

李赶娃又补充道："再过一会儿晓杰要是不回来，我就去找她去。"

赶娃妈着急："还等一会儿？你赶紧骑车追她去，不然跑了你上哪儿找去，我可没有钱再给你娶媳妇了，再娶媳妇不把我累死，也得气死。"

李赶娃实在受不了他妈没完没了的唠叨，不耐烦地说："好吧好吧，我这就去找晓杰，你该干什么干什么去吧！别再骂我，我是窝囊废，天天让你骂，我这就去还不行吗？"

　　李赶娃刚要出门，晓杰跑了进来，也没理睬李赶娃的妈，李赶娃的妈正骂得起劲呢，见晓杰进来不说话直接回屋了，又开始骂晓杰，李赶娃更是火上浇油，质问晓杰："你干什么去了？"

　　晓杰回道："去乡医院了。走吧，我带你去看看病。"

　　李赶娃不解："看病？我有什么病啊？"

　　"你就是有病，我带你看病去。"晓杰拽着李赶娃就要往外走。

　　李赶娃说什么也不去，李赶娃妈一看晓杰拽住李赶娃往外走，忍不住继续骂："你到哪儿去了？一天到晚你不成人样，你还要带着赶娃去看病，他有什么病啊！都是你，连孩子都生不出来。"

　　"怎么能怪我呢？"晓杰从衣兜里掏出医院的检查结果，摔在赶娃妈面前："你看看，就知道骂我，怎么不骂你儿子？是你自己儿子不行。"

　　李赶娃一听，晓杰说自己有病，非常愤怒，又开始打晓杰："让你再说我有病，我打死你。"

　　李赶娃生气地打了晓杰一巴掌，晓杰捂着脸趴在床上哭，李赶娃非常生气，离开家，一口气跑出了村子，赶娃妈在身后追着喊他，他也不说话，继续向前跑。

第十八章

晓杰爸拉住晓杰妈，两人在院子里拉扯着，这时，晓杰跑到厨房里，拿出了菜刀，举着菜刀就要自杀。晓杰妈着急了，挣开晓杰爸，一把抱住了晓杰的腿，晓杰爸抢下了晓杰手里拿着的菜刀。

晓杰被李赶娃打肿了脸，跑回了娘家。晓杰跑到家，晓杰妈刚从外边回来，见晓杰捂着脸，就问："脸怎么肿了？"

晓杰也不说话，只是一个劲儿地哭，晓杰妈着急："你这个娃子，问你呢，脸怎么肿了，是不是挨打了？"

晓杰哭着点头。晓杰妈愤愤地："真是反天了，今天找就豁出去这把老骨头了，我一定要去跟他拼命。"说完就往出跑。

晓杰爸拉住晓杰妈，两人在院子里拉扯着，这时，晓杰跑到厨房里，拿出了菜刀，举着菜刀就要自杀。晓杰妈着急了，挣开晓杰爸，一把抱住了晓杰的腿，晓杰爸抢下了晓杰手里拿着的菜刀。

一家人正在拉拉扯扯中，这时候，邻居的孩子跑来了，边跑边喊："晓杰姐，你快来，你快来。"

晓杰从屋子里跑出来问："怎么了？这么着急？"

孩子说："晓杰姐，快去河边看看吧！"

晓杰不解："去河边干什么？"

"李赶娃掉河里啦，我妈让我来找你。"

晓杰一听，很惊讶，李赶娃刚才还打自己，怎么这么一会儿就掉到河里去了呢？

顾不得多想，晓杰跟着孩子就往河边跑。晓杰见到李赶娃的时候，李赶娃已经没气了。

原来，李赶娃非常生气地打了晓杰之后，就跑到了城外的池塘边，池塘里有几个孩子在游泳，可是有个孩子游着游着，脚抽筋了，游进深水区出不来了，孩子在水中扑腾的哭叫声，还有岸上孩子的呼救声，惊动了李赶娃，他也顾不上想，"扑通"一声，就跳进了河里。

李赶娃跳下去之后，找到了那个孩子，可是腿抽筋的孩子，怎么也拽不上来，却把李赶娃拽到了深水区，李赶娃拼尽全力把孩子弄了上来，周围的孩子也帮李赶娃把孩子拽了上来，可是一个漩涡压过来，把李赶娃冲远了，他在水里游得精疲力竭，就是游不到岸边，逐渐就沉了下去，而且越来越远，没有了影子。

孩子们很害怕，连喊带叫的哭，其中有一个孩子喊道："哭有什么用啊？赶紧回去找人。"

孩子们跑回村里去找人，又到李赶娃家找他的家人，可是村里人来了也没找到李赶娃。赶娃妈赶到河边，哪里有李赶娃的影子？赶娃妈坐在河边，开始号啕大哭："我的娃子啊，你怎么就不见了呀？"

一边哭一边骂晓杰："都怪你，你个混蛋，你个天杀的，你看我怎么收拾你？"

晓杰从远处跑来的时候，看到了远处浮上来的李赶娃，孩子们眼尖："李赶娃在那儿呢！"

那些围观的村人，费了好大的劲，才将李赶娃捞上来，可是捞上来一看，李赶娃已经没有了知觉。晓杰也扑了上去，见到李赶娃又掐又拽，折腾了半天，可是李赶娃还是不睁眼睛。晓杰哭着说："李赶娃，李赶娃，你赶紧给我醒过来，我真后悔，要不是我非让你去医院检查，你就不会生气了，也就不能往河边跑了。都怪我，都怪我——"

晓杰一边哭一边喊，赶娃妈过来就要打晓杰，被村里人给拉开了，大家劝："你打晓杰有什么用啊？再怎么样赶娃也活不过来了。"

这时，被救孩子的爸爸妈妈赶了过来，见到自己的孩子被救了，又见赶娃妈在河边连哭带嚎，李赶娃则躺在地上毫无声息，被救的那个孩子的爸妈让孩子赶紧给李赶娃跪下，孩子在李赶娃的尸体前跪了下来。

晓杰看到这情景，也深受感动。心里虽然恨着李赶娃，但是李赶娃毕竟救了别人家的孩子。所以晓杰又对李赶娃生出了敬佩，甚至也不再怨恨李赶娃。

赶娃妈拍打着儿子喊着："你快醒过来，你快醒过来，你怎么就这样离开了呢？你怎么就这样离开了呢？"

可是李赶娃仍然不说话，赶娃妈已经哭得背过了气，在村里人的帮助下，又把她救了过来。

无论晓杰还是李赶娃的妈，她们再怎么哭喊，也救不了李赶娃的命，李赶娃就这样死去了。在村里人的帮助下，找了一块地，把李赶娃埋了。

晓杰在坟前跪着，一直也不起来。李赶娃的妈妈来到了坟前烧纸，见到晓杰在这里跪着，开口大骂晓杰："你个丧门星，要不是因为你，我儿子能死吗？"

晓杰也不说话，李赶娃的妈一边烧纸一边骂。晓杰也给李赶娃烧着纸，不同的是，晓杰一边烧纸，一边流着眼泪，不理会李赶娃妈的叫骂声。

晓杰烧过纸，默默地回到了家。李赶娃的妈也从坟地里回到了家，进屋见晓杰在房间里，又开始骂晓杰："你怎么又回来了？"

晓杰也不说话，在家里做着家务，收拾着东西，好像在给自己赎罪。

赶娃妈由于失去儿子的痛苦，又禁不住折腾，终于也病倒了。躺在床上哼哼唧唧，晓杰见赶娃妈病了，主动给她做饭，到厨房擀面条，做好面条后，又从鸡窝里摸出了一个鸡蛋，炸了鸡蛋酱放进了面条里。晓杰把面条盛进碗里，端给赶娃妈。

赶娃妈见晓杰进来，皱着眉头。晓杰说："妈，我给你做了一碗面，你吃点儿饭吧！"

赶娃妈非常生气，伸手就把面条打翻了，滚热的面条都扣在了晓杰的身上，把晓杰的手也烫伤了。晓杰甩甩手，又到水缸里舀了一舀子水，倒在了手上，还是疼。晓杰又去找了大酱，抹在了手上。虽然经过这一阵折腾，晓杰受了伤，可她还是继续给赶娃妈去做饭，赶娃妈继续骂晓杰："你这个丧门星，赶紧给我滚家去，我不想看见你，看见你我就心烦。"

晓杰把饭做好，又给赶娃妈端了过去，放在了小桌上。

"妈，你吃点儿吧！既然你烦我，我就回家了。"

赶娃妈说："滚，滚，赶紧给我滚。"

晓杰从婆婆家走出来，一边走一边哭，一直走到自己家门口，擦掉了眼泪，进了家门。晓杰爸妈在家里，正在发愁。晓杰妈说："李赶娃死了，晓杰怎么办？"

晓杰爸说："能怎么办？就在李家待着呗！"

"李赶娃都死了，晓杰在那还有什么用啊？还不如回家来呢！"

晓杰爸说："不管怎么说，李赶娃死了也是因为晓杰，要不然咱们晓杰也不至于受那些气呀！"

"我就在想，赶娃妈肯定不能放过晓杰。不然我们去她家跟赶娃妈唠唠，看看能不能放过晓杰。"

两个人正说着话，晓杰走了进来，还用手捂着另一只手。晓杰妈心细，一眼就看到了，问晓杰："你怎么了？"

晓杰说："我不小心烫到了。"

晓杰妈着急："是不是赶娃妈给你打的？"

晓杰说："不是，我端饭没端住，正好烫到了手。"

晓杰妈说："一定是那老太太又给你气受了，我就不相信自己能把手烫了。"

晓杰笑笑："没关系的。"

晓杰说完，进了自己的屋子。晓杰爸和晓杰妈互相看了一眼，也不说话，他们心里明白，晓杰一定在李家又受气了。

夜色已深，晓杰躺在床上，回忆起和李赶娃在一起的日子，李赶娃给她留下好吃的东西，两个人又一起赶集，可是晓杰仿佛又看到李赶娃打她的情景，晓杰心里很乱，觉得李赶娃对自己时好时坏，有时候打自己，可是有时候又心疼自己，这样想着的时候，晓杰就在被子里哭了起来。越哭，越想建华。"姐姐，你到底在哪里呢？"自己替建华出嫁了，可是李赶娃死了，建华还没有回来，自己以后该怎么办？

晓杰就这样想着想着，躺在床上睡着了。门外的风，呼呼地吹着，晓杰在梦里一会儿见到了李赶娃，一会儿又觉得自己正跪在李赶娃的坟前，又见李赶娃从坟里出来在打自己。就这样，晓杰在梦里一会儿见到了建华，一会儿见到了李赶娃，这一夜，胡思乱想，做了很多噩梦。

早上醒来的时候，晓杰的头还是昏昏沉沉的。晓杰病倒了，发着烧，晓杰妈去找了村里的医生给她看病。医生来了，说晓杰也没有什么大病，就是心病，躺两天就好了。

医生走后，晓杰妈说："这事儿闹的，我们这是什么事儿啊？"

晓杰爸："你说什么事儿？命就是这样了，就认命吧！"

晓杰听到了父母的对话，就在心里说，我决不能认命，姐姐不认命我也不认命，既然以前那么难熬都挺过来了，现在李赶娃死了，也没有人再逼自己了，更没有人再跟家里来要彩礼钱了，自己可以理直气壮地活着，晓杰就在这样的想法中一天天地过着日子。

第十九章

建华坚持不去医院，把大酱一层一层地抹在脚上和腿上。晚上疼得建华睡不着，可是她仍然坚持着。建华知道，去一次医院就要花好多钱，自己可能几天的摊子就白出了，不管怎么说，也不能浪费钱。

不知不觉中，又一年的冬天来了。

这一年，发生了很多事，又发生了很多的变化。寒风呼啸着，国庆带着工人在巡山，风呼呼地刮过去，天又下起了大雪，国庆裹着大衣，拖着那条落下毛病的腿往山上艰难地走着。工友们向前走着走着，发现国庆落在了后边。有工友想伸手去拉他，他却掏出了怀里的小酒壶："你先喝点儿，暖暖身子，然后我们再一起走。"

"国庆，你真是好样的，我们都为你担心。"工友真诚地说。

国庆回道："感谢你们，没有大家对我这么担待，把我当亲人一样对待，我不可能走到今天，也许我早就回家了。"

可是工友们却说："国庆，你也是我们的主心骨，虽然你走路有困难，但是很多事情我们要问你，要依靠着你。"

"我们在一起就是缘分，在山上工作那么辛苦，但是我们的心在一起是火热的，虽然天冷，我也感受到你们对我的温暖。"

几个人一边说着，一边往前走。路越来越难走，国庆滑倒了，工友们把他拉起来，国庆越发地感动了。每当遇到困难的时候，国庆总是禁不住想起建华，也不知道建华现在生活得怎么样？小军过得怎么样？又有很长时间没见到他们母子了。可是国庆又想，既然建华已经去了厂里，就应该有自己的生活，虽然担心建华，却感觉自己帮不上什么忙。

国庆还不知道，建华早就从厂里出来了，哪里还有工作？建华带着小军卖了一个夏天的雪糕，日子虽然紧紧巴巴，但是还能维持生活。可是，国庆不知道，冬天时雪糕厂放假了，不再生产雪糕，建华就不能去批发雪糕，没有雪糕卖，建华就不能挣钱。即使是这样，建华却是一个闲不住的人，不管怎么说，冬天建华也要出去挣点儿钱，她不仅要养活自己，还要养活小军。她不能经常给大宽妈添麻烦，她要让大宽妈这么善良的老人过上好日子。

建华就是这样一个要强的人，有什么办法呢？在大宽妈的帮助下，建华又去了一家饭店，到饭店里打零工，帮助摘菜，有时候也帮着洗碗。这些零活儿，其实店里职工都不愿意干，冬天的时候刷碗，水很凉，也冻手，但是建华不怕这些，她相信自己能坚持下来。

在饭店干活儿的时候，饭店的大厨跟建华闲聊："妹子，你是怎么到这里来干活儿呢？这个地方的活儿其实是挺艰苦的。"

建华回道："艰苦也要干，我要养活孩子，也要养活我自己。"

大厨说："原来你一个人带孩子啊！那也太辛苦了。我还挺佩服你这个妹子的，真是要强。"

晚上下班的时候，大厨拿来了一盒菜，对建华说："妹子，这盒菜你拿回去吧！要不也剩下都扔了。你带回家给孩子吃吧！"

建华说："我不能这样做，让店里知道了不好。"

大厨说："要不然也扔了，扔了喂狗了，还不如给孩子吃呢！"

建华说："不行，真的不行。"

"你看你这个妹子，这么晚了孩子会饿的，你赶紧拿回去吧！我知道你还没开工资呢！"

见大厨这样说，建华非常感谢，将剩菜拿了回去。小军看到好吃的，很开心。虽然是剩饭剩菜，但是小军吃得很香。建华看着小军的吃相，虽然心里感觉愧对店里，但是转念一想反正也是剩菜剩饭，扔了还不如给孩子吃了。建华想到这些，心里才有一丝安慰。

得到了大厨的帮助，建华心里感激，每次看到大厨都很热情，可是建华却不知大厨没安好心。这一天下班后建华在后厨洗碗，厨房里就剩下正在收拾的大厨和建华，大厨凑了上来："妹子啊，其实大哥早就喜欢你了，就是没有机会，今天大哥想跟你套套近乎，你不反对吧！"

建华说："大哥，你怎么能这样？你对我好，我发自内心地感谢，可是你不能这样。你是有家的人，我也是当妈的人，咱们得注意影响。"

大厨说："这里又没有外人，注意什么影响啊！你就是个好妹子，哥喜欢你还不行啊！"

大厨说着又凑了上来，建华正跟大厨师撕扯着，大厨的老婆到店里来找大厨，看到了大厨正跟建华在一起拉拉扯扯这一幕，大厨老婆立刻冲过来："你们干什么呢？"

建华急忙躲开了，大厨平静地说："什么也没干。"

大厨老婆眼睛瞪得溜圆："什么也没干？你再给我说一遍？你们刚才在干什么我都看见了，我眼睛也不瞎。"

大厨非常怕老婆，见老婆抓住了自己，眼珠子一转，立即对建华说："你这妹子，下班了不回家，怎么能勾引我呢？"

大厨老婆一听，原来是建华勾引大厨，于是就伸出手来要打建华。面对这样的泼妇，建华没躲过去，大厨的老婆就拽着建华的头发，边拉扯着边骂道："好你个丫头片子，你还敢勾引我男人，美的你？今天看我怎么收拾你！"

建华费了很大力气才挣脱大厨老婆，跑了出去。建华在前边跑，大厨的老婆在后边追，出了饭店的门口，大厨的老婆又抓住了建华的头发，建华感觉自己的头皮都要被扯了下来，正愁怎么脱身时，正好张少平下班从饭店门前路过，张少平看到扭打在一起的两个女人，仔细一看：这不是建华吗？怎么还被人打了呢！于是张少平赶紧扔下自行车，过来拉架。

大厨的老婆就骂："你是谁呀？用你多管闲事啊？"

张少平拉扯了好一会儿，也拉不开大厨的老婆。眼看着建华要吃亏，张少平着急，既然拉不开人，只好去报警。好在派出所就在饭店附近，走了没有几步路就到了。张少平还没走进派出所就开始喊："赶紧来人，饭店有人打架。"

派出所民警一听，谁这么大胆，敢在派出所附近打架？于是，民警赶紧出来了。张少平担心建华，拔腿先往饭店跑。张少平返回来拉架的时候，许所长赶过来了。许所长嗓门亮，进门就喊："赶紧松开，松开！"

大厨老婆一看警察来了，赶紧松开了。许所长问道："是怎么回事儿？跟我说说？"

不等建华说话，大厨老婆抢着说："就是她勾引我家男人。"

建华争辩说："不是真的，不是那么回事儿。"

许所长想起处理三秃子抢钱事件时，曾经见过建华，许所长记忆力好，此时立即想起了建华的名字，他反问："这不是建华吗？"又对大厨老婆说："你怎么陷害人呢？建华是那样的人吗？人家自己带个孩子容易吗？你欺负人家？"

大厨老婆愤愤不平："她勾引我男人，我就打她了。"

许所长问大厨："是这样吗？"

大厨也不敢说话，偷眼瞄着老婆。

建华说："是他想跟我套近乎，我没搭理他，结果，他女人就来打我。"

许所长还是相信建华的话，对建华说："以后多注意点儿。"

许所长又让大厨老婆去派出所，大厨老婆害怕，吓得不敢去。两口子一直在和许所长道歉，说自己错了，许所长教训了他们几句，问建华的态度，建华也不想把事闹大，原谅了他们。

许所长处理完了这件事儿，把张少平拉到一边，悄悄地说："回去告诉建华以后自己多注意点儿，让人欺负了，还不敢说话，以后换个工作，别在这地方干了。"

张少平陪着建华回家，路上，对建华说："许所长让你注意点儿安全，自己带着孩子也不容易。"

建华点点头："谢谢少平大哥。"

见张少平和建华走远了，大厨的老婆和大厨一起回家，一边走一边骂着大厨："你这个老东西，一天到晚贼心不改，见到女人都迈不开步了，你是个什么东西？今天要不是警察来了，我都能把那女人打死。"

大厨闷头走路，也不说话，大厨的老婆边走边骂。

建华在饭店干不下去了，于是离开了饭店。可是离开虽好，建华没有了工作，带着小军生活得更加艰难了。建华不想给大宽妈添麻烦，建华领着小军去市场捡菜叶。

早晨，建华和小军去市场捡菜叶，回来的路上就遇到了一位推着白菜车的大爷，非常吃力地推着一车大白菜。建华看到了，对小军说："咱们一起帮这位老爷爷推车吧！"

小军跑了过去："爷爷，我帮您推车吧！"

老大爷回头一看，是建华和小军母子俩帮他推车，开心地说："谢谢你们啦！"

两个人帮着大爷推车，一直推到上坡处，老人停下车子，从车上拿了一棵白菜，对建华说："我也没有什么感谢的，这棵白菜回家做菜吃吧！"

小军非常高兴："妈，我要吃白菜馅儿饺子。"

建华嗔怪道："咱不能要人家的白菜。"

大爷说："你看孩子都着急了，赶紧拿回去吧！"

大爷非要给，建华再拒绝也不好，于是接过了白菜，对大爷千恩万谢，大爷挥挥手："快回吧！"

小军抱着白菜像宝贝一样不撒手，一边走一边说："我要吃饺子。"

建华说："好吧好吧，答应你了，咱们回家包饺子去。"

母子两人高高兴兴地往家走，决定回家吃顿饺子。

这一天，建华带着小军去菜市场捡菜叶刚回来，恰巧三秃子从看守所被放出来，正贼眉鼠眼地在街上转着，走到胡同口，看见建华领着小军拎着菜篮子走过来，就像见到了仇人一样。建华见到三秃子，正要带着小军躲开，可是冤家路窄，三秃子已经盯上了母子俩。三秃子不由分说，上去一脚就踢飞了建华的菜篮子。

建华问三秃子："你要干什么？"

小军也生气，冲上去要跟三秃子搏斗。三秃子一见小军朝自己冲过来，一脚把小军踢开，小军大声喊："来人啊！救命啊！"

建华见小军被打，伸手去抓三秃子，三秃子的脸上立刻出现了几个血道子，三秃子气急败坏，就要打建华。张少平早晨上班，正好骑着自行车从这里路过，急忙扔下自行车就来帮建华。

三秃子见状，先发制人，上去就给了张少平一拳："让你多管闲事！"

张少平说："我就多管闲事了，怎么了？"

三秃子揉着手腕子："好啊，让你见识见识老子的厉害。"

张少平被三秃子打了一拳之后，眼睛立即肿了起来，许所长正好带领民警在附近巡逻，见三秃子又出来捣乱，于是就把三秃子带到了派出所，问三秃子：

"你到底咋回事？怎么总是死不悔改呢？又开始出来给我惹事儿，你是不想好了吧？"

三秃子说："我就看那女人不顺眼。"

这时，大宽妈来找许所长："小许怎么办呢？你说这个三秃子就是看建华他们不顺眼，没事就想惹建华，我们建华躲都躲不过去。"

许所长训斥三秃子："我告诉你三秃子，现在正是严打时期，再给我惹事，我就给你送大西北去，别怪我不客气啊！我跟你说，建华跟那小孩儿，你要是再去惹他们啊，以后有你好看的。我跟你直接说了，那女孩儿就跟我亲妹妹一样，那是大宽妈的心头肉，你要是惹她就是惹我。"

三秃子一听，吓坏了，如果送大西北就不知道什么时候能回来了，惹不起还是躲起来吧！于是，像鸡吃米似的，给建华赔罪，建华本来就是善良的人，如果不是小军被打，自己也不会动手，和许所长说了不少好话，许所长才答应不处理三秃子，建华这才放心。三秃子垂头丧气地从派出所走了，建华谢过许所长，也带着小军回家了。

张少平被三秃子打肿了眼睛，回到家的时候吓坏了老婆陶翠翠："你的眼睛怎么了？怎么肿了呢？"

张少平说："三秃子打的。"

陶翠翠知道三秃子心狠手黑，听到张少平被打心里吃惊："无缘无故的，怎么他就打你了？一定是你惹到他了，你跟我说实话，到底是咋回事儿？"

张少平没有办法，只得一五一十地说了自己被打的经过："三秃子打建华，我路过，就去帮忙拉架，结果被三秃子给打了。"

陶翠翠一听，立即骂张少平："我跟你说多少遍了，你怎么就不往心里去？总是多管闲事儿，你管谁的闲事儿都行，怎么总是管建华的闲事儿呢？你看你看，又被打了吧！被打了活该！活该！我就不管你了。"

张少平说："我不用你管我，我愿意被打。"

陶翠翠气得转身进了厨房。

建华的事情得到了处理，许所长又吓唬了三秃子，以后他应该有所收敛，大宽妈这才放心了。从派出所回来，走到路上，大宽妈看到了一个小地摊儿，地摊上面有卖鞋的，大宽妈就花钱给小军买了一双棉鞋。

回到家，大宽妈把鞋拿到建华屋里："小军，看看这双鞋穿着是不是正好？"

"大妈，怎么又让您破费呢？"

"又不是外人，我给孙子买双鞋有什么不行的。小军，快过来，赶紧试鞋。"

小军非常高兴，穿上了新鞋，走两步，试验一下，穿着正好。

"奶奶，谢谢您！我穿上新鞋了！"

看到小军高兴的样子，大宽妈也很开心，建华见小军穿着新鞋也受到了启发。

"大妈，我也可以摆地摊。"

"你摆地摊卖点儿什么呢？"

建华担心："就是怕被抓小生产。"

"国家现在不抓小生产了，有些政策也放开了。你就放心干吧！对了，你也做鞋卖啊？"

建华说："不做鞋，我要摆地摊卖小吃。"

"卖小吃，你都会做什么小吃啊？"

建华说："我以前在老家的时候，看我妈做了挺多小吃，我有时候也帮着我妈做，所以我也会做一些。"

大宽妈说："不管怎么说，可以尝试一下。如果做得好了，再摆地摊卖小吃。要是做得不好的话，以后大妈再帮你想办法。"

建华说："行，就这么定了。"

晚上，建华兴奋得几乎一夜没睡着。脑子里回忆着在自己的老家，逢年过节时妈妈做的那些小吃，当时是怎么做的，有哪些程序，想明白了之后，建华才睡去。

说干就干，建华开始动脑筋做小吃，头一天晚上把那些小吃做成半成品，第二那天早晨用张少平帮他做的那个卖雪糕的小车，推着做好的半成品来到了早市。早市每个人都有自己的摊位，建华后过来的，也不敢占了别人的摊位，只好在早市边上挤个地方。有客人买的时候，建华就把小吃加工好，然后再卖出去。刚开始的那几天，效益还挺好的，有很多农民早晨进城来市场卖菜，起来得太早没有吃早饭，就到建华的摊子上来买小吃，建华就解决了这些人的早餐问题。而且建华做的小吃味道很好，又很便宜，所以很多人都喜欢到建华这里来买小吃，然后又可以继续卖完菜回去赶路了。

早晨，建华把面和好，然后又买了豆腐脑，喊着小军："小军，起床啦！"

小军睁开惺忪的睡眼："妈妈，这么早就出去吗？"

建华说："是啊，赶紧的，把饭吃了，然后妈妈好带你出去。"

小军起来吃着热气腾腾的饭菜，建华整理要带出去的用具。小军吃饱了之后，把嘴巴一擦："妈，我吃饱了，我们走吧！"

建华拍着小军的肩膀："好儿子，我们这就出发啦！"

建华带着小军去菜市场，菜市场的早晨很热闹，每天不仅有附近的农民进城来卖菜，城里也有一些小贩偷着到菜市场里卖菜。

建华推着小车，带着小军来到了市场，到这之后就开始生火。建华把小炉子打开，然后将小锅放到上边，开始烧水、打卤，又把另一侧的锅打开烙饼。建华这边热气腾腾，招引了很多前来卖菜的人，这些人到建华的车前来买早点。

小军吃喝着："快来吃早点啊！很好吃的豆腐脑。"

小军稚嫩的童声，在市场里成了一道风景。小军越喊，来的人越多。后来大家排成队来买，因为建华卖的豆腐脑好吃，价钱又便宜。这些早晨来卖菜的人，不再像以前一样，自己还要带饭，或者带大饼子，等到市场的时候已经冻得冰凉，还喝不上热水。这时候，他们花很少的钱，就能吃上建华做的热早点，还能喝上豆腐脑，所以大家很高兴，一边吃一边问："姑娘，明天你还来吗？"

建华说："来呀，当然要来了。"

这样一来，每天到建华这里来吃饭的人不再吃干粮喝凉水了，对建华做的早点也越来越喜欢吃。建华也在不断地琢磨着怎么能改进，更符合大家的胃口。

建华把饼里夹上葱花，加上了盐，又放了香油，还把花椒面也放里了，所以建华做的饼吃着非常香，很有味道。再配上一碗豆腐脑，简直美味无比。

建华的小吃香味飘出去很远，不仅卖菜的人买来吃，也吸引了不少来市场买菜的人。很多人喜欢吃建华做的早餐，应该说是来解馋的。一些老人早晨不愿意做饭，到市场买了菜，然后就在建华的身边，喝一碗豆腐脑，感到很暖和了再回家。建华也在想着，怎么能让她的豆腐脑做得更好吃。

虽然建华买不起肉，但她可以买到一些骨头。建华熬一些骨头汤，用骨汤和面，增加了一些营养和味道，来买小吃的很多人吃到了特别的味道，非常高兴，吃起来也很香。这让建华受到了鼓舞，她想做出最好吃的豆腐脑，建华在卤汁里也加上了骨头汤，虽然很有营养，但是却苦了建华。

每天晚上回家，建华都要熬骨汤。这一天晚上，建华在家里熬汤，汤熬好了，她端着一大锅汤，要放到碗架上，结果汤没拿住，洒了出来，也是太热的缘故，把建华的脚和腿都烫伤了。

建华喊着，疼得眼泪掉了下来，小军正在外边玩，听到妈妈的喊声就跑了进来，看到被烫伤的建华，小军吓坏了。他哭着喊着，去找大宽妈："奶奶，奶奶，我妈受伤了。"

大宽妈一听："你妈受伤了？怎么回事儿？"

小军拉着大宽妈就往屋里走，大宽妈跑来一看，地上全是热汤，建华一条腿和手脚都烫伤了。

"怎么这么不小心？跟你说多少次了，也不注意点儿。"

建华眼泪流下来，可是还苦笑着说："大妈，我不是故意的。"

大妈责怪道："谁说你是故意的？你要是故意的，你能自己把自己烫了吗？赶紧去医院。"

建华说："我能挺。"

"挺什么，挺着还能行吗？赶紧去医院。"

建华忍住疼，从地上爬了起来，自己去找大酱，把大酱抹到了腿上和脚上。大宽妈生气："你这个闺女这么不听话，让去医院不去医院，这要是感染了可怎么办？"

"这点儿伤不能感染，没关系，我挺一挺就好。"

建华坚持不去医院，把大酱一层一层地抹在脚上和腿上。晚上疼得建华睡不着，可是她仍然坚持着。建华知道，去一次医院就要花好多钱，自己可能几天的摊了就白出了，不管怎么说，也不能浪费钱。

第二天早晨，建华一瘸一拐地去出摊。大宽妈站在路口，看着建华推着小车，就开始流泪，一边擦眼泪一边自言自语地说："要是我们大宽还活着，该有多好！这要是把建华娶到家，我该有多享福啊！可惜，儿子没了。"

大宽妈擦着眼泪，让站在门口的小军看到了。

"奶奶，你怎么哭了？"小军拽着大宽妈的手问。

"奶奶想起了点儿过去的事儿。"大宽妈感动地流着眼泪看着小军说。

小军就要踮起脚给大宽妈擦眼泪，大宽妈蹲下身来，小军给大宽妈的眼泪擦干净，可是大宽妈的眼泪又控制不住流了下来："小军，今天你怎么没跟你妈去出摊呢？"

"妈妈让我今天在家看家。"小军说。

大宽妈猜到建华一定是担心自己腿一瘸一拐的，怕小军看见了太难受。大宽妈非常感动，觉得建华和小军与自己相依为命，以后自己和建华小军就是一家人。大宽妈想：自己还是很幸福的，来了一个女儿，还有一个外孙子，对自己那么好。

"小军，好好看家，奶奶一会儿还要去开会。"

小军答应着，转身跑回屋子。

建华为自己找到新的赚钱门路而高兴，每天从市场回家，和小军一起数钱，开心时哼着家乡小调，小军听了，总是会搂着建华的脖子亲一口。

可是，万万没想到，这个早市属于占道经营，市场管理所要取缔占道经营，市场缩小了，卖菜的人没有那么多地方了，按照市场的规定，建华就不能在这里卖小吃了。建华开始偷着在这里卖小吃，可是按照市场规定，市场管理员来赶建华走，撵得建华推着小车到处跑。跑慢了，就会被没收了小车和用具。

这一天，小军也跟着建华出来卖小吃。小军站在小车上，建华看到管理员来了，推着小军到处跑，小军没站稳，就把小军摔到了地上，小军摔得很重，脸肿了，疼得"哇哇"哭了起来。

建华一看小军摔疼哭了起来，索性不跑了，和市场管理员喊了起来："你们干什么？天天撵我走，还让人活不了？"

市场管理员说："我们也是执行命令，你赶快走吧！"

大宽妈见建华一直没回来，就去市场接建华。遇见建华和管理员在吵架，大宽妈赶紧疾步赶了上来，对管理员说："他们母子非常可怜，也没有生活来源，就让她在这儿卖小吃呗！再说，那些卖菜的人也喜欢吃她做的小吃，把她赶走了，大家都不方便。"

大宽妈又和管理员介绍了建华的情况，管理员对大宽妈说："啊，原来是这样的情况。这样吧，让她正规经营，别这样每天连跑带颠的。我也多留心，看看能否帮她找个地点，让她固定下来正常经营。"

好心的管理员一直在留心着帮建华找固定地点，建华多么希望自己可以有一个固定的场所卖小吃，不再过东躲西藏的日子。

为了生存，建华在坚持，也为了小军能够过上好一点儿的生活，建华也在努力，不断地奋斗着。

第二十章

向阳小吃部开业的那一天，来了很多人，城里人都喜欢吃建华做的吊炉饼和鸡蛋糕。大家看到屋里的小凳子和小桌子，能有个坐的地方吃饭，都很开心。

大宽妈早晨上班，接到通知去街道开会。大宽妈来到街道的时候，见到了书记。书记开玩笑："大妈，您亲自来开会呀！"

"一定有重要的事，我可担心被落下。"

"大妈，您还真说对了，今天我们开个会，听说上面有好政策了。"书记眉开眼笑。

"真的吗？什么好政策？说给我听听。"

"上面的政策是说可以干个体了。"书记神秘地说道。

"真的吗？"大宽妈不相信自己的耳朵。

"那还能有假，一会儿我就开会说这个事。"书记肯定地点点头。

会议室里的人越来越多，差不多坐满了人。书记小声说："大妈，咱不唠了，我开会。"

大宽妈点头，盼着书记能把好消息讲得全面一些。书记清了清嗓子，说道："今天把各位找来，我们要开个会。这个会呢，就是传达党中央的精神，简单说，就是要搞活经济，让老百姓过上好日子。党中央召开十一届三中全会以来，经济建设高速向前发展，咱们赶上了好时代。最近，温州出现了个体户，这就是说，那些没有工作的小青年可以去办理工商执照，名正言顺地干个体了。小青年都有了工作，每天不是混日子，咱们的社会就会安定下来。我今天，还想听听大家的意见，看看你们自己的大院里有没有这样的人。"

大宽妈一听特别兴奋，举手问："上边真的允许干个体了？以前不是不行吗？"

书记说："以前是不行，现在政策允许，还鼓励干个体呀！没有工作的都得去自己找点儿事儿干，这样国家才能安定。"

大宽妈一拍大腿："要是这样，可真是太好了！"

不等书记说散会，大宽妈就冲出了会议室，她要把这个好消息告诉建华。大宽妈走在路上，听着从街边的收音机里传来的广播，也是关于发展经济的内容。大宽妈心里别提多高兴了！

自从党中央召开了十一届三中全会，形势真是越来越好了，个体政策一放开，建华就有救了。大宽妈越听越兴奋，好像看到了建华的未来。从街道回来的路上，大宽妈就去买了肉馅，回家包饺子。

建华从外边回来的时候，天快黑了。

大宽妈听到门响，就喊建华："快过来吃饺子。"

建华来到大妈屋里，看到小军已经在屋里了。建华就问："小军，你怎么来了？不在自己屋里好好待着。"

大宽妈说："是我让小军过来的，我今天请你们吃饺子，有好事儿跟你说。"

建华就笑："大妈，有什么好事儿，赶紧告诉我。"

"我今天去街道开会，书记说上边有政策，可以干个体。"

当大宽妈把这个好消息告诉建华时，建华的眼眶湿润了："大妈，每次我遇到困难，都是您帮我解决，您的恩情，这辈子我都还不完。"

大宽妈就笑："那就下辈子。"

建华擦去眼泪："下辈子也还不完。"

"不说这些了，你就是我闺女，说那些太远了。说正经事，现在政策允许了，你有什么好的想法没？今后打算怎么做？"

建华说："我也想过，我不能总是推着小车儿，在那儿当流动的小商小贩儿，卖东西要有个固定的地方。我给大家做早点也要有个固定的地方，所以我就想，要是有了房子，就更好了。可是，这也太难了。"

大宽妈劝道："别着急，会有办法的。"

大宽妈去煮饺子，建华帮着捣蒜，小军帮着拿碗和筷子，碗筷都摆到了桌子上，小军数了数："1—2—3，够了。"

大宽妈端着饺子进来："小军，赶紧吃饭了。"

热气腾腾的饺子，端上了桌，建华带着小军和大宽妈一起吃着饺子，小军开心地笑着。

由于有了好政策，建华就想给自己找一个固定的房子，她算了算，自己最近卖早点也攒了一点儿钱，如果找个门市房也不成问题。心里有了底，建华每天早晨卖完早点就出去找房子，忙忙碌碌的，有的时候回来还很晚。

这一天，建华回来的时候，遇到了张少平。看着建华忙忙碌碌的样子，张少平问："建华，我怎么总看你天天在忙，你在忙什么呢？"

建华答："啊，也没忙什么，就是在找房子。"

张少平疑惑地："找房子？你要搬出去吗？"

建华急忙解释："不是不是，我现在想找一间门市房，把做早点的地方固定下来，这样才能多挣一点儿钱。还有就是，那些吃饭的人有个固定的场所，免得在外边吃，冷一口热一口的，对身体也不好。"

张少平听明白了："嗯，既然这样，那我支持你。你还是多找找，我也帮你想办法。"

建华回家了。张少平也推着自行车一边走，一边回忆着，好像自己的同学有房子。于是，快到家门的张少平，又返回去，推着自行车出了大院，抬腿跨上自行车，一直往城西方向骑去。

到了城西的同学家，老同学迎出门来问："少平，真是稀客啊！好久不见你了。"

"我说老同学啊，无事不登三宝殿，我来找你有事儿。我听说你在市场那里有个房子，对吗？"

"你是特务吗？怎么侦查到的？"同学很惊讶。

"别管我怎么知道的，你那个房子是不是想出租？"

"对呀，我有房子，正想出租呢！你想租吗？"

张少平说："我不想租，我是想帮别人租，我就记得你家有一个临街的房子，所以我就惦记上了。"

"行行，不让你白惦记，你看着给个价钱，如果还是好朋友，你就拿去用吧！"

张少平说："那倒不用，房租是要给的，但是我得看人家能相中不？"

"你去问问吧！我随时恭候。"

告别了老同学，张少平又往回骑。进了院子，就去找建华。

"少平大哥，你找我有事？"建华看到少平这么晚来一定有事。

"我给你看了一个房子，你去看看，我跟你一起去。"

建华非常高兴："哎呀，那可真是太好了，我去看看吧！"

大宽妈听说张少平要带建华去看房子，立即在院子里给建华借了一辆自行车，张少平在前边骑车，建华在后边跟着，两个人一起去了少平的同学家。

少平同学一见建华，就觉得很实在。又问建华打算做什么用？建华详细地说了自己的想法："我想做早点，开个小吃部。"

同学听了，也为建华的大胆设想感到震惊，毕竟还没有干个体的先例，建华的想法大胆又超前。

"房子闲着也是闲着，那就留给你用吧！"

建华问："房租怎么收？"

同学看着少平："看在少平的面子上我也不会多收，看着给吧！"

"都是熟人，我每个月给您20块钱吧！"

少平同学说："行，20块钱，也差不多。"

就这样，建华租下了少平同学的门市房。有了房子还不行，建华说："开店还要办理很多手续。"

"房子有了，就解决了大问题，办手续也不是什么困难的事儿。既然有政策了，明天我陪着你去办手续。"

两人约好，第二天下午就去办手续。

第二天，少平下午请了假，建华也把小车推回来，又借了自行车去办手续。少平骑着自行车，建华就在后边跟着，一家一家地找，从工商局到卫生局，建华把手续都办了下来。

天气很热，太阳晒在张少平脸上，往下直流汗。建华骑着自行车在少平身后跟着，看到少平衣服的后背湿了一大块，建华的心里充满了感激。

两人正骑车往家走的时候，天气说变就变，又下起了瓢泼大雨。少平和建华在一家商店的屋檐下躲雨。建华觉得心里过意不去，对少平说："张大哥，太不好意思了，让你跟我在一起遭罪。"

少平擦了一把雨水："大家邻居住着，有事互相帮忙很正常。不是说远亲不如近邻吗？"

通过这次找房子和办手续，建华对张少平的为人有了更进一步的了解，也让建华非常感动。建华觉得自己也没有什么可给张少平的，于是建华利用晚上的时间，给少平织手套。

织好了手套，建华送给了少平："少平大哥，我也没有什么礼物可送，给您织了一副手套，留着冬天的时候戴。"

建华送手套的时候看见了陶翠翠，难免又让陶翠翠产生了误会。看到建华，陶翠翠又开始骂："狐狸精？一天就知道勾引别人家男人。"

少平对建华说："她脾气不好，你别在意。"

少平回家质问陶翠翠："你怎么回事？怎么又开始骂人了？"

陶翠翠："骂人是轻的，我还想打人呢！"

少平又劝陶翠翠："其实建华也是一番好意，大家邻居住着，远亲不如近邻，我帮建华也是应该的，再说，我也是冲着大妈的面子，看着他们可怜，我要是不出面的话，这些事儿都是大妈去跑，你说大妈不是更辛苦了吗？本来儿子没有了，邻居再不帮忙，大妈不是更辛苦了？"

陶翠翠"哼"了一声，没说什么，就回到屋子里去了。

建华在家里，听见了陶翠翠在指桑骂槐，对大宽妈说："都怪我想事儿想得不周全，我给少平大哥织手套没给嫂子织，本身就有毛病，我弥补一下吧！"

大宽妈说："你自己看着办吧！也不要听陶翠翠乱说，做人行得正，走得直，谁也挑不出毛病来。"

建华还是坚持弥补一下，晚上在灯光下把自己的毛衣袖子拆了，开始给陶翠翠织手套，直到亮天的时候，建华才终于织完。

建华早晨起来，还没来得及出摊，就看见陶翠翠从家里出来，建华急忙拿着手套去追陶翠翠。陶翠翠故意不搭理建华，建华说："嫂子，我给你也织了一副手套，留个纪念吧！"

"我才不要你的什么手套呢！"陶翠翠说着，就把建华的手套给扔了出去。

建华默默地弯腰捡起手套，觉得自己心里很委屈。建华拿着手套哭着回来的时候，大宽妈看见了，问："建华，咋啦？"

建华说："没怎么。"

大宽妈已经猜到了，一定是陶翠翠没给建华好脸色，于是大妈又说："我找她算账去。"

建华拉着大宽妈的手说："大妈，千万别去，那样不好。"

"你不用管了，有我呢！"

大宽妈不顾建华的劝阻，就去找陶翠翠。陶翠翠正要出门，大宽妈迎上去："翠翠，不是大妈说你，做人要宽容，你说你这么对待建华，我觉得有点儿过分了。"

"有什么过分的？"陶翠翠不服气。

大宽妈说："建华其实没有错，她就是为了感恩才这样做的。为了给你织手套，她一夜没睡。你说，一个人懂得感恩这样做难道不对吗？你刚才说的话我都听见了，以后你不要这样做了，这样太伤人你知道吗？再说在我的眼皮子底下，你们少平和建华能有什么事啊？我眼里揉不得沙子你还不知道啊？"

陶翠翠一想也是这么回事儿，所以陶翠翠也没有说什么，默默地把手套拿了过来："大妈，我收下了。您转告建华，我谢谢她。"

大宽妈说："这就对了。"

大宽妈开心地回来了，对建华说："行了行了，别想不开了，陶翠翠已经收下手套了，她还让我谢谢你。"

建华开心地笑着说："大妈，谢谢您！不管什么困难到您那里都不是困难。"

大妈自豪地："你大宽妈是谁呀？你知道吗？什么事儿都能解决，还有比这更难的咱也能解决。"

建华拽着大宽妈的手说："不管多难，您就是我的主心骨。"

大宽妈说："行了行了，赶紧出摊去了，一会儿外边人都等得着急了，都等你的饼和豆腐脑呢！"

"好啊，差点儿忘了大事了。"建华赶紧往屋里跑。

建华推着小车往外走，大宽妈又去找张少平。

"少平啊，你说建华的那个房子能行吗？"

"没有问题呀，手续都办得差不多了。"少平答。

大宽妈还是不放心："那你说，我还用不用跟许所长打个招呼啊？"

少平说："必须要打招呼啊，没有许所长的帮助，来了坏人欺负建华，可怎么办？"

大宽妈说："行，我去找许所长说一声。"

大宽妈转身往外走，立即就去派出所。到了派出所，正巧许所长从办公室出来，看到大宽妈，乐呵呵地问："大宽妈，今天这么有时间呀？您一来就有大事儿。"

"没有太大事，就是建华要开个店，我想跟你说，得帮帮建华，要不然坏人又来捣乱了。"

许所长说："您就放心吧，建华这几年可不容易，谁也不能欺负她。"

大宽妈说："人民警察为人民，你是好样的。"

"大妈，您别给我戴高帽子了，我就是一个小民警，为老百姓服务的。"

"行，有你这句话，大妈就放心了。"

大宽妈告别许所长，风风火火地去上班了。

在少平和许所长的帮助下，建华终于在北行地区开了个小吃部，大宽妈请少平给起个名字，少平说："就叫向阳小吃部吧！"

向阳小吃部开业的那一天，来了很多人，城里人都喜欢吃建华做的吊炉饼和鸡蛋糕。大家看到屋里的小凳子和小桌子，能有个坐的地方吃饭，都很开心。那些来来往往的菜农坐在这里吃得很香，让他们享受了去饭店的感觉。有顾客对建华说："你可办了一件好事，我们终于可以坐着吃饭了。关键是价位不高，吃得挺好。"

建华热情地说："你们多吃点儿，只要你们喜欢，我一定好好做。"

顾客说："你的饭菜可合胃口了，我就想以后我不卖菜了，没有地方吃饭去了。"

建华说："您不卖菜了，也可以到这里来吃饭，到时候给您免费。"

顾客说："那你不是赔了？"

"赔点儿也值得，谁让您是我们店的老顾客呢！我的客人都是这样热情，对我们支持很大呀！"

"好妹子，你这么能干以后一定能发达的。"

建华开心地笑着，又去忙碌了。

现在有房子了，小军再也不用站在小车上陪着建华在外边被风吹雨淋了，他一直在店里给建华帮忙，摘菜，扫地，抢着干活儿。

除了吊炉饼和鸡蛋糕，建华还拌了许多小咸菜，小军帮着建华把小咸菜一盘一盘地摆放好，顾客来了，可以直接选菜，就会节省很多时间，所以客人都喜欢在这里吃饭。对于建华来说，最主要的，是解决了小军的吃饭问题。

建华每天回家会给大宽妈带回晚餐，有时，建华也会带一些吊炉饼回去，送给陶翠翠。每当此时，陶翠翠都会很客气地说："建华，你可别太客气了！"

建华真诚地："嫂子，你和大哥没少帮我，我现在力所能及的，就是多烙几张饼让你们尝尝。你们不用做晚饭了，做个汤就可以吃饭了。"

接触时间长了，陶翠翠被建华的人格所打动，她对张少平说："你还别说，建华这个人，还真挺不错。"

少平说："对，我也觉得建华人挺好，如果为人不好，大宽妈也不能留她呀！"

"以后建华有什么困难，你还继续帮她。"

少平说："你这话说得还挺像样的，今天就冲你说的话，我多吃点儿吊炉饼。"

陶翠翠说："你都吃了，我吃什么？还得给肚子里的孩子留点儿。"

张少平笑："看你这么通情达理，我不吃了，都给你。"

张少平把吊炉饼都给了陶翠翠，陶翠翠看着张少平，痴痴地笑。

第二十一章

有什么可怀疑的？你们大家看啊，我弄这么多大缸，我办的是酸菜加工厂，我把酸菜都加工好了，一车一车地送到城里去，城里老百姓都买，我们不就挣钱了？

建华自从开了店以后，饭店里的客人越来越多。很多人都到她的店里来歇脚，那些进城卖菜的农民遇到天寒地冻的时节，没有地方休息，所以都到建华的店里来，哪怕进到小屋里来暖和一会儿，也会感到很温暖。

建华在饭店里增加了一些免费供应的开水，很多人跑进来，就是为了喝一杯开水，然后再跑出去。建华看着他们进进出出，得闲的时候就会嘱咐道："天冷，注意啊，多穿点儿衣服。"

建华的热情让那些来卖菜的菜农很高兴，也愿意到这里吃饭。

冬去春来，天气也开始暖了起来。

到了夏天，建华的小店里人更多了，门前也经常停了很多马车或者手推车，很热闹的样子，成了一道风景。但是，有人来小吃部是吃饭，也有不怀好意之人，三秃子就是其中之一。

这一天，三秃子正在街上闲逛，竟然看到一个熟悉的身影，近前一看，原来是建华从店里出来倒垃圾。三秃子抬头一看，原来这里还有一个小店，三秃子就想：周建华这个女人怎么在这个店里呢？

有从饭店刚吃完饭走出来的菜农，三秃子问："这店是谁的？"

菜农说："那个出来倒垃圾的就是老板。"

这个小女子还能开饭店？三秃子心里觉得很不是滋味儿，之前对建华的种种气上心来，三秃子脑子里转着，要想个什么办法怎么去捣乱。趁人不备，三秃子偷偷溜进了饭店。吃饭的人很多，建华没注意到三秃子进了饭店，三秃子要了一碗鸡蛋糕，吃完了鸡蛋糕，不知从哪儿弄了一只死苍蝇放到里边，然后趁着客人都不注意的时候，三秃子就开始喊："这什么破饭店呢？碗里怎么还有苍蝇呢？这也太不讲卫生了。"

听到三秃子说碗里有苍蝇，很多人过来围观。三秃子见人多了，开始嚷嚷起来："这饭店开的，饭里边都有苍蝇，还在这儿开啥呢，赶紧关门得了。"

建华听到喊声跑出来，见捣乱的人是三秃子，立即喝道："怎么会是你呢？"

"怎么不是我呀？你就是个黑心的店主，一点儿不讲卫生，你看大家吃完了回去不得拉肚子吗？我都吃到苍蝇了。"

建华说："不可能啊，我们店里怎么会有苍蝇呢？一定是你在捣乱。"

三秃子说："你怎么能这样呢？明明有苍蝇我都看见了，差点儿吃进去，还说没有，还在那狡辩。"

"没有狡辩，确实没有。"

"好，你说没有，那这样吧，如果你把苍蝇吃了，我今天就放过你。如果要是不吃，那我就会找到市场管理所去告你的小店，让你这个店开不了。"三秃子恶狠狠地说。

建华非常生气，一把将三秃子装鸡蛋糕的碗抢过来，闭着眼睛把苍蝇吞了进去。三秃子万万没想到建华会来这一手，一下子被建华的动作给吓愣了，不知道说什么了。

建华把碗放在桌子上，擦了下嘴："以后凡是到我吃店里吃饭的人，谁要是能看到苍蝇，我都会吃掉，而且饭费也全免，我就想证明一下我的店到底有没有苍蝇。"

三秃子大闹建华的饭店，许多人跑去看热闹，陶翠翠恰巧从门前走过，听到店里一片嘈杂声，陶翠翠就跑了进去，正好看见建华吃了苍蝇，又跟店里的客人保证以后饭费全免。陶翠翠看到这一幕气坏了。她冲上去朝着三秃子喊道：

"三秃子，你真是太欺负人了，你要是对建华有意见，你可以提，也不能用这种方式，来糟践人吧？"

三秃子说："你懂什么呀？"

陶翠翠反驳："我什么不懂呀？不就是以前你欺负建华，让派出所给你抓起来了。现在你都放出来了，还是不学好，你怎么能这样呢？"

三秃子一看围观的人越来越多，又见陶翠翠揭了自己的老底，担心以后不好混，于是，气急败坏地说："我今天饶了你，你等着。"

建华狠狠地盯着三秃子，三秃子一跺脚走了。

陶翠翠拍拍建华的肩："都结束了，不要怕了，有我在，你谁都不用怕。"

建华眼泪汪汪地看着陶翠翠："嫂子，谢谢你！"

一想起吃苍蝇的感觉，建华心里一阵翻腾，捂着嘴，赶紧跑到水池边，一口接一口地吐了起来。

这一天，建华觉得心里非常窝囊，可是不管如何苦累，只要看到小军又觉得很开心，觉得自己遭受的所有的苦累和委屈，都值了。

今天，大宽妈休息，小军也没去店里，和大宽妈在家玩了一天，明天小军就要上学了，建华希望小军在上学前能痛痛快快地玩一天。一直以来，小军都像个小大人一样，帮着自己承担了太多的苦难，建华这么辛苦，也是想让小军有一个美好的未来。

晚上小军看到建华一脸不开心的样了，非常担心，仰着小脸问建华："妈妈，今天你怎么了？"

建华说："没怎么。"

小军说："妈妈，要是有人欺负你，我去打他。"

"不用你去打他，妈妈自己能对付。"

小军握着小拳头："嗯，我和妈妈一起打他。"

建华摸摸小军的头："你好好上学妈妈才开心。快点儿睡觉吧，明天还要起早上学，第一天可不能迟到。"

小军去刷牙洗脸，建华看着小军的背影，觉得小军长大了，越来越懂事了，很开心。

陶翠翠怒气冲冲回到家，张少平见她生气的样子，问道："这是怎么了？在外边被人欺负了？"

陶翠翠说："没人敢欺负我，可是有人欺负建华，我的心里就生气。"

"谁又欺负建华了？"

"还能有谁呀？就是那个三秃子，又被放出来了。才出来，就去坑建华。"

"怎么坑建华了？"张少平问。

陶翠翠就把三秃子怎么往碗里放苍蝇，然后建华又一口把苍蝇吃了，自己怎么和三秃子理论的事统统告诉了少平，听得少平很愤怒："这个三秃子，太不像话了！"

"不行，不能让建华这么受欺负，建华这人太老实，太苦了，我真要帮帮她。少平，你说我该怎么办呢？"陶翠翠着急。

"除了向派出所报案，也没有什么好办法。"

"我要去饭店保护建华——"陶翠翠大嗓门说话的时候，像喊话一样，建华正好从屋子里出来，走到窗前，听到了陶翠翠的喊叫声，建华非常感动，站在门前听着，眼泪又流了出来。

大宽妈从屋子里出来，看见建华站在窗前，问道："建华，你干什么呢？"

建华擦了眼泪，说："什么也没干。"

建华立即就往屋子里走，她担心大宽妈看到了，以为建华又被欺负了，所以建华就瞒着大宽妈，什么也没说，回到屋子里睡觉去了。

张少平也没想到，陶翠翠转变得这么快，居然还要主动地帮助建华，让张少平也非常感动："翠翠，我就说嘛，你这个人根本就不坏，你就是刀子嘴豆腐心，关键时刻我们家翠翠表现得还很勇敢嘛！"

"我就是一个热心肠的人，以前是我误会了建华，建华人多好啊，我以后就把她当成亲妹妹。"

少平说："弄了半天，以前你欺负的就是亲妹妹。"

陶翠翠假装生气："去你的，一边去，赶紧睡觉。"

刚躺下，陶翠翠就喊肚子疼："哎呀，要生了。"

早晨起来，建华仿佛昨天任何事都没发生一样，又过街穿巷来到自己的小吃部，开了门，然后开始和面，做豆腐脑，又开始烙饼。建华忙完这一切，一抬头却看到了中玲。

"哎呀，中玲，你怎么来了？好久不见了。"建华亲切地搂着中玲的肩膀问道。

中玲说："我进城来看看市场行情到底怎么样？"

"你来看行情？难道也要过来卖菜吗？"

"我过来先看看，看看到底怎么样，如果需要的话我就到这儿来卖菜。"

建华说："好啊，你要是来卖菜，我就能经常看到你了。"

"你在这家店打工？"中玲问。

建华笑："不是打工，我是老板。"

"建华，你真是出息了，还当上了老板，以后还请老板多关照。"中玲一脸羡慕。

"关照什么呀，一直都是你关照我，要是没有中玲，哪有我今天呢！"

"行，又开始谦虚了，开店这么大的事儿也没告诉我。"

建华说："也没来得及，你也不来，你来了，我一定请你。"

"行，那今天就请我。"

"好啊好啊！"

建华给中玲端上来吊炉饼和鸡蛋糕，又有很多客人来吃饭，中玲让建华赶紧去忙，自己坐在那里吃着饭，觉得建华解决了自己和小军的生活问题，中玲也为建华感到开心。

建华忙完，装了一袋子饼，拿给中玲："等回家的时候，把这饼拿着。"

"拿这么多饼干什么呀？"

建华说："这是给大妈带去的，让她尝尝我的手艺。在你们家的时候，我也没有机会孝敬她。"

"自己都忙成这样了还惦记我妈，其实，我妈可惦记你了，总让我啥时去城里看看你。"

建华说："是啊，我也想大妈，哪天我回去看看大妈去。"

中玲带着饼回家了，马大妈问："怎么买来这么多饼？"

中玲说："妈，你尝尝这些饼好不好吃？"

"中玲，你是不是有钱没地方花了，你买这么多饼放坏了怎么办？天都热了。"

"这哪儿是我买的，人家送的呢！"中玲笑。

"谁送的呀？送咱们这么多饼，这得多浪费呀！"马大妈觉得可惜。

"还能有谁呀？是你的宝贝闺女建华呗！建华让我带过来的。"中玲解释。

马大妈说："烙这么多饼？好浪费呀，这孩子得花多少钱呢？"

"花多少钱？妈，建华现在是老板，她开饭店了。"

"你说什么？建华开饭店？能行吗？"马大妈担心。

中玲说："有什么不行啊？饭店开得还挺好，就开在市场里了，卖菜的小贩都去吃饭，以后我去卖菜的时候，也去建华的店里吃饭。明天我就进城卖菜，给你带去好不？"

中玲妈听说要见建华，非常开心："行啊，你去叫上我，我们一起看看建华，我都想小军了。"

中玲说："行，没问题。"

中玲在市场里看到卖菜的小贩虽然很多，但是有很多菜还是供应不上，于是中玲回村的时候，就想和村民谈，多种菜，然后到城里去卖，刚刚实行包产到户的农民不仅种粮食，很多人都种菜，中玲觉得自己家的地种菜不够用，就去找一些村民租地，村民也愿意把地租给中玲，让她种菜卖。

国庆从工地上回来的时候，看到很多农用车停在路边，车里都装着大白菜，他就问车里的人："这大白菜怎么还不卖呢？"

"缺人手啊，怎么卖也卖不出去呀！现在收白菜的人太少了，你看我们的很多白菜都烂到地里了。"

国庆说："如果是这样的话，我帮你们想想办法吧！"

国庆苦思冥想，怎么帮村里人把大白菜卖出去？想了几天没想出好的办法来，在院子里看到自己家的几口大缸，国庆忽然有了主意：我们把白菜都腌成酸菜不就行了吗？这样就可以放白菜而且白菜也不会烂掉，城里人还可以吃上我们的酸菜，也不用每年冬天都要摘菜，到最后只剩下个白菜心。

这样想着，国庆休假的时候回家，召集一些村民一起腌酸菜，可是休假结束，国庆还要回到所在的工区去巡线路，他想帮助村里人，可是工作与腌酸菜发生了冲突，国庆只好先放下，又回到了工区。

其实，国庆能想到的别人也都想到了，有很多人家已经开始腌酸菜，腌好后又送到城里去卖，卖了酸菜挣了钱，招娣看到了，看到别人挣钱她很着急，等国庆再回来的时候，冲着国庆发脾气："你看看你，一天不知道你瞎忙个啥，人家别人家腌酸菜都卖钱了，你还不赶紧回来腌酸菜。"

国庆说："我要是回来腌酸菜了，谁去巡线路呢？"

招娣生气："巡线路你能挣多少钱呢？我就看你挣那点儿工资，还没有腌酸菜卖钱多呢！"

国庆说："那我也是在外面去巡线路，虽然挣得不多，但我是铁路人，我要给铁路上争光。"

招娣鼻子一哼："用你争什么光呀？你看看人家都挣了钱，日子过得好了，你还每天去巡线路，身体还不好，累死累活也挣不了多少钱。"

国庆说："没有我去巡线路，都去腌酸菜，哪有铁路线路的安全？"

"就你觉悟高，我觉悟低，行了吧？"招娣很不高兴。

国庆说："这不是觉悟高低的问题，这是一个人的觉悟问题。"

招娣更生气了："行了行了，我不跟你说了，越说越生气。"

国庆说："你哪有不生气的时候？一看见我你就生气，一看见我就吵架，没事找事地吵。"

"我看你也看够了。"招娣说。

国庆说："看够了你就走。"

"走就走。"

于是，两个人又吵了起来，招娣摔着东西："反正你也不想把我当成你老婆，我还是回娘家吧！"

招娣拎着自己的东西就往外走，差点儿和进来的一个人撞上了，原来是招娣的爸爸。"招娣，你上哪儿去？"

"我回家去。"招娣生气地说。

招娣爸爸猜到招娣和国庆准是又吵架了，自己的女儿胡搅蛮缠招娣爸爸心里非常清楚。于是，训斥招娣："一天到晚没完没了地吵吵吵，国庆怎么就惹到你了？我看国庆人挺好的，就是你一天总是闹别扭，真是拿你没办法。"

招娣说："怎么拿我没办法，我就是想回家。"

招娣爸爸说："你要是回家，我就不认你这个闺女。"

招娣气得转身又把包往床上一扔，气呼呼地转过身，给她爸一个后脑勺。

国庆听到动静走出来，对招娣爸说："爸，你怎么来了？"

招娣爸爸说："我找你有事儿啊！"

"找我有事儿？"

"我想让你给我看看，能不能腌点儿酸菜，弄几口大缸回来。"

国庆说："可以呀，我帮你去弄大缸。"

"那可太好了，我也要腌点儿酸菜，也挣点儿钱。"

"没问题，我会帮您弄。"国庆说着，和招娣爸一起走出了屋子。

国庆带着中玲到市场去考察，中玲又决定加工酸菜了。国庆对中玲说："哥支持你。"

"你支持我就行了，但是还有很多人不支持我。"

国庆和中玲回村做动员，国庆发现，确实还有很多村民，对加工酸菜持怀疑的态度。

中玲劝大家："有什么可怀疑的？你们大家看啊，我弄这么多的大缸，我办的是酸菜加工厂，我把酸菜都加工好了，一车一车地送到城里去，城里老百姓都买，我们不就挣钱了？"

村民问："那万一要是卖不出去呢？和大白菜烂地里有什么区别？"

国庆说："我去城里考察过，如果你们相信中玲，就跟她干；不相信她，她就自己干。到时候她挣钱了，你们别眼红就行。"

国庆对中玲说："哥支持你！你好好做。"

"嗯，谢谢哥！"

国庆掏出钱来交给中玲："这是我的一点儿钱，算我入一股。"

"还用入什么股呢？这个工厂就是咱们兄妹俩的了。"

国庆说："我不入股，怎么能变成咱们兄妹俩的呢？哥就支持你，等你挣钱多了，你再还我钱就行了，哥不跟你抢财产。"

中玲嗔怪道："哥，你说什么呢？咱兄妹俩从小不就是在一起吗？你对我一直很好啊！"

国庆说："行了行了，不说那些了。我去帮你看看，还有谁家能腌酸菜。"

国庆说完，就到村子里，挨家挨户地劝村民跟中玲入伙："中玲肯定不会坑你们的，要是不挣钱，我还有工资呢！你们还不相信我吗？"

村民们左思右想，如果要是有国庆在，一起腌酸菜也不会赔到哪儿去，就是赔了，到时来找国庆要钱不就行了吗？

"我们跟你入股吧！咱们一起做。"村民们决定一起走致富的路。

"真是太好了！"中玲非常开心地对国庆说："哥，终于有人跟我一起干了，我们现在是人多力量大。我一定会把这个酸菜加工厂办好。"

国庆真诚地说："哥祝福你！"

国庆为了支持中玲，帮助中玲去考察。国庆去中铺子村考察时，还没进村，在离村子很远的地方，就闻到了一股怪味儿，又看到了路边的很多大坑，国庆往下一看，这大坑里都是大白菜，原来是在地上挖了大坑，再把白菜扔到里边，放水后用塑料盖上，让白菜在里边发酵，然后再把酸菜捞出来，放到车上，一车一车送到城里去。国庆觉得这样的大坑挖得很不卫生。国庆回去之后，找到中玲："我去考察了，那些村子里都是用的大坑腌酸菜，虽然很省时省力，但是我想，夏天的时候，如果没保护好，坑里难免会有虫子和蝇蛆什么的，我们还是用传统的老办法，采用大缸腌酸菜，这样的效果还是挺好的。"

中玲为难："哥，可是我们现在的那些大缸也不够我们腌酸菜。"

"我当初买了几口，虽然还是不够用，我们再想想办法。"

"哥，你有什么办法呀？"

国庆说："你就等着用大缸吧！"

国庆让中玲放心，自己去想办法。离开村子，国庆立即去了城里，城乡接合部有一家陶瓷厂，厂里国庆有个战友，从部队复员后一直在这家厂工作。

国庆找到战友时，老战友很惊讶："国庆，好久不见，你怎么来了？"

国庆直来直去："老战友，我找你有事儿，你卖我几口大缸吧！"

战友问："你买那个东西干什么呢？我们厂里有的是大缸，都愁卖不出去。"

国庆一听，乐了："那就正好，你多卖我几口，我买大缸有用。"

战友说："行，你想用多少你就拿，钱算我的。"

国庆着急："那怎么行，我怎么能让你算账呢？"

老战友和国庆一起出生入死过，对于买缸这事，国庆给不给钱真是无所谓。

国庆不想占便宜，战友的心意领了，于是，他说："不能白拿，可以给我个优惠价，但是不能让你赔，也不能让你搭钱，但小费，我是不会给了。"

老战友哈哈笑着："行，都随你。你咋说咋是。"

谈好了价钱，国庆就去结账。老战友帮着国庆装了一车大缸，不到半天时间，国庆就把一车大缸拉回了村子。

中玲远远地看见一辆大挂车开过来，心里疑惑："这车上拉的都是大缸，哪来的呢？"

车子停到了中玲身边，国庆从车上下来的时候，中玲兴奋地喊道："哥，怎么是你呀？"

国庆说："我不是说要给你找大缸的吗？这不是大缸都来了吗？你可以腌酸菜了。"

中玲非常开心，带领村民把大缸卸下车，一个一个地刷好，然后排成一排，放在了院子里。国庆这才开始陪着中玲去周边的村子收白菜。很多农民的卖菜难问题解决了，又都挣到了钱，非常开心，他们也很高兴，都问国庆："你收这些白菜干什么？"

"我用这些白菜腌酸菜。"国庆答。

农民们恍然大悟："原来是这样啊！那我们一定把最好的白菜都卖给你。"

中玲插话道："那好啊，你们有多少我就要多少。"

于是，在农民们的帮助下，中玲收到了很多白菜，接下来，开始腌酸菜。

国庆每次休息回来，都会整天守着这些大缸，帮着中玲提高腌酸菜的质量。一个月后，他们腌出了第一批酸菜，可是中玲却累倒了。

国庆看着身体虚弱的中玲说："你在家休息吧！我去帮你卖酸菜。"

中玲也担心国庆的身体："哥，你能行吗？"

国庆说："你太瞧不起你哥了，你哥也是响当当的男子汉，去卖个酸菜，还能累着呀？"

于是，国庆亲自开着三轮车，帮着中玲卖酸菜。这一次，国庆进了城，却没想到遇到了一个人。

第二十二章

国庆从学校离开的时候，小军抱着文具盒，站在学校大门口，看着国庆走了很远，小军也不肯回到教室。国庆回头看到小军，他摆摆手，让小军回去，小军却追上来……

国庆进城卖酸菜的那一天，建华正在店里忙着。建华抬起头，往外面一看，远远地看到一辆三轮车驶过来。建华觉得开车的这个人特别眼熟，怎么看都像国庆呢！于是建华就从店里跑了出来，站在门口往前看，越看越像国庆。

这个人开着车从小店门口路过，看见小吃部，可能是饿了，在门口居然停了下来，这一停，就看到了建华。

国庆没想到，居然在这里见到建华，他们有很久没见面了，现在看到了建华，国庆很开心，甚至不相信自己的眼睛："建华，真的是你呀？"

建华说："还能有谁呀，可不就是我。"

"真没想到，在这里遇见。"

"你怎么来了呢？中玲呢？"

国庆回答："我今天帮中玲进城卖菜来了。"

建华非常开心："赶紧地，快点把车放好，进店里吃点饭吧！"

国庆说："我现在还不能吃饭，卖了菜就来吃饭。"

看着国庆远去的背影，建华知道国庆会回来，他们还有很多话没聊，建华决定在店里等着国庆。

建华不时朝窗子外看看国庆是否回来了，却见陶翠翠从远处跑来，陶翠翠看见建华就喊："建华，可不好了，你快点回去一趟吧！"

"怎么了？出了什么事啊？"

陶翠翠着急："你赶紧回去吧！大宽妈好像是病了。"

建华说："那行，我赶紧回去。"

建华的心里还惦记着国庆要来吃饭，于是就嘱咐店里的人说："等国庆哥来的时候，一定把他留下来，我先回家一趟。"

建华回到家，见大宽妈在床上翻来覆去地滚着，建华很着急地问："大妈，你怎么啦？"

大宽妈说："没事儿，我再挺一会儿。"

建华说："怎么能挺呢？"

这时候，居委会的高大妈也来了。

高大妈说："建华，大宽妈今天在居委会就很不舒服，我们要送她上医院，她也不让，你劝劝大宽妈。"

听到这里，建华态度坚决地说："大妈，必须要上医院。"

高大妈和陶翠翠帮助建华一起将大宽妈送往医院。一路上，大宽妈疼得头上直冒冷汗。建华越发着急："赶紧地，快。"

建华来到医院，在医院走廊里就开始喊："医生，快来！"

医生出来一看："去挂号，立即抢救。"

建华去挂号了，心里还惦记着国庆要来的事。建华对一起来的陶翠翠说："翠翠姐，我麻烦你去店里和服务员说一声，让她帮着多照应点，我要在医院守着大妈。"

陶翠翠答应着，赶紧去了向阳小吃部。

国庆卖完菜，很快就回来了，到了店里一看，建华却不在。陶翠翠已经嘱咐了服务员看店，惦记着大宽妈，又返回了医院帮忙。

国庆问服务员："建华呢？"

服务员说："大宽妈病了，建华回家了。"

国庆听说大宽妈病了，非常着急："在哪家医院？"

服务员说："我也不知道在哪家医院，应该在附近离得不远。"

于是国庆开着车，一家挨一家地找医院，找到第二家医院的时候，国庆要停车，医院的门口却不让停。国庆着急，又把车往胡同里开，胡同里很安静，没有多少行人。国庆选中了一个好地点，把车停好后，国庆拖着自己的伤腿，进了医院。国庆找了一个又一个病房，却不见建华和大宽妈的身影。

国庆问护士："看到一位刚送来的大妈吗？"

护士说："有一位大妈刚刚送来，可是，她已经进了手术室。"

于是，国庆又往手术室赶。国庆来到了手术室门口，可是却没见到大宽妈，只有建华一个人等在那里。

国庆走到建华身边问："大妈怎么样？什么病？"

建华急得直想哭："阑尾炎，把大妈疼坏了。"

国庆安慰建华说："这个病做了手术就没有问题的，大妈是好人，再说，大宽在天上还保佑着大妈呢！"

建华又说："大妈真可怜。"

国庆说："没关系，有我在你不要太担心。"

国庆和建华两个人在门口等，国庆一直在安慰着建华。手术终于结束了，国庆又将大宽妈推进了病房里，把大宽妈安置好后，国庆临走时对建华说："你要照顾好大妈，大妈是个可怜的人，你就替我照顾她吧！这也是大宽的意思，我们是最好的哥们儿。"

建华说："国庆哥，你就放心吧！"

国庆将卖酸菜的钱从衣兜里都掏出来，交给了建华："这是哥的一点心意，你好好照顾大妈，我回去安排安排过两天我还来。对了，好久没见到小军了，他在哪个学校上学？我去看看他，在校门外望他一眼也好。"

建华告诉了国庆小军学校的地址，国庆从医院离开之后又去学校看小军。

陶翠翠通知了张少平，两人又买了一些水果一起过来。陶翠翠问护士："大宽妈在哪个房间呢？"

护士问："谁是大宽妈呀？"

陶翠翠说："就是刚送来的那位大妈。"

"是刚做完手术的大妈吧？她就在对面的病房里。"

陶翠翠谢过了护士，跟着张少平一起来到了大宽妈的病房前，敲门进去的时候，看到建华正陪着大宽妈，陶翠翠觉得建华是懂得感恩的好人。

陶翠翠拿出水果放在了小桌上："建华，多亏你，要不然大妈就危险了。"

"这是我应该做的，大妈也是我的妈妈。"

陶翠翠说："建华，我应该向你学习，你总是让我感动。"

建华笑着说："没有什么可学的，我应该感谢你们，是你们帮助了我。"

几个人正在说着话，居委会的大妈们赶来看大宽妈，看到建华正在照顾着大宽妈，羡慕地说："大宽妈呀，你这是晚年得到了一个好闺女，真是让我们羡慕。"

建华说："这是我应该做的。"

大宽妈睁眼看着建华，又看看居委会的大妈们，虚弱地说道："谢谢你们！"

陶翠翠说："大妈，我们也没做什么，都是建华照顾你。"

大宽妈看到建华，满脸的慈爱，心里非常感动："建华好闺女，大妈谢谢你。"

建华说："幸亏有居委会大妈帮忙，不然真是耽误大事儿了，不知道您会怎么样呢？我还在后怕呢！"

大宽妈说："没有什么可怕的，不管有什么困难，咱们都一起往前闯。"

建华说："好！"

建华出去打水了，大妈们和陶翠翠两口子还在表扬建华，虽然建华没有听到，但是建华知道大家对自己已经认可了，心里感到安慰。

国庆从医院里出来后，到胡同里找车，可是怎么找也没看到自己的车。国庆一边找一边自言自语着："我的车哪儿去了呢？"

不远处有一位修鞋的老人，国庆走过去，看到老人就问："大爷，您看到这个地方的一台农用车，被谁给开走了吗？"

老人看着国庆说："原来这车是你的呀？"

国庆说："是啊，是我的，我来送车的时候我没注意，当时没跟您打招呼呢！"

老人说："呵呵，我以为是二兆子的呢！二兆了把它骑走了。"

"哦哦，原来是这样，那他往哪儿去了？"

"还真不知道他去哪儿了？你赶紧去派出所找许所长吧！"

国庆一听去派出所，立即反应过来："我得去报案。"

老人催促："快去快去，一会儿晚了，追不上了。"

国庆往派出所方向走着的时候，匆匆忙忙中，差点撞上了一个人："你这个人怎么走路呢？"

国庆说："我太着急了。"

国庆抬头一看，这个人穿着警服，原来是警察。国庆就问："您是这一片儿的警察吗？"

许所长说："对呀，我就是这一片儿的警察。"

"我要去报案。"国庆看着许所长说道。

"你报什么案呢？"许所长一听有案子，非常重视。

国庆说："我的农用车刚才放到这儿，我去医院看个病号，回来的时候车就没了。"

许所长说："这么巧，知道是谁吗？"

"刚才修鞋的老人告诉我，是三秃子开走了。"

许所长一听，又是三秃子，这小子真是不像话。于是问国庆："你认识三秃子吗？"

"我不认识。"国庆答，一听这外号，就知道不是好人。

"我把三秃子给抓起来了，可是他又被放回来了，处处跟我们作对，看我怎么收拾他！"

国庆一听，原来是惯犯，这次遇上茬口了。

许所长问："还有别的事儿吗？"

"我要去小学校看孩子。"

许所长说："快去吧！有信儿怎么联系你？"

"联系向阳小吃部的周建华就行。我去看看她的孩子。"

许所长说："联系周建华？难道你是马国庆？"

"对，是我。我是从乡下来的，我在铁路上工作，我的小妹周建华在北行地区开小吃部。"

许所长恍然大悟："原来都是大宽妈的客人。"

国庆说："对呀，我是来看建华的，听说大妈有病了，我就去医院了，可是我出来车就不见了，我还没见到小军。"

许所长明白了，国庆就是大宽的战友："行，你先去看小军去吧，我去找三秃子算账。"

国庆来到学校的时候，小军正跟同学吵架。国庆离很远就听到小军同学在骂小军："你连爸爸都没有，你还敢跟我吵架？跟我吵架，我爸能帮我，谁能帮你呀？"

国庆一听，心里就觉得特别难过，小军也哭了起来："呜呜，谁说我没有爸爸，我有爸爸。"

同学说："你有爸爸，我怎么从来没见过啊！"

小军说："我有啊！"

同学就说："那你把你爸找来啊？"

小军说："我有爸，我爸叫马国庆。"

同学"哈哈"笑了："你爸叫马国庆，你叫周小军，这也不是一个姓啊！"

小军这才意识到自己和马国庆不是一个姓，愣了半天，不知道说什么好。国庆清晰地听到小军说自己就是他的爸爸，心里非常感动，无论如何也要帮小军解围。于是，国庆几步就跑上前，跑到小军的身边，对小军说："爸爸来了！"

小军看见国庆，非常委屈地扑到了国庆的怀里，就开始哭了起来。

国庆抚摸着小军的头："小军，不要哭，你是男子汉。"

小军说："可是他们欺负我，说我没有爸爸。"

国庆说："你刚才不是说了自己有爸爸吗？要跟同学好好相处，以后不能吵架了，听见了吗？"

国庆就从挎包里拿出了新买的文具盒，递给了小军。小军问："国庆叔叔，这是给我买的吗？"

国庆说："是啊，国庆叔给你买的，你留着吧！好好学习。另外你要跟同学好好相处，以后不许跟同学吵架。"

小军点点头。国庆又夸赞道："小军太懂事了，你要多给妈妈帮忙。你努力学习，就给你妈减少了很多麻烦。"

国庆又嘱咐小军一番，才离开学校。

国庆从学校离开的时候，小军抱着文具盒，站在学校大门口，看着国庆走了很远，小军也不肯回到教室。国庆回头看到小军，他摆摆手，让小军回去，小军却追上来问国庆："叔叔，你什么时候还能再来？"

国庆说："过几天我再来看你。"

小军非常高兴，懂事地说："我等叔叔。"

小军回到教室的时候，却发现有的同学已经看到了国庆，他们问小军："你爸是残废呀？"

小军说："我爸才不是残废呢！"

有同学就说："你爸走路腿有毛病，怎么不是呢？"

小军喊道："我爸是英雄。"

　　同学就和小军辩论，正在辩论的时候，老师走了进来。班长向老师报告："老师，周小军打架。"

　　小军反驳："我没有打架，是他们欺负我。"

　　班主任老师说："怎么又发生打架事件了？这样吧，周小军，让你家长来一趟学校。"

　　小军固执地说："我不找。"

　　班主任非常生气："你不找，我去找。看我怎么收拾你！"

　　小军也不说话，回到了座位上，看着国庆叔新买的文具盒，打开了又合上，非常开心，甚至忘记了刚才打架的事。

　　班主任老师一直在想着找家长的事。终于等到了放学，把孩子们都送出了校园，班主任老师就去建华的店里找建华。可是小店要下班了，老师也没看见建华。

　　老师问服务员："你们老板呢？"

　　服务员说："我们老板去医院了。"

　　"去医院了，怎么了？"老师问。

　　"老板家里有病人，她去医院照顾了。"

　　老师不知道小军妈在哪家医院，只好气呼呼地回到了学校。

第二十二章

　　建华哪里知道，是晓杰顶替自己嫁给了李赶娃。看着什么都不知道的建华，晓杰的眼泪就要流出来，为自己曾经受过的苦、遭过的罪、挨过的骂，可是晓杰怎么能把这些都告诉建华呢？

　　建华正在医院给大宽妈洗脸，这时候，服务员跑来了，建华问："你怎么来了？"

　　服务员说："我找你有事啊！"

　　"什么事啊？这么紧张。"

　　"小军在学校打架，老师到店里来找你了。"

　　建华很惊讶："什么？小军在学校打架了？为什么呀？"

　　服务员说："我也说不清楚啊！你赶紧去看看吧！一会儿孩子在学校该挨欺负了。"

　　建华对大宽妈说："我先去学校一趟，您自己要注意啊！我一会儿回来再帮您收拾。"

　　大宽妈摆手说："快去吧！和老师好好说。"

　　建华答应着，又对服务员说："你留下来照顾一下大宽妈，我赶紧去学校看看。"

"快去吧，孩子要紧。"

建华出了医院大门，一路小跑地往学校去。到学校的时候，已经累得上气不接下气，她直接跑进了老师的办公室，小军的老师坐在办公室正生气呢！见建华走了进来，一顿劈头盖脸地训斥："管管你们家周小军，不能光想着自己挣钱吧！"

建华问："小军怎么了？"

老师就把小军在学校跟同学打架的事说了一遍，建华一听，立即就向老师道歉："老师，我真是不好意思，都是我没把孩子教育好，让老师为他操心了，您看我能做点什么呢？"

老师说："你能做什么呀？你把孩子管好了，以后到学校来，不要欺负别的同学就行了，真让我操心。"

建华说："老师，其实小军跟同学打架一定也是有原因的，平时这孩子挺老实的，不会惹事儿。"

老师说："今天来了一个人，腿有毛病，可能有同学学那人走路，然后你们家小军就跟人家打架。那人到底是从哪来的？怎么他来了之后，就有了这么多的事儿？孩子们就打起来了。"

建华对老师说："那人叫马国庆，他是小军的舅舅，在铁路上保护线路从山上摔了下来，腿才受伤的。他是英雄。"

老师一听："原来是这么回事儿啊！是我没弄明白。行了，我知道了。"

建华说："我先回医院，还有病人需要照顾。我们家小军的事，老师多费心吧！"

建华对老师千恩万谢后，离开了学校。

老师坐在办公室里，越想越觉得应该跟同学们提一提马国庆的事，于是老师转身就去了教室。孩子们正在写作业，老师说："同学们，老师今天跟你们说一件事，今天来的那位腿有毛病的叔叔，你们大家觉得他腿有残疾，就歧视他，其实，你们不知道，他是个英雄。你们知道他的腿是怎么受伤的吗？"

同学们聚精会神地听着，老师就说："他是为了保护国家财产，从山崖上摔下来把腿摔坏了。所以，你们要尊重英雄。周小军同学平时经常为班级做好事，你们每个同学有困难，他都会帮助，周小军学习好，经常给你们讲题，所以老师在这里对周小军提出表扬，也希望你们以后不要再吵架，要和周小军同学好好相处。"

老师表扬小军，小军心里乐开了花。因为老师的这些讲解，让小军也对马国庆有了更深入的了解，从而为自己有这样一位英雄的舅舅而自豪。

建华回到医院后，走到病房的门前，隔着窗户看着躺在病床上的大宽妈，不禁又想起了自己的父母，想到了小军今天的遭遇。建华躲到走廊里，又哭了起来。护士推着小车走过来，要给大宽妈换药，看到建华在走廊的角落里站着，护士走进病房，一边换药一边对大宽妈说："你女儿是不是受了什么委屈呀？怎么一个人躲在外面哭呢？"

大宽妈感到很疑惑，问护士："我真的是阑尾炎吗？"

护士说："那还能假吗？你就是阑尾炎的手术。"

大宽妈想，我得的不是绝症，建华不应该担心。于是，大宽妈对护士说："你出去的时候，把我女儿喊进来。"

护士答应，推着小车就走了。出了门，护士喊："周大姐，你妈喊你。"

建华认真护理大宽妈，让护士们都很感动，她们都知道建华姓周，听到护士喊自己，建华立即意识到，这是大宽妈在叫自己进去。建华把眼泪擦干，转身回到了病房。

建华一进到病房，大宽妈看着建华哭红的眼睛，问建华："你怎么了？"

建华急忙回答："没怎么，没怎么，我就是想起小军命真苦，这么小，就没有了爸爸。还有我也想家，想我的父母，也不知道他们怎么样了？"

大妈看到建华一副忧郁的样子，开导她："建华，小军就是我的亲孙子，以后谁要是欺负小军，我坚决不答应。别人再问的时候，你就说小军是大宽的儿子。"

建华听了大宽妈的话，非常感动："大妈，离开家这么多年了，我也不知道父母怎么样了。"

大宽妈说："这些年从家里出来，你也不给家里个音讯，早就应该回家看看父母了。听大妈的话，找个机会回去看看父母。"

建华答应了："行，大妈，我一定会找时间回去看看爸妈。"

又过了几天，大宽妈的刀口拆线，很快就出院回家了。

建华安顿好大宽妈，又回到了店里。店里的生意一直很好，很多人都是向阳店的老客户，愿意到店里来吃点东西歇歇脚。建华每天忙得不可开交，一直要抽空给家里写封信，却又不知如何写起。

这天晚上，建华从店里回到家，在灯下展开信纸，给父母写信："爸爸，妈妈：最近怎么样？这么多年，我在外边，一直没有跟家里联系，也不知道你们怎么样了，晓杰还好吗？……"

建华写完了信，装进信封，第二天去了塔湾邮局把信寄走。

虽然远隔着万水千山，但这封信也如期寄到了周家沟村。

晓杰背着从山上砍的柴往家走，快到家门口，遇见了邮递员。"你是周晓杰吗？"

晓杰答："是我。"

邮递员拿出信："你的信。"

晓杰虽然感觉有些突然，还是猜到了几分。一看信上的字迹，是姐姐建华写的。晓杰把柴火扔下，开心地拿着信就往院子里跑，晓杰妈看见了，问晓杰："慌里慌张地跑什么？"

晓杰说："妈，我收到我姐的信了，快看啊！"

晓杰妈惊讶："你姐真的来信了？她还活着？"

晓杰笑："妈你想什么呢？我姐肯定能活着，而且会活得很好的。"

晓杰妈眼眶里泛起了泪花："快给我们读读。"

晓杰把信打开，给父母读信："……我现在在东北，我过得很好，开了一家小吃部，日子过得比以前好多了，就是不知道你们怎么样？接到信后，按照这上面的地址，欢迎你们来东北找我。"

听到晓杰读信，知道建华的下落，两位老人非常高兴，晓杰爸开心地说："建华终于有消息了，我就知道我们女儿，好人会有好报的。"

晓杰妈说："唉，当年逼着建华嫁给李赶娃，我真是很后悔。建华从家里走了这么多年，一定吃了很多苦。唉，当年怎么能那么狠，害了建华，也害了晓杰。"

晓杰爸说："晓杰，赶紧给你姐写信。"

晓杰立即给建华回信："接到姐姐的信，很开心，爸妈都很好，我们以后一定去找你。"

建华收到晓杰寄来的信，第一时间和大宽妈分享。

"大妈，我家里给我来信了，终于联系上了。"

大宽妈很开心地说："家里那边要是没有什么亲戚的话，以后请你爸妈也过这边来吧。"

建华说："我看看家里的情况吧！"

　　晓杰因为想念姐姐，于是就按照信上的地址，从家里出发了，到沈阳来找建华。晓杰坐汽车倒火车，终于到了沈阳站。一下火车，晓杰拿着建华写的信，问了路上很多人："克俭在哪儿啊？"

　　有人就给晓杰指路，晓杰又坐公交车找，到了克俭，晓杰就愁了，这个地方也太大了，到处都是房子，去哪里找姐姐呢？

　　就在这时，晓杰在路上看见了闲逛的三秃子，拿着地址就问三秃子："这个位置怎么找啊？"

　　三秃子打量晓杰："你从外地来？这一段我太熟悉了，你想找谁呀？你跟我说就行了。"

　　"我要找周建华。"

　　"你是她什么人呢？"

　　晓杰说："我是她妹妹。"

　　三秃子一听晓杰是建华的妹妹，顿时就起了坏心。

　　"我认识你姐姐，我跟周建华还是朋友呢！我带你去。"

　　晓杰非常高兴："太好了，谢谢你啊！"

　　晓杰相信了三秃子，跟在三秃子身后，去找建华。走到胡同里，三秃子看看左右，路上没有人，就要猥亵晓杰。晓杰此时也发现三秃子不像好人，专门带着自己往没人的地方走。于是，晓杰开始喊人，幸运的是，市场管理所的小郭从这里路过，看到三秃子在欺负一名女子，小郭冲上去大声喝道："三秃子，你在干什么？"

　　三秃子一看是小郭，撒腿就跑了。小郭也顾不得去追三秃子，赶过来问晓杰："你没事儿吧？"

　　晓杰惊恐地见到又来了一个男人，心里害怕，急忙说："没事，没事。"

　　晓杰想跑，小郭说："我是好人，你别害怕。你找谁呀？是不是刚到这个地方不熟悉呀？"

　　晓杰打量着小郭，心有余悸地说："我找我姐姐。"

　　"你姐是谁？"

　　"我姐叫周建华，开小吃部的。"

　　小郭一听，开小吃部的周建华，自己太熟悉了。于是，非常爽快地对晓杰说："我带你去吧！"

　　晓杰因为刚才受到三秃子的欺辱，现在有些不相信小郭。

小郭一点也不介意："你放心吧！我是这边管片儿的，我不会欺负你。"

在小郭的引导下，晓杰径直来到了建华的小吃部。小郭对晓杰说："看见了吗？这个小吃部就是你姐姐开的。"

晓杰看到"向阳小吃部"几个字，才相信自己终于找对了地方。

晓杰站在门口，往里张望，正好建华从店里出来倒水，看到了小郭，身后还站着一名女子。小郭说："建华姐，你看，这是找你的。"

建华就看到了晓杰："晓杰，你来了？怎么不说一声呢？"

建华特别惊讶，扔下了手里的水盆，扑到了晓杰身上，两个人相拥着，建华哭了，晓杰就用拳头捶打着："姐，你怎么走出来这么远呢？让我找得好辛苦啊！"

建华看着晓杰，两个人先是互相捶打，接着，又抱头痛哭。小郭在旁边看着也感动了，眼泪都要掉下来了。小郭说："你们聊，我回去了。"

建华这时才注意到是小郭送晓杰来的。建华感激地："小郭，快进来喝点茶歇歇。"

小郭说："不了，我还忙着呢！我得回去了。"

建华谢过小郭，拉着晓杰进了店里。建华忙完了手里的活计，拉着晓杰的手说："晓杰，你和姐讲讲，这些年是怎么熬过来的？一定很苦吧？"

建华哪里知道，是晓杰顶替自己嫁给了李赶娃。看着什么都不知道的建华，晓杰的眼泪流出来，为自己曾经受过的苦、遭过的罪、挨过的骂。可是晓杰怎么能把这些都告诉建华呢？晓杰忍住自己的泪水："姐姐，这些年我过得挺好的。"

建华说："我们回家再聊。走，跟我去医院接大妈去。"

晓杰疑惑："大妈？"

"对，大妈，我和孩子就在她家。"

晓杰问："你还要孩子了？"

建华说："一言难尽。走吧！先跟我去医院，大妈今天在医院复查。"

晓杰知道一两句话姐姐可能说不清楚这么多年的情况，也许姐姐心中比自己还苦，所以晓杰不再问建华。她觉得该说的时候姐姐会告诉自己。

简单的洗漱之后，晓杰跟着建华去了医院。见到大宽妈，建华告诉她："这是我妹妹晓杰。"

建华介绍了大宽妈，晓杰主动向大宽妈问好。大宽妈非常开心："终于看到建华的亲人了。"

建华说："大妈，您就是我的亲人。"

大宽妈说："我是想知道你们老家的事儿。"

建华说："大妈，咱们回家聊。"

看到建华跟家里人联系上，晓杰又来到了东北，大妈非常高兴，也为建华跟家里恢复了关系而感到欣慰。

当着晓杰的面儿，大宽妈夸奖建华："你姐真是我的好闺女，这些年也多亏了她，我们一家三口在一起，生活得非常开心。现在好了，你来了，以后我们家更热闹了。"

建华和晓杰一起把大宽妈接出了医院。回到家里，晓杰看着姐姐家里的物件，感到非常亲切。她为姐姐能在这里安顿下来而感到欣慰。把大宽妈安顿好，建华对晓杰说："我带你去接小军，他要放学了。"

晓杰开心地说："好啊！"

晓杰跟着建华一边走一边聊，很快就来到了小军的学校。建华和晓杰站在学校门口，远远地看着那些放学的孩子，寻找着小军的身影。"在那儿！"建华看见小军，指着小军告诉晓杰。

小军背着书包，跟同学和老师说过了"再见"，从校门口出来，建华喊："小军——"

小军也看到了建华，一路奔跑着，扑到了建华的怀里："妈妈——"

建华指着晓杰："妈妈要给你介绍一位亲人。"

小军看着晓杰，没有陌生感，觉得晓杰跟自己的妈妈长得太像了，小军歪着头问："你是我小姨吗？"

晓杰很开心地说："是啊，你怎么知道的？"

小军说："我一眼就看出来了。"

建华抚摸着小军的头说："这孩子就是聪明，什么事儿都瞒不了他。"

晓杰非常喜欢小军，小军也喜欢和妈妈长得很像的晓杰，两个人很快就成了好朋友。小军问晓杰："小姨，明天你来送我上学好不好？"

晓杰说："好呀，我非常高兴能送你上学。"

建华和晓杰，每人一只手拉着小军，三个人开开心心地回家了。

第二天早晨，建华直接去店里开门，晓杰送小军上学。刚开门，建华看到小郭从门前走过，建华喊住小郭："进来吃点饭吧！"

小郭说："吃过了，谢谢建华姐。"

建华说："今天你怎么这么有空啊！没去管理所上班呢？"

小郭说："昨天我忘记跟你说了，昨天我看见三秃子了，你得防着他点。"

建华问："怎么回事啊？"

小郭说："昨天你妹妹来找你，遇上了三秃子，那小子想欺负她，正好被我遇上。"

建华立即明白了，昨天为什么晓杰和小郭一起来的店里，都怪自己昨天没问明白。建华说："原来是你救了晓杰呀！更要感谢你了！"

小郭说："您客气什么呀！别说是自家人，就是不认识，我也会路见不平出手相救的。"

建华赞道："小郭你真是好人啊！"

第二十四章

　　小吃部已经走上了正轨，每天有了一定的收入，日子越过越有奔头了！可是，总是有很多事是建华意料不到的，就像小吃部，突然就遇上了拆迁。这个市场要进行扩建了，租来的房子就要拆迁了。

　　晓杰被救以后，对小郭的印象非常好，但是小郭匆忙地离开了，晓杰也没再说什么，只是心里总是出现小郭的影子。

　　日子过得很快，自从晓杰来以后，建华每天更加开心了，晓杰能帮建华做很多事，建华感到非常省心。小军更开心，小姨来了可以带着他玩。小军放学的时候晓杰还会去接他，偶尔会给小军买点儿好吃的。

　　周末到了，建华对晓杰说："姐领你到村子里去。"

　　晓杰想了想，问道："去村子里难道就是去国庆哥家吗？"

　　建华说："答对了！我领你去看看国庆哥的父母，好久没有看到他们了，正好你也过来了，我们一起去。"

　　建华前一天去街里买了很多礼物，准备带着晓杰和小军乘车去看国庆的父母。三人起早就出发了，从城里到国庆家，坐长途客车大约一个小时。

　　建华来到国庆家的时候，国庆并没在家，他已经回到铁路上，去自己的工区巡线了。建华见院子里没有人，嘱咐小军和晓杰都别出声："我们悄悄地进去，我看看大妈在家里做什么？"

建华难得淘气一次，带着晓杰和小军直接打开了房门，一闪身进屋的时候，建华看到国庆妈正盯着一只火锅发呆。建华认识这只火锅，这是一只铜火锅，建华以前见过。

建华在国庆家和中玲一起住的时候，建华腌酸菜，过年的时候，国庆全家人坐在一起吃酸菜火锅。建华看到这个火锅，就想起自己小的时候在老家吃着热气腾腾的麻辣火锅的情景。

马大妈回过神来，却看到了建华、小军，还有一位长相酷似建华的女子。马大妈喊着："小军，都长这么大了。"

小军直接扑到马大妈的怀里叫道："奶奶好！我给您带了礼物来。"

马大妈说："好好，大孙子，还是你疼我。"

小军坐在马大妈怀里，马大妈拿出好吃的给小军，这才问建华："这就是你妹妹晓杰吧？"

建华说："是，我和妹妹晓杰看您来啦！"

马大妈高兴地陪建华和晓杰说着话，执意要留建华和晓杰吃饭。建华说："大妈，我城里的小吃部这会儿正忙呢！服务员在那儿我还不放心，我要赶紧回去。"

马大妈恋恋不舍，小军也不爱回去："我在这儿再玩一会儿嘛！"

马大妈也说："好不容易才来一次，多待一会儿嘛！"

建华说："大妈，我真的挺忙，就是过来看看。这里什么都挺好，我就放心了。对了，中玲没在家呀？"

马大妈说："我都好几天没见到中玲了，她呀，就在厂子里忙着呢！"

建华说："我也不去看中玲了，等中玲进城的时候，让她来找我。"

马大妈说："好吧，我告诉中玲。"

建华、晓杰和小军在马大妈家坐了一会儿，建华执意要回去，马大妈留吃饭也没留住。建华他们回城了，赶上了中午的大客车。回到了店里，正是吃饭时间，人很多，服务员也忙不过来，建华和晓杰立即过来帮忙。

忙完一天，晓杰和建华收拾桌子，晓杰问："姐，在城里能不能吃到麻辣火锅呢？"

建华说："我还真没看到哪家店有麻辣火锅呢！"

晓杰若有所思的样子，歪着头在思考，建华问："你想什么呢？赶紧收拾完咱们好回家。"

晓杰说："姐，我在想件事儿，不知道我能不能想好。"

建华着急："你想什么呀？你也不用回去了，以后咱把爸妈接过来，你就在这儿帮我算啦！"

晓杰没有回答，收拾东西和建华一起回家。

晚上回去之后，晓杰思前想后，想了很多：姐姐也不能再回到村里了，毕竟在村里，有可能看到李赶娃的父母，会非常尴尬。有的时候自己不知该怎么做才好。赶娃妈对自己始终有意见，那个家她也不想再回去了。回到自己家，看到父母的状态，心里也难过，还是在姐姐这儿先停留一段吧！

晓杰决定留下来帮建华。晓杰的勤快能干让建华更加放心。在晓杰的帮助下，建华店里的客人比以前多了，小店的生意越做越好。每天来吃饭的不仅有附近的菜农，还有周围的居民，主要来买早点，那些老人不愿意做饭，也来店里吃点儿小吃后，歇一会儿，喝点儿水，然后再悠闲地回家。

最开心的还是建华。能把店开得这么红火，而且还有了一定的积蓄，这是建华最满意的地方。国庆休假时，偶尔也会帮中玲来城里卖菜。不管是国庆还是中玲，只要来了，就会到建华的店里坐一会儿。每次中玲回去，建华都要给马大妈带去一些美食。中玲坚持给钱，建华说："要说给钱，应该我给你们很多钱。"

中玲不解，问道："怎么给我们很多钱？"

建华说："没有你和你哥还有马大妈对我的照顾，哪有我今天呢？所以我感恩还来不及，你来吃顿饭，或者给大妈带去点儿东西，我还要钱，那我还是人不？"

中玲笑道："那以后我就把饭店包了，只要我进城，就来这里吃饭，你得管我一辈子。"

建华说："行，只要我的饭店开着，我就管你吃饭。我别的不能答应你，管你吃饭这件事儿我是一定能做到的。"

建华有时跟中玲聊天，也会聊到国庆和招娣。建华问中玲："国庆哥和招娣结婚这么长时间了，招娣怀孕没有啊？"

中玲说："别说怀孕了，一点儿动静都没有，根本就没有消息。"

建华若有所思地说："那应该去医院看看吧！究竟是国庆哥还是招娣有毛病呢？找医生看一看应该能治好的。国庆哥也那么大年龄了，是不是应该有个孩子了？马大妈一定很着急。"

中玲说："不说我哥的事儿，真是让人头疼。我哥其实也挺痛苦的，可是有什么办法呢？只能挺着了。"

建华听中玲这样说，就替国庆感到难过，可是建华又能做什么呢？

小吃部已经走上了正轨，每天有了一定的收入，日子越过越有奔头了！可是，总是有很多事儿是建华意料不到的，就像小吃部，突然就遇上了拆迁。这个市场要进行扩建了，租来的房子就要拆迁了。

接到通知的那一天，建华发愁了，建华手里拿着通知，回到店里，晓杰问："姐，今天怎么不高兴呢？"

建华愁眉苦脸道："我怎么能高兴呢？饭碗要没了。"

"怎么回事儿啊？"

"市场要扩建，重新规划，小吃部的房子要拆迁，我们租的这间房子也保不住了，该怎么办呢？"

晓杰劝建华："姐姐不要愁，咱们回去和大宽妈商量一下，看看她有什么办法没？"

建华说："不能再给大妈添麻烦了。我在大妈家带着孩子已经添了很多麻烦，小吃部拆迁这事我要是和大妈说了，大妈还会跟着着急上火，再说大妈最近身体也不太好，我不能让她感到心里有压力。"

"那也要想想办法呀！"晓杰着急了。

就在建华和晓杰姐妹俩讨论下一步该何去何从的时候，税管员小郭来了。听到建华和晓杰的对话，小郭坦言道："建华姐，你以后打算怎么办？"

晓杰直言："没有地方开店，能怎么办？"

小郭说："不要着急，我可以帮忙。"

晓杰眼睛发亮，忙问："你有办法？"

"对，我有办法。"

晓杰仔细看着小郭："我怎么看你眼熟呢？"

小郭说："是啊，我也看你眼熟。"

晓杰突然想起来："你是我的救命恩人。"

建华听小郭说过晓杰遇见三秃子的事，建华说："小郭弟弟，你还是我妹妹的救命恩人呢！你快说说，你有什么办法能帮我，我还真是要感谢你，这么说你就是我们姐妹的贵人呢！"

"什么贵人不贵人的，我就是觉得，建华姐人挺好，我就是想帮帮你们。"

"给姐说说你的好办法。"

"我知道哪些地方有房子，我可以帮你们去找，如果租到房子了，不就可以继续开小吃部吗？不一定非要开在这个地方啊！"

建华说："可是这个地方人多，客流量大，吃饭的人多，我不就能多挣钱吗？"

"这样的地方别的市场附近也有，我再帮你找找。"

在小郭的陪同下，建华和晓杰每天出去看房子。通过多次接触，建华觉得小郭这个人，确实很厚道。小郭不厌其烦地帮建华联系，建华和晓杰发自内心地感谢小郭。

这一天，又走了几个地方，晓杰都觉得累了，说："姐，咱们歇歇吧！"

小郭说："再坚持一下，还有一个地方就看完了。"

建华见小郭很辛苦的样子，心里不忍，对小郭说："今天姐请你吃饭吧！你太辛苦了，为了我们家的事儿，操了很多心。"

小郭摆摆手，说："不辛苦。姐姐，等以后你的新店开起来的时候你再请我也不迟啊！"

建华说："那好吧！一言为定，以后请你，你可一定要到。"

小郭很爽快地答应了。

在小郭的陪同下，姐妹两人又继续看房子，走了一处又一处，建华擦着汗，小郭的衣服也湿透了，晓杰看了却有些心疼了。

大宽妈的病刚好，就要去上班，建华担心："大妈，您能坚持住吗？"

"你大妈就是铁打的，这点儿小病算什么呀？"

建华劝道："大妈，毕竟年龄不饶人，您还是自己多注意点儿好，万一累坏了怎么办呢？"

"我知道你心疼我，可是居委会不少事需要我去做呀！"

建华笑道："地球离您还不转了？居委会就您一个人啊？"

"那不是人多力量大吗？你是不是觉得你大妈没用了？"

晓杰说："姐，你真不会说话，你说大妈这话她能爱听吗？"

大宽妈说："你姐说啥大妈都爱听，谁让她是我闺女呢！这下可好，捡了俩闺女。"

建华见劝了也没用，只好嘱咐道："大妈，您注意点儿，路上慢走，要是挺不住了就找人叫我。"

"行行。"

建华还是不放心，大宽妈下班的时候，建华去居委会接大宽妈。居委会的阿姨们看到了建华，非常羡慕："大宽妈，你可真是好福气。"

大宽妈说："都是建华照顾我，不然我也不能这么早就来上班。"

"大宽妈你的命可真好，这么好的儿媳妇，你是从哪儿找来的？"

大宽妈就笑："反正不是天上掉下来的。"

一位阿姨说："这么说建华是仙女变的呗！"

大宽妈笑："比仙女还好。"

一群阿姨哈哈笑，大宽妈也跟着笑，笑着笑着，大宽妈不说话了，她想起了儿子大宽，如果大宽活着，能跟建华在一起，该有多好！

大宽妈这样想着的时候，眼眶就湿润了。建华看到了，问她："大妈，您怎么了？哪里不舒服吗？"

"没什么，没什么。"大宽妈说着，用手擦去眼角的泪花，自己一个人从居委会出来往家走。建华在后边跟着，不知道大宽妈究竟怎么了，有些担心。大宽妈转身看着建华，笑了："不要担心，大妈没事。"

建华紧走两步，搀扶着大妈往家走，建华和大宽妈的背影，就像亲母女一样，看着是那样亲切。

建华中午在店里忙碌的时候，突然想起了一件事，说道："我怎么忘了呢？"

晓杰听见了，问："姐，怎么了？"

"今天是马大妈生日，我得去给马大妈过生日。"

晓杰说："都这个时间了，你怎么去呀？"

"不管怎么去，飞也要飞去呀！"

晓杰看看表，说："这都下午了，还能来得及吗？"

"来得及，我给马大妈买点儿礼物送过去，你在家好好看店，小军放学后把他接回来。"

晓杰答应着，建华就出了店门。建华来到商场，给马大妈买了一件衣服，又买了一些吃的，然后直奔汽车站，终于赶上了大客车。

建华风尘仆仆赶到中玲家时，马大妈像做梦一样："建华，你怎么来了？"

"今天是什么日子？您忘了？"

"什么日子啊？"

"今天是您生日。"

"你这孩子，还记得呢！我自己都忘记了。"

"我来给您过生日。"

马大妈非常感动，热情地让建华上炕歇歇。

建华拿出自己的礼物，说："大妈，快试试这件衣服，看穿着正好不？"

马大妈说："来就来吧，还花啥钱？"

"生日礼物嘛！"

马大妈穿上了建华买的新衣服，乐得嘴都合不上了："正好，就像是给我做的一样。"

建华说："就是给您买的。"

马大妈穿着新衣服，建华又把一些糕点放在了马大妈的桌子上。马大妈非常感动，说："我这辈子积了什么德呀，有这么好的女儿给我送礼物，还记得我过生日。"

"我应该做的。"建华说。

"建华，你今天就别回去了，太晚了，住一夜。"

建华说："我明天还要起早开店呢！"

"来一趟不容易，今天就别回去了，大妈请你吃火锅。"

马大妈拿出了铜火锅，给建华做火锅吃，建华给马大妈帮忙。马大妈支上了火锅，把菜都准备好之后，一边下火锅，一边和建华回忆着当年村里老人吃火锅的情景。

建华说："那时候我记得村里的老人在家里吃火锅的时候，很香很香的，鼻涕都出来了。"

马大妈说："是啊，这帮老家伙特别爱吃我家的火锅，可惜，有几个老人已经去世了。"

"现在的生活比以前好了，可老人们却没有享受到。"

马大妈也觉得很遗憾，建华看着马大妈，很留恋吃火锅的样子，此时，建华的脑海中突然有所触动。

晚上，天黑了下来。建华和马大妈住在一起，招娣回娘家了。建华跟马大妈聊了很多，讲到了关于火锅的很多往事。建华心里想：火锅是很受欢迎的，自己应该做点儿什么？

第二天早晨，建华很早就起来了。马大妈一直把建华送到村头的汽车站，依依不舍地跟建华告别："闺女，有时间一定要常回来呀！"

建华说："大妈，您放心吧！只要我不忙的时候，我就回来看您。"

马大妈流着眼泪和建华告别。建华上了车，车开的时候，马大妈还在路边站着，不愿意回去。已经看不见车的踪影了，马大妈才往村子里走。马大妈穿着新衣服，村里人看着说马大妈又买了一身新衣服啊，马大妈说建华给我买的，村里人羡慕地："马大妈有闺女又有儿媳，还捡了个闺女，倒挺享福的。"

"我命好啊！"马大妈说。

就在村里人的赞扬中，她骄傲地往家走。

建华回到店里后，见晓杰已经来了，又正常开业了。晓杰说："我就知道你回不来，昨天去的时候就已经很晚了。"

建华说："幸亏有你在，大宽妈年龄太大了，我真是不好意思让她接送小军。"

晓杰说："姐你放心吧，以后接送小军这事我负责，不都是咱自己家的事儿嘛！"

"晓杰，姐谢谢你！"

"跟找述说什么谢谢呀！"

"晓杰，姐跟你说点儿事儿。"

晓杰觉得建华的语气非常郑重，认真地问："姐，什么事啊？"

建华说："晓杰，我想把咱们家乡的风味儿开到沈阳来，你觉得行不行？"

"家乡的风味儿？难道是火锅？你要开火锅店？"

建华说："对，我就想开个火锅店，咱们家的那种麻辣火锅这个地方几乎没有。我相信，不仅咱们爱吃，东北人也应该爱吃。"

"这个想法好，可是，开火锅店有一定的难度啊！"晓杰灵机一动，"找小郭呀，让小郭帮着想办法。"

建华说："你是不是看上小郭了呀？"

晓杰不好意思地笑笑，也不说话。

建华说："还不知道人家小郭有没有对象？这个事儿可一定要弄清楚。"

晓杰说："人家还不一定能看上我，人家是城里人，又有正式工作，我从农村来，想都不敢想。"

"那也不一定，万一小郭喜欢你呢！"

"姐，以后再说吧！"

建华去找小郭，小郭正从单位往外走，看到了建华，说："建华姐，你怎么来了呢？"

建华说："姐找你有事儿。"

"跟我说说。"小郭热情地说。

"我想开一家火锅店，你觉得行不行？"

小郭一听非常高兴："行啊姐，我们这地方还真没有开火锅店的呢！"

建华说："是啊，我也觉得没有开火锅店的，我开一个店，让大家尝一尝我们的川味火锅，不是更好吗？"

"建华姐，我支持你，有什么困难你就跟我说。"

建华说："上次咱们看的那个地方，一直也不行，另外我现在不开小吃部了，就不能找原来那样的房子了，你看看帮我找一个像样点儿的房子。"

小郭说："行啊，姐你先回去，我最近又联系了几家，有消息我就告诉你，行不行？"

建华高兴地说道："我等你消息啊！"

建华回到店里，等着小郭的消息。小郭又骑着自行车在街上跑了很多家，终于找到了一间临街的店铺，小郭进去一问，正好租期到了，想转租，小郭就问店主："你这个价位怎么算的呀？"

店主说："这都是我自己家的房子，我太累了，想歇歇，房子能租上价就行了，我也不要高价。"

小郭一听，马上说道："行了，你这个房子，先别和别人谈啊，先给我留着。"

"租给你我还放心了，租给别人我害怕欠我租金呢！"

小郭说："有我做担保的，你就放心吧！"

店主说："你看什么时候来交定金，我这边就开始清理东西了。"

小郭说："你现在就清理吧！"

小郭骑着自行车又来到了建华的店里，对建华说："我帮你找了个地方，你跟我去看看吧！"

建华也推出自行车，跟着小郭一起来到了这家店里。建华前后左右看了一遍，赞道："这个地方好啊，正好南来北往的人还多。"

"我也觉得在这个地方开店，应该不愁没客人来。"

建华说："小郭，太谢谢你了！这个地方行，我就喜欢这个地方。"

建华经过这些年的历练，做事也是雷厉风行，说干就干，交了定金，就开始搬家。在小郭的帮助下，建华和晓杰从小吃部里搬了出来，经过一番准备，姐妹俩的火锅店已经做好了开业的准备。

火锅店开业的那一天，来了很多客人。看着火锅店红红火火的样子，自己的店却显得很冷清，火锅店旁边的一家饺子馆的孟老板却高兴不起来。

孟老板站在门口，看着建华的店里去了很多人，拽住正要进店的客人："怎么都去那儿吃饭呢？那都不是本地人，能给你们好好做饭吗？"

客人就说："我们吃的是火锅，人家是正宗的，川味的。"

孟老板就说："是不是看人家姑娘长得漂亮啊，是奔着川妹子去的还是奔着火锅去的？"

客人不高兴，说："你这人怎么说话呢？"

客人将孟老板的手甩开，也不搭理孟老板，转身就往建华的店里走。孟老板越想越生气，于是来到建华的店里，进来就捣乱，大声喊着："谁是老板呢？"

建华走了出来，说："我是老板。"

孟老板打量着建华，说："你就是老板啦，你这有卫生许可证吗？"

建华说："有啊。"

孟老板说："你拿出来看看，我看看是真的还是假的。"

孟老板的大嗓门连喊带叫的，有些客人觉得在这吃饭都不安全了，胆小的放下筷子，躲了出去，担心火锅店里要打架。就在这时候，小郭走了进来。孟老板看到小郭，没敢再大声嚷嚷，悄悄地回到了自己的店里。

小郭对建华说："以后他再来捣乱就告诉我。"

建华感激地说："小郭啊，真是谢谢你了！不然还真不知道这店怎么往下开。"

虽然孟老板看到小郭后吓了回去，可是冤家路窄，三秃子每天在街上闲逛，正好从这里过。哪有热闹往哪儿去，三秃子闻到了特别的味道，走到近前一看，原来是一家火锅店。又见建华在门口迎接客人，三秃子恍然大悟：原来是火锅店开业庆典。三秃子不确定这家店是不是建华开的，于是就问服务员："谁是老板呢？"

服务员告诉他："前边那人就是我们老板。"

三秃子嘟囔着："原来还真是这个女子啊！真是冤家路窄。"

三秃子很生气，他也见不得建华好，想来捣乱，可是许所长多次警告过他，三秃子不敢造次，于是在店门口吐了几口唾沫，就往回走。这时，却碰到了熟人。

"大力，你在这儿干什么呢？"三秃子问发小。

"我在这家店里上班啊！"大力回答。

"我说你在这儿上班你能干啥呀？"三秃子不信。

"我负责进料呀！我在这儿的工作很重要。"大力一本正经地说。

"你出来出来，我跟你说点儿事儿。"

"没见我忙着吗？你能有什么好话呀？"

三秃子眼睛一瞪："我怎么没有好话啊？我跟你说啊，我能联系货源，你要是从我这儿进货，我就给你提成。"

大力有些不相信："你给我提成，这是好事儿啊，可是老板知道怎么办呢？"

"这事还能让老板知道吗？"三秃子眼睛放光。

"你让我想想。"大力犹豫。

"还想个屁呀？你知我知天知地知，我给你提成，还能让她知道？我给你钱，你还怕钱多呀？"

"能行吗？你得给我上好料啊！"

"我还能给你上差的吗？我社会上认识那么多朋友，监狱里出来的朋友就不少。"

大力说："行了，别提你那些朋友了。"

"说正经的，以后你就买我的辣椒面儿，不准买别人的啊！"

大力说："行行行，我答应你。"

第二十五章

别的事儿都可以原谅，就是造假的事，不能原谅。尤其是在火锅店里，假的东西吃到肚子里了，人就会得病，你这就是害人，你知道吗？

在三秃子的诱惑下，大力在进货的时候，就进了假锅底料。建华不知情，没有细看，服务员也不明白，将锅底料放进去的时候，有的顾客吃了出来，觉得味道不对，顾客就问："谁是老板赶紧出来！"

建华说："我是老板。"

顾客质问建华："你是老板，你怎么能不讲诚信呢？"

建华糊涂了："我怎么不讲诚信了？你能举例吗？"

顾客说："你看看你用的是什么料啊？这明明是假冒伪劣的。"

建华说："不可能啊，我们这有专门负责进料的人。"

顾客说："真有负责的人也不至于弄来假的了，你看看你的料，你自己看。"

建华一看懵了，这料就不是真的，这是假锅底料啊！难怪顾客生气呢！一见建华不说话，顾客开始大闹起来："这什么店啊？你这是开黑店呢！什么川味火锅正宗火锅，我又不是没吃过川味火锅！"

建华说："你别喊了，你这顿饭我买单了，你看还需要点儿什么？我再给你上点儿吧！"

顾客在建华的百般安抚下，终于安静下来。建华让服务员换了锅底料，顾客这才一边吃着饭，一边嘟囔着，建华也不敢得罪人家，急急忙忙地给上了很多菜。建华非常生气，来到后厨找大力："这批锅底料是不是你进的？"

大力看着建华："是啊，我进的料啊！怎么了？"

"你从什么渠道进的料？"

"正常渠道啊！"

建华盯着大力："还跟我撒谎！正常渠道能进这样的料吗？这分明是假的锅底料。"

大力还想狡辩，建华说："行了，你回去吧！你被解雇了。"

大力说："我也是刚开始，不是还不明白吗？"

建华说："我找你来就是要找一个明白人，能够做到诚信对待顾客的，可是你弄了这个假锅底料，顾客还怎么吃饭呢？"

大力说："我又不是故意的，我不能走。"

建华说："别的事儿都可以原谅，就是造假的事，不能原谅。尤其是在火锅店里，假的东西吃到肚子里了，人就会得病，你这就是害人，你知道吗？"

大力很生气，可是又没有办法，心里恨三秃子，气得直骂："这个三秃子太他妈坑人了！"可是又有什么办法呢？建华不让他在店里干了，大力只好垂头丧气地走了。

建华吸取了这次的教训，决定不再招聘进料员了，她自己去进料。但是建华一直没想明白，那么认真的大力，怎么能进错料呢？

冥思苦想间，小郭来到店里："建华姐，这几天怎么样啊？"

建华说："别提了，刚才还在安抚客人呢！气死我了！"

小郭问："为什么事呢？"

建华说："你看，那个进料员，他怎么能进来假锅底料呢？这一批料都不能用了，都得废了重进。"

小郭说："假的？如果是造假的事儿，可就不能原谅了。"

建华说："是啊，如果食品都造假，这不是坑人害人要人命吗？"

小郭说："建华姐，你把这个情况再跟我说一说。"

建华就把大力进的料给小郭看，小郭一看："确实是假的，但这事儿您别着急，我查一查。"

小郭在了解了建华店里的情况后，与同学聊天的时候，听一名同学说："你不知道，现在卖假货的太多了，而且卖假货特别挣钱。"

小郭说："卖假货的还能挣钱？"

"你可能不知道，尤其卖辣椒面儿，那个利润太高了，能挣挺多钱。"

小郭问："你怎么知道的？"

"我前几天去农村亲戚家串门，那个村子里专门做假辣椒面了，假货已经被工商局给没收了。"

"原来是这样啊！我有个大姐，开了一家火锅店，也进了假料，顾客有意见，真是太坑人了！我对造假深恶痛绝。"

小郭的同学说："那个加工假辣椒面的加工点已经被端掉了，你放心吧！以后可能都不会再有假的。"

小郭说："那还是防着点儿好。"

通过这次假料事件，建华又对火锅进行了改进，在底料上，建华不仅严格把关，而且将底料和调料进行了创新。她每天都要先检查底料，然后再进行翻炒，配好料后，让服务员端上桌。建华把辣椒、辣椒末、辣椒油，还有芝麻酱等，都放在了桌了上，让顾客自己去拿，这样很多顾客觉得到建华这里来吃饭，既方便而且价位也不高，来的客人越来越多。

大力被解雇后，暂时没找到合适的工作。大力有时还过来找建华，要求回来工作。可是，建华说："你都已经被开除了，不要再来了。"

大力却说："不行，我觉得上次那件事儿吧，很对不起你，所以我现在就想，我还是要过来帮你，但是我不要你的工资。"

建华说："这怎么行？"

大力很真诚地说："真的，我不要你的工资，让我赎罪吧！"

建华感叹道："真是拿你没有办法。这样吧，你去农村到农民家里看看都谁家种辣椒，专门去收辣椒，回来之后我们自己加工。"

大力兴奋地说："这样就不能买假的啦！"

"对呀，我们从地里摘辣椒回来再加工，再怎么说也不会是假的了。我们开火锅店，用的量大，一定要多用真的辣椒面儿，所以我们不去买加工的，就是我们自己做。"

大力说："这个方法好，我就去工作了。"

大力去农村收辣椒，建华再也不担心进假料了。建华自己做火锅底料的想法，是在老家的时候看到的，虽然那时还小，但是印象很深。制作锅底料，就成了建华每天的工作。

这一天，店里来了一位客人，说话带着乡音，建华一听特别亲切："大爷，您是四川人？"

"对呀，四川的。"大爷说。

"我也是四川人。"

建华就和大爷说上了四川话，大爷听了也开心地和建华聊天。建华把火锅给大爷放好，然后又放上调料，大爷吃得非常开心，边吃边点头对建华说："太香了！我真是好久没吃到这么好的火锅了，你让我找到了家乡的味道！"

建华的心情也很愉悦："难得您能高兴，这一顿饭我请吧！"

大爷说："能行吗？"

建华笑着说："有什么不行的，咱们开店，我请一顿饭有什么不行的？再说您还是我老乡呢！就当我招待我老家来的亲戚了。"

大爷非常高兴地说："那以后我经常来，你可不能不收费呀！"

建华说："好啊，欢迎您经常来。"

大爷说："好，等我老家的人来，我都给你领过来。"

建华很开心，觉得自己能够找到一种家乡的味道，还能给那么多的人带来快乐，既工作又改善了生活，何乐而不为呢！

火锅生意越来越火，建华忙碌中忽然想起，大院里的人们还没有吃到呢！建华征得大宽妈的同意，组织大院里的人们来到火锅店。大宽妈说："建华，你这个行动可真让大妈感动啊！"

"这是我应该做的。"建华谦虚着。

"咱们大院里住了这么多人，大家从来没有在一起吃过饭。"

建华说："大妈，我在大院里大家对我关心太多了，我也没有什么可报答的，我们在一起吃顿团圆饭，就算我报答大家了。"

大家都落座的时候，建华说："我从四川来到这里，虽然生活坎坷，但是得到了大家的帮助，没有你们帮助我，就不会有我们母子的今天，也不会有我开的这家火锅店，更不能让我们四川的风味在沈阳这座城市里落下脚。所以，我在这里敬大家一杯，祝福你们也祝福我自己，能够和大家融洽相处，能让我们的小店红红火火。"

张少平说："这些年我们是看着你走过来的，走到今天真的不容易。"

建华说："没有你和翠翠嫂子帮我，哪有我今天呢？还记得我刚来的时候卖雪糕，还是您帮我做的雪糕箱子和小推车。"

建华说着，感动地流下了眼泪。小军在一边给建华擦去眼泪，建华开心地和邻居们一一碰着杯，喝着酒。这一天，建华喝醉了，她的眼前浮现出的一会儿是春生，一会儿又是国庆，不管是春生还是国庆，眼前都模模糊糊，看不清真人。让建华没想到的是，这一天，自己真就见到了国庆。

国庆今天回来，正遇中玲要进城送菜。中玲问国庆："哥，今天不回去吧？"

国庆说："我在家休息一天，这两天刚结束新路的巡线工作，工长让我回来歇两天。"

中玲说："那你陪我进城送菜吧！"

"好啊，我跟你去。"

中玲和国庆把菜送到指定地点后，中玲说："哥，我带你去一个地方。"

国庆问："去哪儿？"

中玲说："去了你就知道了。"

国庆和中玲来到火锅店门前时，国庆问中玲："火锅店难道是建华开的？"

中玲答："哥，你真聪明。这个火锅店就是建华开的。"

"建华真厉害，我就这段时间没回来，建华居然将小吃部开成了火锅店了。"

中玲和国庆走进火锅店，小军眼尖，一眼就看见了国庆。

"国庆叔，你来啦！"小军将国庆和中玲迎进店里，建华迷迷糊糊地问："谁来了？"

小军说："国庆叔和中玲姑姑来了。"

建华说："谁是国庆啊，我不认识。"

中玲问小军："这得喝多少酒啊？连我哥都不认识了。"

小军担心建华再喝下去，会出危险，对国庆说："叔，正好你们开车来了，把我妈送家去吧！"

大家连拖带拽地把建华扶上了车，国庆开车送建华，建华坐在车上，一路上手舞足蹈地说："我再也不是穷人了。"

国庆说："对，你已经是富人啦！"

建华不爱听了，说："怎么说话呢？我不是富人，我也不是穷人。"

建华一会儿哭一会儿笑，国庆说："建华，你怎么能喝那么多酒啊？"

"我喝多啦，我高兴啊，我愿意呀，我就是想多喝一点儿，我有酒量。"

　　国庆把建华送到家的时候，大宽妈和晓杰，还有张少平一家也都回来了，建华还在醉酒中，一会儿唱一会儿哭，国庆对大宽妈说："女人喝多了酒，怎么是这样啊？"

　　"难得建华今天放松啊，我还是第一次看到建华这么开心，这么放松。"

　　国庆说："我真是不放心。"

　　大宽妈说："有什么不放心的？有我呢！你和中玲放心地回去吧！"

　　中玲拽着国庆的手，说："哥，回去吧，建华姐不会有事的。"

　　大宽妈说："一会儿天黑了，回去慢点儿开啊！"

　　告别大宽妈，国庆和中玲开车离开了。国庆在路上埋怨中玲，说："就是你磨蹭，不然咱们早点儿去，建华也不至于喝这么多酒。"

　　"哥，一看你就心疼建华，谁还不能喝点儿酒？建华姐不是高兴吗？"

　　"高兴也不能把自己往死里喝呀！"国庆反驳道。

　　"人生难得几回醉呀，你就让她醉一次吧！"

　　国庆叹一口气："没有办法，女人嘛，不可思议呀！"

　　国庆和中玲的车在路上行驶着，越走越远。

　　春夏秋冬，周而复始。一年又一年的时光过去了，弹指一挥间，新的一年又到来了。这一年，小军考进了重点高中，建华非常高兴。小军开学后，直接找到了老师："老师，我想求您一件事儿。"

　　老师问："什么事儿，你说吧！"

　　"我想住校。"

　　"你是本地学生，怎么能住校呢？我们学校的宿舍都是给外地学生安排的。"

　　"老师帮帮忙吧！我回家学习不方便，您不是希望我取得好成绩吗？"

　　老师说："对呀，哪个老师不希望学生取得好成绩呢？"

　　"可是我回家环境不好，影响学习。"

　　"你家环境不好？没有地方住啊？"

　　"有地方住，但是住的环境不好。"

　　老师说："行，我帮你问问。"

　　在小军反复与老师沟通后，就这样，小军成了学校的住宿生，在学校住校，每个月回家一次。小军回来和建华说的时候，建华心里不高兴，说："你怎么能住校呢？妈妈不给你做早餐，你早晨能吃饱吗？"

"学校有餐厅，我在学校吃不是一样？"

"你长大了，真是拿你没有办法。"

大宽妈听到了母子对话，就问小军："你在学校住，你妈天天看不着你，她会想你的。"

"奶奶其实您不知道，我住校的原因，一是为了安心学习，二是我不想让我妈在开饭店的时候分心。我妈一天在火锅店忙成那样，还要照顾我，我是怕她累着。"

大宽妈说："这孩子可真是太懂事了，奶奶支持你。"

小军回学校的时候，建华坚持去送他。小军觉得很烦，说："妈，你快忙你的吧，我又不是小孩子，我自己回去能行。"

建华说："不行，离家这么远，妈怎么能放心呢？"

建华坚持送小军。

小军回到学校时，已经进了大门，建华也要跟进去，学校的保安就是不让她进去，建华恳求着："让我进去看一看孩子在学校学习的环境。"

保安说："学校规定不让家长进学校，都进来学校不就乱了吗？都没法管理了。"

"你就让我进去吧，我不是不放心孩子吗？"

"晚上孩子在学校都挺好的，你就放心吧！孩子交给我们你还不放心吗？谁家没有孩子啊？"

建华一听也对，既然这样说了，只好在大门外看着小军拎着各种物品进校园，建华在学校大门外站了很久，直到看不清小军远去的身影。

建华从学校回来的时候，感到是那样的落寞，觉得很孤独。小军一直跟在自己身边，可是现在小军去住校了，一个月回家一次，让建华觉得很不习惯，有几次建华在屋子里就喊小军，可是却没听到小军的声音。建华才恍然大悟：小军在学校住校了。

小军住校不久，建华接到了通知。大宽妈告诉建华："棚户区要拆迁了。"

"真的嘛？这一片棚户区很大，政府能拆迁吗？"

"是真的，这次咱们政府下了大力气了，要把咱们这一片都拆迁盖高楼。我们就要住高楼了。"

建华非常兴奋，和大宽妈一直聊着住高楼的事。建华每次从街上的高楼大厦中走过，都会憧憬着自己能有一天也住在高楼里。每个夜晚，看着高楼里星星点点的灯光，再看看那些低矮的小房，建华更激发了奋斗的想法，为了早一天进高楼，奋斗永远没有止境啊！

想着想着，建华的情绪忽然就低落下来。大宽妈看出了建华的情绪变化："怎么不高兴呢？"

建华犹豫着不说。自己没有户口怎么能分房子呢？这房子是大宽妈的，自己凭什么跟着住高楼啊？

"大妈，以后我和小军会自己买房子的。"

"你买什么房子啊？我到哪里你和小军就跟到哪里！"

两人正聊着，陶翠翠来了。大妈说："建华没有户口，分房子就怕不给分，建华发愁呢！你劝劝她。"

陶翠翠对建华说："不给分房子能行吗？去找房产部门问问。"

建华说："这怎么能行呢？"

陶翠翠肯定地说："能行。"

陶翠翠回家告诉张少平建华为房子发愁，自己给出主意的事，说话时有些洋洋自得。张少平对陶翠翠说："你还能行不？这都是什么时候了？你怎么给建华出这个主意呢！"

陶翠翠说："我这是为了建华好，我又不是为了自己。"

少平说："你自己也不应该这样，要是为建华好，你应该想别的办法。"

大宽妈觉得建华的问题一定要解决好，不然影响建华的心情。于是，大宽妈直奔派出所，准备找许所长商量。

到了派出所，看到熟悉的民警，大宽妈问："许所长呢？快帮我找一下。"

民警说："大妈，您真是太落后了，啥消息也不关注。许所长已经提为许局长了。"

大宽妈一听："这可太好了！我去公安局找他。"

大宽妈出了派出所，直接奔了分局。门卫告诉大宽妈："许局长外出了。"

"我就在这等了。"大宽妈不等到许局长决不能回去。

在分局大门门口等了一个多小时，许局长终于回来了。远远地看到大宽妈，亲切地喊："大妈，您怎么来了？"

大宽妈说："我来找你有事啊！你都当局长了，我还不知道呢！"

许局长说："大妈，都怪我，我应该早点儿向您报告一下。"

大妈笑："你都当局长了，还向我报告，我得给你祝贺呀！"

"祝贺什么呀，都是为人民服务，就是工作地点不一样。"

"你还谦虚呢！行，不说了。说正事，我来找你帮忙来了。"

"快说说，看看我能帮上忙不？"许局长给大宽妈端来一杯水。

"我闺女建华没有户口，分房子成了问题。你得帮我想想办法。"

许局长说："大妈，您别着急，让我想想。"

大宽妈喝了一口水，心里忐忑着。小许都当了局长了，这么大的官能管自己这点儿事吗？

"小许呀，大妈不给你添麻烦了，大妈回去了。你这里挺忙的。"大宽妈说着，就要告辞。

"大妈，您这样就是见外了，我们认识这么多年，您从来没找我办过自己个人的事，这次我会帮您好好咨询的。"

"大妈知道你这么多年在一线当警察，也不容易，当上了局长，责任更大了，千万不要因为大妈的事影响了你。"

"大妈，您就放心吧！违反原则的事咱可不做。"

"这样就好，大妈回去听你消息吧！"

大宽妈执意要回去，许局长也不再挽留，送走大宽妈，许局长回到办公室，秘书小孙走进来："许局长，刚才来的不是大宽妈吗？"

"你认识？"

"他儿子李大宽救人牺牲了，我们这一片都知道大宽妈。"

"大宽妈为了分房子的事来找我，要给一直照顾她的建华母子也分一套房子，你帮我想想有什么好办法。"

"就是开火锅店的那个周建华？给她上户口就行了。"

"打住，你想让我犯错误？"

小孙挠挠头："有点儿难度，如果有户口就好办了。"

"我们的户籍政策只允许投夫、父母投奔子女、返程知青等几项可以落户，建华虽然照顾大妈这么多年，但是落户口也不符合政策。"

"我有办法了！"小孙一拍额头，说道。

"快说。"许局长催促道。

"我这个办法嘛，就是不用落户口，让大妈把自己的房子卖给周建华一间不就行了吗？"

"你这个小机灵，这个办法好是好，可是大宽妈本来是改善居住条件的，结果房子变得越来越小了。"

"给周建华落户口怕您犯错误，那就只有这个办法了。"小孙很无奈地说。

"你再想想。"

"对了，我爷爷给我留了一套老房子，这次也动迁，要不然，把我家这套房子卖给周建华？"

"早说呀！你可不许要高价，也不能反悔。"

"不能。就冲着李大宽，我也不能那么做。"

"好样的！走，跟我去房产局。"

许局长带着小孙，从房产局回来，直奔大宽妈家住的院子。

大宽妈从公安局回来后，正坐在那里发愁呢！

小孙敲门，把大宽妈吓了一跳，隔着窗子，看到了许局长，大宽妈赶紧跑过去开门："小许，怎么是你啊？"

"大妈，我来告诉您一个好消息。"

"快说给大妈听。"大宽妈着急地说。

"好消息就是建华可以分到房子，坏消息就是建华需要出一笔费用。"

大宽妈激动地握着许局长的手，刚想喊小许，转念一想，现在小许已经是局长了，那么称呼不对，于是大宽妈说："只要建华能分到房子，我可以帮她出钱！许局长，你是我们的恩人，我也替建华谢谢你呀！"

"大妈，您不要客气。这次是小孙帮了您，我还有事，改天再来看望您。"

大宽妈依依不舍地送走了许局长，转身高兴地做晚饭，一边做饭一边唱歌。

建华回来，还没进门就听到大妈在唱歌。"大妈，您唱歌唱得这么好，有什么开心事啊？"

"当然是开心事啊，你可以分房子啊！"

建华激动地抱住大宽妈："真的吗？太好了！"

"知道是谁给咱帮的忙吗？是许局长。"

建华疑惑地问："许局长？"

"对，就是原来的许所长，小许，现在是许局长了。"

"是吗？我看许所长那人挺好的，那么诚心诚意地帮我们，这样的好人，一定会有好报的。"

"那你就谢谢他吧！改天请他吃一顿饭，请他去你饭店去吃。"

"当然要感谢啦！"建华开心地说。

"可是，我以前多次请他吃饭，我说现在生活条件好了，感谢他救过我，可是许局长都拒绝了。"

"这次你再试试。"大宽妈建议道。

建华问到了许局长的电话，邀请他到火锅店，却被许局长拒绝了。建华着急："局长，您帮我这么大忙，我请您正常啊！"

"这不算帮忙，要谢你还是感谢大宽妈吧！是大宽妈用大宽的抚恤金替你买了新房子，房产局才同意分给你的。"

建华恍然大悟。难怪自己能分到房子，原来是大宽妈拿出了自己的全部积蓄。大妈真拿自己当亲闺女看待呢！许局长又帮忙想办法，建华心里感动，差点儿掉了眼泪："我一定会记得您和大妈的这份恩情。"

"都是应该做的，别想太多，把饭店经营好，让大宽妈晚年生活幸福，我就放心了。我还有事，不聊了。"许局长放下了电话。

建华感动，手里握着话筒，很久都没放下。

建华见到大宽妈时，直接扑上去抱住了她，大宽妈喊道："这是怎么了？别吓我呀！"

"大妈，您对我比亲女儿还亲。"

"又说远了，大妈和你有缘，别想那么多。"

建华擦去眼角的泪花，点点头，又对大宽妈说："大妈，您去帮我请请许局长，我觉得咱不能欠人家人情。"

"不用请了，小许他就是那样的人，我认识他20多年了，他心里就是想着老百姓。咱把店开好，对小许就是最好的感谢。"建华听了大妈的话，非常感动。

建华把自己积攒的钱都拿出来给大宽妈，大宽妈不要，建华哭了："大妈，我怎么能用大宽哥的抚恤金呢？这比打我还难受呢？我不是没有钱，我是有钱也买不到房子，更买不到与您的这份亲情啊！"

大宽妈也哭了："大宽，要是你还活着该有多好！"

第二十六章

　　我曾经无数次走到楼下，看着我的新房子，一层一层地往上盖。我又看到工人们给楼刷上了美丽的颜色，我仿佛看到了有一个窗口，就是我们家的，晚上闪着灯光，我和您还有小军已经住在楼里了。

　　房子一天天地盖了起来，建华为了看到新房子的施工进度，每天都会从新房门前走过，期待着早一点儿住上新房。

　　大楼从打地基到一层一层地往上盖，直到封顶。建华有时间的时候，就会到大楼前，看着工人们劳动。那些吊车把一块块水泥板吊了上去，工人们吹着哨子干着活儿。建华看着他们头上戴着帽盔，非常担心这些工人的安全。可是看着大楼一层一层的崛起，建华又希望那些工人能够快点儿干，让她早日住进新房子里。就这样盼着盼着，大楼终于盖好了。

　　一天，建华对大宽妈说："大妈，今天我带您去个地方。"

　　"带我去哪儿呀？神神秘秘的。"

　　"带您去看新房子啊！"

　　"都盖好了吗？"

　　建华说："看样子您有一段时间没去了。"

"我去有什么用啊？那楼也不是一天两天就能盖完的。"

"房子已经盖完了，我曾经无数次走到楼下，看着我们的新房子，一层一层地往上盖。我又看到工人们给楼刷上了美丽的颜色，我仿佛看到了有一个窗口，就是我们家的，晚上闪着灯光，我和您还有小军已经住在楼里了。"

大妈说："开始做梦了。走吧，我跟你去看看去。"

建华陪着大宽妈去看房子，到了一片高楼前，大宽妈惊讶地问："这就是我们的新房子？"

"对呀，这就是我们的新房子。"

"真是太好了，我过了大半辈子了，老了老了还住上楼房了。"

"是啊，我也借您光住上楼房了。"建华抱着大宽妈高兴地说。

大宽妈开心地笑着，可是忽然心里又难过了。

"大妈，怎么了？"

"可惜我儿子大宽没能住上大楼。"

建华听了，心里也隐隐地疼："大妈，以后我来照顾您，您就放心吧！"

这一天，大宽妈非常开心，建华更高兴。建华觉得，能从棚户区的大杂院里搬到楼房，自己这辈子从来都没敢想过，做梦都没梦到过。回来的路上，建华陷入了沉思。

大宽妈问："你想什么呢？"

"大妈，我做梦都没想过能住上楼房。"

"好日子还在后头呢！以后小军长大了，干成大事儿了，你就跟他享福吧！"

"可是我现在还要努力奋斗，我要把小军培养成大学生。"

"小军错不了，他是个聪明懂事的孩子。"

"多亏了您，不然哪有我和小军的今天。"

"你这是走哪儿就挂一个领情的兜子，总是感谢我，大妈不跟你说了。走，咱们回家去。"

建华和大宽妈从楼房的工地回到家，少平夫妇来了，对大妈说："大妈，房子要摇号了。"

大妈很开心："建华，到时你去帮大妈摇。"

陶翠翠说："大妈，不行的，个人只能摇个人的，不让代替的。"

"那就按照要求办。"大宽妈开心地说。

三天后，房产局的会议室里挤满了前来摇号的居民，前边的黑板上挂着新楼的户型图，图上标着对应的楼层和房间号。第一轮摇号开始了，每户先摇出自己的序号，按照序号的顺序开始第二轮摇号，第二轮摇出的号码就是自己对应的房间号。

大宽妈摇出的序号是 19 号，建华摇出的序号是 29 号，建华心里担心，万一摇到的号码和大妈距离远，不方便照顾大妈怎么办？但是建华转念一想，也有办法，可以和别人家换一间，只要和大妈住得近，自己就是再给对方出点儿钱也值得。

第二轮摇号开始的时候，在场的所有人都屏住了呼吸，盯着摇号机。仿佛摇号机摇出了人们的命运，此刻这个小东西的作用举足轻重，可以左右人们的思维。

大宽妈先摇号，摇出了 3 号楼 3 单元 2 楼 1 号，大宽妈对楼层很满意，自己老胳膊老腿的，上下楼方便一些就好。轮到建华摇号了，大宽妈双眼紧盯着摇号机，在一起住了这么久，大宽妈可不希望建华摇号摇到其他楼号。

建华不像前边的几位老人用力地摇号，她将摇号机轻轻地触碰了一下，摇号机转动得很慢，一停下来，负责报号的工作人员高声喊道："3 号楼 3 单元 2 楼 3 号。"

建华到图纸上一对照，突然跳了起来，喊着："大妈，大妈，咱俩是邻居！"

大宽妈听了，和建华紧紧地拥抱在一起。

"大妈，走，我给您弄点儿火锅吃。"

建华拽着大宽妈冲出了人群，一路哼着歌，回到了火锅店。

建华办好了手续准备搬家。她先在家里把所有的物品都收拾好，其实说所有物品，对于建华来说，非常简单，就是建华和小军还有晓杰的衣服，加上三人的日常用品。建华把自己的东西收拾好，又帮大宽妈收拾东西。建华把大宽的照片精心地包好，装在一个箱子里，锁好，把钥匙交给大宽妈。虽然大宽妈没问什么，但是建华知道，只有带走大宽的照片，大宽妈才会安心。

建华也在心里默默地说："大宽哥，我们带着你一起住新楼了。"

学校休息了，小军回到家，看到大包小包的东西，小军对建华说："妈，家里怎么这样了呢？好像打仗要逃跑似的。"

"什么逃跑啊！我们要搬家了！"

小军开心："真的吗？新房子已经盖好了？"

建华说："你一天就知道学习，也不关心妈妈。"

"冤枉，我是真想关心您，可我不是在学校吗？我也不知道家里的情况。"

"不用解释了，赶紧收拾东西，正好你回来了，咱们准备搬家。"

　　小军帮建华搬着大包小包往少平借来的车上装，他们带着所有东西，来到了新房子里。小军开心地在新房子的地上蹦蹦跳跳。建华说："不能在楼房里跳，别把楼板蹦塌了。"

　　"不会的。新房子不能那么不结实吧！"

　　"反正你不能像小时候那样连蹦带跳的。"

　　"行行行，"小军说着又趴在了床上，在床上滚来滚去的，然后又从床上蹦到地上，从地上再蹦到床上。

　　建华说："小军，你不是小孩子了。"

　　小军说："我高兴啊！"

　　"行了行了，你赶紧给我下来。"

　　小军又在床上蹦了两下，建华说："是不是小时候你没玩够？快去帮奶奶收拾东西。"

　　小军去了对门，大宽妈正在整理衣服。见到小军："大孙子来了？"

　　"奶奶我帮您收拾。"

　　大宽妈说："我都收拾差不多了。"

　　"我帮您打地吧！"

　　"都收拾好喽！"

　　小军一时找不到什么可做的，就说："奶奶，我陪您吧！"

　　小军就坐在屋子里，陪着李奶奶说话。

　　晓杰整理好自己的物品，就去火锅店了。屋子里只剩下建华一个人，坐在新房里，建华回忆着自己这些年的酸甜苦辣，想到了自己从村子里跑出来的那一天，春生掉下了山崖，自己在路上遇到了国庆和大宽，建华又回忆起自己在国庆家遇见了招娣，招娣骂自己，还有自己被张二汉毒打的那些情景，想着想着，眼泪就掉了下来。

　　晓杰回来开门，建华都没听见。

　　晓杰问："姐，你干什么呢？"

　　建华说："没干什么，没干什么。"

　　晚上，晓杰和小军都睡下了。建华却睡不着，就这样坐了一夜，直到天明。这一夜，建华的眼前不断地出现春生、国庆、大宽和少平等人，还有小军小时候的一些情景。小军陪着自己去卖雪糕，迎着烈日在街上喊"小人雪糕"的情景，小军陪着自己摆摊，小军在小吃部跑来跑去的情景……

建华想起这些，更睡不着。天亮了，小军早起要回学校，却看到仍然坐着的建华。小军问："妈，您一夜没睡吗？"

建华说："我睡不着啊！"

小军担心："您哪里不舒服吗？"

"没事，我是高兴得睡不着。"

小军这才放心："我回学校去了，您可要注意身体。"

晓杰已经去了饭店，小军也回到了学校。建华终于打起精神，走出房门，又把门锁上，往里推了推，确认自己锁好了门，才去了火锅店。

期末考试，小军的成绩在年级排到了100名，建华去开家长会，与其他家长沟通，有的家长就说："我们孩子每个月都要补课，不给他补课，考大学就会很吃力。"

小军回家没提过补课的事，建华觉得也应该给小军找个老师补课。建华出了教室，找到小军，对小军说："妈也给你找个老师补课吧！你看你哪一科比较弱？"

小军说："我才不补课呢！"

建华说："你不补课成绩能上去吗？"

"妈，你要相信我的实力，这次是100名，下次我要考前50名。"

"你说考前边就考到前边啊？"

"妈，您要相信我，天才是汗水加勤奋拼出来的。"

"行行行，我相信你的话，如果要是考不好的话，我就要给你找老师补课了，到时候你可不能拒绝啊！"

其实小军也想补课，可是妈妈挣钱太不容易了！自己不能花妈妈太多钱。但是，向妈妈保证了名次要提前，小军决定说到做到。于是，小军每天晚上就在自习室里上自习，晚上有蚊子叮咬他，就拿一瓶风油精抹到腿上和手上。房间里热小军就拿着纸扇扇风。在大家都睡着的时候，小军还打着手电筒继续看书，背着那些单词和公式。

就这样，一学期又过去了，小军的成绩出来了，居然名列前20名。开家长会的时候，老师惊讶地对建华说："看看你们家周小军，这成绩简直是突飞猛进了。这次家长会，你得讲两句了。"

建华说："我讲什么呢？"

"讲什么都行。"老师说。

就这样，家长们都来了之后，建华被请到了台上。建华在台上看到下边坐着的家长，还有后边坐着的小军同学，说道："各位家长、各位同学，我是周小军的妈妈，小军这次考试取得好成绩，首先要感谢老师，其次我也要感谢小军，是小军的付出，才取得了这么好的成绩。"

因为开心，建华觉得自己说话有点儿语无伦次。建华讲话的时候，眼泪控制不住，流了下来。小军在教室里坐着，看着建华泪流满面的样子，自己也哭了。

老师看着他们母子，非常感动。建华讲完话，从台上走下来的时候，家长们热烈地鼓掌。小军觉得自己的妈妈讲得真好，老师感谢建华，觉得建华给家长们做了榜样，也为自己今后做孩子们的思想工作，让孩子们能够认真地学习，起到了引领作用。

家长会结束了，建华看着小军说："儿子啊，妈真的感谢你。"

"妈，我会继续努力，一定取得更好的成绩。我准备办理常住校，回家的时间会间隔长一点儿，您觉得行吗？"

"只要你努力学习，你做什么妈都支持。"

小军表态："我会尽力的。"

小军再次回家的时候，建华坚持送小军去学校，小军对建华说："妈，我已经长大了，我要学会独立，您不用送我。"

建华说："我不放心，你还拿这么多行李。"

小军上了车，建华也跟上去，坚持要帮小军拿行李。小军不给建华，建华就在小军身边站着。车到站了，小军拿着行李，下车就往校园里跑。建华在后边跟着，想跟小军说句话，可是小军没有理建华。建华更加生气了，看到小军的背影，建华转过身来，在学校门口的雪堆上踢了几脚，虽然很疼，建华仍在踢着，直到踢得脚都麻木了，才一瘸一拐地回家。

建华心里很失落，小军长大了，却不理自己了。其实小军并没这样想，他只是想自己长大了，应该独立了，不想让同学们看到自己离不开妈妈。

第二十七章

当我看到翻滚的火锅的时候，又像见到了当年我和喜爱的姑娘在火锅店里相见的一幕，我心里就觉得高兴，我不去医院治病我也觉得开心。对过去岁月的怀念，让我不再对病痛感到恐惧。

小军经过努力，终于完成了高中三年的学习。就要高考了，可是需要先报志愿。报哪一所学校，是建华最愁的问题。建华问小军："儿子，你想去哪个学校啊？"

"我要报医科大学。"

"妈妈支持你，可是你想学什么专业呢？"

"我要学眼科。"

建华说："儿子啊，眼科那么细致，妈担心你粗心大意的做不好，咱们学口腔科，治治牙什么的还行。"

"我不想报口腔科，我就想学眼科。"

"你为什么要学眼科呢？"建华不解。

"我小时候读过一篇文章，那篇文章中说，眼睛是心灵的窗户。有一个人，他眼睛失明了，他看不见世界的风景，他只能听别人给他描述这个世界的风景，可是别人描述的风景，并不能让他想象出来这世界的风景到底有多美。于是，他做了很多梦，在梦中他见到了世界，当他梦到这个世界是那样多姿多彩的时候，他就想，如果有一天自己能够得到光明，能够看到这个世界该是多么的幸运。后来他遇上了一位医生，这位高明的眼科医生，治好了他的眼睛，让他看到了色彩斑斓的世界，他为此感到兴奋，为了让更多人感受到世间最美丽的风景，最后他成为一名非常出名的园艺设计师，实现了自己的理想。他把那些公园设计得很美，把那些景物也设计得很美，我觉得他把生活设计得也很美，所以我想：一个完美的人，一定是给他人创造出美丽生活的人，于是我也希望能够有更多的人看到这个美丽的世界，看到这个世界上更多的风景。"

建华听小军这样一说，非常感动："儿子，妈从来没有想到，你有这么多的想法，这么有爱心。"

"希望妈妈支持我。"

"妈支持你，你想报哪里就报哪里吧！"

建华不再阻拦小军，有了妈妈的支持，在学校老师让小军填志愿的时候，小军毫不犹豫地报了中国医科大学的眼科。有了这样的目标，小军在复习的时候，就更加努力了，将所有的知识点都理清，为了高考，小军拼了。

中玲每次进城都要到火锅店来，每次来都不空手，总会给小军带来一些礼物。今天，中玲又来了。建华问："怎么又带着东西呀？"

"我来了就不能空手，空手就不是我。我给小军带了一些鱼肝油。"

"又浪费，总给小军买东西，不是我批评你，这么多年，你为小军付出的挺多了，我这个亲妈都赶不上你了。"

"这次不是我带来的东西，这次是我哥让我带来的。"

建华笑说："国庆真是太让我感动了，对小军，国庆就像对待自己的孩子一样。"

"我哥也没有孩子，所以就拿小军当自己的孩子呗！我哥说了，让小军多吃点儿鱼肝油，注意保护眼睛，别把眼睛累坏了，免得高考的时候，影响答卷。"

"行，我一定把国庆哥的心意带到。"

"这次我也没看到小军，我就不去学校找他了，免得影响他学习。我得赶紧回去，家里还有事呢！"

建华送走了中玲，看着鱼肝油发呆。国庆对小军真是太好了，等小军长大了，一定让他报答国庆一家。

中玲从城里回到了村里，国庆还没有回来。中玲问马大妈："我哥最近怎么一直没回来呢？"

"你哥太忙了，听说又去了一个有隧道的地方，去巡新的线路了。"

"我哥真是的，放着舒服的地方不去，非要去艰苦的地方。"

"干苦活儿、累活儿，你哥一直抢在前边，你让他闲着，他闲不住。再说，你哥跟我说，他们建设的隧道，能通高铁，能跑汽车，我们应该支持他。"

"妈你还知道高铁，这个可是新名词。其实，我没拖我哥后腿，我也希望我哥多工作，忘掉不开心的事。"

在中玲和马大妈聊着国庆的时候，山里的隧道工程刚结束，国庆巡完线路正往回走。国庆惦记着要高考的小军，回来后没回家，直接奔了小军的学校。小军的学校不在城里，而在城乡接合部。国庆来到学校门前，站在校门口向校园里张望，校园里很安静，国庆猜想着学生们还没下课。国庆等了很久，终于听到了铃声。学生们三三两两从教学楼里走出来，国庆终于看到了小军。

小军刚下课，要去自习室学习。国庆并没有喊小军，而是非常欣慰地离开了校门口。他不想打扰小军，就想让小军安安静静地学习。国庆走在路上的时候，心里高兴，想着小军那么小的孩子，现在长成高高大大的小伙子了，将来会考个什么样的大学呢？国庆一边走一边想。

小军参加高考前，建华给小军买了新衣服和新鞋子，建华送到了学校，小军却不喜欢。"妈，你赶紧拿回去吧！我得穿着校服去考试。"

建华说："妈给你买的新的，咱也带点儿新气象，能够让你感到精气神儿足才能好好答题呀！"

"我是学生，人家都穿的是校服，我非要搞特殊，您能不能替我着想一下？"

建华一听也对，应该替儿子着想，于是建华拿着衣服和小军告别："那你好好学啊，考试的时候妈再去。"

小军有点儿烦："妈，你能不能不跟我捣乱呢？我去高考都跟同学一起去，您去了也没有地方待，再说在外面天气也挺热的，您就等着拿大学录取通知书吧！"

"真是太懂事啦！我回去了！"建华虽然心里窝火，但看小军这么懂事，还是欣慰地回到了店里。

小军独自参加高考，在考场上，小军聚精会神地答题，一切顺利。就这样，高考结束了，小军也高中毕业了。从学校回来的第二天，小军就来到店里，当了一名服务员。

"儿子，你怎么来了？刚考完，应该在家歇歇。"

"我来帮忙，就是休息了。"

建华还是不想小军吃苦："你赶紧回家休息吧，学了十二年，多累呀！"

"这么多年，您一直为我辛苦付出了，我也帮不上什么忙，只能用自己微薄的力量来帮您。"

建华又一次感动："行，儿子，你就在店里帮忙吧！"

小军跟着建华和晓杰每天早来晚走，在店里为客人服务，小军的热情服务，让客人感到很满意。

这一天，有一位老人来火锅店吃饭。小军见老人进来，立即迎上去："爷爷，您过来啦！到这边来坐吧！"

小军给老人留了一个靠窗的好位子，老人坐在这里，对小军说："有酒吗？"

"您要喝什么酒？"

"什么酒度数高，就给我拿什么酒。"

小军建议："您还是喝点儿低度数的吧！"

老人说："行，那你就帮我拿低度数的吧！"

小军把酒拿上来，老人一边吃火锅，一边喝酒。小军在为其他客人服务的时候，就注意到了老人好像在借酒消愁的样子，于是小军就劝道："爷爷，您喝得差不多了。"

老人说："我还想喝，再给我拿点儿酒。"

小军继续劝老人说："爷爷，您今天还是少喝点儿，如果喜欢喝酒改天再来，我给您拿您喜欢的酒。"

老人打着饱嗝说："我就想天天喝。"

小军探询地问："爷爷您一定有什么心事，跟我说说呗！"

"我姓齐，我呀上这儿来喝酒，我就是心里头有些难过。"

"您有什么难过的事儿跟我说说，看我能不能帮您？"

老人从衣兜里掏出一沓钱："我把我的钱都放到你的火锅店里，我什么时候想来吃我就来。"

"爷爷，您就少放一点儿吧！200元，您看行吗？"

老人说："不用，我这些钱都放这里。"

　　小军觉得很奇怪，老人执意要把钱放店里，一时自己没了主意，就对老人说："行，我去跟我妈说一声。"

　　小军拿着钱去找建华："妈，有一位齐爷爷，他拿了这么多钱，都要放店里。"

　　"什么情况啊？我得问一问。"

　　建华跟着小军一起来到大厅里，见到齐大爷问道："大爷，您是怎么回事啊？"

　　"别问我咋回事？我就把钱放这，我什么时候来我就来。"

　　建华说："您少放一点儿，花没了再放行不行啊？"

　　老人非常倔强地说："不行，就这么办。"

　　建华见劝不动齐大爷，就对齐大爷说："大爷，留钱也行，但是我们要登记一下您亲人的名字。"

　　齐大爷一听："我来吃饭，还登记亲人的名字，你们这是饭店呢？还是公安局啊？"

　　建华劝道："大爷您别生气，是这样，我们店里对所有的老人都要登记亲人的名字。"

　　齐大爷一听："那行吧，我把我儿子的名字给你留下。"

　　"您儿子有电话吗？"

　　"有电话。"

　　老人把电话也给建华留下了，建华说："齐大爷我去给您开个收条，一会儿就给您拿过来，您先等一等。"

　　建华让小军先稳住大爷，自己和齐大爷的儿子联系一下。建华就给齐大爷儿子打电话，告诉他齐大爷在自己的店里吃饭，拿很多钱非要放到店里，能不能抽空来劝劝齐大爷。

　　建华没想到，齐大爷儿子说："就先放那儿吧，我父亲什么时候去吃饭，直接就给他结账就行了。"

　　建华说："这样吧，我留一小部分给他办一张卡，其余的让他带回去。"

　　齐大爷的儿子同意了，建华给齐大爷办了一张饭卡，给齐大爷送过来："大爷，我给您办了一张卡，您什么时候想来吃饭的时候就直接拿这个卡算账就行了。"

　　建华把卡交给了大爷，看到齐大爷穿得很单薄，今天天气又有点儿凉，建华问："齐大爷，您穿这么少，冷不冷？家离这里远不远？"

　　小军说："妈妈，我把我的外衣给齐爷爷穿上吧！"

　　小军就给齐大爷穿上了自己的外衣,齐大爷的儿子来店里接齐大爷的时候,看到小军对自己的父亲这么好,感动地说:"谢谢你啊小伙子,感谢你对我爸的照顾。你叫什么名字?我跟老板表扬表扬你。"

　　建华走了过来:"这是我儿子。"

　　齐大爷儿子说:"老板你怎么培养出这么好的儿子?"

　　建华自豪地:"我儿子确实不错,我也没怎么培养,他自己成长起来了。"

　　齐大爷往外走的时候,齐大爷的儿子对建华和小军小声地说:"我爸得了绝症,我给他这些钱是让他治病的,可是他不去医院治病,跑到这里来了。我刚才进来的时候才发现,你们这是川味的火锅,我爸也是四川人,他说他这一辈子就想每天吃川味火锅,就想每天吃到家乡的风味,就是死了也值了。"

　　建华和小军听了齐大爷儿子的话,很同情齐大爷,建华追上齐大爷,劝道:"齐大爷,您应该到医院治病去。"

　　"我的病治不好了,我这是绝症。"齐大爷难过地说。

　　"您应该去治疗,儿女对您的一片心意,您应该体会得到。"

　　齐大爷说:"我的病真的治不好,我也不想浪费儿子的钱。他们给我的钱,我觉得还不如我到这来吃点儿好吃的,我年轻的时候,就喜欢吃火锅,那个时候,我也喜欢一个火锅店的姑娘,如果不是家里阻拦,那个姑娘就能嫁给我了。可是后来,我却没找到她,也不知道她到了哪里?我现在唯一能够想起的,就是我在吃火锅的时候,就能回到当年的情景。很久没吃到家乡的火锅了,正好在城里找到了你们这一家,当我看到翻滚的火锅的时候,又像见到了当年我和喜爱的姑娘在火锅店里的一幕,我心里就觉得高兴,不去医院治病我也觉得开心。对过去岁月的怀念,让我不再对病痛感到恐惧。"

　　建华和小军听了齐大爷的一番话,非常感动,小军说:"爷爷,我送您回去吧!"

　　齐大爷说:"不用,我跟我儿子一起回去就行了。"

　　建华和小军热情地把齐大爷送到了门口,看着齐大爷和儿子远去的背影,建华心里百感交集。

　　经历了齐大爷这件事,建华对小军说:"儿子,你看到了吧,妈开的这家火锅店太有意义了,不仅解决了人们吃饭的问题,还让人们怀念过去,而且这里还有很多故事。其实火锅的故事也很多,妈一直也没跟你说。"

　　小军说:"以后等您有时间的时候写一本书吧!"

"儿子，这本书还是你写吧！妈也没有那么高的文化。"

小军说："其实，我觉得我妈是很有文化底蕴的，没有文化的人怎么开火锅店呢？"

建华笑："儿子，就你觉得妈妈水平高。"

"我觉得，火锅店还能做得更好。"小军建议道。

"你有什么想法？跟妈说说。"

"把店里的调料再增加一点儿，比如齐大爷这样的人来吃火锅都应该给他赠送点儿什么，让他感到更高兴，更开心和满足。"

建华说："行啊，等我把调料的品种增加之后，我就买点儿好一点儿的肉，客人来吃饭的时候，只要是点了肉了，咱就赠送青菜，能吃多少就吃多少。"

小军说："好啊，这样做会让客人感到开心，我们火锅店虽然损失了一些菜钱，但是却能让客人吃得满意，来得客人就多了。"

建华采纳小军的建议后，立即开始实施。火锅店像他们预期的一样，越来越火，来的人也多了。

让建华欣慰的是，齐大爷在建华的劝说下，终于同意去医院治病了。这一天，齐大爷来到店里，对建华说："大爷以后可能要有一段时间不能过来了。"

"大爷，您要外出吗？"

"我要去医院治病了，你们开导我，我再不领情就不对了，而且我也不能让儿子们不高兴。"

建华开心地："大爷，您这样做就对了，我支持您。如果您喜欢吃什么，我给您做好送到医院去。"

齐大爷一听，非常高兴："如果能在医院里吃到你们的火锅，我就知足了。"

建华承诺："到时候，把火锅搬到医院去吃，咱们 一言为定啊！"

齐大爷满意地去住院，小军成了外卖小哥，经常去医院给齐大爷送饭。

建华的店开得越来越好，生活也变得好起来，原来大杂院里的很多人都过上了幸福的生活。少平的厂子开始了改革，又盖了很多房子。职工分房子的时候，少平一家也分到了新房子。

搬到新房的那一天，少平非常高兴，陶翠翠和少平带着女儿张佳一起去新房子打扫卫生，张佳跑前跑后地跟着，开心得蹦蹦跳跳。等他们把房子整理干净之后，少平对陶翠翠说："今天晚上我请客。"

陶翠翠问："吃什么呢？"

少平说："你和女儿想吃什么我就请你们吃什么？"

陶翠翠说："这还用说吗？我们去建华的店里吃火锅呀！"

"好啊，我们到建华的店里去庆祝一下。"

张佳和父母来到建华店里的时候，建华看到了张佳："真长成了大姑娘了。"

张佳说："阿姨，我就喜欢吃你们店里的火锅。"

"难得你喜欢吃，可以经常来呀！"

"那我就经常过来。"张佳很爽快。

少平说："佳佳，你这么不懂事啊？怎么总给你建华阿姨捣乱呢？"

建华说："这哪里是捣乱呢？我喜欢让孩子们过来吃饭，而且佳佳过来，我一律不收钱。"

陶翠翠非常感动，想起以前自己给建华找过很多麻烦，可是现在建华对自己一家人却是那样好，她吃得非常开心，对张佳说："你来吧，以后你来妈妈给你买单。"

建华说："翠翠姐，你说这话就远了，我们还是好朋友、好姐妹吗？家里人来吃饭，我怎么能收钱呢！其实我今天也很高兴，我要告诉大家一个好消息。"

"什么好消息？赶紧说。"少平问。

"我都等不及了，快说。"陶翠翠也着急了。

建华高兴地宣布："我们家小军呀，考上中国医科大学了，所以今天，你们就是不来，我也要请你们来呢！我们好好庆祝一下。"

少平说："给我来杯酒吧！确实值得庆祝。"

建华说："是啊，我们两家好好聚一聚吧！"

两家人正开心地聚餐，齐大爷的儿子来了，建华问："齐大哥，你怎么来了？"

"我来给你送锦旗来了。"

"给我送锦旗？"建华不解。

"其实呢，我心里是非常矛盾的，但是我今天必须来，因为我是受我父亲的委托来的。"

建华问："齐大爷最近怎么样了？这两天忙我也没过去。"

齐大爷儿子说："我父亲已经去世了。"

建华眼前浮起了齐大爷的音容笑貌："去世了？我还没送上他一程。"

"我爸嘱咐我不要对你们说，我爸在临终前嘱咐我，一定要给火锅店做一面锦旗送过来。"

建华接过锦旗，眼泪掉了下来："齐大爷——"

"我爸跟我说让大家不要难过，他说他很高兴，他是开心地离开这个世界的，因为他尝到了家乡的风味儿。我爸爸除了让我送锦旗，还嘱咐我另外一件事儿，这儿有一份火锅底料的配方，是我爸让我交给你的。"

建华疑惑："火锅底料的配方？"

齐大爷儿子说："对呀，其实我们家也是老火锅的传人，当年我爷爷也是开火锅店的，我爸在老家的时候跟着他一起干，后来我爸参加工作来到东北，我们家的手艺虽然没有失传，但是一直也没有开成火锅店。我爸让我把这份锅底料的配方给你，就是想要你把咱们川味的火锅发扬光大。"

建华非常感动，郑重地接过了火锅底料配方。

齐大爷儿子说："千万不要难过，我爸让我谢谢你。"

建华突然想起了齐大爷的那张卡："齐大爷的卡里还有钱呢，我赶紧给你结一下账。"

齐大爷的儿子说："不用了，我爸说钱不用结了，让你作为研发新的火锅的活动经费。"

建华说："那可不行。小军，快去把钱算一下。"

小军来到了前台，给齐大爷的账算了一下，然后把余下的钱拿出来交给建华。建华说："齐大哥，这个钱你一定要收下，因为这是齐大爷的钱，我不能收。"

齐大爷的儿子推让了半天，建华还是不留，他只好将钱收了起来。又对建华说："虽然我父亲不在了，以后我会常来的。也祝你们的火锅店越开越红火。"

建华说："你放心吧，我一定听大爷的话，把这个火锅店开好，为我们老家人争光。"

第二十八章

少平开车路过，看到两个女人在那里哭，仔细一看是建华和中玲，张少平一边开车一边骂："这两个傻妮子！怎么跑到这里来哭？"

今天是小军上大学的日子，建华早早就起床了，帮小军整理好东西。小军看着忙碌的建华："妈，您辛苦了！"

建华笑着嘱咐："儿子，你长大了，到大学后一定要好好学习，医科大学五年很辛苦，妈妈希望你能坚持下来，妈妈坚信一句话，只有坚持才有收获，妈妈希望你能永远记得。"

小军点头："您放心。周末回家我会去店里帮您。"

"你就安心好好学习，不要想店里的事。"

建华送小军去医科大学回来，走到中山广场时停了下来，坐在广场的台阶上，看着来来往往的车辆，建华回忆起自己带着小军穿街过巷卖雪糕的艰辛日子，想着想着，坐在那里痛痛快快地哭了起来。

中玲进城，来找建华，到了饭店，建华却不在。中玲就问服务员："建华和小军呢？"

服务员说："今天老板送儿子上大学了！"

"哪个大学？"中玲问。

"中国医科大学。"

中玲一听，来到附近的公交车站，车来了，还没等停稳，中玲就急着上车，直接奔了医科大学。车走到广场的时候，中玲透过车窗，看到了广场台阶上坐着的建华。

中玲喊建华，可是又怕建华听不见。到了车站，中玲急忙下车往回跑。中玲跑到建华身边，建华却没注意到中玲，中玲问建华："你怎么在这儿啊？小军呢？已经报到了？"

建华抬起朦胧的泪眼，看着中玲，点点头："我就走到这儿，想歇歇。"

中玲问："怎么还哭了呢？"

中玲不问还好，这样一问，建华控制不住自己的眼泪，哭得更厉害了。建华一边哭一边说："这么多年，我觉得自己太不容易了！小军终于考上大学，我现在挺开心的，所以才掉了眼泪。"

听建华这样一说，中玲也回忆起建华刚来时的那些事，后来嫁给张二汉，经历了离婚风波，又带着小军从农村来到城里，想想建华这一路的辛苦，中玲也忍不住哭了起来。

中玲在广场上陪着建华哭，路上的行人一边走一边看着她们，不知道两个女人为什么这么心酸，在大庭广众之下哭得这么凄惨。

建华见中玲陪着自己哭，伸出手给中玲擦眼泪，中玲又给建华擦眼泪，两个人看着对方的大花脸，却又笑了起来。少平开车从这里路过，看到两个女人在那里又哭又笑，仔细一看是建华和中玲，张少平一边开车一边骂："这两个傻妮子！怎么跑到这里来哭？"

建华和中玲看到了小平，两人站起来，就跟着少平的车跑，一边跑一边喊。少平赶紧踩一脚油门，把车子开得飞快。车子开得很远了，建华和中玲还在开心地"哈哈"大笑着。

小军在大学里学习很努力，每一门课程都取得了很好的成绩。五年的时光很快就过去了。到了 2004 年，小军已经大学毕业了。很多同学去了公立医院，小军却选择到城北的光明医院去工作。

报到时，何院长问小军："你为什么要学习眼科呢？"

小军说："我是想给更多的人治疗眼病，让他们看到光明。"

院长又问："为什么选择光明医院呢？"

"听说院长留学归来，在眼科方面，很有造诣，所以我就到这儿来了。"

院长带着赞赏的目光看着小军："你好好干，将来会出息。"

小军说："谢谢院长。"

院长带着新入职的医生，参观了医院，讲了建院的历程和诊治过的重要病例，小军了解了医院的创办过程和发展情况。院长给新入职的医生们讲到了光明行动，令小军特别感兴趣。如果能够给更多的人带来光明，去除黑暗，去掉心里阴影，就应该早日参加到光明行动中来。他希望自己能快点成长，尽快结束实习工作，真正参与到治疗中，才能完成自己的心愿。

张少平的新家，就在小军工作单位附近。张佳知道小军分到了光明医院，放学的时候，就到医院来找小军。小军看到张佳，问道："你怎么来了？"

张佳说："我怎么不能来呀？我过来看看你。"

"我正忙着呢！"小军在看一组数据。

"不管怎么忙，你也要下班吧！我就在这儿等你下班。"

小军没办法，只好说："那你乖，好好待着。"

"我又不是小孩子。"张佳不乐意。

"你也不是大人。"

小军给病人做眼部筛查，张佳就在外边等，直到小军下班。

张佳的数学学得不是很好，路上，她向小军求教。

"行啦，在路上也没法给你讲，找时间我给你讲数学题。"

张佳非常开心，回家告诉父母要请小军给自己补习数学。

小军来张少平家给张佳讲数学的时候，陶翠翠非常高兴。

少平笑："我们给你找家教，你不要。找你小军哥补习，是不想给人家钱吧？"

"小军哥也不好意思要钱。"张佳大言不惭地说。

小军笑笑，立即给张佳补数学。张佳听小军讲题，都能听明白。小军也觉得张佳聪明伶俐，一点就通。

通过观察，小军对张佳说："其实这些题你都会，就是不认真。"

张佳说："我会努力的。"

张少平和陶翠翠留小军在家里吃饭，小军说建华还等着他回去。少平看着小军下楼的背影，若有所思。

小军回家，建华问："怎么回来这么晚？"

小军告诉建华："给佳佳补数学去了。"

建华说："佳佳数学学得不好啊？"

小军说："佳佳就是不认真。"

建华让小军好好教教佳佳，小军说没问题。

建华端上了饭菜，小军开心地吃着，一边吃一边给建华讲在医院里遇到的有趣的事，建华听得入了神。她想象着儿子穿着白大褂，在医院里给病人看病的情景，越想越开心。

建华嘱咐小军："儿子啊，到医院工作很不容易，尤其你还实现了自己的理想，当上了一名眼科医生，所以一定要珍惜。"

小军说："妈，您放心吧！我会努力的。"

小军是这样说的，也是这样做的。

每天早晨，小军都会早早来到医院，尽心尽力地为病人服务。

这一天，医院里其他医生们都下班了，小军还在给病人做检查。他想给这几个病人检查完了再走。何院长从检查室门口经过，看到小军对病人的耐心和热情，对小军的印象很好，院长决定好好培养小军。

国外有一家医院，与光明医院交流学习，院长开会回来，在全院大会上，对全体医生说："我们院要跟国外进行交流和合作，但是这一次，对选拔上的医生要求比较严，必须德才兼备才能给予考虑。经过医院全方位考核，现在我宣布，去国外进修的医生名单：周小军——"

医生们听了都感到很惊讶："这个周小军不是刚来的吗？怎么就派他去了？"小军坐在台下，听着周围医生的议论，有些脸红。

这时，院长在台上继续说道："你们知道吗？周小军虽然刚来，但是有谁能想象到，他每天的工作，超出了他的职能范围。每天晚上，只要有病人在，他都不回家，坚持检查完才回去。你们能做到吗？有很多人都是到了点，甚至没等到下班时间的时候，就已经早早做好下班的准备。而周小军呢？在没有病人的时候，他会把所有的器械都整理好，他会在病人离开的时候，再检查一遍自己的工作情况。每天还会把当天的工作日记写完，记下病人的情形，还有哪些病人需要持续治疗。你们当中有几个人能够做到呢！"

大家停止了议论。受到了院长的表扬，小军坐在那里，感到有点儿不自在。他觉得这些都是自己的工作职责，自己只是尽力做好。

会议结束后，小军去找何院长："院长，能不能把这个机会给其他的医生呢？他们来的时间比我长，工作也比我努力，让他们去吧！"

院长说："你的努力我已经看到了，有时候工作得好坏，不看长短，而是要看你工作是否尽心尽力，尽职尽责。我们在对患者的调查中，他们对你的评价也很高。我们医院不仅要做到技术一流，我们还要做到服务一流，你的技术水平，还有待提高，但你的服务，绝对是一流的。所以，这次，我们在提高技术这样的培训中，就要给你机会，多培养你，让你在服务一流之外，技术也达到一流，成为我们医院的骨干。"

小军见说服不了院长，只好同意了院长的安排，准备出国进修。虽然可能有人不服气，但是既然院里决定了，就要服从，何况这是一家民营医院，不管做什么，只要努力了，就会对自己有一个公平的对待，小军庆幸自己来到光明医院，也为自己正确的选择而自豪。

带着快乐的心情，小军骑着自行车，一路哼着歌，回到火锅店。

建华和晓杰还在忙碌着，小军赶紧帮建华。

"儿了，你辛苦一天了，赶紧回家歇着去。"建华劝小军。

"您和小姨都在忙，我怎么能歇着呢？"

"我和你小姨能忙过来。"

"妈，我还有事要告诉您。"

"有什么事？快说。"

"妈，好事儿，院里决定派我到国外去进修。"

建华看着小军，有些不相信地问："真的吗？"

"当然，我是会撒谎的孩子吗？"小军笑。

建华抱住小军："真是太好了！妈为你高兴啊！"

建华高兴了，手舞足蹈的样子。小军却说："妈，我去学习了，家里就没人照顾你了。"

建华说："不是还有你小姨吗？"

小军一想，也对，小姨一直就在家里，和建华一起出来进去的，自己也没有什么可担心的。

建华对晓杰说："今天我就不去店里了，我给小军买衣服去。"

"我的衣服都挺好的，还买什么呀？"

"好什么呀，这些还是你上学时候穿的，都参加工作了，怎么也要换一换新的，妈给你买一套西服，到国外穿。"

小军着急："真的不用。"

"你还是我儿子吗？你出去要代表妈妈的形象，妈妈开这么大个饭店，别人不知道的还以为妈舍不得，我又不是后妈，我是你亲妈。"

"行行行，就听您的。"小军投降。

"咱现在就去。"

建华跟晓杰交代了几句，于是带着小军出门了。建华在街上拉着小军的手往前走，高高大大的小军低头看着建华头上的几根白发，在风中舞动着，非常心疼。过马路的时候，小军看到绿灯亮了，拽着建华的手，小心地护着她过马路。

第二十九章

也不知建华现在在哪里？是死是活呢？这么多年，自己离开了那个村子，从来就没有回去过，可是现在回去又有什么用呢？杨春生想着想着，睡着了。

建华和小军回到家的时候，天色已晚。晓杰已经回来，人宽妈在家里等着建华和小军。娘俩一进门，大宽妈就问建华："小军要出国了，是不是要请大家小聚欢送一下呀？"

"有点儿太麻烦了。"

"麻烦什么呀？都是邻里住着，大家对小军这么关心，都看着小军从小长大的。"

建华说："是啊，大妈，我也是这么想，可我就是担心大家会多心，他们会给小军钱，我担心这个。"

大宽妈说："这有什么担心的，不要就是了。"

"要是这样的话，我就没有思想包袱了。明天晚上我们就请大家吃饭吧！"

第二天晚上，张少平夫妇、大宽妈还有原来大院里的邻居都来到了建华的店里，大家一起给小军送行。

建华拿出了店里最好的火锅料，还有一些海鲜等美食，小军说："妈，太奢侈了！"

建华说："请大家吃饭，必须要奢侈一下，再说你要出国了，妈妈也高兴啊！"

小军感慨："总是为我操心，我都不好意思了。"

"你有什么不好意思的，都是妈应该做的，谁让你是我儿子呢？"

小军心里很高兴，可是看到大家坐在一起吃饭的时候，小军觉得好像缺少了什么，他悄悄地离开座位，走到门外的电话亭，给国庆打电话。国庆正在参加动车线路的检测，接到小军的电话，匆忙地说："叔正忙着，你有什么话快说。"

"您先忙吧，我过一会儿再打。"小军要放电话。

国庆说："小军，你肯定有事儿要跟我说，你赶紧告诉我。"

小军说："叔，我要出国参加培训去。"

国庆听了："太好了，祝贺你呀！真是没有白努力。"

小军说："国庆叔，我也感谢您，您也是我的榜样。"

"我怎么能当你的榜样呢？"

"以前我不知道铁路有高铁，现在我知道了，您为我们国家的铁路发展做了那么大的贡献，我也为您感到自豪。"

"行了行了，还是你当医生治病救人比我的贡献大。"

"叔，您又谦虚了。不过您要注意身体啊，照顾好自己。"

国庆答应着："好，别说我了，你自己一个人在外，可要把自己照顾好，不要辜负你妈妈的一番苦心。"

"国庆叔，您放心吧，我知道。"

和国庆通完了电话，小军回到饭店，张少平问："小军，你去哪儿啦？快来快来，大家一起给你妈敬酒。"

"我妈不会喝酒，还是我替她喝吧！"

少平夸赞："这孩子太孝顺了！"

陶翠翠也说："小军要是我儿子就好了。"

建华开心地说："就把小军送给你好了，给你当儿子吧！"

陶翠翠认真地说："说真的呢，建华你可不要后悔啊！"

"我什么时候说过后悔的话呀，就给你们家当儿子了，小军，快点儿叫爸妈。"

建华红着脸。大宽妈开心地在一边看着，嘱咐小军："到了国外，你可一定要好好学习，不要惦记家里，我和你妈都挺好。"

"奶奶您注意身体，不要惦记我，我会好好的。"

到机场送小军的时候，大家看到张佳也在小军的身边。小军说："佳佳，你可要好好学习呀！"

"嘱咐我好好学习，我也要嘱咐你一句话。"

"有什么话你赶紧嘱咐我，一会儿我上飞机了，你可就说不了了。"

张佳说："小军哥，我要警告你，你可不许出去找外国女孩啊！"

小军憨厚地笑着说："不找。"

马上就要登机了，播音员的声音传来，小军赶紧去安检。望着小军走进安检口的背影，张佳流下了眼泪。

晚上回到家里的时候，张佳把自己锁在了屋子里，看着桌子上摆的那些数学题，上边很多都是小军给自己写的答案。张佳心里难过，张少平和陶翠翠见张佳在屋里不出来，陶翠翠喊："佳佳出来吃饭。"

张佳也不出来。陶翠翠说："这怎么回事啊？怎么从机场回来还这样了呢？"

张少平走到门口劝张佳："你真是没有出息，哭什么呀？小军出国学习不是好事吗？学成了回来，给更多人治病，我们应该为小军感到骄傲啊！"

陶翠翠说："小军走你就哭，以后你还离不开小军了？"

张少平瞪一眼陶翠翠："你怎么说话呢？你没看出来吗？小军是个好孩子，我是挺喜欢小军的。从小看到大，小军好学、勤奋，人又憨厚，这要是小军不在国外找女朋友，等着我们佳佳，我相信咱们佳佳这一辈子都会很幸福的。"

陶翠翠说："原来你们都有这想法，我也有，可是我没说。"

张少平说："你看你，还留一手。"

"行了行了，快点儿劝劝佳佳，让她来吃饭吧！"

张少平继续敲门喊张佳，陶翠翠则往桌子上摆着菜，张佳听到父母的谈话立即止住了泪水。

日子像流水一样过得很快，小军春节没回来，又到了正月十五，更是不能回来过节。张佳担心建华寂寞，约建华一起去看灯展。

建华取出围巾戴上，穿好了大衣，跟张佳走出了房门。两个人下楼一起往公园的方向走，张佳说："阿姨，我们打车去吧！外面太冷。"

两个人打车一起奔了北陵公园。到了公园门口，人很多，张佳就想往里挤，这时听到了小孩的哭声。建华看到了一个孩子在路边哭，人很多，可是也没有人顾上这个孩子。建华和张佳从出租车上下来，问孩子："你怎么了？"

孩子哭着说："我和爸妈走散了，我找不到他们。"

人流涌动着都往公园里去，没有人注意到她们。建华担心孩子被拐走，于是对佳佳说："我们等一会儿再看灯，先帮孩子找到家长。"

"可是到哪儿去找呢？"

"我们在这儿等着吧！万一孩子家长来了呢？"

于是，建华和佳佳就在这里等着孩子家长。天很冷，孩子冻得小脸通红，建华脱下自己的大衣，给孩子裹起来。

张佳说："阿姨，你要冻坏了怎么办？"

张佳又把自己的大衣给建华披上，可是建华说："你年轻，冻坏了可不好，我没有问题的。"

张佳争不过建华，建华就在寒风中冻着。这时，远处有一对年轻夫妇慌慌张张地跑了过来，建华问孩子："那两个人是你的爸妈吗？"

孩子哭着就往前冲："爸爸——妈妈——"

建华很开心，终于看到了孩子的爸妈。孩子爸妈走过来，抱起了孩子，看到孩子身上裹着的衣服："这是谁的呢？"

孩子回头指着建华和佳佳，家长跑过来，对建华和佳佳说："太谢谢你们了！"

"不要客气，我们也是偶然见到了孩子一个人在这里，找不到家长都急哭了。"

孩子的妈妈把孩子身上的大衣还给建华："让您受冻了。"

孩子爸妈向建华和佳佳道谢后才离开，建华这才和佳佳放心地去看灯展。路上，张佳说："阿姨，我真是觉得您的为人太好了！"

建华说："这样的经历我也有过，小军小的时候也是这样走丢了。那时也是来北陵来看灯展，我去给小军买糖葫芦，让他在那儿等着，可是小军着急，他就去找我，结果走丢了，当时我心里急得，死的心都有了。可是，我遇见了许所长，他帮着我找小军，结果你说巧不巧，我和许所长都没找到，是你爸爸帮着找到的。"

张佳笑着说："对呀对呀，我听说过这件事，我爸妈和我说过，说是我爸坐在车上，看到小军哥在路上走，然后我爸就急忙下车，把小军哥带了回来。"

建华说："你爸是好人，如果没有你爸，也就没有小军的今天。要是小军丢了，你说我活着还有什么意义呢？"

张佳安慰建华说："阿姨，过去的事都过去了。小军哥都已经长大了，以后再也不会走丢了。"

建华有些忧郁地说："谁知道呢，走了那么远，在国外你说我想看也看不见他，真是没有办法。"

"可是小军哥是去提高去了，他能学知识。"

"说得对呀，如果不是这样，我能放他走吗？"

两个人看过灯展，一边说着话一边往回走。

建华打车送张佳回了家，自己又往回走。进了门，洗漱之后就休息。张佳却睡不着，又开始在灯下读书。

这一晚上，建华一直在做梦。她梦见了小军，小军说想妈妈了。

早晨，建华做饭给大宽妈送过去，大宽妈说："大早晨挺冷的，又做饭给我送来。"

建华说："大妈，我都习惯了，您赶紧吃吧！一会儿凉了。"

大宽妈拿起筷子吃饭，问建华："昨天你去看灯了？怎么样啊？"

建华说："遇见个丢小孩儿的事儿，一下子让我想起了小军，昨天晚上我也没睡好觉，做梦都梦见小军了。"

大宽妈说："你要是想小军，你就给小军打个电话呗！免得你惦记他。"

"我也不想打扰他，我希望小军能一门心思好好学习，再说我打电话时要是他上课怎么办？我就想把我自己的店开好多挣点儿钱，将来我给小军娶个好媳妇儿，我就知足了。"

大宽妈说："你要是这么想，那就别再胡思乱想了，你就希望小军好好的，学成归来，将来你就是一个留学生的妈妈。"

"我还真没想那么多，我就想小军回来能给更多的人治病，能让更多人的眼睛好起来就行了。"

建华和大宽妈说着话的时候，有一个人也想起了建华。

在南方的临海市，有一座高档办公楼，里边的一家大公司的董事长叫杨春生。杨春生的办公室非常豪华，他坐在老板桌前，正看着公司的业绩简报。这时，秘书走了进来，对杨春生说："董事长，这是我们公司和沈阳有关业务的项目策划书，还有机票。"

杨春生说："放这里吧！"

秘书补充道："飞机还有两个小时起飞，我送您去机场吧！"

"好，抓紧时间。现在安检都提前了。"杨春生说道。

"车子准备好了，您下楼吧！"

秘书离开了办公室，杨春生拿起手包，出了办公室下楼。秘书打开车门，两人上了车，车子朝着机场的方向奔去。杨春生在车上一边看着策划书，一边问秘书一些问题，秘书一一地回答着。

到了机场，杨春生下车，又对秘书说："我现在脑子里形成了一套新的谈判思路，等我回来的时候，提前通知各部门一起探讨。"

秘书回答："好。"

杨春生和秘书一起进机场，走过了贵宾通道登上飞机。飞机起飞了，杨春生闭着眼睛，想睡一会儿，可是眼前却浮现出周建华的身影，建华和自己在山上跑着，自己脚下一滑，掉进了山崖……

也不知建华现在在哪里？是死是活呢？这么多年，自己离开了那个村子，从来就没有回去过，可是现在回去又有什么用呢？杨春生想着想着，睡着了。不久，飞机到了沈阳，停在了桃仙机场，杨春生从飞机上下来，对秘书说："直接去房地产公司。"

秘书在前边引路，杨春生在后边跟着，两个人一起去了一家房地产公司。公司老总在楼下迎接："杨董，您可来了，我们一直盼着您呢！"

杨春生说："我这不是来了吗？总盼我干吗？"

公司老总说："楼盘的建设情况着急让您看一看。"

老总领着杨春生来到了沙盘前，对杨春生说："这是我们新楼盘的建设情况，你看现在这边的一期已经建起来了，二期正在打地基。"

杨春生点头："看着还不错，你再给我仔细讲讲。"

房地产公司老总坐在那里给杨春生讲公司的规划，杨春生说："你已经盖了这么长时间了，你才融资，是不是有什么问题呀？"

老总说："真的没有问题，我可以把所有的手续都给您看，我是在建设的过程中，因为追加了一些施工项目，又增加了一些设施，所以，增加了投入，我自己这一部分明显不足，希望杨董能加入进来，我们一起做。"

杨春生说："我再考虑考虑，然后答复你。"

晚上，杨春生入住酒店，将手续办好之后，杨春生出了酒店，看着楼外的街道，不知为什么，又一次想起了建华，可是他却不知道，建华也在这里，而且距离并不远。

经过一番考察，杨春生与房地产公司顺利地签订了合同。房地产公司的老总感谢春生："非常感谢您的加入，帮我解决了大问题。"

杨春生说："我们有钱大家一起赚，共同富裕就好。"

房产公司老总连连点头："是啊是啊，杨董，您说得有道理。今天中午我请客，您喜欢什么风味？"

杨春生说："我什么没吃过呀？我现在就想吃我家乡风味儿的火锅。"

房产公司老总有些为难："我一直在南方发展，建这个项目前才回来，咱们这座城市里的川味火锅还真不多，我就知道有一家，不知是否合您的口味？"

"只要是正宗的川味，就合我的胃口，冒牌的就不好说了。"

"包您满意，我这就陪您去。"

老总的司机把车开了过来，杨春生和秘书一起跟着老总上了车。"去四川风味火锅，离我们不远的那家。"老总对司机说道。

三五分钟的车程，一行人来到街道尽头的川味火锅店，就是建华的店。

第二十章

　　三秃子说着，就把装调料的台子给砸了，桌上的调料被砸了一地，麻将、酱油、醋、辣酱淌得满地。晓杰非常生气，大声喊道："三秃子，你给我住手！"

　　杨春生不知道，房地产公司的老板是建华店里的老客户了。他经常到这家店里来，也知道建华和春生是老乡。既然和杨春生合作，就要了解杨春生的爱好，把他请到沈阳来，就会请他吃家乡风味，聪明的老总绝不会在这方面失误。

　　在就餐的时候，老总为了增进与春生的感情，拉近相互之间的距离，悄悄地对服务员说："快去让老板出来见她老乡。"

　　服务员去找建华时，建华却没在。老总问："老板去哪儿了？"

　　服务员说："老板没在家。"

　　建华去了商场，此时正在商场里给大宽妈买衣服，左挑右选，选了两件衣服，觉得适合大宽妈，才交了款，拎着衣服出了商场的大门。

　　虽然建华没在店里，但是服务员说有老板要见老乡，于是晓杰出来了。晓杰来到春生的饭桌前，问道："是哪位老板想见老乡啊！"

　　公司老总说："是我们这位大老板，他是你们的老乡，赶紧过来见见。"

　　晓杰抬头看到春生，感觉面熟，觉得有点儿像春生。还没等老总给晓杰和春生介绍，就听到了外面吵吵嚷嚷的声音。晓杰说："老板稍等，我去看一下。"

晓杰转身出来，服务员告诉晓杰：三秃子来了！

晓杰问："三秃子干什么来了？"

服务员说："他吃饭不给钱。"

晓杰很生气："又是不给钱。"

服务员说："我跟他要钱，他不给，他还打我。"

晓杰跟着服务员来到了前台，三秃子正在砸东西，边砸边喊："我让你开饭店，让你开饭店。"

三秃子说着，就把装调料的台子给砸了，桌上的调料被砸了一地，麻将、酱油、醋、辣酱淌得满地。晓杰非常生气，大声喊道："三秃子，你给我住手！"

三秃子还是不停手，杨春生在房间里也听到了外边的吵嚷声，就对房产公司老总说："这家店怎么这么吵？"

老总说："吃饭的人多。"

杨春生说："我觉得不像，好像外边打起来了，你没听见砸东西的声音？"杨春生和房产公司老总的包房紧挨着这个调料台，春生听得很清楚。

杨春生也不等房产公司老总解释，从包房出来，看见三秃子还在砸，杨春生赶了上去，一脚踢开了三秃子。三秃子愤怒地反击："你是谁呀？"

杨春生说："你别管我是谁？赶紧给我住手。"

三秃子本来就欺软怕硬，喊着："你等着——"边说边跑。

晓杰报了警，又让服务员赶紧给建华打电话。建华在路上接到电话，听服务员说三秃子来了，建华不以为然地说："来就来呗！"

服务员说："可不得了，他把店给砸了。"

建华一听，这还了得？问道："报警了没？"

服务员说："已经报警了。"

建华说："好，我这就回去。"

建华三步并作两步往回跑，警察也来了，表扬了杨春生。"是你见义勇为了？"

"对，是杨董事长。"房产公司老总指着春生说。

"表现得不错啊！但是，下次要注意安全，三秃子可不是什么好东西。"

民警说完，就去追三秃子。

晓杰赶紧招呼客人回去吃饭，又让服务员赶紧把调料台整理好。陆续有客人走过来，自己拿调料，一切又恢复到平常。

　　建华匆匆赶回来的时候，春生转身进了包房。建华进来就喊："晓杰，怎么回事啊？"

　　建华嗓门很高，又带着浓重的乡音，引起了春生的注意。他从包房走出来，却看到了建华。建华也看到了春生。晓杰此刻忽然记起，原来这位老板是杨春生。

　　晓杰愣在了那里，建华也想起了过去的一幕又一幕。可是建华立即镇静下来，没有认春生。建华知道，这应该是春生了，春生也觉得很奇怪，可是春生做梦也没有想到能够在这里见到建华。春生又回到了包间里，建华却心潮难平，她不明白春生怎么会在这里，难道自己看错了？

　　其实杨春生这一顿饭吃得也不安稳，一直就想问问建华这些年是怎么过来的？怎么来到了这里？房产公司的老总看到春生心不在焉的样子，心里直嘀咕：难道是自己哪里得罪了这位董事长？

　　就这样，在房产公司老总的不安和忐忑中，客人们吃完了饭。杨春生在就餐结束后迟疑着，想说点儿什么，终究还是没说，与房产公司的老总离开了火锅店。春生临出门时，回头看了一眼，希望能看到建华，可是却没见到。

　　已经很晚了，等最后一拨客人离开的时候，建华和晓杰一起从店里走出来，走到门口，却愣住了，门口站着一个人，正是杨春生。

　　春生轻声地喊着："建华——"

　　建华也看到了春生："是我。"

　　"建华，你还好吧？"

　　建华看着春生，千言万语涌上心头，可是又不知道从哪里说起。春生也觉得有很多话要对建华说，建华看看春生，又看看晓杰，终于对晓杰说："你先回家，我过一会儿就回去。"

　　晓杰回家了。建华返身把店门打开："进来吧！"

　　春生跟着建华一起进了饭店，也许是时间间隔太久，两人之间也产生了距离感，对于建华来说，心里不再波澜不惊，至于春生怎么想，建华无从知晓。

　　两人聊起了过去。建华说："那时你掉进了山崖，我以为你不在这个世上了，后来，阴差阳错地来到了东北，至今一次也没有回去过。"

　　"原来是这样，我掉到山崖下，被在山外施工的一个工程队的人给救了下来，昏迷了好几天，后来我醒了之后，见他们缺人手，我就留在那里，跟他们一起干活儿。后来工程队的队长把女儿嫁给了我，我就跟着工程队走南闯北，挣了一些钱。再后来，我成立了自己的公司，当上了董事长。日子也一天比一天好了起来。建华，这些年你过得怎么样？"

"我能怎么样？你都看见了，我在这儿开这个火锅店，现在还挺火的，来的客人也挺多，就是时不时还有人来捣乱。"

春生说："那个叫三秃子的我已经见识过了，以后他再来，告诉派出所，我出钱，治治他。"

"不用。三秃子也没有太大的能耐，也就是小打小闹的。在派出所，他早就挂号了，我们不是一天两天的恩怨，这个事你也管不了。"

春生说："可我还是不放心。"

"这么多年都过来了，你放心吧！"

"建华，其实这些年我一直也没有忘记你，只是我一直也没有回到那个村里，我不知道回去该做什么，也没有回去找你。"

建华有些伤感："这些年我过得挺好的。"

"我现在终于看到你了，这样吧，你把店交给晓杰，我带你去南方，咱们去过好日子吧！"

建华虽然这些年一直在深深地怀念着春生，可是真正看到眼前的春生，建华觉得自己跟春生好像远隔了一个世纪，距离已经越来越远……

小军因为一直没有放假，这次学校给了他一段假期，小军匆忙往回赶，他想给建华一个惊喜，所以回来之前谁也没告诉。小军从国外回来，下了飞机，从机场打车直接就来到了店里。可是小军来的时候，却看见建华在和一个陌生男人谈话，建华看到小军，高兴地喊："儿子，我不是做梦吧？"

建华伸出手来拉小军，小军放下行李，抚着建华额前的一绺白发，问建华："妈，你还好吧？"

"我还好，你怎么样？"建华打量着小军。

"您不都看见了吗？我就是这样呗！"

建华突然意识到春生还在店里，对小军说："你先回家，小姨在家等你，妈一会儿就回去。"

小军朝着杨春生礼貌地点点头："叔叔好！"

小军和春生礼貌地告别，拎着行李，走出了店门。

建华看着小军的背影消失在夜色中，转过身来，继续跟春生聊天。春生问："你结婚了？"

建华点点头。春生说："原来你儿子都长这么大了，真是羡慕你啊！"

建华担心春生又问一些问题，对春生说："天色不早了，你回去早点儿休息吧！"

杨春生看到建华疲累的样子，只好说："我先回去了，改天我再来看你。"

建华送走了春生，锁上了门，转身往家走。一路上建华想了很多事儿，她突然意识到，小军如果知道了自己的父亲是春生又会怎么想呢？

第二十一章

国庆礼貌地和春生告别，随后离开了茶馆。春生看着国庆的背影，觉得非常失望，可是他又不想放弃。

春生见到小军，总觉得小军有自己年轻时的影子，他开始对小军的身世产生了怀疑。

第二天，春生又去了建华的饭店，看到建华不在店里，春生就问晓杰："晓杰妹妹，你告诉我，小军到底是谁的儿子？"

晓杰说："我不知道啊！"

建华从外边回来，正好看见春生在和晓杰说话，建华心里一惊，难道春生是来问小军身世的？

建华走过来，客气地问春生："你怎么又来了？"

"我是来问问小军的身世。"

"小军是我儿子，你问什么呀？"

"我觉得小军的身世非常可疑。"

建华很反感春生说话的方式："没有什么好说的，你走吧！"

可是春生却不放弃，继续问下去："你跟我说实话，小军到底是谁的儿子？"

建华非常生气："让你走，你还不走，还来这里干什么？"

建华发脾气，可是春生却不着急。赶巧的是，小军陪着张佳来到饭店吃饭，一进来就听到了春生在问建华什么事，建华还发了脾气。

小军听明白了，原来春生和建华一直在说自己。

小军就对春生说："叔，你不是想知道我爸是谁吗？我跟你说，我爸名叫马国庆。"

春生问："你爸是马国庆，那你为什么不姓马呀？你怎么叫周小军呢！"

"我随我妈妈的姓。"小军肯定地说。

虽然小军给了答案，但是春生没有相信。其实春生也是有苦衷的。春生一直没有儿子，心里始终烦恼。小军和自己有那么多相像的地方，包括外貌，春生始终在怀疑小军是自己的儿子。在没弄清楚小军的身世之前，春生决定不再离开，他确信小军就是自己的儿子。

春生想方设法接近小军，终于找到了机会。

小军和张佳一起吃饭，春生并未走远，一直在远处看着小军。甚至小军送张佳回家，春生都一直在后边跟着，直到小军一个人回来，春生才又出现。

"小军，到我住的酒店吧！我请你喝茶。"

小军说："喝茶倒不必，可以陪你谈谈。毕竟你认识我妈妈，我也想了解一些事。"

春生和小军谈话时，直截了当地告诉小军："其实我是你的亲生父亲。"

小军虽然惊讶，但从自己的外貌上也猜出几分，只是嘴上不愿意承认："这不可能。"

"直觉告诉我，你就是我儿子。"

"我不相信，我得回去问我妈。"

春生担心给小军造成太大压力，只好说："回去和你妈谈谈。"

从春生那里返回，小军也想向建华要一个答案。这些年，自己一直把国庆当成亲生父亲，是因为国庆给了他父亲般的温暖，但自己是医生，还是要讲求科学的，自己的长相与这位杨春生确实有相似之处，小军相信遗传科学，但是又担心揭到母亲的痛处，这么多年母亲从来不说，一定有她的苦衷。

小军往回走，春生不死心，也跟在小军后边返回来。

小军回到店里的时候，建华还没有回去，小军问："妈，你跟我说，我爸到底是谁？"

春生在外边听着，建华没有说话。沉思良久，建华说："小军，你就知道你是我儿子就行了，不用问那么多。"

小军说："不行，我长这么大始终对自己的身世有怀疑，现在我就想知道，到底谁是我爸。"

中玲跟车来饭店，给建华送自己生产的绿色蔬菜。看到春生在外边偷听，中玲问："你在这干什么？鬼鬼祟祟的。"

听到中玲的说话声，建华和小军都走了出来，春生问："建华，这是谁呀？"

小军热情地喊中玲："姑姑——"

春生明白了，原来中玲是马国庆的妹妹。于是春生就问中玲："小军是不是马国庆的儿子？"

中玲非常生气："你管小军是谁的儿子呢！"

中玲的火气大，春生见什么也问不出来。建华对他说："你赶紧走吧，小军跟你没有关系。"

可是春生就是相信，小军一定是自己的儿子。春生心有不甘地走了，他不想惹建华生气。

春生回到酒店，秘书赶过来说："杨总，您可回来了，我真担心。"

"担心什么？我出去走一走。"

春生对秘书说："交给你一件事儿，一定给我办好。"

"您说。"

"你找人给我调查一下马国庆，把他的情况给我查清楚了，随时跟我汇报。"

秘书答应着，离开了春生的房间。

这一天国庆正在工区里忙着，来了两个陌生人。国庆不熟悉，就问："你们找谁？"

这两个人说："我们找马国庆。"

"找他干什么？"

"我们找他有事儿。"

"没看我忙着呢！"

国庆正忙着给动车的线路巡检，就让对方先等着。两人耐心地等了很久，终于见国庆出来了，就对国庆说："有人想见你。"

"神神秘秘的，谁想见我？"

"是你的老乡。"国庆心里疑惑，我的老乡怎么都不敢露面呢！本来不想去，可是国庆想，万一真是哪个老乡跟自己恶作剧呢？于是对两个人说："在哪儿？"

"天福茶馆。"

国庆来到茶馆，却没想到，在这里见到了春生。

国庆不认识春生，春生自我介绍说："我是杨春生，是周建华的同乡。"

国庆疑惑："建华的同乡怎么找到我这儿来了？"

春生说："我没有别的意思，只是想了解一下小军的身世，你能不能告诉我？"

国庆说："这好办，你去问建华，建华是小军的妈妈。"

春生说："我问了，她不告诉我。你能不能跟我说说？"

国庆犹豫着，也不知道该怎么和春生说，其实国庆也不太清楚小军父亲的情况，建华从来也没和他仔细聊过这段经历。但是，眼前的杨春生和小军长得太像了！国庆觉得春生的怀疑也不无道理。

建华猜到了春生一定去找国庆了，于是，建华给国庆打电话。国庆接到电话说："行，我知道了。"

春生看着国庆，猜到了是建华来了电话，春生更加重了怀疑。等国庆放下电话，春生问国庆："你能跟我说说吗？"

"其实我真的不知道该跟你说什么，如果建华自己不说，我说什么也没用。"

春生还想问国庆，这时中玲来电话了："哥，你什么时候回家一趟吧！"

国庆问："家里发生什么事儿了？"

"嫂子病了，病得挺重的，你赶紧回来吧！"

国庆着急："好吧，我请假。"

国庆放下电话，对春生说："不好意思，我家里有事，我得回去请假。"

国庆礼貌地和春生告别，随后离开了茶馆。春生看着国庆的背影，觉得非常失望，可是他又不想放弃。这时，公司副总来了电话："杨董，我们公司出了点儿情况。"

春生让副总说说具体情况。副总说："我们公司的资金周转出现问题了，上游的资金链有点儿问题。"

春生说："等我回去想办法。"

春生无奈，只好决定暂停调查，自己赶回公司去处理业务。春生走出了茶馆，对秘书说："我们买票赶紧回公司。"

国庆匆忙赶回家，招娣正躺在床上，国庆问招娣："哪里不舒服？赶紧去医院看看吧！"

国庆扶起招娣，去了医院。彻底检查之后，医生说情况不太好，国庆问医生究竟是什么病，医生说："我也叫不准，你最好是到城里的大医院再检查检查。"

中玲赶过来，问国庆招娣得了什么病，国庆说医生让到大医院再去检查检查。招娣也不知道自己得了什么病，只是哭，哭得国庆心烦，国庆说："哭什么呀？有病咱治病！"

招娣担心："我是不是得了绝症啊？"

"说什么呢！怎么可能得绝症呢！我们一起去大医院看看。"

于是，中玲开车，国庆带着招娣去了医大检查。到医大来看病的病人很多，走廊里都是人，国庆去站排，等着排号，招娣看着一眼望不到头的长排，和中玲说："要不然我不看了，我害怕。"

"不用害怕，医生会给你好好检查的。"中玲安慰着招娣。

国庆挂上了号，等着喊号。终于轮到了招娣，国庆推开医生的门，扶着招娣进来。医生说："先去做彩超吧。"

国庆又陪着招娣去做彩超，终于拿到了结果：肝癌晚期。

招娣哭了，建华这时给国庆打电话，问春生跟国庆见面的事，国庆说："回头有时间我再跟你说吧！"

国庆匆匆地挂了电话，建华不清楚到底是怎么回事。建华又给中玲挂电话，中玲告诉建华："我嫂子病了，我们在医院呢！"

"在哪家医院呢？我过去看看。"

中玲说："在医大。"

建华不知招娣得了什么病，心急火燎地跑到了医大，看到国庆已经给招娣办好了住院手续。招娣说："大医院人太多了，房间太小了。"

建华说："很多人有病都往这里来，在这里住院能有张床就不错了。"

中玲说："你还嫌弃房间小啊？"

国庆说："农村没有这里的医疗条件好啊，还是好好治病吧！"

看到中玲和国庆他们都没吃饭，建华回到饭店，做了饭，又炒了几个菜，装到饭盒里送到了医院。

　　建华知道招娣病得很重，从招娣住院，建华一直陪护着。中玲忙着厂里的事，国庆工作又忙，每次都是风尘仆仆地来，又匆匆忙忙地走，建华经常来陪着招娣，每天给招娣送饭。招娣看着忙碌的建华，非常感动，后悔当初那样对建华。

　　这一天，国庆来了，陪着招娣在院子里散步，招娣对国庆说："我想吃点儿好吃的。"

　　国庆说："我给你买去。"

　　招娣说："我想要买几本书。"

　　国庆非常奇怪："平时你也不学习呀，怎么现在又突然想读书了？"

　　招娣说："我以前不爱学习，现在在医院里没有事儿做，我看看书，就是消磨时光呗！"

　　国庆见建华从远处走来，就对建华说："建华，你陪陪招娣，我去给招娣买书去。"

　　其实招娣早就看见建华走了过来，她是有意把国庆支走了。

第三十二章

我就想跟你说，我自己跟建华计较了一辈子，可是我最后还是得了病。我觉得虽然跟你在一起，但我并不是赢家。有很多时候我发现一个人的心胸狭窄很不好，可能最后计较的越多，失去的也越多。

国庆出去买书的时候，招娣和建华回到病房里聊天，招娣说："建华，我把国庆托付给你了，以前做了很多对不起你的事，现在我觉得很后悔。我现在病得很重，可能以后不能照顾国庆了，所以，建华，我希望你以后能替我照顾国庆。谢谢你！"

建华说："招娣，你还是安心养病吧！好好配合医生治疗，不要想太多，其实我心里从来就没有怨恨过你，大家都是亲人，国庆哥对我帮助很大，有很多时候，我倒是觉得亏欠你们的，不管怎么说，好好治病，等你身体好了，我们再聊。"

国庆买书回来，正好在走廊里碰见了建华。

国庆说："招娣得病，我也感到很难过。"

"你还是想开一些吧！遇上了，也是没有办法的事。"

"建华，其实我觉得我跟招娣过了一辈子，吵了一辈子，她始终都不开心。

现在招娣得了不治之症，不管怎么说我都有责任，我应该把她照顾好。"

建华开导国庆："其实人得不得病，都是老天的安排，人吃五谷杂粮，哪能不得病？所以国庆哥，你不要太难过，你也尽到了自己的心意，把招娣照顾好，这才是最重要的。"

"不管怎么说，建华，谢谢你！"

"别跟我客气啦，快进去吧！照顾好招娣姐。"

招娣做手术的那一天，建华早早地来到了医院，陪着招娣。被推进手术室的时候，招娣恋恋不舍地看看国庆，又看看建华，问建华："建华，我跟你说的话你都记住了吗？"

建华此刻也不知道说什么好，只好点头说："我记住了。"

招娣的手术做得很成功，医生做完手术，告诉国庆："手术成功，目前看没有大碍了，只是要好好地休养。但是怕复发，如果复发，就不好办了，毕竟她是癌症晚期。"

国庆说："我记住了。"

招娣住的医院，是省城最大的医院，每天入院的患者很多，医院的床位比较紧张。医生对国庆说："你看，患者快拆线了，能不能把床位让出来？"

招娣一听，立即说："我正要回家呢！"

医生说："不好意思啊，最近床位太紧张了。"

"没关系，拆了线我也要回家，我不喜欢在这个地方住，心情太不好。"招娣说。

"是啊，早点儿接回家也可以，大家都可以照顾她。"建华建议道。

招娣拆了线，马上要出院了，建华过来看招娣。建华对国庆说："招娣姐不能回家，万一要是有什么紧急情况，从家里来医院还是来不及，干脆住到我们店里吧！店里还有空余的房间，怎么说也比医院条件好一些，大家在一起可以多照顾招娣姐。"

国庆说："这多不好啊！"

建华说："这有什么不好，大家都是一家人，一家人在一起还有什么说的呢？"

国庆征求招娣的意见，招娣觉得给建华添麻烦。怎奈，自己也担心治疗不及时，于是，招娣同意了建华的建议。招娣出院后，建华就把国庆和招娣接到了店里。国庆和招娣来的时候，建华还招待国庆他们吃火锅。吃饭的时候，招娣深有感触地说："建华，这些年，我对不起你。"

建华说："过去的事儿就让它过去吧！你现在好好养病。"

在建华的店里住了几天，国庆觉得没有大碍了，招娣也着急要回家。于是，国庆对建华说："我们今天就回去了。"

建华担心："能行吗？"

国庆说："招娣身体没有大碍了，我们应该回去了，给你添了这么多麻烦。"

"一家人还说什么麻烦呢？"建华安慰国庆。

建华送走了国庆和招娣，心思又都放在了火锅店的经营上。她觉得火锅店的管理还要加强，菜品仍然需要改善。这时，工商联组织了一次捐款活动，建华积极参加。

工商联开会的时候，主席在会上总结时表扬了建华："周建华的火锅店虽然不是很大，也不是区里的重点企业，但是对区里的贡献值太大了，每一次工商联开展活动，周建华都积极参加，为大家带了好头，当了好榜样。所以，我要代表我们工商联，给你们发一块牌匾，让你们正式成为我们工商联会员企业。"

座谈的时候，主席请建华讲讲体会，建华说："谢谢组织上对我们店的关怀，我们做得还不够，今后继续努力，多尽社会责任，多为社会做贡献。"

工商联的工作人员拿出了表格，说："建华姐，你把这个表格填了吧！这是我们工商联成立的女企业家协会，希望你能够加入，成为我们的会员。"

建华非常开心，把表格填好后，亲自送到了工商联。没过多久，就收到了工商联寄来的会员证。建华说："现在我是会员了，我得把会费交了。"

忙完这些，建华又去了一趟工商联，找到主席，主动承担一些义务。她对主席说："我现在已经是会员了，如果有什么活动，比如说扶贫的，或者抗震救灾和抗洪抢险需要捐款什么的，都可以找我。"

工商联主席说："好的，到时候，我们会通知你。"

建华非常开心，有了一种找到组织的感觉。每天在店里，和顾客也聊得非常开心，有很多老顾客问建华："老板，你怎么这么高兴啊？"

建华说："人逢喜事精神爽嘛！我现在是工商联的会员了，有了组织，所以不仅自己致富，还要帮助其他人，多回报社会，回报对我有恩的人。尤其大家在一起共同致富，一起过上幸福的生活，我就更开心了！"

客人感叹："唉，真是个热心的好人呢！"

这一天，建华接到了电话，是工商联的工作人员打来的。建华问："是不是有什么事啊？"

工作人员说："我们要组织一次企业家联谊会，欢迎你参加。"

建华说："太好了！把时间、地点都给我发过来。"

"可以呀，你注意接收吧。"

建华非常重视这次联谊活动，从接到通知就开始准备。到了举行联谊会的那一天，建华把饭店的事务处理好，就回家去换衣服。建华找出自己最漂亮的一条裙子，穿在了身上。大宽妈看到了，夸赞说："建华，你真漂亮。"

建华说："漂亮什么呀，都这么大年龄了。"

"你要是说自己老，我该怎么办？"

大妈又问："你是开会呀，还是有啥活动呢？"

建华说："是我开会，会上要求每个人都要演出。我再出个节目，给大家唱支歌，或者是跳个舞。"

大宽妈说："建华，大妈为你高兴。可是有一件事，大妈一直牵挂着你。"

"什么事啊？咱不是挺好的吗？"

"好什么呀？你赶紧找个可心的人结婚吧！你也老大不小了。"

"妈，这个事您就不用操心了。"

"不用操心，能不操心吗？年龄越来越大，以后就不好找了，趁着年轻抓紧吧！"

建华说："行，您就放心吧，我一定找个最可心的，让您满意。"

大宽妈说："这就对了。"

建华一看时间："哎呀，大妈，我一会儿迟到了，赶紧走了，不跟您说了。"

大宽妈催促："快去，快去。"

招娣虽然做过了手术，当时效果还可以，但是回去不久，病又重了。这一次没有办法再做手术了，招娣知道自己不久于人世了，于是和国庆谈话。

国庆说："有什么话你就说吧！"

"我就想跟你说，我自己跟建华计较了一辈子，可是我最后还是得了病。我觉得虽然跟你在一起，但我并不是赢家。有很多时候我发现一个人的心胸狭窄很不好，可能最后计较的越多，失去的也越多。我没有跟建华比较的意思，但是现在我确实觉得自己错了，所以国庆，我希望你不要错过建华。"

招娣说着，拿出了一封信递给国庆："这封信是我给建华的，等我死了你就交给建华吧！"

国庆心里很难过，迟迟不愿意接这封信，招娣看着国庆，眼睛里充满期待。国庆终于接过了这封信。

没过多久，招娣去世了。招娣的父母来找国庆算账，国庆说："爸，妈，招娣这一辈子过得不是很好，我也有责任，我要好好地给招娣办一下丧事。"

招娣的父母见国庆这样说，也没什么可挑剔的，只能说："不管怎么说，招娣人没了，都怪你对她不好。"

国庆没有替自己辩解。他说："爸，妈，这一辈子算我对不起招娣，行不行？这些钱是我一辈子的积蓄，你们留着养老吧！不管怎么说，招娣不在了，我也不能每天守在你们的身边尽孝，所以你们拿着这些钱，过上你们希望过的生活。我祝福你们！如果有什么困难一定找我。"

招娣的父母没有说什么。给招娣办完了丧事之后，招娣的父母拿着国庆的钱，离开了国庆家。

国庆的心里其实也很难过，在处理招娣的丧事后，国庆回到了工区，继续对动车线进行巡视。没过几天，段里开会，说是国家要进行高铁建设，国庆知道动车的速度超过了火车快车的速度，而高铁的速度比动车还要快，国庆非常兴奋，自己亲眼看到我们国家铁路建设的飞速发展，即使一辈子在铁路线上巡线，自己也是开心的。

国庆妈很久没看见建华了，一个人觉得在家里寂寞。于是拿起电话就给建华打过去，建华接到马大妈的电话，打听马大妈的情况："大妈，最近怎么样？"

国庆妈说："最近不太好，我就是想你啊！"

建华知道，国庆和中玲每天忙忙碌碌，大妈一个人在家也很孤独。

可是，马大妈并不关心自己，还是关心着建华："招娣也不在了，大妈想问你，你今后有没有什么想法？咱家国庆还是一个人呢，你能不能早点儿嫁给国庆啊？"

建华说："招娣刚去世不久，我现在还不想谈这个问题，您一定要多保重身体。"

马大妈不甘心，于是放下建华的电话，又给国庆打电话："国庆啊，你什么时候去建华那里？"

国庆说："我这正忙着呢！"

马大妈生气说："你天天忙！还是早一点儿把建华娶回来吧！"

"现在不提这件事儿行不行啊？"

马大妈见劝国庆和建华一点儿效果也没有，气得骂着国庆："你个混蛋孩子，建华哪里不好了，我就喜欢建华，以后你跟别人我就不同意。"

马大妈骂国庆的时候，中玲回来了。听到妈妈骂国庆，中玲说："妈，你把你自己身体养好，比什么不重要啊？你操心我哥这些事儿有用吗？"

"怎么没用？我还能活多长时间呢？你哥不结婚，就是我一块心病。"

中玲说："这些事儿一定要顺其自然，你越是劝我哥，我哥就越逆反，再说招娣刚去世这么短的时间，我哥能结婚吗？就是我哥不注意村里邻居怎么说，我们也还要注意影响了。"

马大妈气得直嘟囔："爱说啥就说啥，你哥跟招娣过一辈子都不幸福，现在，招娣没有了，还不赶紧娶建华，等建华嫁给了别人，看他后悔不？"

"这件事慢慢来，我有办法，您就别操心了，我们以后慢慢等，建华心里有我哥，以后他们两个人一定会走到一起，您就放心吧！"中玲开导马大妈。

"你说的是真的？要是这样的话我就不操心了。"

"我还能骗您呀？您是我亲妈。"中玲说。

小军结束了学习，终于从国外回来了。回来之后，小军立即向院长报到。何院长见小军回来，问道："学得怎么样？"

小军说："院长，收获太大了！非常感谢医院派我去学习，国外的先进技术，我们确实应该好好学习。"

院长说："取长补短，希望以后你在工作中能把学到的东西都运用上。"

"嗯，我会将学习内容运用到工作中的。"

"你刚回来，先休息儿天，然后你就准备上岗，把你学到的知识，先给那些年轻的医生讲一讲，大家在一起沟通交流。我们把国外的先进技术，用在我们对患者的治疗上，为他们解除病痛。"

"好的，院长。如果是这样，我不用休息，明天我就可以来上班了。"

"这么着急干什么？"院长问。

小军说："我学了这么久，我一定要把学到的东西早一点儿跟大家分享。"

"我理解你的心情，既然这样，你什么时候来都行。"

小军告别了何院长，没有直接回家，而是去了火锅店，给建华帮忙。建华正忙碌着，看到小军进来，非常惊讶："小军，你什么时候回来的？"

"刚回来。"

"怎么没让我去接你啊？"

小军笑建华："我都多大了，还用接我，我又不是上幼儿园。"

建华说："你这个孩子啊！"

"我先去了院里，跟院长汇报了工作，然后就直接来店里了。我嘴上不说，我心里想呀！咱这叫亲情。"

建华见小军这样说，禁不住对小军说："小军，我从家里出来这么多年，也是越来越想念父母了，虽然当年你姥姥、姥爷强迫我嫁给李赶娃，尽管他们不对，但我不能对不起他们，这么多年我很想念他们，你能抽时间和妈妈一起回一趟老家吗？"

小军说："可以呀，院长让我休息几天再上班，我原来想不休息直接上班，如果陪妈妈回老家，我可以和院长说一下，晚几天回去上班，陪您一起回趟老家吧！"

建华非常开心，很快就订了票，和小军乘飞机，又倒火车，最后又坐汽车，到了大山里。建华一路走，一路跟小军讲着自己如何从家里逃出来，怎样在路上遇见了国庆和大宽，又怎么到了城里的大宽家，直到现在创业的过程。建华讲了自己这么多年经受的痛苦，还有小军给自己带来的快乐。最后，建华感慨道："苦日子终于熬出来了，妈希望以后能够让你过上幸福的日子。"

"妈，其实我有今天，都是妈妈您给我的。记得小时候您带着我卖冰棍，还要去摆小摊儿，受尽了三秃子的欺辱，但是现在我也长大了，没有谁再敢欺负您了，而且您的饭店规模也越来越大了，还成为工商联会员。妈，以后我会努力工作，也会养您，让您过上好日子。"

小军庆幸自己拥有一位独立而要强的妈妈，建华说小军没能过上幸福的童年，自己感到很惭愧。小军却说："没有当年的痛苦和磨难，就没有我们今天的幸福生活，所以我要感谢妈妈，我会让您幸福的。"

建华领着小军翻过了一座大山，来到了周家沟村。

建华和小军还在路上的时候，建华爸在床上躺着，已经瘦得不成人形了。他已经病了很久，建华妈在他身边坐着，直掉眼泪。建华爸说："我也不知道，还能不能看到建华？"

"建华走了这么多年，也不知道怎么样了？我也在惦记着她。"

"以前都是咱们对不起孩子，你要是以后有机会看到建华，一定替我跟建华说声对不起。"建华爸说。

建华妈哽咽了："你就别想这些了，好好养病吧！"

建华爸说着说着，声音越来越小。建华妈看到建华爸的眼睛里，涌满了泪水。就在建华和小军进门的时候，建华爸永远地闭上了眼睛。只差这一秒，他没看到建华。

建华妈哭着喊着："老东西，你死了，我该怎么办？"

建华妈哭着哭着，又听到了哭声。她抬起泪眼，看到了一位中年女子跪在地上，仔细看着，才发现，原来是建华回来了。

建华妈一边哭一边打着建华："这些年你死哪去了？怎么就不回来看一眼？你爸活着时都没看到你。"

"妈，对不起。"

"说对不起有什么用？你爸临死还惦记着你，可是你呢？你去哪儿了？"建华妈连喊带叫地骂建华，一声声，仿佛在对建华进行着良心的控诉。

小军听着姥姥骂妈妈，心里也很难过。一边拉着建华，一边拉着拍打着建华的姥姥。

建华妈喊："你是谁？你放开我。"

建华哭着说："妈，这是你的外孙子。"

建华妈止住了哭声，看着小军："你是建华的孩子？"

小军点头："外婆——"

建华妈看到高大的小军，继续哭："建华爸，你听到了吗？外孙子来了。"

"妈，咱不能总这样，咱要把我爸的后事处理好。"

建华妈就是一直哭，也不说话。建华陪着妈妈，一刻也不离开。小军忙里忙外，帮着做饭。建华妈说："我吃不进去。"

建华端着饭碗，对妈妈说："吃一口吧！"

建华妈摇头："以后我可怎么办啊？"

建华说："妈，您跟我走吧！我这次来，就是来接你们去我那里的。"

建华妈这位从来没走出过大山的女人，此刻心中充满了疑惑："跟你走，去哪儿？"

建华说："去我们家呀，我们在东北有房子，晓杰不是也在我那里吗？您都糊涂了。"

建华让小军给晓杰打电话，催促晓杰赶紧回来。晓杰回来后，才给老父亲下葬。本来应该团圆的一家人，老父亲却没有了，建华和晓杰处理了父亲的丧事，将家里安排好，带着老母亲离开了周家沟村。

从村子里离开的那一天，建华妈朝着村里的方向跪下，磕了三个头："我在这儿住了一辈子了，以后也不知道还能不能活着回来。对着老天磕几个头吧，就算我感谢村子里的人。"

建华和晓杰其实对这个落后的山村曾经充满了恐惧，现在想起自己当年被追赶的情形，仍然心有余悸，好在风波都过去了，他们是在城里见过世面的人，已经无所畏惧了。建华、晓杰带着小军一起去到弟弟的坟前，培了土，献了花。然后，搀扶着母亲从村里离开了，他们将回到北方的那座城市，带着母亲走向新的生活。

第二十二章

这是你能劝的事儿吗？别怪我做姐姐的多嘴，你这样对晓杰太不公平了，究竟什么情况？我知道你有苦衷，你跟我说说，我会想办法帮你。

建华妈第一次走出大山，看着外边的世界，觉得很好奇。尤其建华带着她坐汽车，乘火车又坐飞机，一路走下来，建华妈说："难怪建华你当年从家里跑出去，外边儿真大呀！可比咱们村子大多了。"

建华说："妈，只要走到外边，我们村子就不大了。外面的世界其实很精彩，看看我跟晓杰在外边这么多年，我们有自己开的饭店，还有了自己的房子，小军也有了工作。以后我们一家人在一起开开心心地生活，快乐的日子就会永远在我们身边。"

母女两人一路聊着，终于回到城里。建华带着母亲去看大宽妈。大宽妈非常热情："建华，这下可好了，以后我们老姐妹两个就是个伴啊！我们可以一起出去跳广场舞什么的。"

建华妈说："我可不会跳呢。"

"不会跳，你学吧，一学就会，可锻炼身体了。"

建华说："妈，我妈从山里出来，需要适应外边的世界，您多教教我妈。"

大宽妈说："你这两个妈放一起叫着都混了，还是叫我大宽妈吧！这样就能区分了。"

建华说："我叫您妈，跟我妈叫娘，这样能区分开了吧？"

大宽妈乐："随你叫吧，只要你高兴，怎么叫都成。"

自从建华妈来了以后，大宽妈非常开心，两个人有的时候一起去市场买菜，大宽妈带着建华妈去超市买东西，建华妈就像走进了童话世界，觉得特别开心，不时对大宽妈说："太有意思了！这就是城里啊！"

大宽妈说："对呀，城里就是这样啊！好玩的东西多。"

建华妈说："知道这么好，怎么不早点儿把我接来呢！"

大宽妈见建华妈开始埋怨建华，就转移话题："现在好了，一家人在一起开心了。"

这一天，大宽妈和建华妈一起在院子里晒太阳，两人就聊起了建华和晓杰的婚事。建华妈说："城里像建华和晓杰这个岁数的，都不结婚吗？"

"谁说不结婚了？都结婚，就是这姐俩，还一直没有找到合适的。"

"能不能帮忙，给她们找一找呀？"

"我自从退休以后，跟年轻人接触就少了。所以，我们还得多发动发动人，给她们找对象。"大宽妈忽然想起什么："对呀，电视上演征婚广告，咱们给她们做广告去吧！"

建华妈说："做广告，这样行吗？"

"有什么不行的，咱们给她们做广告，还有婚姻介绍所，都能找对象。"

建华妈说："行啊，咱们这就去。"

两个人说走就走，去了一家婚姻介绍所。婚介所的人看见来了两个老太太，就问："给儿女找对象来的，还是给你们自己找对象啊？"

建华妈不乐意了，生气地说："我们都多大岁数了，找什么对象啊？是给儿女找对象。"

婚介所的人说："给儿女找对象，那你们登记一下吧！然后再交五十块钱。"

"这找对象还花钱，不都是介绍成了以后，给你们送礼吗？"

大宽妈笑："那是你们那儿的媒人，现在城里的婚姻介绍所就直接先交钱。"

"那咱就交钱吧，让他们赶紧给建华介绍对象。"

建华妈拿出平时舍不得花的50块钱，就要交给婚介所的人。大宽妈说："我给建华交。"

建华妈说："我是她妈，我给她交。"

大宽妈说："这些年我一直也是她妈，还是我来吧！"

两个人争来争去，最后，建华妈终于抢着把50块钱交上了，给建华登记上，又留下建华的电话，两个老太太才开心地回去。

建华不知道两位老太太去了婚介所给她找对象，依然在饭店的前台忙碌着，突然接到婚介所的电话，建华有点儿发愣："找我干什么？"

婚介所的人说："你妈来了，给你登记了，征婚找对象，现在有一个合适的，你赶紧过来看看。"

建华说："给我介绍对象？我都不知道咋回事儿。是不是也交钱了？"

婚介所的人说："那当然了。"

建华一听，非常生气。建华妈正好到店里来，看到建华在接电话，开心地说："我给你登记的，还交了50块钱呢！赶紧看看去。"

建华放下电话："我这么忙，哪有时间去看对象？"

建华不去看对象，急坏了建华妈。她决定去婚介所把钱要回来。

"把我登记的50块钱还给我。"

婚介所的人说："登记了，就不能还你了。"

建华妈非常生气，就跟人家理论说："我姑娘不去看对象，还能给你钱吗？"

婚介所的人说："你不看对象，但我们介绍了，这钱不能给你退。"

建华妈气得不行："不退我天天来要钱。"

婚介所的人说："天天来要，也不能给你退。"

建华妈非常生气地往回走，路上遇到了晓杰。"妈，你干什么去了？"

"气死我了，我去婚介所要钱他们不给。"

"你跟婚介所要什么钱？"

建华妈说："我不是给你姐登记了吗？让他们给建华介绍对象，交了50块钱，你姐不去看，钱也要不回来。"

晓杰从兜里掏出了50块钱，交给建华妈说："以后你别再去婚介所了，这50块钱我给你。"

"我不能要你的钱，我是要他们的钱。"

"谁的钱都一样，你赶紧收起来，以后别再去了，我姐不能让你给她介绍对象。"

建华妈拿着晓杰的50块钱气呼呼地往回走，回到饭店时还在生气。建华看见了："怎么又生气了？"

"我去要自己的 50 块钱他们不给我，还是晓杰给了我 50 块钱。"

"以后您就别管我的事儿了，也省得上当受骗。"

建华妈说："我的好心又当驴肝肺了。"

建华笑着，忙着接待客人去了。

小郭每次跟晓杰聊天都很开心。这一天，小郭又看到了晓杰，晓杰说："小郭，你怎么好久没来了？"

小郭说："我最近不是忙吗？一直也没有过来。"

"你给我们店里帮了这么大的忙，我还要感谢你。"

"都是我应该做的，如果我做不好，上级会批评我的。"

"唉，你真是好人呢！"

晓杰忽然想起什么，问小郭："你家孩子多大了？"

小郭哈哈笑："孩子？我还没结婚呢，哪有孩子啊？"

"原来你还没结婚呢？那你对象谈得怎么样了？"

"我还没对象呢！"

"原来你还没有对象啊，我说错了行不行？"

"我不在意这些的。实话跟你说吧，我结过婚，可是后来又离婚了，我前妻走了，我就一直独身这么多年，也没有再找对象。"

"你一个人生活多苦啊！"

小郭说："我已经习惯了独身呢！"

大宽妈来店里，见晓杰和小郭在聊天，又听到小郭说自己一直独身，大宽妈就多了个心眼，其实这些年大宽妈也非常喜欢待人处事热情的小郭，她把小郭拉到一边问："小郭啊，你想找对象吗？"

小郭说："想啊，这些年我就是一直没遇见合适的。"

大宽妈问小郭："晓杰怎么样？"

小郭认识晓杰这么多年，一直也没往这方面想，两个人始终作为好朋友相处，现在，大宽妈提到这件事儿，小郭就像一层窗户纸被捅破了一样，感觉有点儿不好意思："我们两个人挺合得来的。"

大宽妈笑："真不错。"

小郭对大宽妈说："大妈，您给我帮个忙呗！"

大宽妈爽快地："行啊，这个忙大妈必须得帮。"

大宽妈又去问晓杰，晓杰问："介绍谁呀？"

大宽妈说："这人你认识。"

晓杰抬头就看到了小郭，晓杰有些脸红，大宽妈问："你脸红什么？我还没说是谁呢？"

"那您说说看。"

大宽妈说："就是他，是小郭。"

晓杰一听，脸更红了。晓杰的心里，其实早就喜欢小郭了，可是晓杰从来没有说起过，现在大宽妈一说，晓杰更觉得小郭为人诚恳，又热心，非常高兴，立即谢谢大宽妈。大宽妈一听："谢谢我？这就是说，你同意了呗？"

晓杰点点头，大宽妈说："行，那就这样说定了，我就把这层窗户纸给你们挑破了，以后小郭你要主动点儿，对晓杰好点儿啊！"

就这样，晓杰和小郭两人谈上对象了。建华妈和建华都非常开心，一家人都觉得小郭人太好了，晓杰能够嫁给小郭，对晓杰来说，真是太幸福的一件事儿了。没过多久，晓杰和小郭就定下了婚事。

这几天建华得空问晓杰："晓杰，你和小郭打算什么时候结婚呢？"

晓杰说："很快啊，我们就定在下个月初八结婚了。"

"这么快？姐姐得给你好好准备准备呀！"

晓杰说："有什么可准备的？小郭自己有一个小房子，我们再买点儿东西就行了。"

建华说："那可不行，你结婚可是大事，姐姐一定给你好好准备，明天姐带你上街去买点儿东西。"

建华带着晓杰去街里，给晓杰买了最好的床上用品和几件漂亮的衣服，两个人拎着大包小包往回走，建华忽然又想起什么："还得去订个饭店去。"

"饭店小郭自己都定好了。"

"定哪里了？我得去看一看。"

"就定在咱们饭店了。"

建华哈哈笑："定我们饭店了，那更得好好准备准备呀！"

"小郭说不想太复杂，我同意他的想法。"

"那好，一切都听你的。"

建华帮晓杰筹备婚礼，可就在小郭和晓杰要结婚的前几天，小郭突然告诉晓杰说："我不想结婚了。"

"为什么？"

"我就是不想结了，以后再说吧！"

晓杰着急："你看都已经准备成这样了，你又不想结婚了？我怎么跟家里人交代呢！"

"你就跟他们说我们分手了。"

"我该怎么说出口呢！"

小郭没有多做解释，晓杰的心里非常难过。晓杰回家哭的时候，让建华听见了，建华问晓杰："咋了？谁欺负你了？"

晓杰告诉建华："小郭说他不想结婚了。"

建华一愣："什么？不想结婚了，我们不都准备好了吗？他怎么又变卦了呢？"

"具体的我也说不清楚，他就说婚期往后延了，暂时先不结婚。"

"那就不结吧，咱先听他的，看他拖到啥时候。"

建华虽然说听小郭的，但还是禁不住好奇，建华就去找小郭。小郭接到建华的电话，从单位出来，到了附近的一家小咖啡店里找建华。建华点了两杯咖啡等小郭。看到小郭，建华问："你怎么回事啊？为什么不结婚了？"

小郭说："我想往后延一年。"

建华不依不饶："就是延期，也总得有原因吧！晓杰这样在家哭，你心里不难过吗？"

小郭说："我会劝她的。"

"这是你能劝的事儿吗？别怪我做姐姐的多嘴，你这样对晓杰太不公平了，你跟我说说到底什么情况？我知道你有苦衷，你跟我说说，我会想办法帮你。"

小郭对建华说："姐，其实，也不是说我不想结婚，我也很想早点儿跟晓杰结婚。可是我前妻，虽然从家里离开了，但是最近经常给我打电话，总是骚扰我。"

"骚扰你？她是想干什么呀？"

"她想跟我复婚，可是我不想跟她复婚。之前她做过对不起我的事，这件事我没有办法原谅她。"

"既然你没有办法原谅她，那你就还是应该坚持和晓杰结婚。"

"我怕她经常打电话骚扰我，让晓杰知道了会受不了。"

　　"原来是这样，其实晓杰的心理承受能力很强的，你不要担心这一点，我会做好晓杰的工作。再说你前妻，已经跟你离婚了，她总骚扰你也没有道理。只要你和晓杰在一起，你前妻再怎么捣乱，也无所谓。"

　　被建华一番开导，小郭反倒觉得自己内心也强大了起来，他对建华表态说："行，我听姐姐的，我们婚礼还照常。"

　　建华非常开心："这就对了嘛，我回去再跟晓杰说一说，咱们婚礼照常举行啊！"

　　建华知道了小郭不结婚的原因，心里的一块石头落了地。又回家去见晓杰，跟晓杰说了小郭的这些情况。

　　晓杰责备小郭："他怎么不跟我说呢？我们两人一起面对，怕什么呀？我以为他又不想娶我了，拿婚礼延期当理由呢！"

　　建华说："不会的，小郭这人我还是比较了解的，他人比较热心，有的时候免不得心里软弱一些，这是让他前妻闹的。所以，咱们一定要跟他一条心，让他前妻没有空子可钻。"

　　晓杰开心："姐，我听你的。"

　　弄清楚小郭不结婚的原因后，晓杰谅解了小郭。两个人按照原来的计划举行婚礼。举行结婚典礼的那一天，建华的饭店里非常热闹，小郭的同事和同学，都来参加婚礼，来给小郭和晓杰祝贺。可是婚宴刚开始没多久，新郎新娘讲话的时候，小郭的前妻跑来捣乱了。小郭看见前妻来了，急忙上去阻止，可是却没拦住。小郭的前妻指着晓杰，连喊带叫地骂："这是谁要跟我老公结婚呢？还要脸不要脸呢！你这个小三儿。"

　　小郭愤怒地："谁是小三？我都已经跟你离婚了，现在你来捣乱，你是小三好不好？"

　　小郭的前妻说："我是小三，谁跟你结婚在先呢？"

　　"可是我们已经离婚了，我跟晓杰现在已经登记了，我们是合法夫妻，你赶紧走吧！不然我就报警了。"

　　"我看谁敢报警。"说着，又过来砸东西，结果好好的一场婚礼，闹得乌烟瘴气。

　　晓杰气得哭了起来，小郭唉声叹气。建华冲过来说："你也太不要脸了吧！如果你再这样闹下去，我就报警了。"

　　小郭前妻知道小郭不能报警，但是建华报警可是真的，她害怕了，赶紧跑了。

可是，大家都没有心情吃饭了，一场婚礼在闷闷不乐中，草草地收场了。婚礼刚举行完，小郭的前妻又回来了，在饭店门口大声骂小郭。建华找小郭的前妻谈话，她问小郭的前妻："你是姓吴，对吧？"

"对，没错，我姓吴。"

"咱好好谈谈吧！"

小吴瞥了建华一眼："我跟你有什么好谈的？"

"我是晓杰她姐姐，也是小郭的大姨子，你就跟我说说，你究竟想干什么？你现在已经跟小郭离婚这么久，小郭还能跟你复婚吗？再说当初你是怎么离婚的，你自己不清楚吗？你有什么条件你跟我说。"

"我离婚以后找的那个人，又不跟我过了，我现在没地方去，所以我要回来找小郭。"

建华说："这样吧，如果把小郭的房子给你，你觉得怎么样？"

"真要把房子给我？"

建华说："我还能骗你？"

当初小郭前妻出轨，离家出走，而且在离婚的时候，他怕小郭不跟他离婚，提出不要任何财产，净身出户才离的婚。小郭虽然心里留恋，但是，心在外，再留人也没有用。小郭自己在这个房子里住了这么长时间，虽然很难过，还是保留了这套房子，毕竟，这套房子也是自己攒钱挣下来的。建华和小郭的前妻小吴达成了条件，将小郭的房子给他前妻，小郭从家里搬出来。小郭前妻向建华保证不再找小郭麻烦，也不来捣乱了，建华觉得心里安宁了。可是小郭觉得，房子给了前妻，对晓杰来说太不公平了。

他找到建华说："我们要重新打拼，才能买一套房，我觉得让晓杰跟我吃苦，我心里不安。"

建华却说："虽然对于晓杰来说不太公平，但是为了你们能够安静地生活，我觉得这样做还是值得的。其实人不可以没有钱，但也不能处处为了钱的事而计较。"

小郭说："可是我一结婚就没有房子了，我怎么跟晓杰交代呢？"

建华说："有什么不能交代的？我的房子给你们住，你和妈妈一起住，我和小军在店里住。再说小军单位经常加班，我一个人，还要看店，有什么不行的呢！"

"店里怎么也比不得家里，还是跟我们一起住吧！"

建华说："哎呀，你就不要再跟我这样啰唆了，你们在一起住我也放心。店里没有人，我也不放心，再说我们的店后边都可以住人。原来我还想找人给我看店，现在我自己就可以看了。"

小郭还是心里过意不去："如果不是因为我们结婚这件事，姐姐的生活过得还是挺好的，我不能降低你的生活质量。"

"不用跟我说这些了，都是一家人，说这些有什么用啊？说正经的，你和晓杰的婚礼我要给你们重新办，咱们好好热闹热闹。"

过了不久，建华把当年的许所长，也就是现在的许局长请来，给小郭和晓杰证婚。

经过了一番风雨，晓杰和小郭终于走到一起，晓杰过上了幸福的生活。一家人，再一次感受了开心和快乐。

第二十四章

此刻我说不出来自己是高兴还是难过，对于你，我真的头脑里一点儿爸爸的概念都没有，而国庆叔叔这么多年对我一直像对待亲儿子一样，所以我宁愿自己没有来做过这个亲子鉴定。

小军最近一直很忙，光明行动要对很多眼睛看不见的老人进行治疗，让他们在经过手术之后有更好的改观。眼睛能看清楚了，生活方便了，他们都非常开心。

小军在做过手术之后，都会一直陪着这些老人，每天也很辛苦。终于可以休息一天了，小军给张佳打电话，张佳说："小军哥，你是不是可以陪陪我了。"

"真聪明。"小军赞道。

"安个尾巴就是猴子，我说我自己呢！"

小军被张佳逗笑了："我今天有时间了，想陪陪你。你说你想做什么，哥都答应你。"

张佳说："太好了，我想让你陪我去舍利塔附近玩一玩。"

小军说："好啊，没有问题啦！"

张佳问小军："是不是舍利塔公园不收费呀？"

小军说："应该不收费，我们可以看看舍利塔周边的变化。"

"对啊，那里变化很大，搞了很多基建工程。听说有杨柳依依，小桥流水。"

"你怎么知道啊？"

"我是从微信朋友圈里看到朋友发来的图片了，所以我就想陪你一起去那里走走，没想到你也是这样的想法，我们两个一拍即合啦！"

小军来接张佳的时候，张佳已经准备好。两个人一起去了舍利塔附近的公园玩，张佳本意也是想让小军看一看这里的变化。小军和张佳走在铺满木质地板的小桥上，小军深有感触地对张佳说："没有想到，短短的一年时间里，舍利塔已经建成了滩地公园。"

"小的时候这里哪有路啊？那时候这里都是庄稼地，两边都是庄稼，晚上黑天都不敢出来玩。你看现在前边盖起了大超市，还修了很长的路，人们在这里出行非常方便了。我真是觉得咱们城市变化太大了，一天一个样。"

"是啊，尤其像我这种出国学习的人，时间长了，再回来就发现我们的家乡变化更大。你还记得小时候我们两个人在这里一起玩的情形吗？"

"怎么不记得呀，小时候你带我在这里玩的时候，还背着我呢！"

"我也记得当时背着你，你那么小。"

张佳说："现在我长大了，你还愿意背我吗？"

"当然啦，来，哥背你。"

小军让张佳趴到自己的后背上，他背起了张佳，从公园的小山下就往小山坡上跑，一边跑一边喊着："我来啦！"一副天真无邪的样子，让张佳想起了小时候的小军。

"哥，你把我放下来，让人看见多不好。"

"我不怕别人看见，你是我最好的妹妹。"

张佳生气了："我就是你最好的妹妹吗？"

小军见张佳生气，立即检讨："我错了，我错了。"

两个人在小山坡上跑上来跑下去，终于小军也累得气喘吁吁了，张佳说："快把我放下来。"

小军放下了张佳，张佳拉着小军的手，仔细地看着。小军说："你别这么看着我，我有点儿发毛。"

张佳说："你一个大男人比女孩还胆小啊！"

小军说："不是胆小的问题，是我看着你这表情，让我觉得不习惯。"

"以后时间长了你就习惯了，不过，小军哥，你可记着一定要等着我长大呀！"

"等着你长大干什么？"小军故意问。

张佳就笑，不好意思地转过身去："我现在不告诉你，以后再告诉你。"

"你还是赶紧告诉我吧，万一以后后悔，我还不想听了。"

张佳捶着小军的肩："你可太坏了！"

春生从公司回家的时候，看着豪华的别墅，可是别墅院子里却空空荡荡的，只有一群野猫野狗在玩耍。

春生进了家门，看到自己的老婆，身体已经变了形，胖得很臃肿，走起路来像个企鹅，春生心里非常厌恶。老婆看见春生进来问："你又去哪儿了？"

"没去哪儿，做生意。"

"我怎么觉得最近你有点儿怪怪的，是不是有什么心事瞒着我，你应该跟我说一说。"

春生看着老婆就觉得心里面特别郁闷，皱着眉头说："我能有什么事。"

春生的老婆抱起地上的狗，用怀疑的眼光打量着春生："你没有事，怎么能是这样呢？你是不是又在埋怨我，连个后代都没留下？"

"你怎么又提这事？"

"我怎么能不提呀，这么大的家业将来交给谁呀？"

"生不出来孩子怎么还能怪我呢？"

老婆说："不是因为你有病，我才生不出孩子的吗？不然我这身体怎么能生不出孩子呢？"

春生讽刺地笑了笑，"就你那体型，生个孩子也好不到哪去！"

老婆非常生气："你瞧不起我吗？你怎么知道我就不能生出好孩子呢？有能力你生啊？"

春生越听越生气，哼了一声将门关上了。

随着年龄的增长，春生越来越渴望自己有个孩子，最近两人每次一提到孩子就会吵架。一吵架，春生眼前就会浮现出建华和小军手拉手的情景。觉得自己虽然攒了这么大的家业，却没有个继承人。每当想起建华和小军，就觉得自己不甘心，自己应该是有后代的，不会就这样一辈子也没有后人。春生在家里郁闷，从家里走了出来，老婆听到门响，走到院子里，一边打着野猫野狗一边骂：

"走走走，死在外边，干脆别回来了。"老婆骂了春生，春生装作没听到，他已经习惯了。这些年夫妻经常吵架，可是谁让自己当初图钱娶了队长的女儿呢？

春生自己开车去公司的路上，仍在想着孩子的事。他不甘心自己没有孩子，凭自己这么努力这么打拼，可是为什么就没有一个自己的孩子呢？也许因为前世欠了建华太多，才导致自己今天没有孩子吧！

春生胡思乱想了很多，总是也想不明白，于是索性不想了。到了公司，春生对秘书说："帮我买一张去沈阳的飞机票，我要到那里去看一看。"

春生又开了几个会，找相关部门的人来处理了一些公司的业务，然后从衣柜里找几件自己的衣服。就要去沈阳了，心里总是有些不安，必须去找建华，把小军要回来，春生坚定地相信：小军就是自己的儿子。

这一边是春生想见小军，另一边是小军想证明自己是国庆的儿子，而不是春生的儿子。小军准备主动和春生联系，就在这时，正好春生也到了沈阳。

春生联系小军时，小军说正好我也要找您。春生惊喜："你找我？"

听到小军能够主动找自己，春生无比开心，脸上洋溢着慈父般的笑。可是他却没想到，小军是为了与自己做亲子鉴定才与他联系，春生既开心又有些担心。

对于小军来说，发自内心地希望自己是国庆的儿子，而不是眼前这位富翁春生的儿子。如果是国庆的儿子，会皆大欢喜；如果是春生的儿子，对自己就是很大的打击。可是，无论如何，自己要活得明白，这才是小军最终的目的。

春生问小军："你找我做亲子鉴定，就是想证明你是我的儿子，对吗？"

小军说："我让您失望了，我不是为了证明是您的儿子，而为了证明自己是马国庆的儿子。"

春生听了，非常失望，却又不甘心地说："可是我觉得，如果你是国庆的儿子，你妈早就告诉你了，他不对你说你的身世，说明这里有她难言的苦处。所以，我就想你应该是我的亲生儿子。"

两人很快去医院做了亲子鉴定，出了医院大门，两人分手前，小军说："是不是您的儿子，要看结果吧！让我们一起等结果吧！所以我希望在结果出来之前，您不要去打扰我妈。"

春生许诺小军不去打扰建华，但他既然来了，也不能这样回去。春生来到了位于沈阳的分公司，了解一些业务工作的进展。就这样，时间很快就过去了。

到了取结果的那一天，春生似乎比小军还要着急，早早地去了医院。小军抢先一步拿到了鉴定通知书，看到的鉴定结果却是自己与春生的亲子关系概率为 99%。小军虽然不希望看到这个结果，但是事实无法改变，觉得有些失望，他不愿意承认这个事实。

春生看到小军的神色，觉得自己有戏，因而非常兴奋，一把抢过小军手里的亲子鉴定单，看到结果后，春生开心地说："小军，你就是我的亲生儿子，这可太好了！走，爸爸请你吃饭去，咱们好好庆祝庆祝。"

小军站在那里，很久没有说话。春生问："你还愣着干什么，难道你不高兴吗？"

"此刻我说不出自己是高兴还是难过，对于你，我真的头脑里一点儿爸爸的概念都没有，而国庆叔叔这么多年对我一直像对待亲儿子一样，所以我真是宁愿自己没有来做过这个亲子鉴定。"

"你这孩子，怎么说话呢？我就是你的亲生父亲，我们一家人能够团聚，难道你不高兴？"

小军心想："你已经结婚了，还说什么我们一家人？"

春生见小军不言语，劝道："别再难过，我是你的爸爸，也不算给你丢人，我们一起去找你妈。"

小军很无奈，也只好这样了。

尽管非常失望，小军还是陪着春生去饭店找建华。小军带着埋怨的语气对建华说："妈，您为什么不早告诉我呢？"

"儿子，我能对你说什么呢？这么多年，我们两个相依为命，你只有妈，没有爸。"

"我不相信我没有爸爸，现在我终于知道了，但是我倒是觉得国庆叔叔比我爸还亲。"

小军说这些话的时候看着春生，心里非常难过。但是，春生非常理解小军的心情，立即说道："这些年虽然我没有尽到父亲的职责，但是我会弥补你的。"

建华说："你用什么弥补我们？用你的金钱吗？我根本不稀罕你的钱。"

"虽然你不稀罕，但也是我的心意。"

小军说："我靠着自己的本事，自己挣钱吃饭，我会过得很好，我妈也会过得很好。这么多年没有你在身边，我们也熬过来了，而且你都看见了，我们过得很好。"

"小军，你越是这么说，我越是觉得惭愧。真的像你说的那样，金钱买不来一切，更买不来亲情。"

春生经过与小军和建华的这次深谈，感觉自己在儿子心目中根本就没有一丝父亲的形象，带着惭愧和愧疚，春生离开了沈阳。

回到了自己的家，老婆看到春生时，还没消气，又过来盘问："这么多天，你去做什么了？"

"我去分公司打理一下业务。"

老婆讽刺道："不都是在打理业务吧？"

春生反问："不打理业务还能做什么？"

"难道你外边儿就没有人？"

春生本来因为小军的事情窝着一肚子火，见老婆这样说，立即爆发出来，怒气冲天地喝道："我有什么人，我如果有，早就有自己的亲儿子了，可是我现在哪有啊？我现在还有亲人吗？我剩下的只有钱！"

老婆抱着狗从沙发上站起来："有钱就行了，我们还有狗儿子。"

春生气得从老婆手里抢下狗，将狗狠狠地摔在了地上，狗嗷嗷叫起来，气得老婆高声骂："这是什么人呢？你跟狗撒什么气呀？在外边是不是不顺心呢？"

春生说："我哪有不顺心，我顺心得很呢！"春生生气地走进书房，狠狠地关上房门。

周末，小军在家里闲不住，他决定去工区找国庆。国庆并不知道小军来找他，正在路上巡线。小军自己一个人来到了国庆的工区里，问了许多人才知道国庆正在道上巡线呢！

小军要去工区找国庆。

工区里的人说："我们工区很长，你能找到吗？"

小军说："我能找到。"

工区的人说："你一直往前走，沿着这条铁路走，就能看见国庆了。"

小军找到国庆的时候，国庆正一个人在路上巡线。小军远远地看到了腿有残疾却在艰难前行的那个背影，知道没有别人，一定是自己的国庆叔叔。小军亮开嗓子，大声喊："国庆叔——"

国庆听到喊声回头，远远地看到了小军朝着自己走来。国庆抑制不住自己的情感，转身朝着小军跑了过来。小军大声地喊着："不要跑，不要跑——"

看着国庆的腿跑起来很吃力的样子，小军的眼泪禁不住流了下来。他快跑几步扑到国庆的怀里："国庆叔，我很想你。"

"小军，我何尝不想你呢！"国庆拥抱着小军。

两个人坐在铁道边上，国庆给小军讲述着自己这里的风景，还有巡线过程中发生的故事。国庆说："小军，你看，其实这里风景很美的，虽然离城市比较远，但我喜欢这里，也习惯了在这里工作。"

小军说："国庆叔，何必呢，你应该调一个离家近点儿的地方，本来你身体就不好。"

国庆说："我的身体不好，但是我的心是好的。总有人要在离家远的地方工作吧？我回去了，别人也会过来的，所以还是我在这里坚持最好了。"

"国庆叔，我真是挺佩服您的。"

"有什么好佩服的，我还佩服你呢，你们年轻人多好，能够考上大学读书，到医院里当上了一名医生，我觉得你的价值比我的价值大。"

"国庆叔，您可不能这样说，您对社会是有贡献的。这条线路上的每一个螺丝钉，都有您付出的汗水。"

"当然，我也做出了贡献，但是，与你的工作相比，我的这个技术含量比较低。"

"咱们的工作不能拿出来比较，我觉得国庆叔您的工作是最有意义的，没有您在这里为大家巡逻去检查线路，哪有那么多人的安全呢？"

"这倒是，我觉得我的工作虽然技术含量低，但是我还是感到非常自豪的。"国庆脸上洋溢着知足和快乐。

国庆和小军一边向前巡线，一边说着话。国庆突然想起什么，于是对小军说："你来找我，不是就来跟我聊天的吧？你一定是有事的。"

小军说："什么事都瞒不过您。确实找您有事，杨春生一直说我是他儿子，为了稳妥，我主动联系杨春生做了一个亲子鉴定，但是结果并不是我所希望的。"

"不是你所希望的？那你希望什么样的结果呢？"

小军不好意思："我当然希望您是我的亲生父亲。"

国庆笑了："原来是这个问题呀，你应该早一点儿问我。"

小军说："这怎么能问呢？我说您是我亲爸，万一您要是拒绝了，我只能用事实说话，我是学医的，讲究科学依据。"

国庆说"其实这件事情非常简单，当年我把你妈妈从山里带出来，回来不久，你妈就已经怀孕了。你怎么能是我的孩子呢？只是那一段美好时光太值得回忆了，那时候你妈妈真年轻。"

"可是我真的希望不是这样的结果。小时候您对我好，我现在都记得您奋不顾身救我的那一次。"

"都是叔应该做的，谁让咱们有缘呢！"国庆又劝小军："你还年轻，应该勇敢地面对现实。过去你小，不懂事，现在你也长大了，成熟起来了。我觉得既然做了亲子鉴定，你就应该认下你的亲生父亲杨春生。"

"可是我一点儿感觉都没有，我怎么能认他呢！另外，我还要考虑一下我妈的感受。我妈从来就没告诉过我，杨春生是我的亲生父亲，这就说明我妈不想让我认下他。如果我认了，我也怕我妈难过。"小军心里很矛盾。

"怎么会呢？不管怎么说他是你的亲生父亲，血缘关系无论如何也割舍不掉的。"

小军对国庆说："如果要是我妈想让杨春生认我，早就让我认了，也不能等到现在，而且也不会一直跟我隐瞒杨春生就是我亲生父亲的事实，所以我觉得我不应该去见他。"

"我觉得你分析得也有道理，既然这样，你就自己拿主意吧，我不参与意见。"

"国庆叔，我发自内心地感谢您这么多年来对我像亲生儿子一样的关心和照顾，我和我妈能有今天，是您一家人的帮助，没有您就没有我们的今天。"

"其实我和你，还有你妈，我们有缘，因为有缘，我们才相遇，才有后来这些事情的发生，也才有今天我们两个能在这里聊天。"

小军给国庆鞠躬："叔，我一辈子感谢您。"

"谈不上感谢，看着你和你妈过得好，我就非常开心了。"

小军和国庆聊了很久，国庆还要工作，小军就要告辞了。国庆挽留小军："天色也晚了，在这住下吧！明天我陪你去山里走走。"

小军说："下次吧，医院里还有很多工作需要去做，明天我得上班。所以我要赶回去，正好还有一班车。"

国庆说："如果是这样的话，我就不留你了，我送你到车站吧！"

小军无法拒绝国庆的热情，于是在国庆的陪伴下，一起来到了车站。小军上车，在车子启动的那一刻，小军看着车下站着的国庆，鬓角现出了丝丝白发，小军的眼前浮现出当年自己落在河水里，国庆跳下冰冷的河里去救自己的身影。

火车启动了，小军看着远去的国庆的身影，在心里暗暗地说道："国庆叔，在我心里，其实你就是我的亲爸爸。"

第二十五章

哥跟你说，其实每个人的心里都住着一道风景，无论是过去、现在还是未来，他都希望这道风景与自己融合成一体。

张少平的女儿张佳考上医科大学那天，小军来送她。小军帮着张佳拿行李，张佳却担心小军累着。

张佳说："小军哥，我自己拿行李吧！"

小军拎着大包小包："我人高马大的，还是我来吧！"

小军问张佳："怎么没看见你爸妈呀？"

"是我不让他们来的。"

小军表扬张佳："现在很多孩子上大学都是父母来送的，你倒是挺独立的。"

"独立什么呀，我不就是想让你送我吗？"

"好啊，原来你在打我的主意，你知道我今天有多忙啊！还要找我来送你。"

"再忙也要来送我，上大学是我人生的大事，我一辈子就只有这一次啊！"

"为了满足你的愿望，这次我都跟单位请假了。"

张佳郑重其事地说："小军哥，我有事要跟你说。你今天请假也值得。"

"什么事儿啊，这么重要。一脸严肃的样子，我还真没见过。"

张佳着急："我已经长大了，你能不能给我一个答复啊？"

小军装糊涂："给你什么答复？"

张佳开始耍赖："你给不给我答复吧，如果你要不给，我就不去上这个学了，我退学。"

"你这个孩子怎么能这样呢？总是出马一条枪，说什么呢，好不容易考上大学了，怎么能退学呢？"

"我就是要你给我答复，不给我答复，我就退学。"

小军看着张佳，诡秘地笑着说："你要是喜欢我，你就直说，你不能总威胁我，你退学不退学，你说跟我有关系吗？"

张佳气得瞪眼睛："我就是威胁你。"

小军也不甘示弱："我好心来送你，你还这样说话，我要回去了。"

小军假装把行李放在了地上，张佳以为小军真的生气了，就开始哄小军："小军哥啊，你看你年纪也不小了，到外边找对象也来不及了，不如我成全你得了。"

小军又笑了，告诉张佳："其实光明医院里的护士都挺漂亮的，我也不愁找对象。"

张佳气得捶打小军，小军借机会说："看你以后还无理取闹不？不给你点儿教训，你就不长记性。哥跟你说，你好好学习，你一毕业，我就结婚。"

张佳疑惑："我一毕业你就结婚，你跟谁结婚啊？"

小军敲打着张佳的头："笨蛋，你说我和谁结婚？远在天边，近在眼前啊！"

张佳一听："真的吗？你不是开玩笑吧？"

"我什么时候跟你开过玩笑啊，我是你的补习老师，怎么能和学生开玩笑。再说我这么大岁数了，我都找不到对象了，我还等谁呀？我就等你吧，你好好学习，早点儿毕业，然后，我们就结婚吧！"

张佳开心得手舞足蹈，兴奋地扑到了小军的身上。马路上人来人往，小军见张佳这样与自己亲昵，立即警告张佳："我告诉你啊，一定要注意社会影响，你要是不注意影响别说我反悔了。"

张佳抱住小军，开心地说："我才不管呢，我也不怕你反悔。小军哥，这一辈子我就盯住你了，我就赖上你了。"

小军故意板起脸："女孩子应该自立自强，你怎么能这样呢？"

其实小军是发自内心喜欢张佳的。他们在一个院子里长大，小军对张佳从小看到大，只是张佳年龄小，小军从来没有表达过自己的心思，他是想等着张佳长大了，自己有机会的时候再对张佳表白，可是没想到张佳这孩子这么着急又沉不住气，早早地自己就表白了，小军觉得这样也好，想表白就表白吧，反正迟早自己也会娶她。

张佳见小军已经提出要娶自己，心里吃了一颗定心丸，非常开心，这么多年自己跟在小军哥身后，除了无比崇拜他之外，最大的心愿就是能够和小军在一起。

张佳去学校，虽然不让父母送她，但是陶翠翠还是不放心，一直远远地跟着张佳。看到张佳和小军在一起，陶翠翠才放心。陶翠翠又看到小军帮张佳拿着行李，两个人又打又闹，又说又笑。陶翠翠好奇心作怪，趁着两人不注意，悄悄跟在后边，远远地听见小军说毕业后就结婚，又见两人拥抱在一起，陶翠翠非常开心："太好了！"

陶翠翠不打算去学校盯张佳，有小军在，她就放心了。于是陶翠翠转身往回走，直接去了建华的饭店。

陶翠翠来到饭店时，建华正从店里往外走，看见陶翠翠满面春风地走了进来，建华以为是张佳考上了大学，陶翠翠才这样高兴。

"嫂子，佳佳考上大学，高兴吧？"

陶翠翠摆手："真不是这事，有比这事还让人高兴的呢！对了，建华，你要外出？"

"真不巧，我要去税务局。"

陶翠翠说："等一会儿再去，我要跟你说件事儿。"

建华陪着陶翠翠又回到了饭店，建华说："嫂子，佳佳上了医科大学，终于遂了心愿，你开心啦！"

"才不是这件事儿呢，比上大学还开心的事儿，哈哈……"

建华疑惑："比上大学还开心的事儿，那是什么事儿？我猜不出来了。"

陶翠翠说："你可劲儿猜？"

建华思考着："佳佳找到男朋友了？"

陶翠翠笑起来："对呀，就是这件事。"

其实，在建华的心里一直觉得张佳和小军还是很般配的，只是张佳年龄小，还在读书，建华也不好说什么，她不希望小军像自己当年一样，孩子应该有自己的幸福，她是支持小军自由恋爱的。虽然心里着急，但是小军工作学习都忙，建华也不想打扰小军，毕竟，孩子的婚事还是靠缘分。

虽然建华也喜欢张佳，但是突然听说张佳找了男朋友，建华心里倒觉得有些不舒服，但是，建华还是关切地问："佳佳找男朋友了，快告诉我，是做什么工作的？"

陶翠翠笑着说："建华，我说你这么聪明的人怎么突然又变傻了呢？"

建华说："我变傻了？"

陶翠翠笑："你猜，张佳的男朋友是谁？"

"嫂子，你就别卖关子了，快告诉我。"

"就是你们家小军。"

建华一听，立即变得兴奋起来："真的吗？真的是我们家小军呀，你怎么知道的？"

陶翠翠就把她在后边跟着张佳和小军的事对建华说了。

建华开心，和陶翠翠拥抱："嫂子，终于如愿了。"

"我真是感到很欣慰，以后我们两家就是亲家了。"

"如果是这样的话，我们得庆祝一下。一会儿我出去办事，晚上我请客，把少平大哥也请来。"

陶翠翠说："你给少平打电话，我去买件衣服去。"

建华说："好吧，好吧！你快去，我去找少平哥。"

陶翠翠从建华的店里出来，美滋滋地去逛街。建华边往外走边给张少平打电话。张少平问："什么事这么着急？"

建华说："有好事。关于我们两家孩子的事儿。"

"孩子的事？佳佳考上大学都不让我去送她，我正生气呢！"

建华说："你生什么气呀？孩子们有自己的事儿。赶紧的吧，今天晚上到店里来，我们一起祝贺一下。"

张少平糊涂了："张佳考上大学，你不是给祝贺过了吗？"

"不跟你啰唆了，我到税务局了。记得晚上我们一起庆祝。"

张少平放下电话，有些莫名其妙：建华是不是搭错哪根神经了？张少平没想太多，接着又开始工作，他只等晚上到建华的店里看看究竟怎么回事。

时间过得真快，少平下班，往建华的火锅店方向走。

陶翠翠拎着新衣服来到了火锅店里，拿出新衣服穿上，让建华看自己的新衣服好不好看。陶翠翠人长得很美，虽然年纪大了，也掩饰不住当年的风采。建华看到陶翠翠换上新衣服，由衷地赞叹："嫂子，你穿上这件衣服可真漂亮。"

陶翠说："其实这衣服穿在你身上才漂亮。"

建华立即说："我们两个穿衣不是一个风格的，以后我会自己去买。"

陶翠翠说："等孩子们结婚的时候，我送你。"

"我家娶儿媳妇还能让你送衣服？我送你还差不多。"

两个人有说有笑，一起进了包房。这时，张少平也进了包房。建华对服务员说："人齐了，赶紧上菜。把最好的菜和最好的火锅调料都端上来。"

张少平环顾四周："小军怎么没回来呢？"

陶翠翠笑着说："小军和佳佳在一起。"

张少平恍然大悟："怪不得不让我们去送他，原来这孩子跟我们留一手啊！"

建华哈哈笑着："你们家佳佳可真是有心计的姑娘。"

陶翠翠说："什么叫有心计呀，还不是因为你们家小军优秀，不然我女儿能有心计吗？"

张少平知道了女儿和小军的事，比任何人都开心。一高兴就多喝了几杯，三个人边吃边聊，一起憧憬着孩子们的美好未来。

三秃子这么多年一直不断地从监狱里进进出出，始终是没有消停过。这一天，三秃子从建华的店门前走过，突然意识到这家店怎么越来越火了，于是三秃子决定过几天一定要来光顾下。

三秃子这次改变了策略，不再自己单枪匹马砸饭店，而是回去找了几个狐朋狗友一起过来捣乱。几人在路上横晃，虚造着声势往火锅店走。刚到店门口，突然遇到了一个飙车的人，把车子开得飞快，三秃子边走边骂："找死啊你！"

飙车人开着车窗，听到三秃子敢骂自己，愤怒了："就你，还敢和我对付，老子今天撞死你！"

三秃子没想到自己碰上硬碴儿了，这是个醉酒驾车的不要命的主儿，本来车子已经开过去了，结果又开车返回来，直接撞向三秃子，三秃子没提防，一下子就被撞飞了，差点儿砸到建华的店门上。看到三秃子被撞，这些狐朋狗友起初还跳脚喊着"停车——"

后来不知哪个脑子转了过来，"妈呀，三秃子要是死了可咋办？我们刚从局子里出来，不能再惹事了。"

几个人也不管三秃子死活，撒腿就跑。

建华此时从店里出来，看到有人倒在路上，立即跑上前，仔细一看，原来是三秃子。虽然心里憎恨三秃子，但是看到他满脸是血，建华还是动了恻隐之心。

"你怎么了？"

三秃子睁开眼睛看到了建华，心里说："这下完了，这个女人不会救我。"

建华见三秃子说不出话来，猜想伤势一定很重，她立即拿出手机，给120打电话。三秃子听到建华找120救他，才放心，又疼得晕了过去。

救护车很快来到建华的店门前，医护人员拿下来担架，把三秃子放了上去。建华担心三秃子能不能被抢救过来，她不放心，万一三秃子有危险怎么办？于是建华也跟着上了救护车，一起去了医院。

到了医院，医生立即抢救三秃子，但是三秃子兜里没有钱。医生以为建华是三秃子的家属，开完了单子直接交给建华："去交费吧！"

建华去交费的时候，医生给三秃子进行了抢救。可三秃子还在昏迷中，建华着急地问医生："病人什么时候能醒啊？"

医生回答："什么时候能醒过来，就看他的造化了，他的伤势挺重。"

建华在医院里陪着三秃子，小军回来的时候找不到建华，就给建华打电话。建华告诉小军："三秃子被车撞了，我送他上医院，还在这里陪着呢！"

小军一听就急了："妈妈我没听错吧，你救的人是三秃子？"

建华说："是啊，他让车给撞了。"

"妈，我真是服了，您真是活雷锋啊！"

建华说："遇上了我也不能看着不管。"

小军了解建华的脾气，只好说："我也去医院陪您吧！"

小军下班直接来到了医院，帮着建华照顾三秃子。小军问建华："谁撞的？找到人了吗？"

建华说："还不知道呢，我也没看到。"

"还是应该报警，让交警找车主。"

建华说："行，这个事你去办吧！"

于是小军去报警，直到警察来到医院的时候，三秃子还不能说话。交警要回去，建华告诉交警："我们饭店门口有录像，您可以调一下，他就在我门口发生的交通事故。"

交警调出了录像，顺着线索查到了车主。警察找到了肇事逃逸的车主，原来是喜欢喝酒飙车的富二代。看到警察找自己，立即明白了怎么回事儿，和警察解释三秃子骂他，不然不会发火撞人，也是当时喝了酒，借着酒劲忘乎所以了。

然后又回到家里拿了钱，对警察说："我跟你们走吧！"

飙车小伙来到医院见到了护理三秃子的建华，建华问："是你撞的三秃子，对吧？"

小伙子说："是我撞了他，当时他骂我。"

"我就知道无缘无故的，不会有人撞他。"

小伙子问："你说需要多少费用我出。"

建华将药费收据拿了出来，交给了肇事小伙子。

小伙子拿着一沓钱："好办，我把药费给你，余下的两万块钱就留着给他治病吧！"

建华说："他好像没有医保，将来还不知道怎么样。"

小伙子醒酒后很讲道理，对建华说："不管将来如何，现在这个钱我是肯定出了，不过这种人也真是够可恨的，我现在还觉得心里不解气呢！"

建华对小伙子说："不管他是好人还是坏人，他都是一条生命，我们总说一定要珍惜生命，你不能就这样撞了他。"

小伙子说："就这种社会垃圾，我没撞死他，就算便宜他了。"

建华觉得小伙子开始犯浑了，嘴上也开始不饶人："怎么能这么说话呢？那样的话，他以后真是残废了，你还得养着他。不是给自己找负担吗？"

小伙子说："我宁可养着他，也不让他到社会上去危害别人。"

三秃子醒来了，听到了建华和肇事车主的对话，着急地想说话，却说不出来。

这时，张佳走了进来，建华问："佳佳你怎么在这里？"

张佳说："我在这里实习呢！老师说让我替他一会儿。"

张佳看到了三秃子，对他说："你今天的下场活该，你知道吗？这么多年你一直欺负我建华阿姨，但是今天却是她救了你，还帮你找到了肇事车主，给你争取权益。你说你还是个人吗？"

三秃子想起自己本来是到建华店里去捣乱，可是却被建华救了，对自己来说真是天大的笑话。三秃子这些年做了不少坏事，心肠已经如铁石一般，可是此刻，却非常感动，也更后悔自己对建华做过的那些坏事。

三秃子什么也没说，眼泪流了出来。建华看到三秃子哭了，知道三秃子心里一定是后悔了。建华说："别多想了，你好好养伤，等以后好了再说。"

肇事小伙子看到三秃子醒了过来，觉得只要三秃子不死，自己就不会有大事了，也放下心来。于是，他看看门外的警察，对建华说："我可能要进去一阵子，我把我的名片给你留下，如果以后他有什么事，你随时找我，这两万块钱是他的营养费，你先拿着。"

建华看到三秃子已经这样了，不拿着也不好。"好吧，我替他先收下，有什么问题再联系。"

小伙子又对三秃子说："以后骂人的时候，要留口德。"

建华对小伙子说："可是你故意撞他这件事，法律对你也会有公正的审判。"

在三秃子治疗的过程中，张佳实习值班时也会过来看看三秃子，建华每天做好菜饭让服务员给三秃子送过来，偶尔小军也过来帮帮忙。

在建华、小军和张佳的照顾下，三秃子身体恢复得很好，很快就出院了。三秃子出院没多久，来到建华的饭店找建华，建华以为三秃子又来做什么坏事，却没想到三秃子是来检讨的，建华对三秃子说："你以前做错了很多事，我希望你能改邪归正。"

三秃子说："我知错，这么多年我对不起你，我今天是来还你钱的。"

建华说："还什么钱啊？肇事车主已经把钱都给我了。"

三秃子却说："我必须要还你钱，这些年我给你捣乱，砸你的店，让你受了不少损失，我都赔给你。"三秃子说着，从各个衣兜里往出拿钱，零零散散摆了一桌子。

建华说："等你以后有钱的时候再说吧！这些你都先收着。"

建华拒绝三秃子还钱，三秃子没有办法，只好离开了饭店。

三秃子不知道建华家住在哪儿，这一天晓杰从饭店回家的时候，三秃子一直在后边跟着，终于找到了建华的家。

晚上晓杰回来，锁上了门。可是她不知道，三秃子悄悄地跟在后边进了楼门，将一袋苹果放在建华家门口。小郭晚上值班，清晨回家，看到门口有一袋苹果，正好邻居从楼里面出来，小郭就问："这是谁放的呢？"

邻居摇摇头说："不知道啊！刚一出来就看见了。"

小郭进屋又问晓杰，晓杰说："我也不知道啊！能不能是我姐放的？"

小郭说："不会吧，姐会自己开门，不会把苹果放门口。"

于是晓杰给建华打电话，告诉建华早晨小郭回来就看到门口有苹果。建华恍然大悟，猜想一定是三秃子放的。晓杰也回忆起自己回来的时候，好像有人跟着，自己吓得回家就反锁了门。

这些年建华家的日子过得越来越好，周边的很多商户也都羡慕她。建华看到很多年轻人开着车，就对小军说："小军啊，妈攒的钱也差不多了，你也买一辆车吧！"

小军不要："我自己的钱也够买车了。"

建华疑惑："你怎么能攒那么多钱？"

小军笑："我工作了好几年，怎么能没钱呢？买一辆车的钱还是够的。不买太好的，买差一点儿的也可以。"

建华一听着急了："要买就买好的。"

"您就放心吧，我先买一辆车练手，以后再买好的。"

在建华的支持下，小军买了一辆新车，因为上班的地点太远，小军认为买车自己开起来方便，偶尔还能拉着建华出去兜兜风。

小军开着新车，来到张佳学校接张佳。为了给张佳一个惊喜，小军给张佳打电话："下班后我去接你。"

张佳说："我就在公交车站自己坐车好了，不用小军哥辛苦。"

"不用不用，我今天特意要去接你，你就在学校门口等我吧！"

两人约好时间，张佳在校门口等着小军来接自己。张佳放学后，出了教室就往校门方向走，刚走到大门口，就听有人喊自己，又看到一辆车停在自己的身边。小军把车窗摇下来："佳佳，上车。"

张佳打开车门上车："小军哥，是你买的车吗？还是你借的？"

"当然是我买的车。"小军自豪地说。

"太好了，可以坐新车了。"

小军发动车子："以后上学放学我有时间都可以接你送你。"

张佳说："这样不好吧？"

小军反问："有什么不好的，我是你男朋友。"

小军开着车，带着张佳沿着环城路从东往西开。两人一路看着风景，小军对张佳说："以前环城路上有那么多的桃花，我记得上学的时候，骑着自行车走在路上，就可以看见春天的桃花从叶子上飘落下来，满地的粉白色，看上去很美。尤其那些黄色的迎春花，一堆堆、一簇簇，距离很远都能闻到花香。早晨还可以听到鸟叫，那种鸟语花香的感觉，时常让我陷入回忆。"

佳佳看着小军："难道你老了吗？"

小军看了看车前边的镜子："我还不老吧？"

"不老，怎么就开始回忆了呢？"

"哥跟你说，其实每个人的心里都住着一道风景，无论是过去、现在还是未来，他都希望这道风景与自己融合成一体。"

张佳从来没听小军说这么充满诗情画意的句子，不禁更加佩服小军，也更为自己有这么好的眼光而自豪。

两个人一边开车在环城路上兜风，一边谈着自己对美好生活的向往和憧憬，两人竟然更加依恋对方。小军对张佳说："下周要是没有什么特殊事，我还去学校接你，然后带你去另外一个地方看一看。"

张佳同意，她愿意和小军在一起度过每一分钟。

"天晚了，我送你回家吧！回去好好学习啊，听话。"

"这些还用你嘱咐吗？"张佳嗔怪道。

虽然又开始新一周的学习，张佳的心里始终像揣着一只小鹿，热切地盼望着小军来接自己的那一刻。令张佳失望的是，下一个周六，小军却没来接自己。

张佳在校门前站了很久，只好自己乘公交车。张佳生气，也不给小军打电话，直接去了小军的单位。刚进门，就看到杨春生在和小军谈话。张佳从来没见过小军这样严肃，感到有些担心，可小军在谈话，也不能打扰。趁着小军没有看到自己，张佳悄悄地离开了走廊，从后门溜走。

小军没去接张佳，确实是因为春生。春生这次从南方来，下了飞机，不去处理自己那些业务，而是直接来到了光明医院。春生上次回去之后始终放心不下小军，他一直觉得既然小军和自己做了亲子鉴定，已经证明小军是自己的亲生儿子，就应该夺回做父亲的权利，让小军继承自己的财产。他现在已经不怕老婆对自己的控制，既然这么多年他们之间连个孩子都没有，之间的感情也越来越淡，春生觉得老婆和自己翻脸也没什么大不了的，即使闹起来，无非是走离婚这条路。这条路其实他也不怕，与其自己这样生活下去，还不如让小军和自己在一起。春生甚至想：如果建华能和自己复合就更好了。当年他们之间并没有矛盾，他们也一起憧憬过未来的生活，他们甚至要冒着生命危险跑出大山，去外边的世界闯荡。只是自己滑下了山崖，后来没有及时找到建华，他一直猜测着建华心里应该是有芥蒂的，自己亏欠了建华。建华一直以为自己死掉了，当时一定很难过，所以春生觉得，弥补建华的最好办法就是与小军相认，然后把建华接过来，一家人过上和和美美的日子。

可是春生的这些想法，只是他自己的一厢情愿。小军和春生聊得很好，春生希望小军跟自己回南方继承自己的事业，小军却说："虽然我们有血缘关系，但是我不能离开我妈，也离不开张佳。"

春生说："我是你的亲生父亲啊！"

"您是我的亲生父亲，这个事实我到哪里都不会否认的。"

春生听小军这样说，非常感动："小军，其实我真是希望你叫我一声爸爸。"

小军此刻却默不作声了。

"小军，我去找你妈，我们一起吃一顿团圆饭吧！"

小军却对春生说："我希望您不要去打扰我妈。我妈的生活本来是安静的，我们在一起这么多年，过得很好。困难的日子我们都熬过来了，现在日子好过了，生活幸福了，我妈什么都不缺，对那些财产什么的她也不会看重。"

春生听了小军的话，心里非常难过，只好说："既然你不想认我，不想跟我回去，那我就自己回去吧！机票我也买好了，这边的业务我也不准备处理了，交给手下的人处理。"

小军说："既然来了，就多住几天，到时我送您去机场。"

春生说："好吧，我先住几天，回去时你去送我吧！"

春生其实是希望小军送自己的时候，能够多有一点儿时间和小军在一起相处，毕竟他和建华分开这么多年，和小军没在一起生活过，缺失了小军的童年，他能想象建华一个人带着小军的艰难。春生珍惜和小军在一起的每一点儿时间，他不让手下送自己，坐上了小军的车。

路上，春生对小军说："我真希望我能为你做点儿什么，可是这么多年我却什么也没有做。"

"其实现在的生活和我小的时候比起来，已经很满足了。"

小军给春生讲起了自己和妈妈一起卖雪糕、摆地摊以及被三秃子欺负的情形，春生听了不觉眼泪涌出了眼眶。他觉得小军和建华这么多年，吃了这么多的苦，而自己却没在他们身边，亏欠他们的真是太多了。

"我看那个女孩挺好的。"

"哪个女孩？"

"就是那个叫张佳的女孩，我在你妈妈的店里见过她。你结婚的时候一定要告诉我，我来参加你们的婚礼，你不会拒绝吧？"

"怎么能拒绝呢？等张佳毕业，我们就结婚，到时我会通知您。"

"好。小军，你好好照顾你妈妈，我没有机会照顾她，但是我希望你能把她照顾好。"

小军说："这点您放心，这么多年我和我妈就是这样过来的，您自己多保重。"

小军送春生到了机场，春生进了安检门，又返回来，与小军拥抱在一起。小军说："注意身体，多保重。"

小军短短一句话，让春生非常感动。春生对小军说："回去吧！路上注意安全。"

小军看着春生的背影进了安检门，站在那里，思考了很久。如果当年春生没有掉进山崖，或许与妈妈在一起会生几个孩子，自己一定是和春生最亲密的父子，自己一定会度过一个不一样的童年。小军在心里喊了一声："爸爸——"

虽然这一声"爸爸"来得很迟，但是他觉得很值得，毕竟他们有血缘关系。

张佳回到家里，与陶翠翠谈起春生来找小军的事，陶翠翠惊讶："怎么又来找小军了？"

"那个人真是小军的爸爸吗？"张佳问。

"应该是，长得像。"

"可是为什么小军没和他相认呢？"张佳不解。

"这么多年，他们也没在一起，怎么认呢？"

"建华阿姨这辈子也真是够辛苦的。"张佳同情建华。

陶翠翠给张佳洗了一盘水果端上来："以后你建华阿姨就会苦尽甘来的，以后我帮她找个对象。"

"建华阿姨不会同意的。"

"你这孩子怎么不开窍呢？"

张佳着急："你可是思想够开放的，建华阿姨肯定不会同意的。"

张佳和陶翠翠正说着话，小军来电话了，陶翠翠喊："佳佳，赶紧接电话。"

小军在电话里对张佳说："我在去你学校的路上，接你一起兜兜风。"

张佳说："我已经回来了。"

"怎么没等我电话？"

"我今天没接到你电话，以为你很忙，我就自己回来了。"张佳没提去医院的事。

陶翠翠说："让小军来家里吃饭。"

张佳担心小军拘谨，但是有了妈妈这句话，还是很开心："小军哥，你来我家里接我吧，晚上我请你吃饭！"

"还用你请吃饭吗？我都工作挣钱了，晚上我们一起出去吃。"

小军接到张佳，陶翠翠从窗口往下看，越看越觉得小军和佳佳真般配，自己手舞足蹈地在屋子里转着圈，一不留神撞在了桌子边上，疼得她直咧嘴。

小军把车子开到公园门口，找个停车位把车停好，伸手拉着张佳下车，进了公园，张佳像撒欢的小鹿，蹦蹦跳跳，小军喊："慢点儿，怎么没有个大学生的样子呢？"

"大学生是什么样啊？你们医院护士那样的吗？"

"又气我，如果我不高兴，今晚让你饿肚子。"

张佳挽着小军的胳膊："不行，不给我饭吃，我去找建华阿姨，去你们家店里吃火锅。"

小军笑："见到我妈要叫婆婆，不然告诉我妈不给你吃火锅。"

两个人一边闹着，聊着，打着嘴仗，随着公园里锻炼的人流往前走。

夜已悄悄来袭，路上留下了两个人长长的影子。

第二十六章

　　现在他才发现，这个女子的身上有一股劲，一股让他说不出来的刚毅。自己处心积虑这么多年，终究还是败给了这个外貌清秀、看上去又很柔弱的女子。

　　对于陶翠翠过于热心，要给建华介绍对象这件事，让建华有些措手不及，而翠翠也没有经过建华同意就把家里的亲戚带到了建华的饭店。

　　建华透过饭店的玻璃窗子，远远地看到陶翠翠带着一个陌生男子向饭店走来。建华突然意识到，这就是翠翠给自己介绍的对象。翠翠领来的男子，个子不高，头发稀疏，还有一点儿将军肚，看穿戴打扮，生活还算不错。可是建华一点儿感觉也没有，而且她不想现在找对象，其实对国庆她还有一丝期待。这些年，虽然不能经常见到国庆，但是建华却无数次在梦中见到国庆。从认识国庆的第一天，她就认定国庆是好人，如果没有春生，自己这一辈子最应该等待的人一定是国庆，国庆才是自己一生需要等待的那个人。

　　想到这里，建华躲了起来。

　　没有见到建华，陶翠翠在火锅店里等了一会儿，就问晓杰："你姐去哪儿了？"

　　晓杰虽然奇怪：姐姐明明在里边，为什么没有出来呢？聪明的晓杰看到陶翠翠身边的男人顿时恍然大悟。原来，翠翠姐经常提到要给我姐介绍的对象就是这个男人吧？难怪姐姐不想见呢！

晓杰回答陶翠翠："我姐没在店里，出去办事了。"

可是陶翠翠不走，又给建华打电话。建华不得不接电话，陶翠翠听到了声音，来到了里边的包房，看到建华在里边非常生气，对着晓杰发脾气："怎么说你姐没在呢？这不是在吗？"

晓杰解释："我真不知道她什么时候回来的，我也不知道情况。"

建华担心陶翠翠和晓杰起冲突，只好从屋子里出来，见到了翠翠带来的男子，建华觉得很尴尬，男子也不知道见了建华说什么好，反而是陶翠翠非常机灵地介绍："表弟，这就是我给你介绍的建华，你觉得怎么样？"

陶翠翠的远房表弟非常木讷，也不知道说什么好，见到建华很是欢喜，只是点头"嘿嘿"地笑。就在这时，中玲打电话找建华，建华此时觉得中玲就是自己的大救星，一边接电话一边往外走："好好，我这就来。"

建华捂着电话，对陶翠翠说："我有急事，改天再聊吧！"

陶翠翠一脸无奈："建华，算你狠！"

陶翠翠觉得在自己远房表弟面前丢了面子，悻悻然带着远房表弟离开了建华的饭店。

中玲打电话，确实有事找建华。原来马大妈在自己院子里给菜园子浇水的时候，眼睛突然看不见了，摔倒在泥水里。马大妈的惊叫声，惊动了东院的邻居老方。老方跑过来，把马大妈扶起来，喊来媳妇，帮马大妈擦掉身上的泥水，又去加工厂把中玲找了回来。中玲一看马大妈的样子，非常着急。给国庆打电话，山里信号又不通，中玲不知道怎么办好，突然就想起小军在医院里当眼科医生，对治疗妈妈的眼睛会有帮助。于是中玲就给建华打电话，正好遇上建华尴尬的时候。

建华安慰着电话另一边的中玲："别着急，我们一起想办法。"

"姐，我都急死了，我妈突然看不见了，你说怎么办？"

建华镇定地说："急有什么用？赶紧把大妈带到城里来，还是我去接你们吧！"

中玲说："不用，我有车，我带我妈去。"

"直接去小军他们医院吧，我在那里等你。"

建华来到光明医院时，小军正好在医院里值班，建华告诉小军："你马奶奶眼睛看不见了，中玲姑姑正陪她往医院来。"

　　小军听到这个消息，安慰着建华："妈，您千万别着急，以前奶奶就有白内障，我总想着帮奶奶看看，一忙，就忽略了。如果不是脑血管的问题，只是眼睛的问题，就不要着急。"

　　建华等了差不多一个小时，中玲才陪着马大妈来到医院。小军出来接马大妈，搀扶着老人进了诊室，立即给马大妈做了检查，检查的结果是白内障导致的失明。

　　中玲问小军："怎么办呢？"

　　"姑姑别着急，其实白内障现在是可以治好的，只不过需要做手术。"

　　"不管用什么方式，只要把我妈的病治好，让她能看见就行了。"

　　马大妈也很着急，自言自语地说："我怎么突然就看不见了呢？"

　　"奶奶别着急，会有办法的。"

　　建华突然想起一件事，于是问小军："你们不是有个什么光明行动吗？"

　　"是有个光明行动，是我们医院的一个项目。"

　　"看看你这个光明行动能不能帮上你奶奶，一定要把她的眼睛治好。"建华嘱咐道。

　　"让奶奶先观察几天吧！我再和院里汇报一下。"

　　马大妈不愿意："我不能在这里等着，我还是要回家。"

　　中玲和建华无论怎么劝都不行，马大妈坚持要回家，中玲只好开车又带着马大妈回到了村里。虽然中玲回去了，但是建华和小军一直没闲下来。小军向院长做了汇报，院长立即同意将国庆妈的治疗纳入光明行动中来，准备给马大妈的眼睛做手术。

　　小军亲自开车去乡下，接马大妈进城做手术。

　　中玲从外边回来，远远地看到了小军的车。中玲知道小军来了会有好消息，离很远，中玲喊："小军，你可来了！"

　　小军告诉中玲："我来接奶奶进城治病。"

　　中玲问小军："你有办法了？"

　　"有办法了，我要给奶奶做手术治疗。"

　　中玲非常开心，把马大妈送上了小军的车，然后自己开车跟着小军一起往城里走。

　　来到光明医院，在走廊里遇见了院长。小军告诉院长："我把我奶奶接过来了。"

　　院长对小军说："你就负责给你奶奶治疗，有什么困难和我说。"

小军感谢院长后，陪着奶奶进了病房。

建华很快也赶到了医院。她在最困难的时候，是马大妈一家人接纳了她，帮助了她，这种恩情建华一辈子也不会忘记。

经过几天的检查后，院长对小军说："这位马大娘的手术就由你负责吧！费用纳入光明行动。"

"太谢谢院长了！帮我奶奶家解决了大问题。"

院长说："谢什么啊？光明行动就是为眼睛看不见的那些人服务的，这也是我们医院的办院宗旨。给人以光明，要不怎么叫眼科医院呢？"

小军开心地笑着，心里对院长充满无限的感激和敬佩。

更让小军意想不到的是，给马大妈做手术，小军主刀，院长居然给小军当助手，在一边指挥小军。小军也是尽了自己最大的努力，给马大妈做手术。

马大妈刚从手术室出来，国庆也来到了医院。从山上一回来，中玲的电话就打了进来，听说小军要给母亲做手术，国庆风尘仆仆地往医院赶，连工作服都没来得及换。

看着母亲蒙着双眼，国庆问："妈，疼吗？"

马大妈说："麻药劲还没过去呢！还不疼。"

国庆慈爱地看着小军："谢谢！"

小军说："叔，您跟我还客气，应该谢谢我们院长。"

国庆在小军的陪伴下，来到院长室，专门感谢院长。可是何院长却说："您别客气，这是我们应该做的。"

国庆非常开心，拉着小军的手："小军啊，这次给你奶奶的眼睛做手术，多亏了你。"

小军说："奶奶是我的亲人，您别跟我太客气。"

国庆和小军的对话被马大妈听见了，马大妈说："你就是我的亲孙子！"

小军甜甜地叫了一声："奶奶——"

小军到病房嘱咐护士："有什么事立即通知我，一定把老人照顾好。"

护士答应着，小军才放心地离开。

建华回到店里给马大妈做了粥，装上了小菜，送到医院。

拿出饭菜，建华说："大妈，我来喂您吃点儿饭吧！一定饿了。"

马大妈说："我还不饿呢，我是有件事想跟你说。"

"您有什么事就跟我说吧！"建华给粥吹气，担心烫着马大妈。

　　纱布蒙着眼睛的马大妈说："建华，我希望你能嫁给国庆，不然我这饭吃了也没有味道。"

　　建华劝道："大妈，您还是吃点儿饭吧！"

　　建华没有直接回复马大妈的话，马大妈显然很不高兴，也拒绝吃饭。建华劝她："吃点儿饭吧，您都饿了一天了。"

　　中玲在一边也劝国庆，国庆看着建华，建华看着国庆，两个人默默无语。建华和马大妈说话的时候，大宽妈和建华妈也来到了医院，两个人听到了国庆妈和建华的对话都过来劝建华："建华，你就答应国庆妈吧！她盼了这么长时间，你也该找个人嫁了，再说国庆也没有什么不好。"

　　建华看着大宽妈，又看看国庆妈，自己的妈妈也朝着建华点点头，建华终于含泪点点头，答应了一声："嗯。"

　　建华终于同意了，国庆妈非常开心，对建华说："不用你喂我，让中玲喂我吧！"

　　国庆走进来，也要喂妈妈吃饭。可是马大妈说："还是中玲喂我吧，你个大男人家，笨手笨脚的。"

　　国庆憨厚地笑笑："妈，我小的时候您不也是一口一口地给我喂大的嘛！现在我给您喂饭，是我应该做的呀！"

　　国庆妈听了非常欣慰。建华对中玲说："还是我来吧，你们去歇一会儿吧！"马大妈这才开心地吃饭。

　　建华每天负责把饭送来，然后又给马大妈喂饭，中玲负责给马大妈换洗衣服、收拾卫生，两个人配合得非常好。在建华和中玲的精心护理下，国庆妈很快就康复了。

　　当小军把马大妈眼睛上的绷带摘下来的那一刻，马大妈透过洒满阳光的窗子，看到了外边的树，远处的人，她像个孩子一样喊着："我看见了！"

　　建华、国庆、中玲，还有在场的所有人都非常开心。中玲眼含泪水，扑到妈妈的身上："妈，您的病好了！"

　　国庆妈在屋子里寻找着，看到了小军："孩子，你过来。"

　　小军来到国庆妈的身边，国庆妈拉着小军的手："这次手术，多亏了我大孙子，要不然我的眼睛就什么也看不见了。"

　　小军自豪地说："有我在，奶奶的眼睛永远能看见。"

　　建华批评小军："奶奶一表扬，你就开始吹牛了。"

建华送国庆妈回村的路上，路过了招娣的墓地。建华远远地看到了墓地前站着的国庆。建华对小军说："停车。"

小军也看到了国庆，他把车子停下来，建华下了车子，朝着招娣的墓地走去。国庆正站在墓前和招娣说话："招娣，你和我较劲了一辈子，从结婚我们就开始又吵又闹，现在终于消停下来了，我和建华也要开始新的生活了。不管怎么说，我还是感谢你能够在最后的时刻理解了建华，也理解了我。"

建华走到国庆身边，停下脚步，听国庆说话。国庆听到声音，回过头来，看到建华，从衣兜里拿出一封信，交给了建华。

"这是什么？"建华问。

"这是招娣写给你的，你看看。"

建华打开信，看着招娣的字，惊讶招娣的字写得很娟秀，完全不像她的人那样的风风火火。

"建华，你看到这封信的时候，其实我已经不在了。这么多年来，我一直不懂得珍惜我和国庆在一起的日子，我相信以后你会和国庆走到一起的，也希望你好好照顾国庆和这个家，这样我才能放心。建华，以前有很多事，是我对不起你，我请求你的原谅。"

建华看到这封信，非常感动。站在招娣的墓前，建华说："招娣，你就放心吧！国庆哥对我和小军像亲人一样，这么多年，我们走过了风风雨雨，我一定会珍惜以后的日子，也谢谢你对我的理解，我会努力把国庆和国庆这个家照顾好。"

建华抬起泪眼，看着国庆，国庆将建华抱在了怀里。国庆拉着建华的手从墓地往回走，国庆妈、中玲和小军在车里看着国庆和建华，开心地笑了。

小军说："我妈和我叔早就应该在一起。"

国庆妈说："过去的事儿就不提了，我们一起祝福他们吧！"

三秃子因为建华救了他，又劝他好好做人，这一次三秃子彻底受到了触动，决心重新做人。三秃子现在是彻底改邪归正了，依靠自己的能力去生活。但是，三秃子没读过多少书，又没有什么技术，只能在街上捡废品卖点儿钱，有时候还打打零工。

小郭在路上看到三秃子很吃力地帮别人推车，还被人连冤带损地骂了几句，小郭看不下去，就帮着三秃子推车。三秃子感激地说："小郭，谢谢你！"

小郭说："你总是这样也不行啊！得想个办法。"

三秃子很为难地说："我能有什么办法呢！"

小郭说："还是我帮你想点儿办法吧！"

建华从村里回来，刚走到饭店门口，就看到了小郭。建华问："今天下班这么早？"

小郭说："姐，今天外出办事，所以回来早一会儿。姐呀，我想求你个事。"

建华说："都是自家人，什么事啊？跟我还吞吞吐吐的。"

小郭是看到三秃子自食其力，起了恻隐之心。但他知道以前三秃子对建华做的那些事特别招人恨，唯恐说了建华会不高兴。

既然建华问自己，只好硬着头皮说："姐能不能帮帮三秃子。"

建华说："三秃子不是挺忙的嘛？"

"三秃子现在是改邪归正了，所以我想请姐姐帮帮他。"

建华说："我也不知道能帮三秃子做什么，让他到我店里来吧，我还怕三秃子对顾客有影响，这一带谁不知道三秃子是从监狱出来的啊！"

小郭说："姐姐再想想，看他能做点儿什么？"

建华想了一会儿："要不这样吧？现在咱们这条街上的卫生环境越来越好，但是，咱们店里每天还会扔出不少垃圾，我不想让店里的垃圾影响市容环境，把垃圾及时清走，送得远一点儿才好。这些垃圾什么的都让三秃子去清理，然后每个月我给他一些工资，再供他吃一顿饭。你看这样行不行？"

小郭说："行啊，姐，太好了！您想得真周到，这样三秃子的吃饭问题和工资问题都解决了。"

建华说："帮人帮到底，能帮就帮帮他吧！听说他从小是孤儿，能长这么大他也不容易。"

小郭说："姐呀，我真是佩服你，以前三秃子做了那么多对不起你的事儿，你还这样帮他。"

"冤冤相报何时了？谁都有做错事的时候，既然他能改正了，我们就应该帮帮他。"

小郭帮三秃子找到了新的工作。三秃子知道新工作就是去建华店里收垃圾，几乎不相信自己的耳朵，问小郭："你说的是真的吗？"

小郭说："我还能骗你呀？"

"要真是这样，建华姐就是我的恩人哪！"

"你看看你，以前是怎么对待建华姐的？"

三秃子自己打自己的嘴巴："我真不是人。以前我做了那么多对不起她的事，她现在还能帮我，我真不知道怎么报答了。"

"你能改过自新，好好做人，就是报答建华姐。"

三秃子一刻也不耽误，立即跟着小郭来到店里，开始给饭店收垃圾。

看着三秃子朴素的打扮，建华真切地感受到，三秃子确实改头换面，重新做人了。

半个月过去了，建华给三秃子开了工资。三秃子不要，建华说："怎么能不要呢！这是你的劳动所得，赶紧拿着，花钱的地方多着呢！"

三秃子说："我这才半个月，就开支了，我不好意思拿。"

建华说："半个月怎么啦，我提前给你开了，以后每个月的今天，我都给你开支。"

三秃子感动得不知说什么好，接过工资，朝着建华鞠了个躬。

建华脑子里出现了在小巷里抢自己钱，又一脚踢飞了小军的三秃子，与眼前的三秃子简直判若两人。建华觉得通过自己的努力，彻底挽救了三秃子，也是给社会做贡献了，想到这里，建华笑了："行了行了，快去干活儿吧！"

之前建华的邻居孟老板看到建华这两年的饭店开得红红火火，孟老板的饺子馆快要倒闭了，总是不甘心。孟老板没事就在建华的店门口转悠，寻找着一切机会想再坑建华一次。

这天，孟老板正闲逛时，看到了一个熟悉的身影："难道是三秃子？"

孟老板知道三秃子和建华是死对头，脑子一转，计上心来。他去找三秃子，却看到三秃子在装垃圾："你来收垃圾了？"

三秃子说："我现在就干这个工作呢！"

"我多给你点儿钱，你也把我的垃圾收了。"

"你给我多少钱，我也不能去收啊！"

孟老板说："你这个人怎么还怕钱咬手啊？"

三秃子说："不是怕钱咬手，我是挣从正道来的钱。不该我挣的钱，我不挣。"

孟老板生气说："三秃子，有日子没见了，你觉悟提高了？我就想给你钱，你去帮我把垃圾清走。"

三秃子说："别说你给我钱，就是你把饭店都给我，我也不去给你干活儿。"

孟老板说一听，三秃子这是被周建华那个女人灌了迷魂药了，不然怎么连钱都不认了呢？于是，开始挑拨离间："你忘了以前你们俩的仇恨了？你几次进局子，是不是那个女人送进去的？"

三秃子说："我们之间没有什么仇恨，都是我对不起她。希望你以后不要打火锅店的主意，特别是不要打周建华的坏主意。要是让我知道了，别说我不放过你。"

孟老板上下打量着三秃子："你还长能耐了！"

三秃子说："我能耐大去了！你最好离这里远点儿。"

孟老板终于因为经营不善，欠了不少外债，饺子馆快要倒闭了。为了另谋生路，孟老板开始倒腾辣椒面。他通过朋友，联系上了做假辣椒面的老板，并在离城 50 里的村子里，找到了一个落脚点。孟老板看着一车车拉出村子的辣椒面，觉得卖假辣椒面比较挣钱。于是，孟老板一门心思研究如何造假，还投入了自己仅有的一点儿钱购买原材料。

可是，没过多久，工商局联合公安、司法几家部门开展打假行动，孟老板回城偷着卖假辣椒面的时候，被人盯上，给抓了现形。

孟老板被抓的地点，就在自己的饭店。建华回家给大宽妈送饭，路过饺子馆，看到门口围着一群人。建华不知发生了什么事，挤进人群看热闹，只见工商、公安、执法部门的工作人员都穿着制服，围着一个耷拉着头的男人，建华仔细一看："这不是孟老板吗？"

建华问旁边看热闹的人："这是怎么回事儿啊？"

"卖假辣椒面让人家给抓住了，现在正是打假行动的时候，这下撞到枪口上了，被罚了款。依我看，造假的都应该进监狱。"

小郭也参加了这次行动，看到建华拎着饭盒在人群里看热闹，小郭走过来，和建华打招呼："姐，回家给大妈送饭去？"

建华答非所问："他以后怎么生活啊？"

小郭说："还能怎么生活呀，饭店也倒闭了，那些员工都要离开了。"

孟老板坐在倒闭的饭店门口，看着这个经营了多年的饺子馆，回顾自己这些年的艰辛，无论如何也想不明白，一屁股坐在马路边，抬不起头来。

建华送饭回来，孟老板还在马路边上坐着。建华不计前嫌，劝道："孟老板，地上凉，回屋去吧！"

孟老板听了建华这句话，感受到了温暖。都说墙倒众人推，自己出了事，也连累了饺子馆。孟老板此时幡然悔悟，三秃子都不记恨建华，自己还赶不上三秃子呢！

孟老板叫住建华："周老板，我有点儿事求你。"

建华停住脚步："什么事啊？你说吧！"

"可能你知道我的事了，这次我交了不少罚款，饭店里的员工跟着我干了这么长时间，饭店倒闭了，他们也没有活路了。现在工作也不好找……"

孟老板还没说完，建华就听明白了："生活有困难的员工我帮你先安排一些，那些年轻力壮的服务员，还是自己出去找工作吧！"

孟老板非常感慨，看了建华一眼，他从来都没瞧起过眼前的这个身材娇小的南方女人，现在他才发现，这个女子的身上有一股劲，一股让他说不出来的刚毅。自己处心积虑这么多年，终究还是败给了这个外貌清秀、看上去又很柔弱的女子。

孟老板深有感慨地说："这么多年我一直在跟你斗，可是我还是斗不过你，那么传统的饺子，竟然败在了你的火锅上，我很不甘心，谁让我不争气，还走上了邪路，所以，今天的下场也是我罪有应得。周老板，你是女中豪杰，我是服了你了。我就要回外省老家了，你的饭店要好好开，祝你生意兴隆啊！"

建华不知怎么劝孟老板才好，嘱咐孟老板回老家后好好生活。孟老板从马路边上站起来，迎着月色走了。看着孟老板的背影，建华更加相信人格的力量，同时，也永远相信社会正能量终究会战胜邪恶。

第二十七章

不管时过境迁也好，世事难料也好，无论幸福还是悲伤，我的人生路上您都没缺席过，其实您对我，像一个父亲对儿子一样，我心里除了感激之外，还有一个愿望，就是希望您和我妈在一起。

时间过得真快，转眼到了 2008 年。

小军下班回家，匆匆忙忙进屋子，打开了电视。建华问："演什么好节目？慌慌张张的。"

"妈，奥运会开幕式，您快来，咱们一起看。"

建华进屋来，和小军一起看奥运会。

"那个蓝色的建筑真好看。"建华由衷地赞道。

"妈，那是水立方，咱们国家游泳馆，还有鸟巢，都是这次奥运会的比赛场馆。"小军边看边给建华介绍。

"太美了！我喜欢北京的夜景。"建华一直忙着饭店的生意，很久没去北京旅游了。

"妈，等我休假了，陪您去北京，咱们好好玩一玩。"

"有你这句话，妈就知足了。在电视上看风景，其实也挺好的。现在旅游景点到处都是人，也不知道是看人呢，还是看风景呢！"

小军笑："以前说风景在别处，现在是风景就在人多处。"

母子两人边聊天，边看电视。遇到中国队赢了，小军就会从沙发上跳起来，喊几声："我们赢了！"

建华慈爱地看着小军："这么大了，也没个正形。"

小军拽着建华的胳膊："在妈妈面前，即使80岁了，我也是小孩子。"

建华忽然想起了什么，走进卧室拿出了存折："来，80岁的小孩，妈给你看样东西。"

建华将存折递给小军，小军问："妈，您这是干什么？"

建华说："这是妈这些年攒的钱，都给你。"

"我可不要您的钱。"小军拒绝。

"这些都是妈给你的，你不要我给谁去。"

"妈，您拿这些钱买个房子吧！"

"我不买，给你留着，留着你和张佳结婚用。"

小军劝道："您还是赶紧买吧，以后房子升值了，您再卖了，然后继续买房子，您就可以一辈子都住好房子了。还可以做到钱生钱，这也叫投资。"

"跟我说投资，你妈可比你强多了。这么多年，我一直开饭店，我还不知道什么是投资啊？"

小军说："妈，这您可不明白了，房子现在要买，以后肯定是升值的。"

建华却听不进去："你还是听妈的，先把这钱存起来吧！"

小军非常执着地要给建华买房子，可是建华却不同意。

小军为了让建华赶紧买房，第二天，打电话约了张佳。

张佳问小军："找我有事？"

小军回道："没事，不能找你吗？你是我女朋友。"

"那是当然，我还巴不得你赶紧找我呢！快说，什么事儿？"

"我去接你，我们一起去看房子。"

张佳一听，以为小军要买结婚住的房子，非常开心。小军猜到了张佳的心思，解释道："不是给你买房子，是给我妈买。"

张佳不好意思："是啊，我就是说要给阿姨买嘛！我也没说给我买。"

"你着急了吗？"

"你说呢？"

　　小军看看时间不早了，对张佳说："不说了，等我吧，我这就去接你。"

　　小军接到张佳后又去饭店接建华。小军和张佳每人挽着建华的一只胳膊，建华大声问："这是干什么啊？你们自己去玩吧！"

　　"妈，我们一起去看房子吧！"

　　当着张佳的面，建华不好拒绝，小军开车，带着张佳和建华一起去看房子。北陵公园附近新盖了一个园区，房子外观看上去非常美，小军开车转到这里，对建华说："妈，下车看看去，我觉得这个地方很好，咱们就在这个地方买吧！"

　　"太贵了。"建华知道这个地段的房子价位都高。

　　"妈，现在房价已经是低谷了，如果不赶紧买，以后又涨价了，兴许就买不起了。"

　　建华拗不过小军，只好同意："就听你的。"

　　买了房子，小军陪建华办好了手续，就要买材料装修。建华不想装修，小军劝她："这么贵的房子都买了，要是不好好装修没办法住。"

　　"要是你住就装修，要是我住，没必要花钱装修。"

　　可是小军劝建华："您都操劳一辈子了，一直也没有个像样的房子，这一次咱们好好装修装修，一辈子谁能换几次房子呢？对不，佳佳？"

　　小军和张佳两人一唱一和，建华无奈，不想辜负了儿子的一片心意。

　　"行吧，都听你的。"建华终于同意。

　　小军说："妈，您就不用管了，我去找朋友给您装修，好好设计一下。"

　　可是小军一打听，装修设计费用还挺高，关键小军请的都是专家级的。建华一听，有点儿心疼钱。可是小军说自己喜欢，建华想，自己挣的钱，其实也都是给儿子花的，如果房子装修完，或许张佳喜欢呢，给他们当婚房岂不更好？想到这里，建华对小军说："我也豁出去了，你想怎么装都行。"

　　房子装修时，小军没让建华过去看。他担心建华看了之后又说自己太浪费钱。所以小军对设计师说："全设计好，都装修完，我再接我妈过来看。"

　　设计师向小军保证："我一定会带着艺术品位给你设计。"

　　小军说："简洁一些也没有问题，我妈那人不挑剔。"

　　就这样，设计师把装修图设计好了，又和工程监理每天进行监工，终于把房子装修得简洁明亮。装修完工后，小军请保洁彻底收拾一番，才把建华接过来参观。

　　"妈，快看看，快看看我们的新房子。"

建华开门进来："这还是我们家吗？"

原来的水泥墙刮了大白，电视后边的背景墙看上去明亮通透，卫生间里的洁具放着白光，虽然家具还没买，但是看上去简洁、实用，还给建华专门做出了一个衣帽间。

建华摸着那些打好的柜子，激动得眼泪都要流出来了。

小军问："妈，是不是又感动了？"

建华用纸巾擦一把泪水："怎么能不感动呢？你还记得你小时候，冰天雪地里，妈妈领着你在北行出摊的情景吗？"

小军说："怎么不记得？我还记得夏天最炎热的天气里，我们一起卖冰棍的日子……"

建华说："那些日子总算熬过来了，我做梦都没想到今天我能住上这样的大房子。小军，这房子像宾馆一样，妈舍不得住，还是给你和佳佳留着吧！"

"我们年轻，可以努力挣钱，以后还会有更好的房子，等着我们买。"

"这一套就应该给你们留着，妈这么大年龄了，还住这房子干什么呀？"

小军说："那不一样，只要您住了，我就觉得比我住还开心呢！佳佳还在读大学，等她毕业的时候，我就可以攒一大笔钱，然后再买　套更好的房子，到时候我还在这儿附近买，咱们做邻居，我天天带着孩子来蹭饭，您看行不行？"

建华开心地笑了："真是懂事的好儿子！"

张佳也非常开心，因为听到小军说等她大学毕业了，还要买一套房子，他们在一起住，这让她感到非常满足。

有了新房子，建华和小军又去接大宽妈。

大宽妈不想来："一大把年纪了，不折腾了。"

建华做大宽妈的工作："我从进城就和您一起住，已经习惯了，如果您不去，我心里不踏实，晚上也睡不着啊！"

小军劝道："奶奶，你不能不管我妈。等我结婚离开家，我妈会孤独寂寞的，您不在她身边，我也不放心啊！"

"还有你姥姥呢！"

"我姥姥陪着我小姨呢，一个姥姥不能分两家，您就搬新家去吧！好奶奶，算我求您了！"小军没有好办法，只能撒娇。

建华和小军使出浑身解数，终于做通了大宽妈的思想工作："行啊，啥也不说了，我跟建华一起搬新楼去。"

建华和小军一起拥抱着大宽妈，大宽妈眼里滚动着泪花。

搬进了新房子，建华就想去找国庆。她给国庆打电话，国庆的手机却打不通。建华问了小军，国庆的工区怎么走，小军不放心建华自己去，建华却对小军说："你妈我从南方来东北，这么远的路，我都没怕过。你国庆叔的工区离我们根本就不算远。"

小军想想也对，妈妈毕竟从南方到北方来，走过大半个中国，于是，嘱咐建华有事立即给自己打电话，这才放心地让建华去。

建华找到国庆的工区，工友们却说国庆没在。建华说："你看我这么远来了，就是来找国庆的，你们真不知道他去哪儿了吗？"

工友们摇头说："真不知道国庆去哪儿了。"

建华着急，给中玲打电话。中玲问建华："姐，你在哪儿？"

建华说："我就在国庆他们工区里，可是他却不在。工友们也都不知道他去哪儿了，我非常担心。对了，你哥跟你联系了吗？"

中玲说："建华姐，我哥其实是申请去了更远的工区，但是他说他很快就会回来。"

"我怎么不知道呢，国庆哥也没告诉我一声。"

"我哥嘱咐我，不让我告诉你。"

"你哥这人真怪，为什么不让告诉我呢？他对我还有秘密吗？"建华想不明白。

"我哥只是让我告诉你，这是他的工作需要。"

听了中玲的话，建华迷惑，但是又不能在工区里待很久，为了赶上末班车，建华离开工区，闷闷不乐地回来了。

到了家里，建华不吃不喝也不开灯。虽然搬进了新房子，原本心情愉悦的建华，却因见不到国庆而失落。建华又担心国庆的身体，本来在外巡线，工作环境就很艰苦，如果到更远更艰苦的地方去工作，他的身体能吃得消吗？此刻，建华又想起国庆以前好像还有一个电话号，于是建华找出这个号码拨了出去，这一次国庆的电话号码显示的却是空号。建华想，无论如何也要找到国庆。

这一夜，建华失眠了，大脑一刻不停地在思考，她要找到能帮助自己寻找国庆的人。

虽然一夜无眠，早晨，建华还是从床上爬起来，早早地来到公安局，她想找许局长。

建华刚走到分局大门口，就看到许局长从车里下来，看到建华站在大门口，许局长迎了过来，对建华说："建华，你怎么来了？"

"许局长，我有事找您帮忙。"

"什么事这么着急？"

"国庆，马国庆不见了，我想请您帮我寻找一下。"

许局长听说过马国庆："国庆不见了？大活人还能丢了不成？"

"我去他的工区里找他，可是谁都不告诉我他去哪儿了。后来我找了中玲，中玲告诉我，国庆申请到更远的地方去工作了，所以我就跟他失联了。"

许局长说："电话呢，打不通吗？"

"他以前的电话是空号，现在的电话打不通。"

"建华，这事我知道了，我帮你找他。回去等我消息，别着急啊！"

建华谢过了许局长，就往饭店走。饭店还要开业，建华只能回去等消息。

许局长到了办公室，就给刑警队打电话："请你们李队长到我办公室。"

李队长很快到了许局长办公室："局长，您找找？"

"有一个叫马国庆的人，我跟你说一下他的具体情况，然后你把这人给我找着，看他究竟调到哪里去了。"

李队长回到办公室给铁路公安处打电话，公安处的人说："有马国庆这么个人，找他有什么事儿吗？"

公安处的人以为马国庆犯事了，刨根问底想知道究竟。

李队长说："局长找他有点儿事，你就把这个人在哪儿、现在怎么联系给我查出来就行。"

在李队长的一番努力下，很快就找到了国庆的线索。原来国庆换了新工作后，又买了新电话卡换上。

国庆为什么这么做呢？其实国庆心里也非常难过，思来想去，他还是想和建华断了联系。国庆在新岗位上逃避自己的时候，接到了建华的电话。国庆非常惊讶："你怎么找到我的？"

"想找你还不容易，看你能躲到哪里去？"

李队长找到国庆的电话号码后，立即转给了许局长，许局长又转给了建华，建华非常开心，立即给国庆打电话，终于听到国庆的声音，建华非常激动。

想起自己为了找国庆的辗转挫折，给百忙中的许局长增添的麻烦，建华又责怪国庆为什么不跟自己打个招呼，就来到了这么远的地方。只是建华所有的担心和埋怨，在听到国庆那富有磁性的声音后，建华心中所有的怨气都打消了。她只是担心国庆的身体："国庆哥，你还好吗？"

"我还好啊！"国庆答。

"你自己的身体状况，你自己不知道吗？还去到那么远的地方工作——"

建华还想往下说，可是国庆不等建华说完，就告诉建华："我正在山里巡线呢！"

建华知趣地："那我不影响你工作了。"

国庆淡淡地："好吧！"

建华此刻是想向国庆倾诉离别的思念，可是国庆冷淡的声音让建华又觉得非常难过。自己带着满腔的热忱，却遭到了冷遇，建华极不情愿，还想说点儿什么，可是，电话里传来了"嘟嘟"的忙音，建华失落地放下了电话。

在饭店里忙了一天，虽然客人很多，收益也不错，但建华并没有感觉多么开心。国庆怎么能这样对待自己呢？自己哪里做错了吗？建华反复检讨自己，店里打烊后，很不开心地回到家里。

小军下班后回家，见屋子里没有开灯，建华摸黑在沙发上坐着。小军问建华："您怎么了？"

建华说没什么，小军猜想建华一定有心事。

建华告诉小军："你国庆叔又换电话了。"

小军听明白了，一定是妈妈和国庆叔之间有了什么不愉快的事情。于是小军要来国庆的电话号码，建华说："你不许问他。"

"您忘了，我还是他的'亲儿子'呢！"

小军特意把'亲儿子'三个字说得很重，建华听了一脸苦笑："你才不是亲的呢！"

小军开导建华："您不要想太多，我跟国庆叔说说。"

建华阻止："你别跟着掺和了，你忙你自己的工作吧！治疗眼病是个细致活儿，妈不许你出差错。"

"放心吧！操心太多老得快。"

小军心里已经打定了主意，他决定亲自去找国庆叔，和国庆叔说清楚，看看国庆叔对妈妈到底是什么态度。小军的心里一直希望有一天国庆叔能跟妈妈走到一起，那时妈妈才是获得了真正的幸福，自己从小到大的心愿也就实现了。

小军上午协助院长做了三台手术，感到有些疲惫。下了班，小军还是买了火车票，准备去找国庆叔。小军坐火车倒汽车，下了汽车又翻过了一座山头，才找到国庆叔住的地方。

国庆刚从外边巡线回来，看见小军在自己的屋子里，非常惊讶。"小军，你是怎么找到这里的？"

"现在的交通和通讯多么发达，要想找您还不容易吗？"

"真是拿你们没有办法，找我干吗呀？我自己一个人在这里挺好的。"

"国庆叔，其实我跟您说，这么多年我一直把您当自己的亲生父亲，我妈这一辈子也不容易，我就是希望我妈到老的时候有人陪伴她。记得小的时候我掉进冰窟窿里，您奋不顾身地去救我，那个时候我觉得您就是我爸，后来这么多年又发生了很多事，但是不管时过境迁也好，世事难料也好，无论幸福还是悲伤，我的人生路上您都没缺席过。其实您对我，像一个父亲对儿子一样，我心里除了感激之外，还有一个愿望，就是希望您和我妈在一起，这也是我从小到大的一个心愿。您这么照顾我和我妈，我这一辈子都觉得我们是幸运的，我永远也不能忘记。"

国庆叹了一口气："都是我应该做的，也没有什么了不起的。"

"国庆叔，我不赞成您的观点，对于很多人来说，有些事应该做，有些事不应该做，但是我觉得您所做的一切只有父亲才能做到。您爱护我，保护我，还有您对我妈的感情，我也觉得是很深的。这么多年，你们两个早就应该走在一起，可是你们却越走越远，我觉得很难过。国庆叔，今天我翻山越岭来找您，就想听您一句话：您能不能做我的爸爸，和我妈在一起，让我不管在哪里都能放心。"

国庆犹豫着，小军继续说道："今天您要是不答应我，我就不回去了。"

国庆着急："你明天不上班了？"

"我还上什么班呢？我妈不幸福，我上班还有用吗？"

"千万不能影响你工作，这是你个人的前途，这是你一辈子的大事。"

"不管什么事儿，都没有我妈的事儿重要。如果我妈的问题没解决好，我妈难过，我看着她心里难受，我能好好工作吗？"

"你这个孩子啊，真是的。"国庆不知该怎么表达自己此时的心情。

天色已晚，小军住在了工区里，躺在床上，小军和国庆聊着聊着，不知不觉就睡着了。看着累了一天，此时熟睡的小军，想着小军小时候可爱的样子，国庆不觉心就软了下来。

第二天早晨，国庆起床，要开始一天的工作，可是，小军却没有回去的打算。国庆对小军说："小军啊，你回去吧！不要耽误工作，我答应你了还不行吗？"

小军开心："我没听错吧？您真的同意回去了？"

国庆说："那还能有假？我说话算话，我很快就会回去了。"

"既然您这么说，我就回去工作了。国庆叔您可说话算数呀！"

"我什么时候骗过你？赶紧回去吧！"

第二十八章

你除了腿有点儿毛病之外，别的你有什么毛病啊？战场上枪林弹雨你都闯过来了，你还怕有病啊？我说你就是心里有毛病。

有了国庆的承诺，小军如释重负，这才放心地往回走。国庆去送小军，沿着弯弯的山道把小军送到了车站。小军上了车，和国庆告别时还在嘱咐国庆："叔，您说话可要算数呀！"

送走了小军，国庆想起了妈妈出院后，自己体检查出的病，自己得的这种慢性病，如果治疗，会花掉很多钱。可是自己不能拖累建华，建华熬到今天，日子终于好起来了，自己怎么能给她增添负担呢？

国庆一边想着自己得的不争气的病，一边沿着铁路继续巡线。虽然答应了小军，可自己还是不能下定决心回去见建华。

小军回来之后，很久不见国庆的消息，建华也很着急。于是小军就给国庆打电话，可是国庆的电话又打不通了。小军心里埋怨国庆："国庆叔这人怎么说话不算话呢？又出尔反尔？"

始终没有国庆的消息，小军又去找了中玲。中玲正在院子里忙着，小军走进来，中玲就问："大医生，你今天怎么这么有时间呢？"

"姑姑，我有事找你。"

小军问中玲："国庆叔又没消息了，最近他联系过姑姑吗？"

"你不是联系上我哥了吗？"

"前几天我去找国庆叔了，可这两天我又联系不上他了，我也不能总是放下工作去山里找他呀？"

"你放心吧，我帮你找。"中玲爽快地说。

"我其实是担心我妈，如果总是没有国庆叔的消息，我怕我妈会急出病来的。这些年我妈也不容易，风里来雨里去的，身体也不是很好，所以我还是挺担心她的。"

"你真是个孝顺孩子，这个忙姑姑帮你。这两天我忙完手里的这些活儿，就去找我哥，你就等我的好消息吧！"

"有您这句话，我就放心了。"

小军告别中玲回到了医院，医院里的病人已经排成了排，小军又投入到紧张的工作中。

忙完手里的活儿，中玲亲自去找国庆。中玲找了很多工友，也没打听到国庆的消息，就在中玲失望之时，遇到了一位老乡，热情地告诉中玲："我知道你哥在哪儿，他最近又换了新工区。"

中玲谢过老乡，费了一番周折，才找到国庆。

见到国庆，中玲劈头盖脸地训斥着："你还是我亲哥吗？怎么做人做事呢？你不是都答应小军了吗？为什么还出尔反尔啊？"

面对中玲的斥责，国庆心里非常难受，可是中玲是自己的亲妹妹，自己心里的秘密即使不告诉别人，也应该让中玲知道。

"你不知道，我得了肝病，我不知道什么时候能治好，还有没有治好的希望。而且我也没有时间去治疗，咱们国家在研发高铁，工区里的任务挺重的。"

中玲感到很惊讶："哥，你不在，还有别人在，工区里还有那么多工友，你不治病怎么能行呢？不能耽搁了呀！"

"治病是一方面，单说我得了病，我还能跟建华在一起了吗？我不能拖累人家，所以我希望你替我隐瞒一下。"

中玲听说国庆得了肝病，心里不好受，哥哥这一辈子在外辛苦劳碌，家庭也不幸福，心里有苦更是没有人可以倾诉，中玲心疼国庆，但国庆说得有道理，她也赞成国庆这样做。

"既然这样，我觉得哥你做得对，真爱建华姐就应该为她付出，而不是向她索取。"

中玲虽然支持国庆不拖累建华，但是并不支持国庆拖着不治病。看国庆的气色，中玲还是不相信国庆得了肝病，中玲仔细地打量着国庆："我怎么没看出来你哪儿有不对的地方呢？怎么看都不像有病的样子。"

"但是检查的结果就是转氨酶特别高，转氨酶高就是肝脏受损的特征。"国庆解释道。

"哥，你这么善良的人，怎么会得病呢？我不相信。走，你跟我回去，咱们去城里大医院复查一下。"

"我这正忙着呢！医院检查的数据还能有错？"

"忙也不行，你身体要紧，咱们先去检查，检查完看结果，然后该治疗就治疗，这些年我做加工厂也挣了不少钱，咱不差你治病的这点儿钱。"

"不是差钱的问题，这个病不太好治，而且会浪费很多钱。"

"你不是有医保吗？医保不报销那部分我给你报还不行吗？"

"不是那回事儿，我就是怕连累建华。"国庆担心地说。

"你们两个真是同病相怜，她怕连累你，你怕连累她，要是总这样下去，你们什么时候才能走到一起呀？真愁人。"

被中玲这样一阵数落，国庆陷入进退两难中。

中玲的脾气很倔，她要做的事一定会坚持到底，不看到结果是不会善罢甘休的。国庆的病她必须要去复查，否则自己对不起建华。中玲见恳求没用，几乎是押着国庆回了沈阳，进城直奔医大。挂号后，医生给开了单子，对国庆进行全面的复查，抽血验肝功、做彩超，所有流程都做完，等拿到结果的时候，中玲仔细地看过后，把所有的单子都递给国庆："你自己看，这些指标不都正常吗？"

"之前体检转氨酶可高了，现在为什么就不高了呢？"国庆也觉得很奇怪。

"是啊，为什么呢？难道结果弄错了？"中玲也觉得奇怪。

"还是问问医生吧！"中玲较真的劲头又上来了。

中玲拿着国庆的所有的检查结果，去挂了专家门诊。专家看了检查报告之后说："所有指标都正常啊，什么病都没有。"

中玲问："为什么之前说我哥转氨酶高，有肝病呢？"

专家说："是不是之前你的检查结果不正常啊？"

"以前做过一次，转氨酶特别高，医生说看化验报告我有肝病。"

国庆拿出之前的检查报告给专家看，专家看完说："现在的指标正常，说明你没有肝病。对了，在上次检查的时候，你有没有肌肉拉伤的情况？"

国庆回忆着："有。我在山里边巡线的时候摔倒了，胳膊受了伤，很长时间才好。"

专家说："原因就在这里。肌肉拉伤也可以造成谷丙和谷草转氨酶升高，如果没有肌肉拉伤或者受外力挤压的情况，转氨酶升高，就是肝病的一种表现。但是肌肉拉伤造成转氨酶高的这种现象虽然少之又少，也不排除存在的可能，那么低的概率都让你赶上了。回去吧，什么事儿都没有，多注意营养，注意食品卫生，增强抵抗力。"老专家嘱咐道。

中玲听了专家的话，紧紧握住医生的手："太谢谢您了！可把我哥给救了！"

老专家莫名其妙地看着中玲："什么情况啊？"

中玲和国庆笑着，没有解释。又有病人走进来，兄妹两个人赶紧走出了专家诊室。中玲抑制不住激动，拥抱着国庆："哥，这下可好了，我就说你啥事也没有，这回你放心了吧？"

"放心了，可把我折磨坏了。"国庆长出一口气。

"还说你受折磨，你把建华姐也给折磨了。小军来厂里找我，那孩子着急上火，都不安心工作了，你真是罪魁祸首。"

国庆说："这不怪我呀，都怪医学不发达。"

"谁说不发达？就是太发达了，才会这样的。不是妹妹说你，你有病了总是怀疑这怀疑那的，你除了腿有点儿毛病之外，别的你有什么毛病啊？战场上枪林弹雨你都闯过来了，你还怕有病啊？我说你就是心里有毛病。"

国庆"嘿嘿"笑着，不好意思地说："行了，行了，别说我了，你赶紧回去吧！厂里一堆事等着你呢！"

"我不能就这么回去了，你得跟我一起回去。"

"我得回去工作呢，现在正是关键时刻。"

"不行，你必须跟我回去。"

"眼看着高铁就要通车了，等高铁通车我再回家。"国庆保证道。

"你就别等高铁了，不能买飞机票回来呀？"

国庆"嘿嘿"笑着说："机票太贵，我得把钱省下来，留着给小军结婚用。"

中玲骂国庆："真是榆木疙瘩脑袋呀，不是我说你，小军根本不缺你的机票钱。"

就在中玲陪着国庆去医院复查时，建华和陶翠翠在一起商量小军和张佳订婚的事。建华说："别等孩子大学毕业了，还是先订婚吧，等毕业了再结婚，嫂子，你说怎么样？"

陶翠翠希望张佳的事早点儿定下来，孩子心里有底，自己心里的一块石头也就落了地。听到建华征求自己的意见，陶翠翠立即说："太好了！我早就盼着你这句话了！"

"你早说呀，你要是这么着急，佳佳考大学的时候就可以订婚了，何必等这么久？"

"不是怕耽误孩子学习吗？"陶翠翠说。

"那现在你就不怕耽误学习了？"建华故意问。

"我是怕小军跑了。"陶翠翠反击。

"我们家小军也不是见异思迁的人呢！既然答应了佳佳，他就会等着她的，你着什么急呀？"

"我不是觉得小军这孩子好吗？我愿意让他当半个儿子，他跑了，我多难过呀！"

"行了行了，现在你不难过了，这几天我们就把订婚宴给办了。"建华终于给陶翠翠吃了一颗定心丸。

建华举办订婚宴这一天，火锅店里张灯结彩。经过几天的筹备，订婚宴就在店里举行，对于火锅店来说，具有特别的意义。因为这次的订婚宴并不是摆了满桌的炒菜和炖菜，而是吃起了火锅。

火锅沸腾着，订婚宴正在进行中。

张少平夫妇、中玲、大宽妈、建华妈、国庆妈、晓杰夫妇、小军和佳佳围坐在餐桌前聚餐，几个人开心地笑着，建华举起酒杯："翠翠姐，我得敬你一杯，培养了这么好的女儿，我得好好感谢你，也为我儿子小军能收获幸福感到开心。"

陶翠翠站起来，也端起了酒杯："建华，我还要感谢你呢！没有你，哪有小军？哪有我们佳佳的美满幸福呢？我们佳佳从小就痴迷小军，终于订婚了，可算如意了。"

建华也说："难得两个孩子情投意合，他们幸福，我就开心。等佳佳大学毕业，我就给他们操办婚事。明天我就去看房子，给小军和佳佳买房子。"

"建华，买房子不能都让你自己拿钱，我们家也有一些积蓄，咱们两家一起买。"陶翠翠真诚地说。

建华拒绝："不用。这么多年开饭店，我还攒了一些钱，一定要给小军和佳佳买一套大房子，然后好好装修。"

小军和张佳非常开心，小军站起来说："妈，不用您花钱买房，那些钱留着您和奶奶姥姥养老，我挣的钱也够买房子了，还可以贷款。"

张佳着急了："等我毕业参加工作了，我还挣钱呢，我和小军哥一起奋斗一起买。"

"佳佳就是太懂事了，我喜欢。"建华开心地喝了一杯酒。

陶翠翠不甘示弱，也喝了一杯酒："你喜欢，我就把女儿送给你了。"

建华说："送给我行，什么时候不放心，你再领走。"

说者无意，听者有心。张佳大声说："建华阿姨，我不会走的，我一辈子跟定小军哥了。"

小军在张佳脸上亲了一口："真是我的好媳妇。"

少平笑着说："这么大个姑娘，也不知道害羞。"

"这都什么年代了，自己的幸福掌握在自己手中。"

老人家一起给建华鼓掌："对——"

无论老少，一起开心地笑着，叫着……

他们一起举杯，互相祝福着……

在欢庆声中，建华百感交集。不知何时，眼泪又流了下来。她转身从屋子里出来，一个人悄悄地来到了店外。

雪花飘落在地上，银色的月光洒在长街上，建华抬眼看去，国庆正站在雪地里，头发上都是雪花，建华眨了眨眼睛，确定不是在梦中，她不顾一切地跑过去，扑进了国庆的怀里……

夜色中，中国的第一辆高铁在远方正风驰电掣般向前行进着……